Über dieses Buch: „Ich sitze vor Bergen von Material. Tagebücher, Briefe, Notizzettel, fachmedizinische Gutachten, Fachbücher über Schizophrenie und über die manische Depression, die bespielten Kassetten mit unseren Gesprächen. Ab jetzt, wo ich wirklich angefangen habe, aus dem allen etwas formen zu wollen, werde ich zwei Leben nebeneinander führen, meines und das von Johanna, meiner Romanfigur." „Vielleicht ist der Grund, weshalb ich diese Geschichte aufschreiben will, der Versuch zu verstehen, warum die Welt ist, wie sie ist. Warum der eine Mensch krank wird und der andere nicht. Warum ein Mensch, den man liebt, verrückt wird."

Erzählt wird von den Jugend- und Studienjahren, dem Elternhaus, der Ehe. Die Bearbeitung der Familiengeschichte in einer Psychoanalyse ermöglicht Johanna langfristig die Gestaltung eines Lebens, das insbesondere durch das Scheitern der Ehe und die Entscheidung, den Sohn beim Vater aufwachsen zu lassen, zwar durch große Verluste gekennzeichnet ist, aber schließlich doch aus dem Wechselbad von Manie und Depression hinführt zu einem Alltag, mit dem sie durchaus zufrieden ist.

„Ilka Scheidgen ist es gelungen, fernab von populärer Betroffenheitsliteratur die ergreifende Geschichte einer Frau nachzuerzählen, deren Leben zwar nicht der Normalität entspricht, deren Existenz diese Normalität aber ebenso in Frage stellt." - *Kölner Stadt-Anzeiger*

Die Autorin: Ilka Scheidgen, freie Schriftstellerin und Publizistin schreibt Lyrik, Erzählungen, Romane, Essays, Autorenporträts und Biografien. 2002 wurde sie für ihr literarisches Werk mit dem Kulturpreis des Kreises Euskirchen ausgezeichnet.

Homepage: www.ilka-scheidgen.de

Ilka Scheidgen

Meine Freundin Johanna

Ein Leben mit Manie und Depression

Roman

Bei dem Roman handelt es sich um eine unveränderte Neuausgabe des 2003 im Psychiatrie Verlag Bonn erschienenen Buches in neuer Rechtschreibung

Bibliografische Information der Deutschen Nationalbibliothek:
Die Deutsche Nationalbibliothek verzeichnet diese Publikation in der Deutschen Nationalbibliografie; detaillierte bibliografische Daten sind im Internet über http://dnb.dnb.de abrufbar.

TWENTYSIX – Der Self-Publishing-Verlag
Eine Kooperation zwischen der Verlagsgruppe Random House und BoD – Books on Demand

© 2016 Scheidgen, Ilka

Herstellung und Verlag:
BoD – Books on Demand, Norderstedt

ISBN: 978-3-740712099

© 2016 für das Coverbild Heinrich Ernst Scheidgen

Die Geburt ist nicht ein augenblickliches Ereignis, sondern ein dauernder Vorgang. Das Ziel des Lebens ist es, ganz geboren zu werden, und seine Tragödie, dass die meisten von uns sterben, bevor sie ganz geboren sind.
Erich Fromm

Es ist so leicht, verrückt zu sein, wenn du von dem, der sich erinnert, die Erinnerung nimmst, von dem, der auf die Landschaft schaut, die Landschaft, auf die er schaut, von dem, der spricht, den Gesprächspartner, und vom Betenden seinen Gott.
Jehuda Amichai

1. Teil

Warum willst du diese Geschichte schreiben, haben sie mich gefragt. Ja, warum. Diese Frage hatte ich mir bisher nicht gestellt. Aber nun musste ich eine Antwort geben. Weil mich die sogenannten Geisteskrankheiten schon immer interessiert haben, sagte ich. Was interessiert dich so daran, insistierten sie. Und ich merkte, dass ich nicht darum herumkomme, auf diese Fragen eine Antwort zu finden, eine Antwort zu geben.
Dieses "schon immer" ist natürlich ungenau. Aber ich kann es präzisieren. Es fing damals an, als auch die Geschichte begann, die ich erzählen will.

Wir fuhren mit den Fahrrädern von der Schule nach Hause, Johanna und ich. Januar. Der Atem wurde von unseren Münden gerissen durch den Fahrtwind. Schneller und schneller, den Rädern gleich, sprudelte Johanna Wörter, Sätze heraus. In die Schule gehen heißt, nicht sehen wollen. Eine Antwort geben, heißt Weltuntergang. Heute habe ich zum ersten Mal etwas Wahres gesagt. Ich bin zum ersten Mal eine Lebenskünstlerin geworden. Ich habe keine Schule mehr nötig. In die Schule gehen heißt, von jetzt ab nichts mehr dazulernen. Punkt ist, wenn man einen Punkt machen kann. Ich konnte noch nie einen Punkt machen. Humor ist, wenn einem der Punkt nicht alles bedeutet. Mir kann niemand etwas vormachen, weil ich meinen Punkt noch nicht gefunden habe. Darum ist mein liebstes Fach Deutsch. "Die Sprache ist die Quelle aller Missverständnisse" - Deuten Sie diesen Satz von

Saint-Exupéry. Unsere Deutschlehrerin liebt solche Themen für Besinnungsaufsätze. Das Leben der Götter war Mathematik.

Es begann zu schneien. Das letzte Stück des Weges schoben wir unsere Fahrräder bis zu dem Haus von Johannas Eltern, einem großbürgerlichen Haus aus der Jahrhundertwende. Johanna hatte ganz plötzlich aufgehört zu reden. Sie sah mich an. Paradox ist das schönste Wort, es klingt auch schon so schön, findest du nicht, sagte Johanna. Mir fiel keine Antwort darauf ein. Plötzlich hatte es Johanna eilig. Tschüß bis morgen.
Am nächsten Tag fehlte Johanna in der Schule. Sie fehlte ein halbes Jahr lang. Und keiner wusste, wo sie war. Ihre Mutter sagte mir nur, dass Johanna sehr krank sei, dass man sie nicht besuchen könne. Aber über Briefe würde sie sich sicher freuen.
Also schrieb ich ihr. Immer an die Adresse ihrer Eltern.
Zwei Monate später, im März, erhielt ich das erste Lebenszeichen von Johanna, einen Brief auf einem dünnen linierten Blatt Papier. "Alle Deine Karten und Briefe sind bei mir angekommen. Tausend Dank! Wie Du mich umsorgst und verwöhnst! Vor allem Deine lustigen Briefe haben mich soo...aufgemuntert. Stell Dir vor, an meinem Namenstag musste ich ganz oft niesen. Was macht die Schule? Grüße die anderen. Mir geht es schon viel besser." Es folgte ein kleiner Absatz. "Du, auch ich sah die Schneeflocken treiben, so langsam und sicher, wie von fester Hand gesendet. Ich bin glücklich, nicht zu schmelzen, sondern zu leben, immer weiter."
Als Johanna verschwand an einen Ort, von dem ich nicht wusste, was er zu bedeuten hatte, war sie gerade siebzehn Jahre alt geworden. Ich war damals sechzehn Jahre alt.
Seitdem sind mehr als dreißig Jahre vergangen.

Mein Mann sagt oft, besonders wenn der Abend lang geworden ist, einer Beschwörungsformel gleich , diese beiden Sätze: Mit sechzehn Jahren habe ich beschlossen, herauszufinden, warum ich auf dieser Welt bin. Und ich werde nicht eher aus der Welt gehen, bis ich es herausgefunden habe.
Vielleicht ist der Grund, weshalb ich diese Geschichte aufschreiben will, ein ähnlicher: versuchen zu verstehen, warum die Welt ist, wie sie ist. Warum der eine Mensch krank wird und der andere nicht. Warum ein Mensch, den man liebt, verrückt wird.
Es ist nicht meine Geschichte, die ich erzählen werde. Und ich wusste lange nicht, ob ich das Recht hätte, über sie zu schreiben. Bis Johanna eines Tages zu mir sagte: Mach du es. Für mich.

Wir haben einen Anfang gemacht. Johanna kam mit dem Zug zu mir, und wir begannen unser Gespräch. Sie hat alte Briefe mitgebracht und Aufzeichnungen aus der Zeit ihrer ersten Erkrankung. Während wir reden, sehe ich die Szene von damals wieder vor mir, erlebe sie, als sei sie erst gestern passiert.
Wir fahren mit den Rädern von der Schule nach Hause. Und wie die Räder sich schneller drehen, drehen sich Johannas Gedanken im Kopf, immer schneller, schneller. Ihre Worte perlen, gleiten immer schneller, schneller. Ihre Sätze quellen wie ein Quell. Immer mehr, immer mehr. Die Bremsen der Fahrräder funktionieren. Die Bremse in Johannas Kopf scheint nicht mehr zu greifen. Ihr Seil ist gerissen. Irgendetwas hat es reißen lassen.
Weißt du noch, sagt Johanna, ich habe mir damals für mein Zimmer eine Tapete aussuchen dürfen. Meine Mondrian-Tapete. Lauter angedeutete halbe Rechtecke. Die Konstruktion über dem Leeren.

Ich erinnere mich nicht an die Tapete in Johannas Zimmer. Ich war nicht so wahrnehmungsaufgeladen wie sie.

Jugendschizophrenie. Die Diagnose, mit der Johanna ins Landeskrankenhaus eingewiesen wird. Ein Urteil. Ein Tabu.

Am Silvesterabend des Jahres 1943, einem Freitag, um 20 Uhr 45 wird Johanna geboren. Das erste Kind von Gertrud und Arnold Möhrle. Das ersehnte erste Kind ist kein Sohn, wie der Vater es sich gewünscht hat. Die Mutter ist glücklich über ihr Töchterchen. Sie gibt ihr den Namen Johanna. Wäre es ein Junge geworden, hätte er Johannes geheißen.
Der Vater ist als Stabsarzt im Feld. Die Mutter lebt bei den Verwandten ihres Mannes auf einem herrschaftlichen Anwesen im Münsterland. Selbst der entbindende Arzt im Matthiasspital muss von dem mächtigen Wunsch der Eltern nach einem Stammhalter gewusst haben. Als er das blasse und etwas bläuliche Baby hochhält und es der erschöpften Mutter zeigt, kommentiert er ihre Frage, was es denn sei: der Junge ist ein Mädchen.
Da fing es auch schon an zu weinen, schreibt die Mutter in ihr Tagebuch und notiert die Maße ihres Neugeborenen, um diese in einem Luftpostbrief an ihren Mann zu leiten: Länge 49 cm, Gewicht 2800 gr., Kopfumfang 34 cm.
Auf das Telegramm mit Johannas Geburtsanzeige, das die Verwandten für sie aufgeben, erhält sie erst drei Wochen später eine Nachricht aus Russland.
Ein Kriegsjahr geht zu Ende. Ein neues beginnt. Erst nach viereinhalb Monaten wird der Vater sein Kind zum ersten Mal sehen. Er hat zwei Wochen Heimaturlaub. Johanna darf morgens

zu Vati ins Bett. Sie sagt brr. Ihr erstes Gemüse ist von Vati gepflückte Brennnesseln. Johanna isst den ganzen Teller leer.
Auf Familienfotos aus jener Zeit strahlt die Mutter glücklich, und auch der Vater scheint recht stolz auf sein Töchterchen zu sein. Nach diesem kurzen Urlaub zieht der Vater wieder in den Krieg.

Es galt einmal der Erklärungsansatz der "schizophrenogenen Mutter", das heißt der Mutter, die durch ihr Verhalten gegenüber ihrem Kind schuld ist an der Entstehung oder am Ausbruch der Schizophrenie bei ihrem Kind.
Was hätte denn Johannas Mutter falsch gemacht? Was hat sie anders gemacht als Abertausende anderer Mütter, deren Kinder nicht schizophren geworden sind.

Die Mutter registriert freudig die Fortschritte, die Klein-Johanna von Woche zu Woche macht. Besondere Aufmerksamkeit widmet sie der ausreichenden Menge Nahrung, die ihr Kind zu sich nimmt. Peinlich genau notiert sie die täglichen Grammzahlen, die Johanna an Muttermilch trinkt und die sie mit dem Fläschchen zufüttern muss.
Ja, sie hat Johanna die Brust gegeben und war traurig, wenn sie zu wenig Milch hatte.
In einem kleinen Kalender hält sie fest, was für eine Mutter wichtig ist in der Entwicklung ihres Kindes: das erste Lächeln, die erste Träne, das erste Zähnchen, der erste Brei. Sie lacht, freut sich, wenn man mit ihr spricht. Sie hebt den Kopf hoch. Sie erzählt jetzt viel. Sie richtet sich an den Fingern hoch und dreht sich auf die Seite. Johanna sitzt allein! Sie ist sehr lustig, kann aber auch sehr zornig sein. Sie lernt stehen und das Töpfchen

benutzen. Sie läuft an der Hand. Sie macht winke-winke zu Vatis Bild.

Johanna ist ein ein Viertel Jahre alt, als der Vater zum zweiten Mal zu Besuch kommt, auf Genesungsurlaub aus dem Lazarett. Sie kann jetzt die Treppe allein rauf und runter laufen. Sie ist ein lebhaftes und fröhliches Kind. Auf dem Schoß vom Papa fühlt sie sich ungemütlich. Er ist für sie doch sehr fremd.

Johanna lernt sprechen wie jedes andere Kind. Ihre ersten Worte sind Mama und Papa. Das ist so normal und selbstverständlich, dass ich es nicht zu erwähnen brauchte. Aber als sie fähig ist, ganze Sätze zu sprechen, darf sie bei dieser Anrede für ihre Eltern nicht länger bleiben. Sie muss zu ihren Eltern Vater und Mutter sagen. Dass das etwas Besonderes ist, merkt sie schon früh, wenn sie andere Kinder Mutti und Vati rufen hört. Eigentlich möchte sie viel lieber so sein wie ihre Spielgefährten, sich nicht von ihnen unterscheiden. Und doch spürt sie auch schon als kleines Kind ein Hochgefühl, ein Herausgehoben sein aus der Schar der Gleichaltrigen.

Ich sitze vor Bergen von Material. Tagebücher, Briefe, Notizzettel, fachmedizinische Gutachten, Fachbücher über Schizophrenie und über die manische Depression, die bespielten Kassetten mit unseren Gesprächen.

Ab jetzt, wo ich wirklich angefangen habe, aus dem allen etwas formen zu wollen und nicht nur protokollhaft Gehörtes und Gelesenes niederzuschreiben, werde ich zwei Leben nebeneinander führen, meines und das von Johanna, meiner Romanfigur. Es gibt sie in der Wirklichkeit, und doch wird meine Johanna mit dieser nicht deckungsgleich sein. Ich bin dabei, eine Figur zu erfinden.

Hatte die Mutter von Johanna eine "geizige Brust"? Nicht ausreichend gestillt worden zu sein, halten manche Psychiater für eine mögliche Ursache für das spätere Auftreten einer Manie. Ist das Kind durch das Saugen an der Brust satt geworden, fällt es in einen zufriedenen Schlaf.
Gibt es da wirklich einen Zusammenhang? Führt eine unzureichende orale und zudem körperlich zärtliche Befriedigung beim Saugen aus der Mutterbrust zu einer späteren Psychose? Es heißt, Kinder würden dadurch für ihr Leben geprägt. Sie könnten keine positive Lebenseinstellung aufbauen. Und was ist mit den Kindern, die nie gestillt wurden? Fest steht für Forscher, die sich mit der Entstehung von Psychosen, dem, was man früher Geisteskrankheiten nannte, beschäftigen, dass die oralen Bedürfnisse und Versagungen im Säuglingsalter immens wichtig sind und dass sie sich auf das spätere Leben auswirken.

Gertrud Möhrle schrieb ihre ersten Erlebnisse mit dem Stillen auf: Und nun kam der große Augenblick, das erste Anlegen. Meine kleine Johanna wusste gleich Bescheid, packte kräftig zu und "nuckelt wie 'ne Alte", wie Schwester Berta sagte. Ein seltsames Gefühl. Ich war sehr stolz, wenn es auch nur ein paar Gramm waren.
Abends zum ersten Mal im Sitzen gestillt, das geht viel besser. Die Brust ist zu Anfang immer ganz hart, dann kann das Kind schlecht fassen und beißt, das tut weh. Aber allmählich geht es, obwohl das Stillen anstrengend ist.
Nach einem wunderbaren Schlaf kam mein Kindchen, machte aber Zicken, hörte immer wieder mit dem Trinken auf, hatte aber sichtlich noch nicht genug. Eine dreiviertel Stunde quälten wir

uns, waren beide rechtschaffen müde; dann war die Brust leer, und es schlief ein, das kleine Dingelchen, mein Kleinwinziges.
Heute um 7 bekam sie nicht genug. Erst trinkt sie 5 Min. furchtbar hastig, dann 5 Min. langsam und dann schläft sie ein, lässt aber beileibe nicht los, erst wenn man ihr lange die Nase zuhält. Mir erscheint das grausam, ebenso wie das Kläpsegeben, aber es muss sein, sagt der Onkel Doktor, der sie heute selbst tüchtig schüttelte. Nach dem Stillen bleibt sie immer noch etwas da, dann habe ich meine helle Freude an ihr. Meist schläft sie, blinzelt aber zuweilen auch mit den Äugelchen, die graublau sind. Sie ist ein echtes Möhrlein.
Heute Mittag hat sie auch nicht genug bekommen und wollte sich gar nicht beruhigen. Ich dachte, eine Mutter muss das doch fertig bringen, wiegte sie im Arm; schließlich streichelte ich ihr ganz zart das Bäckchen. Darüber schlief sie allmählich ein.
Komisch ist mein Häschen, wenn es sich beim Trinken anstrengen muss und die Stirn in Falten legt, dann abwechselnd ein Auge auf und zu macht und mich anblinzelt. Ich muss dann immer so lachen, dabei wird die Brust erschüttert, und sie trinkt weiter.
Heute komme ich nicht auf 50 g, leider!
Heute hatten wir Alarm und mussten in den Keller. Danach trank sie nur 10 g! Ich bin ganz traurig. Woran mag das wohl liegen? Johännchen ist ganz wehrig, trinkt ganz hastig ein paar Züge und hört dann wieder auf. Nach einer halben Stunde hat sie 30 g getrunken. Wir pumpen, und es gibt noch 20 g, die sie aus der Flasche trinkt. Also 50 g hätte ich, warum trinkt sie dann nicht besser? Um 3 dasselbe Theater. "Das muss ganz anders werden, mein Kind", würde Vati sagen. Wir müssen uns weiter anstrengen.
Dr. Wolters, dem ich mein Leid klagte, hat mir ein Präparat verschrieben, aber ich glaube nicht so recht daran, aber wohl an Bohnenkaffee. Doch den gibt es jetzt nicht. Weinen hilft ja nichts,

aber ich bin sehr traurig. Wolters sagt: Wo nichts ist, hat der Kaiser sein Recht verloren.
Nach dem achten Tag endet das Tagebuch.

Immer habe ich Durst gehabt, sagt Johanna. Bei uns zu Hause durfte am Tisch nicht getrunken werden. Also ging ich hinterher zum Wasserkran und trank Wasser.
An eine Begebenheit aus der Kindheit kann sie sich noch gut erinnern. Sie war damals ungefähr vier Jahre alt. Vater und Mutter machten mit ihr eine lange Wanderung am Rhein entlang. Die kleinen Beinchen waren vom schnellen Laufen schon ganz müde. Da kamen sie an einer schönen Gastwirtschaft vorbei. Ach, sah das nett aus! Unter einer großen Kastanie standen Tische mit rot-weiß-karierten Tischdecken, und die grünen Gartenstühle luden so recht zum Ausruhen ein. Johanna zupfte die Mutter am Rock, wies auf die Stühle und wimmerte: "Ich hab Durst. Kann ich eine Limonade haben?" Flehentlich sah sie zur Mutter hoch. Doch als diese gerade im Begriff war, schwach zu werden und dem Drängeln Johannas nachzugeben, herrschte der Vater sie an, das käme auf keinen Fall in Frage, wozu sie denn schließlich ihren Proviant im Rucksack mitgebracht hätten.
Mutter sah den Staub auf den Kinderschuhen und konnte sich gut vorstellen, dass ihre Kleine nach dem Marsch, den der Vater mit unverminderter Schnelligkeit fortsetzte, reichlich müde sein musste. Doch sie wagte nicht zu widersprechen. Ein scharfer Blick ihres Mannes sagte ihr, dass es zwecklos war, sich zu widersetzen. Sie wusste, dass Arnold eiserne Prinzipien hatte, auch wenn sie sich manchmal fragte, ob er es damit nicht übertrieb. Einer dieser Grundsätze war jedenfalls, auf einer Wanderung niemals in ein Restaurant zu gehen.

Schlaflosigkeit, drei Nächte lang. Der Vater sagt: Trink etwas Zuckerwasser, das hilft. Aber es half nicht. Bevor Johanna weggebracht wurde, schrieb sie zwei Kladden voll.

Bis jetzt hat mich leider niemand verstanden. Dann ist meine Mutter gestorben, weil ich sie dir schenken wollte. Dies ging aber nur am 9. März. Was machst du am liebsten, mein Vater? Ich habe nur eine Mutter gehabt. Zum ersten Mal konnte ich etwas glauben. Immer wenn jemand etwas Verkehrtes sagt, dann kann man zum ersten Mal glauben. Dies wirst du erst am 9. März verstehen, weil meine Mutter erst am 9. März gestorben ist, weil ich glaube, dass Sprache die Quelle aller Missverständnisse ist. Warum ist Sprache die Quelle aller Missverständnisse? Weil die Liebe Quelle der Missverständnisse ist. Heute habe ich zum ersten Mal geliebt, was ich bisher nie geglaubt habe. Nur deshalb, Mutter, kann ich dich verstehen, weil du auch Briefe schreibst. Briefe schreiben hat meine Mutter zum ersten Mal am 9. März gekonnt. Ich freue mich auf den Tod meiner Mutter, das ist mein einziger Glaube. Heute habe ich zum ersten Mal geglaubt, was Liebe ist. Liebe ist Humor. Denn nur Humor kann die Welt retten. Deshalb konnte ich nicht in die Schule gehen, weil ich zum ersten Mal geglaubt habe. Deshalb kann ich nicht mehr glauben, dass es unsere Deutschlehrerin Fräulein Kunze gibt. Die Sprache ist die Quelle aller Missverständnisse. Wahrheit ist, was nicht falsch ist, die Menschen nennen dies Humor. Heute habe ich zum ersten Mal etwas Wahres gesagt. Fräulein Kunze, am 9. März werde ich zum ersten Mal etwas sagen, was wahr ist und nicht falsch sein kann. Ich kann zum ersten Mal glauben. Liebes Fräulein Kunze, ich bin zum ersten Mal eine Lebenskünstlerin geworden.

Es geht noch seitenweise so weiter.

In der Rückschau beschreibt Johanna ihr Befinden in diesen drei Tagen folgendermaßen: Ich hatte ein absolutes Hochgefühl. Es war mir so, als wenn ich in einem Moment alle Zusammenhänge der Welt verstünde und erkenne. Ich glaubte, ganz viel verändern zu können. Ich fühlte mich mit einem Mal ganz wichtig und war überzeugt, Wesentliches beitragen zu können für eine positive Veränderung der Welt.
Als wir das letzte Mal gemeinsam von der Schule nach Hause fuhren, ahnten weder sie noch ich, dass ihr eine fünfmonatige Hölle bevorstand.
Aber ich muss noch weiterlesen in den beiden Heften, die Johanna mir mitgebracht hat. In dem einen kommt dreimal mein Name vor. Es ist das der letzten schlaflosen Nacht vor ihrer Einweisung in die geschlossene Abteilung der Psychiatrie.

Es gibt keinen subjektiven Kitsch, leider besteht er objektiv. Seltsam, alle Menschen können etwas auf Anhieb. Das habe ich bis vor zwei Tagen nicht gekonnt. Jetzt kann ichs. Es bleibt mir nichts mehr übrig, als die Leute zu reizen. Alle Unterschiede zwischen Humor, Spott usw. gibt es nicht. Für mich ist andere Leute ärgern leicht. Man muss sie ärgern, das ist ihnen ungewohnt, erregt sie; (leider) nur so kann man ihnen die Wahrheit sagen.
Bis jetzt habe ich geglaubt, die eigene Zeitepoche bestimmen zu können. Gott, danke, dass das nicht geht. Es ist doch logisch, dass das nicht geht, ebenso wie Gott nicht nicht absolut sein kann, so kann der Mensch nichts Absolutes schaffen.
Gott, warum ist der Mensch allein?

Für mich bleibt nur die Aufgabe, alles was bisher in der Welt ist, richtigzustellen. Ich muss erklären, weil mich die Menschen sonst nicht verstehen.

Niemand lernt dazu, alle lernen Phrasen. Es ist eine dumme Angewohnheit, zu schreiben, zu sprechen. Leider, das ist für mich viel schwieriger, es für die Menschen kompliziert auszudrücken.

Als erstes werde ich die Bibel auf ihren Wahrheitsgehalt untersuchen. Das ist im Augenblick das Wichtigste. Bis jetzt habe ich sie noch nie gelesen, jetzt werde ich sie lesen.

Ich will Irrenhäuser besuchen.

Bis jetzt habe ich noch niemanden gefunden, der glaubt, außer mir; Gott, lass mich die Ilka angeln. Man kann Menschen angeln. Lass mich in den Augen der Welt verblüffende Fragen stellen.

Das Einfache und nur das Einfache kann gelten. Das, was ich bisher nicht wusste, ist, ein Kind zu bleiben.

Warum machen sich die Leute das Leben kompliziert?

Bis jetzt habe ich noch niemanden gefunden, der weiß, was Liebe ist. Ein Glaube kann nur kindlich sein.

Ich werde die Welt auf den Kopf stellen.

Wahnsinn ist schön?

Mutter, hättest du jetzt gesagt, was du gerne möchtest, du hättest alles haben können, nämlich hier drin lesen, dann verstündest du mich, oder auch nicht.

Mutter, versteh doch, wie ich dich liebe.

Mutter, ich kann es nicht mehr aushalten, wenn du mich verstehen wolltest, wie man ein Kind liebt.

Ach, ich bin so müde, ich möchte schlafen, kann nicht.

Vater, wenn du mir einmal etwas Medizinisches erklären willst, tu es jetzt. Aber es bleibt eben immer etwas unerklärlich.

Käme doch einer, suchte und fände dies; aber weil es richtig ist, dass ich niemandem etwas zeigen kann, müssen sie schon zu mir kommen, wenn sie wollen. Willst du, Ilka?

Der Schlüssel zu meinem Buch ist vielleicht, dass ihr alles in Frage stellt. Du brauchst es hoffentlich nicht. Wann versteht mich einer? Schade, Shaw, dass du nicht mehr lebst, vielleicht hättest du mich verstanden.
Eins habe ich nie verstehen können, warum haben die "berühmten Leute" alles so kompliziert gemacht, wo es doch viel einfacher, leichter geht. Leicht ist das Angenehmste. Das muss man sich immer wählen. Da habt ihr einen meiner Grundsätze.
Ich wage zu behaupten, mit 18 weiser zu sein als alle Menschen über 18, die ich bisher kennengelernt habe. Verstehst du mich, Ilka? Die "Besserwisser" sagen jetzt zwar nein, sie sagen zu allem nein, was wahr ist.
"Die Sprache ist die Quelle aller Missverständnisse". Das ist doch wenigstens klar geworden, weil das, was ich hier geschrieben habe, wahr ist, aber nicht klar genug ausgedrückt. Das nicht Klare wird missverstanden.
Alles was man ausspricht, möchte man ausgesprochen wissen.(Hoffentlich hat nicht das auch schon jemand vorher gedacht.) Wenn ich etwas finde, so freue ich mich, dass auch schon jemand so gedacht hat.
Hier enden die Aufzeichnungen von Johanna.

Johanna hatte in diesen drei Tagen ein Omnipotenz Gefühl. Keineswegs kam ihr der Gedanke, krank zu sein. Sie merkte auch nicht, dass sie sich immer weiter von der Realität entfernte. Aber es half ihr, dass sie die sie überschwemmenden Gedanken zu Papier bringen konnte.
Aus der Bibliothek ihres Vaters hatte sie sich kurze Zeit zuvor zwei Bücher herausgenommen und mit großer Intensität gelesen. Es waren die Bücher von Kretschmer "Geniale Menschen" und "Körperbau und Charakter". Die Fragen nach Normalität und

Genialität fesselten sie ungeheuer. Der Zufall wollte es, dass kurz darauf in der Schule über dieses Thema gesprochen wurde. Die Frage "was ist normal? was ist Normalität?" ließ sie nicht zur Ruhe kommen. Hinzu kam der Satz im Aufsatzthema "Die Sprache ist die Quelle aller Missverständnisse", über den sie wieder und wieder nachdachte.

All diese Gedanken kreisten in Johannas Kopf, beunruhigten und fesselten sie, aber es war niemand da, mit dem sie darüber sprechen oder diskutieren konnte. Assoziationen kamen und überschwemmten sie. Gedankengänge verselbständigten sich, in denen sie sich verlor wie in einem Labyrinth.

In die Schule konnte sie so nicht gehen. Also hielt der Vater sie zunächst zu Hause. Die permanente Schlaflosigkeit wurde ihm dann aber auch suspekt. Als Arzt registrierte er, dass sie bedrohliche Ausmaße annahm.

Bei einem Freund, von dem er wusste, dass er ab und zu zu einer Nervenärztin in Behandlung ging, erfragte er deren Adresse.

Dann ging alles sehr schnell. Die Ärztin kam zu ihnen ins Haus und sprach mit Johanna. Sie merkte sofort, dass sie jetzt nur noch eine Beruhigungsspritze geben konnte und dass sie Johanna zur weiteren Behandlung in eine psychiatrische Klinik einweisen musste.

Johanna mochte diese Ärztin von Anfang an nicht. Sie war ihr ausgesprochen unsympathisch und sie dachte, die versteht mich ja gar nicht, wer ich bin und was ich denke. Aber dann waren ihre Gedanken und Gefühle schon durch die Medikamente gedämpft. Nur noch wie durch einen Schleier bekam sie mit, dass ein Krankenwagen gerufen wurde. Sie wurde auf eine Trage gelegt, und dann ging es quer durch D. zum Landeskrankenhaus. Im Volksmund sagt man dazu Irrenanstalt. Der Vater und die Ärztin begleiteten sie. Die Mutter blieb zurück, aufgelöst in Sorge und Kummer, was nun mit ihrer Tochter geschähe.

Johanna spricht ruhig. Sie ist konzentriert. Sie hat sich eine Menge vorgenommen zu erzählen. Uns fliegt die Zeit davon.
Weißt du noch? In der Obersekunda war ich neu in die Klasse gekommen. Wir waren von Berlin nach D. gezogen, und ich fühlte mich noch sehr fremd. Du hast mich, die Neue, als erstes begrüßt. Du botest mir an, mich auf meinem Nachhauseweg zu begleiten. Da fühlte ich mich schon ein bisschen weniger fremd.
Johanna sagt: Du bist der rote Faden in meinem Leben.
Wir kennen uns seit 39 Jahren. Seit 39 Jahren sind wir miteinander befreundet.

Versuche, zu erklären, warum es zum Ausbruch der manisch-depressiven Psychose kam. Sie müssen Annäherungsversuche bleiben. 1962 als sie bei Johanna zum ersten Mal manifest wurde, hatte man in der Psychiatrie eine festumrissene Lehrmeinung dazu. Es gab die endogenen, d. h. erblich bedingten Psychosen, zu denen man die Schizophrenie und das manisch-depressive Irresein, wie man das Krankheitsbild der Zyklothymie auch nannte, zählte. Die exogenen Psychosen fasste man unter dem Begriff Neurosen zusammen. Letztere galten als heilbar, erstere nicht.
Mit Erklärungsversuchen zu einer endogenen Psychose oder "Geisteskrankheit" gab man sich zum damaligen Zeitpunkt nicht ab. Viele Patienten, die mit einer solchen Diagnose in eine Klinik eingewiesen wurden, blieben über Jahre dort hospitalisiert. Manche haben die Anstalt ihr Leben lang nicht mehr verlassen.
Johanna sagt: Wenn die Kenntnisse der Psychiatrie früher schon so weit gewesen wären, wie sie es heute sind, hätte Hölderlin nicht

jahrelang geistig verwirrt und von der Außenwelt abgeschnitten in seinem Turmzimmer leben müssen.

Schon sehr früh hat Johanna gespürt, dass ihre Mutter sich in der Familiensituation, in die sie durch ihre Heirat hineingeraten war, nicht richtig wohl gefühlt hat. Von der Familie ihres Mannes wurde sie nie richtig akzeptiert. Während des Krieges und bis zur Rückkehr des Mannes aus englischer Kriegsgefangenschaft im Februar 1946 wohnte sie im Landhaus der Schwiegereltern. Das war ursprünglich zum Schutz der jungen Familie gedacht. Inzwischen war auch das zweite Kind, der lang ersehnte erste Sohn Eduard geboren. Doch fühlte sich Johannas Mutter dort eher geduldet als wirklich angenommen.
Sobald Arnold Möhrle zu seiner Familie zurückgekehrt war, zogen sie in das elterliche Haus in D., wo er seine Arztpraxis im Souterrain des im Krieg schwer beschädigten Hauses einrichtete. Das war zunächst als Übergangssituation gedacht, weil das Geld in den ersten Nachkriegsjahren knapp war. Es schien auch eine Menge Vorteile zu bieten. Der Vater musste nicht außer Haus tätig sein, außer zu Hausbesuchen, die ein praktischer Arzt damals noch regelmäßig machte. Frau und Kinder hatten ausreichend Platz in dem geräumigen Haus. Auch begann Frau Möhrle sogleich, in der Praxis ihres Mannes die Aufgabe einer Sprechstundenhilfe zu übernehmen.
Als das Haus vollständig wieder hergestellt ist, ziehen die Eltern von Arnold Möhrle zurück in das von ihnen erbaute Haus. Sie wohnen in der ersten Etage, der Sohn mit seiner Familie im Hochparterre.
Von nun an war eindeutig klar, wer im Hause das Sagen hatte. Johannas Großmutter, aus einer reichen Fabrikantenfamilie stammend, hatte das Geld mit in die Ehe gebracht. So hatten sie

und ihr Mann Max sich gleich zu Anfang ihrer Ehe dieses großbürgerliche Haus in D. bauen können. Die Herkunft aus dem "Geldadel" hat sie ihre Familie, besonders aber ihre Schwiegertochter, die mit im Hause lebte, zeitlebens spüren lassen.
Gertrud Möhrle hat mit ihrer Heirat ihre eigene Existenz aufgegeben. Ihre Stärken lagen, ganz anders als in der Familie ihres Mannes, die väterlicherseits Ärzte und Juristen hervorgebracht hatte, im musischen Bereich. Sie las gerne und viel, spielte Cello in einem Quartett und hatte Fremdsprachen studiert. Als Auslandskorrespondentin hatte sie mehrere Jahre in London gearbeitet. Obwohl auch in ihrer Familie viele Naturwissenschaftler waren, wurde nebenbei das Musische sehr gepflegt, ein Gebiet, das in der Familie ihres Mannes völlig brach lag.
Johanna hat ihre Mutter nie musizieren gehört.
Ihre eigenen Begabungen und Bedürfnisse hat diese nach ihrer Heirat nicht ausgelebt. Sie hat geglaubt, ihre Interessen zugunsten ihrer Ehe aufgeben zu müssen, hat sich angepasst an die Familie, in die sie hineingeheiratet hatte. Häuslicher Frieden war ihr wichtigstes Ziel.
Und doch hat die Mutter darunter gelitten, ohne es offen zeigen zu können und zu wollen. Johanna entdeckte sie oft weinend oder mit verweinten Augen. Aber gesprochen hat sie nie über das, was sie bedrückt.
Die Mutter hat Johanna immer leidgetan.

Es war einfach kein Gleichgewicht der Gefühle vorhanden, erzählt Johanna. Da gab es einerseits sehr erhebende Ereignisse im Familiengeschehen. An die erinnert sich Johanna sehr lebhaft. Jeden Sonntag nach dem gemeinsam besuchten Gottesdienst in der

nur wenige hundert Meter von ihrem Wohnhaus entfernten Heilig-Geist-Kirche waren sie zum Frühschoppen beim Regierungspräsidenten, einem Bruder von Johannas Großvater, eingeladen. Das waren Situationen, in denen auch schon die kleine Johanna mit ihren vier Jahren das Gefühl vermittelt bekam, dass sie zu einer ganz besonderen Familie gehören. Das empfand sie schon damals, dass da etwas stattfand, was über den Durchschnitt und den Alltag hinausging. Vielleicht wurde es ihr zusätzlich auch noch erklärt. Jedenfalls war es ganz anders als zu Hause. Ihre Eltern hat Johanna immer als sehr streng erlebt, unnötig streng, fand sie damals und auch im Nachhinein.
Deshalb waren diese Frühstücke, bei denen sie und ihr Bruder leckere Säfte und sogar einen Schluck Wein aus Kristallgläsern zu trinken bekamen und dazu die herrlichsten Plätzchen, die man sich vorstellen kann, schon etwas Besonderes.
Wenn Johanna sich zurückerinnert, ist es eigentlich immer so gewesen in ihrer Familie, dass da stets diese beiden gegensätzlichen Pole waren: sehr starke beklemmende Gefühle und auch gute, schöne und befreiende.
So versucht sie auch zu erklären, oder sie will es sich auch erklären, diese mangelnde Ausgeglichenheit. Wieweit sie auch ihre Empfindungen in die frühe Kindheit zurückverfolgt, dieses Wechselbad der Gefühle bestimmte das ganze Familienleben.

Gestern habe ich Johanna besucht. Es ist ein sommerlich warmer Tag Ende April. Wir sitzen auf dem Balkon. Die Birken im Hof schütteln ihr hellgrünes Kleid. Eine Mohnblume im Blumenkasten hat am Morgen ihre Blütenblätter entfaltet.
Wir erzählen. Ich habe noch so manche Fragen zu ihrer Familiengeschichte. Johanna holt aus dem Regal Fotoalben und Bücher. Eine Dokumentation der Tuchfabrik, die den Eltern ihrer

Großmutter gehört hat, von ihren Anfängen 1835 bis zu deren Auflösung 1960, als die Zeiten für Stoffproduktion in Deutschland nicht mehr rentabel waren, zeigt sie mir. Ein Buch über einen Verwandten, der Bischof in Aachen war, ein weiteres über einen Onkel, der eine bedeutende Kunstsammlung besessen und diese in eine Stiftung umgewandelt hat. Auch in der Familie von Johannas Mutter existierten zwei Kattunfabriken. Es ist offensichtlich, dass Johannas Eltern aus begüterten und gehobenen gesellschaftlichen Familien stammen.

Dann zeigt sie mir die Stammtafeln ihrer beiden Eltern. Die der Mutter reicht bis ins Jahr 1657, die des Vaters bis 1704 zurück. In beiden Stammbäumen tauchen die Namen des jeweiligen Ehepartners in den schön gemalten Zweigen und Ästen an mehreren Stellen auf. Du musst dir vorstellen, sagt Johanna, meine vier Großeltern hatten alle ein gemeinsames Stammelternpaar. Eigentlich ist so etwas doch Inzucht. Das konnte ja nicht folgenlos bleiben.

Auch ein Versuch, etwas zu erklären, wofür es unsagbar viele Erklärungsmodelle gibt. Eine Krankheit, die auch heute noch mit einem Tabu belegt ist, eine Krankheit, die nicht nur den Kranken, sondern seine ganze Familie stigmatisiert, eine Krankheit, die allen daran Beteiligten unendlich viel Leid beschert, weil die Gesellschaft im allgemeinen, aber auch oft die Allernächsten auf sie verständnislos, ängstlich und hilflos oder mit Abwehr reagieren. Eine Krankheit, die mit Begriffen bezeichnet wird, die Angst machen: Wahnsinn, Irresein, Verrücktsein, Geisteskrankheit. Anders als bei körperlich Kranken, denen Mitleid und Fürsorge sicher sind, droht einem psychisch kranken Menschen Unverständnis und Ausgrenzung.

Ich habe Johanna immer als einen sehr sensiblen, einen besonders ehrlichen Menschen erlebt. Sie sagt, was sie denkt und kümmert sich dabei nicht darum, was vielleicht in dieser oder jener Situation zu sagen schicklich oder nützlich wäre. Ihre Gefühle sind wahr. Jegliches Taktieren oder ein Kalkül um eines Vorteils, einer besseren, angenehmeren Sichtweise ist ihr fremd. Wahrscheinlich ist sie dünnhäutiger. Sicher ist sie verletzlicher als viele von uns, die wir als normal gelten. Gerade diese Empfindsamkeit macht Johanna in meinen Augen zu einem Menschen, der intensiver erlebt, tiefere Gefühle für seine Mitmenschen hat und sein Leben kreativer gestaltet. Ich weiß, dass in ihr eine große Sehnsucht nach Liebe und Geborgenheit ist. Auch nach Verständnis und Harmonie.

Die Krankheit Wahnsinn ist, habe ich manchmal gedacht, bei manchen Menschen vielleicht der allerletzte Ausweg aus einer unerträglich gewordenen Lebenssituation, eine Art Schutz sogar davor, nicht das zerstören zu müssen, was ihnen das Liebste und Lebenswichtigste ist.

Doch was Johanna damals erleiden musste, als die Krankheit Schizophrenie bei ihr zum ersten Mal ausbrach, war entsetzlich. Gleich nach der Aufnahme wurde sie in einen sogenannten Wach Saal in der geschlossenen Abteilung der Psychiatrie gebracht. Ein Riesensaal mit sechzig oder siebzig Betten, dicht nebeneinander, nur durch einen schmalen Gang getrennt. Sofort bekam Johanna dort von einer Krankenschwester eine Beruhigungsspritze. Jetzt bekam Johanna richtig Angst und Panik. "Was soll das, wo bin ich hier?" schrie sie und schlug mit Armen und Beinen um sich. Die Stelle, wo ihr mit Gewalt die Spritze gesetzt worden war, schmerzte. Voller Süffisanz sagte Schwester Astrid zu einer Kollegin: "Und das soll die Tochter von einem Arzt sein!"

Man zog ihr die Kleider aus, zog ihr ein Anstaltshemd an und stieß sie unsanft auf ein Bett. Dann verlor Johanna erst einmal das Bewusstsein. Die Spritze hatte gewirkt. Sie war ruhiggestellt.
Als sie wieder wach wurde, - wie viel Zeit inzwischen vergangen sein mochte, dafür hatte sie keinerlei Gefühl - registrierte sie voller Verwunderung und Entsetzen, dass sie sich mit unzählig vielen Menschen in einem Raum befand und dass man ihr nicht den geringsten persönlichen Gegenstand gelassen hatte. Nackt bis auf das Hemd lag sie da. Ungläubig, was mit ihr geschehen war.
Irgendwann sah sie die beiden Eltern neben dem Bett stehen, als sie wach wurde. Aber sie taten nichts, waren hilflos und mussten traurig und unverrichteter Dinge wieder fortgehen. Johanna sah in ihre ratlosen Gesichter und merkte, dass sie ihr in ihre hermetische Wahrheit nicht folgen konnten. Ihre übertrieben wirkenden besorgten Mienen und unsicher-fahrigen Gesten waren ein beredtes Zeugnis dafür. Was bedeutete es schon für sie, wenn die Eltern von irgendwelchem Alltagskram berichteten, der nichts mit ihren Gedanken und Gefühlen zu tun hatte? Für Johanna gab es keine Vergangenheit und keine Zukunft, nur die öde Gegenwart in diesem Haus.
So ging das tagein, tagaus. Mit Megaphen ruhiggestellt, fast kein Mensch mehr. Schlafend oder vor sich hindämmernd. Nach Wünschen oder Bedürfnissen wurde sie nie gefragt.
Einmal zog sich eine Frau nackt aus und tanzte auf dem Bett herum. Sofort kamen zwei Krankenschwestern, packten sie und verpassten ihr eine Spritze.
Johanna nahm nur wahr, dass ihre Fingernägel länger und länger wurden. Keiner kümmerte sich darum. Noch immer, nach Wochen in diesem schrecklichen Riesensaal, besaß sie nichts, was ihr gehörte, nicht einmal einen Kulturbeutel mit einem Kamm, einer Bürste oder einer Nagelschere. Und die Nägel wuchsen und wuchsen.

Für besonders unruhige Patienten gab es innerhalb des Wachsaals einen kleinen Extraraum. Eine Art Gefängniszelle oder eigentlich eher eine Folterkammer. Auch Johanna lernte ihn von innen kennen. Das war so ziemlich das Schlimmste, was sie jemals in ihrem Leben erlebt hat. Ein winziger Raum, in dem gerade eben eine Pritsche Platz hatte. Auf dieser Pritsche musste Johanna liegen, an Händen und Füßen mit Ketten gefesselt. Bewegungsunfähig. Preisgegeben. Entwürdigt. Gedemütigt. Nichts als die kahlen Wände um sich und in der Tür ein Fensterchen, durch das sie beobachtet werden konnte. Die Not, wenn sie auf die Toilette musste und niemand kam, um sie zu holen. So kam es vor, dass Johanna in ihren eigenen Ausscheidungen liegen musste.
Es war die Hölle.

Ob die Eltern von diesen Zuständen etwas ahnten? Wahrscheinlich nicht. Und sie werden auch nicht näher gefragt haben.
Irgendwann, es mochten vielleicht vier bis sechs Wochen vergangen sein, sah sich Johanna einmal im Spiegel. Ungläubig starrte sie den Kopf an, der ihr Spiegelbild sein sollte. Das sollte sie sein? Sie erkannte sich nicht. Die Haare lang und wirr. Sie, Johanna, die immer so gerne hübsch und adrett aussah. Es konnte nicht sein! Sie begriff es einfach nicht. Warum ließ man sie so verkommen? Warum achtete niemand darauf, dass sie gekämmt wurde?
In dem riesigen Wach Saal stank es nach den Ausdünstungen der vielen Menschen. Nur ab und zu wurden die Betten gewechselt, wenn Ab- oder Neuzugänge stattfanden. Johannas Bett stand direkt unter einem großen vergitterten Fenster. Der Blick heraus in den Anstaltsgarten machte sie traurig und erfüllte sie mit großer Einsamkeit. Die Bäume waren kahl. So unbelaubt fühlte sich auch

Johanna. Ihre Phantasie hatten sie mit Beruhigungsmitteln weggespritzt.

Wenn die Eltern zu Besuch kamen, waren sie, obwohl man Johanna zuvor herausgeputzt hatte, erschüttert über das Aussehen ihrer Tochter. Doch sie glaubten, dass es ihr in ihrem Zustand nichts ausmachen würde, wie es um ihr Äußeres bestellt sei. Wie viel leichter ist es doch, dachte der Vater, die Kranken, die in seine Praxis kamen, zu behandeln. Bei ihnen konnte er erkennen, um welche Krankheiten es sich handelte. Ihre Krankheiten konnte er behandeln, ihre Wunden verbinden und heilen. An Johannas innere Wunden kam er nicht heran. Hilflos musste er mit ansehen, dass sie in einer ihm fremden Welt lebte, zu der er keinen Zugang hatte.

Eines Tages kam Johanna neben eine junge Frau zu liegen, die ihr gegenüber sehr aggressiv reagierte. In einem Anfall von Wut biss diese sie heftig in die Hand. Die Wunde blutete. Schwester Astrid kam mit einer Beruhigungsspritze zu der Bettnachbarin und schrie sie an: "Was Sie brauchen, ist eine Zwangsjacke!" Johanna wurde in die Ambulanz gebracht. Ihre Hand musste genäht werden.

Auch wenn die Wunde schmerzte und schlecht heilen wollte, brachte dieser Zwischenfall etwas Leben und Abwechslung in den todlangweiligen Ablauf von Stunden, Tagen und Wochen.

Nach der Megaphenbehandlung wurde zur Elektroschockbehandlung übergegangen. Noch immer schlief Johanna im Wach Saal.

Was mit ihr geschah, wenn sie nun abgeholt und in ein Behandlungszimmer gebracht wurde, in dem sie auf einer Art Operationstisch festgeschnallt und ihr lauter Kabel angelegt wurden, wusste sie nicht. Das Wort Elektroschocks hatte sie zuvor niemals gehört.

Natürlich wusste sie, dass sie in der "Klapsmühle" von D. war. Der bloße Name des Ortes, an dem sich die Klinik befand, galt in der Bevölkerung ja als Synonym für die Verwahrung von Bekloppten, Verrückten, geistig Verwirrten. So wie es in dem Berliner Schlager so lustig heißt: "Du bist verrückt, mein Kind, du kommst nach Plötzensee, wo die Verrückten sind, da gehörst du hin. Trallali, Trallala..." Auch die vielen komischen Menschen um sie herum legten ihr nahe, dass mit ihr etwas nicht stimmte. Aber was? Sie hörte nie Stimmen, hatte keinen Verfolgungswahn und keine Halluzinationen. Dennoch wollten die Ärzte, die sie an die Apparate anschlossen und durch ihr Gehirn Strom jagten, ihr ein Stück ihrer Persönlichkeit wegnehmen, da war Johanna sich sicher. Denn jedes Mal nach einer solchen Behandlung konnte sie sich an nah Zurückliegendes nicht mehr erinnern. Was hatten sie mit ihr vor? Würde es ihnen tatsächlich gelingen, die verstörenden Anteile zu entfernen und sie dennoch heil und ganz zu belassen?

Insgesamt aber war Johanna so teilnahmslos und ergeben dem gegenüber, was mit ihr geschah, dass sie für Ärzte und Schwestern eine angenehme Patientin war. Es kam ihr nicht in den Sinn, zu fragen oder aufzubegehren. Denn so war sie erzogen worden, zu Ehrfurcht vor jedem Arzt. Ein Arzt, das wusste sie von ihrem Vater, will immer nur Gutes für seinen Patienten.

Während der Visite rauschte der diensthabende Arzt mit einem Tross Schwestern durch den Wach Saal, wandte sich zu dieser oder jener Patientin, auf die eine der Schwestern den Doktor mit leisen Einflüsterungen, begleitet von herrischen oder angewiderten Gesten, hinwies. Es handelte sich um besondere Problemfälle, die sich den schwesterlichen Anweisungen widersetzt hatten oder in sonst einer Weise eklatant auffällig waren.

Normalerweise war es nicht üblich, dass ein Arzt sich mit einem Patienten unterhielt, ihn nach irgendwelchen Ereignissen aus der Zeit vor dem Krankheitsausbruch oder nach seinen Familienverhältnissen befragte. Eine psychotherapeutische Behandlung gehörte damals nicht zum Katalog der Maßnahmen in einer psychiatrischen Klinik. Im Gegenteil, die Nervenärzte waren der Auffassung, dass nur eine medikamentöse Therapie oder die Elektroschockbehandlung überhaupt einen gewissen Grad an Besserung bei den sogenannten Geisteskrankheiten herbeiführen konnten.

Die Tage gingen dahin. Und es änderte sich nichts. Man war zum Nichtstun verurteilt. Manchmal träumte sich Johanna nach Hause oder in die Schule, aber diese Träume hatten etwas von Nebel, der sich entzog, wenn man ihn erfassen wollte. Johanna sah auf den Kieswegen im Klinikpark Menschen auf und ab gehen. Sie sehnte sich danach, Luft auf ihrer Haut zu spüren, den Wind durch ihre Haare streifen zu lassen. "Die linden Lüfte sind erwacht" , diese sehnsuchtsvolle Melodie ging ihr durch den Kopf, und sie wurde sehr traurig.
Ich schickte Johanna Briefe in ihr Exil, von dem ich glaubte, dass es ein normales Krankenhaus war. Und doch ahnte ich, dass sie sich dort sehr einsam fühlte. Ich versuchte, ihr mit Worten Mut zuzusprechen, sandte ihr Zeichen der Freundschaft in der Hoffnung, dass sie dort, wo sie war und wo ich sie nicht besuchen durfte, ihr ein wenig Trost spendeten, sie ein wenig aufzuheitern und sie wissen zu lassen, dass ich an sie dachte.
Es wird Frühling. Ob du auch die ersten zarten Frühlingsboten siehst? Ich denke jetzt an dich und wäre so gerne an deiner Seite. Du hast Schweres zu tragen. Aber du sollst wissen, dass du nicht allein bist. Wenn du mal traurig bist, lass dich einfach davon nicht unterkriegen! Du schaffst es ganz bestimmt! Alles wird wieder gut. Ich weiß, das sagt sich so leicht für mich, die ich nicht vom Leid betroffen bist. Aber, du glaubst mir doch, dass ich mit dir fühle?

Weißt du, ich kann mich noch sehr gut an meinen ersten Schultag auf dieser Schule erinnern. Ich stand da, und alle begafften die Neue! Nur du strahltest mich an! Sicher weißt du es gar nicht mehr, aber es hat mich sehr glücklich gemacht.
Gestern hatten wir unser Gruppentreffen. Wenn du erst wieder dabei sein könntest! Wir vermissen dich sehr!
Heut in der Schule ist'n Ding passiert bei der Wahl der Klassensprecherinnen. Statt 24 haben 27 !! gewählt, zu Gunsten von Ursula Polke, wie sich bei der zweiten Wahl herausstellte. Ja, es geschehen Sachen! Sonst ist alles wie sonst (ein Supersatz, haha!) : langweilig, anstrengend, manchmal interessant.
In dieser Woche schreiben wir noch eine Mathe- und Lateinarbeit. Da heißt es noch ein bisschen büffeln...Fast hätte ich noch etwas Aufregendes vergessen zu erzählen. Vorigen Freitag ist mir im Stadion während des Sportunterrichts mein Fahrrad gestohlen worden. Ich war so blöd und hatte es nicht angeschlossen! Nun muss ich erst mal sehen, wo ich ein neues her bekomme. Ma chère, lass es dir gut, nein besser, gehen und werde bitte ganz schnell wieder gesund! Je t' embrasse und bin dir in Gedanken ganz nah.
Ab und zu erhielt ich von Johanna einen Brief oder eine Karte. Selten genug, um auf die vielen Fragen, die ich hätte stellen mögen, wie es Johanna wirklich ging in der immer länger währenden Zeit ihrer Abwesenheit, daraus eine befriedigende Antwort ablesen zu können.
Auf einer Karte mit Maiglöckchen schrieb sie: Auch im März, da wird es wieder grün...Ostergrüße sind (fast) selbstverständlich! Viel Freude im nächsten Jahr (ich meine Schuljahr). (Erst) jetzt habe ich dein Namenstagsgedicht (ganz richtig) verstanden. Vielen Dank (auch) für your lovely letters and postcards. Wohin geht die Osterreise? Wenn noch jemand mitfahren möchte, ich verleihe mein Fahrrad gern. Ich habe Freude und Frieden

gefunden (bezieht sich beides aufs Leben) , einstweilen noch im Bett. Ich denke viel an euch alle. Merci und good-bye.

Inzwischen war Johanna aus der geschlossenen Abteilung in die Nervenklinik verlegt worden. Endlich konnte sie sich freier bewegen, sie durfte auch in den Anlagen des Klinikgeländes spazieren gehen. Wie intensiv sie die Gerüche wahrnahm! Sie steckte ihre Nase in den Flieder und ließ sich von seinem Duft betäuben. Endlich dem versifften Gestank des "Gefängnisses" entkommen. Johanna betrachtete die Blumen in den Rabatten, die sauber geharkten Kieswege, die alten Buchen am Rande des Klinikparks. Eigentlich war es schön hier draußen, besonders jetzt, wo die Sonne alles, sie eingeschlossen, mit Wärme verwöhnte. Doch, leider, war die Zeit des Atemholens immer nur sehr kurz. Dann musste sie zurück in das hässliche alte Backsteingebäude mit den langen, nach Reinigungsmitteln riechenden Anstaltsfluren, zurück zu den Krankenschwestern, die ihre Patienten wie ein Regiment Kadetten befehligten, die sie schikanierten, anschnauzten und verhöhnten. Johanna fühlte sich von ihnen wie der letzte Dreck behandelt, nicht wie ein Mensch, sondern wie Material.
Johanna galt noch keineswegs als geheilt. Nach den Elektroschocks sollte nun eine neue Errungenschaft in der Psychosetherapie an ihr ausprobiert werden, die sogenannte Insulinkur.
Dieser Insulinkur mussten Johannas Eltern zustimmen, weil sie nicht ganz ungefährlich war. Sie wurden auch darauf hingewiesen, dass ihre Tochter dadurch sehr viel an Gewicht zunehmen würde. Doch das erschien ihnen das geringere Übel zu sein, wenn durch diese Methode der Behandlung eine Chance auf baldige Heilung bestünde.

Johanna wurde nicht gefragt.

Die Insulinkur war eine furchtbare Prozedur. Aus den verschiedenen Häusern der Anstalt wurden die Patienten, die für diese Behandlung vorgesehen waren, zu einem speziellen Gebäude gebracht. Dort wurde man auf ein Bett gelegt und bekam das Insulin verabreicht. Das Ganze dauerte mehrere Stunden. Eine Zeitlang war man regelrecht weg. Anschließend hatte man quälenden Hunger und Durst.

Die Schwester, die die Insulinpatienten betreute, war besonders biestig. Dass ihr der Beruf offenbar keinen Spaß machte, ließ sie ständig an den Patienten aus. "Na, was spinnst du denn heute wieder zusammen?" fragte sie Johanna höhnisch, dabei hatte sie gar nichts Besonderes gesagt. Zu einer anderen sagte sie, als sie etwas von einem weißen Pferd erzählte, das bei ihr zu Hause jetzt über die Koppel jagte: "Hat dein Engel dir das heute wieder zugeflüstert?" Es war eine Frau, die immer still vor sich hin lächelte und nur ganz selten sprach.

Durch die täglichen Insulininjektionen waren die Patienten ständig komagefährdet. Deshalb hatten sie Pillen bei sich, die sie sofort einnehmen mussten, wenn ihnen flau wurde, damit sie nicht ins Koma fielen. Insgesamt eine höchst gefährliche Situation. Aber es hieß, bei einigen Patienten habe diese Insulinkur geholfen, also versuchte man es halt damit.

Ob sie bei Johanna etwas geholfen hat, wer will es beurteilen? Ein sichtbarer Effekt war jedenfalls, dass sie ziemlich füllig geworden war. Und das gefiel ihr nicht besonders gut.

In der neuen Abteilung der Nervenklinik waren sie wenigstens bedeutend weniger Patienten in einem Raum. Auch durfte die Mutter Johanna dort öfter besuchen. Sie fragte Johanna auch nach Lektürewünschen, weil diese darüber geklagt hatte, wie entsetzlich langweilig ihr sei und wie groß ihre Sehnsucht nach guten Büchern. Was die Mutter dann aber mitbrachte, waren meistens fürchterlich langweilige Sachen, die sie wahrscheinlich nach dem Gesichtspunkt ausgewählt hatte, dass sie Johanna nicht unnötig aufregen sollten. Auch die Briefe, die, an Johanna gerichtet, an die Adresse der Eltern geschickt werden mussten, wurden vor ihrer Übergabe an sie auf Harmlosigkeit und Verträglichkeit geprüft.

Ob auch Johannas Briefe einer Zensur unterworfen wurden, bevor sie weitergeleitet wurden, weiß ich nicht. Sie waren so normal, wie Briefe nur normal sein können. Johanna nahm Anteil am schulischen Leben ihrer Freundinnen, sie reagierte auf das, was ihr an lustigen, berichtenswerten Geschehnissen aus dem Alltag brieflich übermittelt wurde. Sie bewies Humor und Anteilnahme. Sie reflektierte über sich und ihre Gefühle und schrieb darüber, wie jeder normale Mensch es getan hätte und tun würde.
Ich freute mich über Johannas Briefe, waren sie doch die einzige Verbindung zwischen uns in diesen fünf Monaten, in denen sie wie vom Erdboden verschluckt blieb und meine Phantasie nicht ausreichte, mir vorzustellen, wie sie in dieser Zeit lebte.
Für mich war es ein Trost zu wissen, dass auch Johanna sich über meine Briefe freute.
Johanna schreibt: Für deinen Brief bin ich dir so dankbar. Weißt du, wie du auch schreibst, Theoretisch ist es mir klar, dass ich einfach tapfer sein und alles so hinnehmen müsste, wie es kommt. Glaub mir, die meiste Zeit bin ich obenauf, aber hin und wieder kommen eben traurige Stimmungen, gegen die ich wenigstens versuche anzukämpfen.
Dich habe ich, seitdem du in unserem Clübchen bist, d.h. seitdem ich deine liebenswürdigen und offenen Gesinnungen kenne, bewundert und freue mich jetzt an dem schönen Briefwechsel. Vor einem Jahr habe ich mal von St.-Exupéry "Bekenntnis einer Freundschaft" gelesen. Ich kann mich an eine Stelle erinnern, da

heißt es so ungefähr: zu dir kann ich kommen, ohne anzuklopfen, ich brauche mich für nichts zu entschuldigen. Es wird mir immer aufgetan.

Du hast eine große Gabe, anderen durch Gesten, durch dein Sprechen, Zuhören, vor allem durch Briefe Trost zu schenken. Auf eine kurze Formel gebracht, könnte dein Brief lauten: ama et fac quod vis.

Ich gebe mir Mühe. Es ist wirklich schade, über das zu meckern, was man nicht ändern kann. Hat nicht jeder sein Päckchen zu tragen? Es kommt wohl immer darauf an, ob jemand trotz der scheinbar ihn niederdrückenden Last seinen frohen Mut behält und aufrecht geht.

Es wurde sommerlich. Die Kastanien reckten ihre weißen und roten Kerzendolden in den Himmel. Johanna hörte die Vögel singen. Enten überflogen das Klinikgelände, und sie sandte ihnen Grüße mit in die Welt vor den Anstaltstoren.
Johanna dachte an den Kleinen Prinzen, die Lektüre, die sie kurz vor dem Krankwerden im Französischunterricht durchgenommen hatten. Sie musste lächeln, als sie an ihre etwas verschrobene Französischlehrerin Fräulein Dollstein dachte. Wie die Dolle, wie sie allgemein von den Schülerinnen genannt wurde, mit sich überschlagender Fistelstimme und bedeutungsschwerer Miene ins Klassenzimmer gerufen hatte: "Mädels, wer die Liebe nicht kennt, ist ein armer Mensch!" Ach ja, die Dolle in ihren altmodischen Kostümen und mit dem aufdringlichen Maiglöckchenparfum! Johanna wäre lieber heute als morgen wieder in die Schule gegangen. Hier langweilte sie sich zu Tode. Auch nach den Kameradinnen sehnte sie sich und nach den Eltern und Geschwistern.

Doch dann hatte sie Glück. Ein neuer Oberarzt kam auf die Station. Dieser brachte offenbar ein ganz anderes Verständnis der psychischen Krankheiten mit. Zum ersten Mal war da jemand, der sie fragte nach dem, wofür sie sich interessierte. Zum ersten Mal, seit sie in dieser Klinik war, fühlte sie sich ernst genommen. Zu ihm konnte sie beispielsweise sprechen von ihrem Interesse an guten Büchern, von ihrer Vorliebe für Gedichte. Wie wohltuend empfand sie es, dass er sie nicht belächelte, ja dass er ihr sogar einen Lyrikband auslieh. Dieser junge Oberarzt Dr. Kruse war warmherzig und anteilnehmend, während die anderen Ärzte und Ärztinnen sich den Patienten gegenüber kühl und distanziert verhielten. Zum ersten Mal fühlte sich Johanna nicht mehr ganz so verloren. Endlich fühlte sie sich mit ihren Kümmernissen verstanden und angenommen.

Jedes Mal wenn sie nun ins Untersuchungszimmer gebracht wurde, führte Dr. Kruse lange Gespräche mit ihr, fragte sie nach ihren Eltern und Dingen, die ihr auf der Seele brannten. Deutlich spürte sie sein Interesse an ihr. Das gab ihr allmählich ihr Selbstvertrauen zurück und machte ihr Mut. Sie würde wieder ganz gesund werden, daran konnte sie plötzlich wieder glauben. "Man braucht oft sehr lange und eines besonderen Anlasses, um etwas von dem zu ahnen, etwas von dem zu werden, was an Empfinden und Kräften in unseren Tiefen verborgen ist", sagte Dr. Kruse zu Johanna und leitete damit ihre Heilung ein.

Johanna las mit einer ganz neuen Intensität in der Lyrikanthologie, die ihr Dr. Kruse gegeben hatte. Viele Gedichte fand sie darin wieder, die ihr schon früher gefallen hatten. Jetzt bekamen sie eine neue Bedeutung, eine tiefere Dimension.

Zum Beispiel das Gedicht >Stilles Reifen< von Christian Morgenstern:

Alles fügt sich und erfüllt sich,
musst es nur erwarten können
und dem Werden deines Glücks
Jahr und Felder reichlich gönnen.

Bis du eines Tages jenen
reifen Duft der Körner spürest
und dich aufmachst und die Ernte
in die tiefen Speicher führest.

Es stimmte ja. Was Dr. Kruse zu ihr gesagt hatte, stand hier in dichterischen Worten.
Mit einem Mal erschien Johanna die zurückliegende Zeit nicht mehr nur als verloren und vergeudet. Vielleicht lag in dem, was sie durchlitten hatte, auch eine Chance für sie, ihrer eigenen Wahrheit näher zu kommen.
Sie begann die Hoffnung zu nähren, dass ihr dieser Arzt, der ihr so viel Verständnis entgegenbrachte, eine stärkere Haut geben könnte, dass sie sich nicht mehr so winzig zwischen all den Urteilen und Meinungen über sie fühlen musste. Sie wollte ja zu sich selbst stehen können. Und hatte nicht Dr. Kruse zu ihr gesagt, dass er das Unverfälschte und Ursprüngliche an ihr schätze?
Johanna fand ein weiteres Gedicht, das ihr einen Weg zu weisen schien, ein Gedicht von Martin Fontane mit dem Titel >Die Frage bleibt<:
Halte dich still, halte dich stumm,
nur nicht forschen, warum? warum?

Nur nicht bittere Fragen tauschen,
Antwort ist doch nur wie Meeresrauschen.

Wies dich auch aufzuhorchen treibt,

das Dunkel, das Rätsel, die Frage bleibt.

Die Frage nach dem Warum ihrer Krankheit, die sie sich hier so oft gestellt hatte, musste vielleicht nicht beantwortet werden. Vielleicht war es auch die falsche Frage. Wenn überhaupt eine Frage sinnvoll war, dann doch eher die nach dem Wozu. Aber auch die war möglicherweise nicht zu beantworten, jedenfalls zum jetzigen Zeitpunkt noch nicht. Eines Tages vielleicht, in der Rückschau, würde sie eine Antwort darauf finden.

Was Johanna sehr zu schaffen machte, war, dass die meisten der Mitpatienten sie nicht leiden konnten. Nicht dass sie besonders viel Wert auf deren Anerkennung gelegt hätte, aber sie fand es ungerecht, als sie von einer Frau zu hören bekam, sie würde bevorzugt behandelt, weil ihre Eltern angeblich sehr reich wären und ihr Vater Arzt sei.
Tatsächlich hatte Johanna keine Ahnung davon, worüber sich ihr Vater mit Dr. Kruse unterhielt. Schließlich waren sie Kollegen, auch wenn der Vater bestimmt nicht viel Ahnung von Psychiatrie hatte. Aber schließlich lag ihm das Wohl seiner Tochter doch sehr am Herzen, und er setzte großes Vertrauen in die Behandlungsmethoden der Fachärzte.
Aber was auch immer die beiden über sie reden mochten, wichtig war für Johanna jetzt nur, dass sie für die Zeit, die sie noch hier in der Irrenanstalt würde verbringen müssen, jemanden gefunden hatte, zu dem sie sprechen konnte. Und von Tag zu Tag mehr freute sie sich auf die knappe Stunde, die der neue Oberarzt sie zu sich ins Sprechzimmer bestellte.
Manchmal ließ er sie einfach erzählen, was ihr gerade einfiel, ein anderes Mal fragte er sie nach schönen Erinnerungen oder nach Erlebnissen, an die sie sich ungern erinnerte.

Dr. Kruse begrüßte sie immer sehr freundlich. Sein jugendliches glattrasiertes Gesicht mit den wachen braunen Augen gefiel Johanna. Wenn er sich in den schwarzen Schwingstuhl setzte, der dabei leicht auf und nieder wippte, und sich zurücklehnte, um sie erwartungsvoll anzusehen, fühlte Johanna seine Bereitschaft, ihr vorurteilslos zuzuhören. Was ihr besonderes Vertrauen einflößte war seine, wie es ihr manchmal vorkam, beinahe Komplizen hafte Art, sie anzulächeln. Jedenfalls hatte er nichts Hochmütiges und Abschätzendes an sich wie einige andere Ärzte, mit denen sie es hier zu tun gehabt hatte.

Und nach und nach fielen Johanna eine ganze Reihe Begebenheiten aus ihrer Kindheit, aus der Schule, von der Tanzstunde und vom Verhalten ihrer Eltern ein, die sie plötzlich wichtig fand und über die sie erzählen wollte.

Es ist Sonnabend. Der Tag, an dem Johanna und ihrem Bruder von der Mutter die Haare gewaschen und die Fingernägel geschnitten werden. Beide hassen diese Prozedur, besonders das Nägelschneiden. Eduard nimmt Reißaus. Er rennt durch die große Diele ins Wohnzimmer, weiter durch den Wintergarten, die Küche, einen Flur, bis er wieder die Diele erreicht. Die Mutter ihm hinterher. Eine regelrechte Jagd beginnt. Eduard lacht. Johanna weint. Die Mutter sinkt erschöpft auf das Sofa. Johanna sieht sie mit verheulten Augen an. Sie ist wütend auf ihren Bruder, weil er die Mutter so zum Narren hält. Die Mutter tut ihr leid, weil sie mit dem wilden Bruder nicht fertig wird. Der Vater ist vom dem Lärm aus seinem Nachmittagsschlaf hochgeschreckt. "Eduard, Johanna, kommt sofort hierher!" ruft er, "zeigt einmal eure Hände her." Vorsichtig streckt Johanna dem Vater ihre Hände entgegen. Sie zittert wie Espenlaub vor Angst. Patsch! Mit dem Lineal, das der Vater vom Schreibtisch greift, zieht er über Johannas Finger. "Du hast wieder an den Nägeln geknibbelt. Habe ich dir nicht schon hundert Mal gesagt, dass man so etwas nicht tut?" Und zur Mutter gewandt sagt er: "Gertrud, nun schneide mal unserer kleinen Knibbelliese, die's ja anscheinend nicht lassen kann, ihre Fingernägel als etwas ganz Köstliches anzusehen, das unbedingt verspeist werden muss, das was sie davon übriggelassen hat, gerade, damit sie wenigstens halbwegs manierlich aussieht." "Aber", Johanna will etwas zu ihrer Verteidigung vorbringen, doch dazu kommt sie nicht. "Keine Widerrede!" sagt der Vater mit erhobener Hand. Eduard grinst, weil er heute keine Schläge zu befürchten hat. Johanna hat niemanden als Verbündeten.

Johanna sieht diese kleine häusliche Szene in aller Deutlichkeit vor sich, als sie Dr. Kruse davon erzählt. Sie sei sich auch später, als noch zwei weitere Brüder geboren waren und die Mutter mit ihnen überhaupt nicht mehr fertig wurde, wie eine Aufpasserin vorgekommen. Sie sei von der Mutter geradezu in eine Art Gouvernanten Funktion hineingedrängt worden. Und als solche hätten ihre Brüder sie auch empfunden, als Stellvertreterin der Mutter. "Da waren Sie aber weit überfordert", sagt Dr. Kruse. Und Johanna spürt, wie gut ihr diese Bemerkung tut. Genau so war es immer wieder gewesen, dass sie sich überfordert gefühlt hatte, dass sie das Gefühl gehabt hatte, einer Aufgabe nicht gewachsen zu sein.

Ich bin doch noch im Krieg geboren, sagt Johanna, und schon in der Geburtsnacht musste meine Mutter mit mir in den Luftschutzkeller. Warum sagt sie das? Hofft sie, damit etwas erklären zu können? Sie weiß es nicht. Und Dr. Kruse nimmt diese Fährte nicht auf.

Mittagszeit. Die Familie ist um den Esstisch im ehemaligen Wintergarten, der seit der Behebung der Kriegsschäden (die schönen großen Fenster sind nach ihrer Zerstörung nicht wiederhergestellt, sondern bis auf zwei kleine Fenster zugemauert worden) als Esszimmer dient, versammelt. Der Vater ist gerade aus der Praxis hochgekommen, hat seinen Kittel an den Garderobenhaken im Flur gehängt. Wie immer trägt er einen Anzug mit Weste, ein gestärktes weißes Hemd und einen Schlips. Er holt die goldene Taschenuhr aus der Seitentasche der Weste, an deren dritten Knopfloch sie mit einer Goldkette befestigt ist. Der Vater drückt auf einen Knopf am Gehäuse der Uhr , der Deckel springt auf. Das Ticken ist ganz deutlich zu hören. Diesen Moment am Mittagstisch lieben die Kinder alle gleichermaßen.
Es ist Punkt zwölf Uhr. Die Blicke aller richten sich zur Küchentür, in der jetzt Fräulein Helga, die Haushaltshilfe, erscheint. Sie trägt mit Topflappen die Suppenterrine aus dem Familienservice mit dem blau-goldenen Rand zum runden Eßtisch, wünscht guten Appetit und entfernt sich mit einer leichten Verbeugung wieder, um ihr Mahl allein in der Küche einzunehmen. Johanna hätte es viel lieber, wenn sie mit ihnen zusammen am Tisch säße, aber sie weiß, dass der Vater das nicht für angebracht hält. Zum Personal hat man einen gebührenden Abstand zu halten, hat er den Kindern erklärt. Er selbst hat es in seinem Elternhaus nicht anders erlebt.
Frau Möhrle hebt die rechte Hand zur Stirn. Im Namen des Vaters und des Sohnes und des heiligen Geistes. Amen , tönt es aus vier Kinderkehlen. Sie nickt Helmut zu, dem Achtjährigen, der dieses Jahr zur ersten heiligen Kommunion gehen wird, und ermahnt ihn,

schön deutlich das Tischgebet zu sprechen. Eduard grinst ihn an, das Nesthäkchen Konrad klopft mit dem Löffel auf das Tablett seines Hochstuhls. Segne Vater diese Gaben und lass uns recht dankbar sein. Du, von dem wir alles haben, mögest ferner uns verleihn, was uns nottut hier im Leben und uns deine Gnade geben. Amen. Amen, Amen, kommt es als Echo aus den Mündern der Geschwister.
Johanna weiß, dass gleich wieder die Fragerei nach der Schule losgeht und dann ein langer Monolog des Vaters zu irgendeinem Thema, welches ihm besonders wichtig erscheint, fällig ist. Das verleidet ihr meistens das ansonsten von ihr geschätzte gemeinsame Essen.
Nach der Suppe trägt Fräulein Helga rheinischen Sauerbraten und Klöße auf. Die Mutter verteilt die Portionen auf die Teller. Der Vater erhält selbstverständlich das größte Stück Fleisch. Eduard hätte auch gerne ein größeres als das ihm zugeteilte. Du brauchst noch nicht so viel, sagt die Mutter, Vater muss arbeiten, deshalb muss er mehr zu essen haben. Eduard guckt Johanna an und dann auf seinen Teller. Er würde gerne etwas sagen, aber es heißt ja doch immer: keine Widerrede! Klein-Konrad kräht und matscht in der Soße mit den Rosinen. Der Monolog des Vaters über den Staufferkaiser Friedrich Barbarossa wird unterbrochen, und Johanna nützt die Gelegenheit, um das Dankgebet nach dem Essen, nach dem sich alle erheben und vom Tisch entfernen dürfen, anzustimmen. Danke Vater für die Gaben, die wir jetzt genossen haben (ein zweiter Knödel wäre ganz schön gewesen, denkt sie in das Gebet hinein). Sei ferner mit uns, guter Gott, und rette uns aus aller Not. Amen.
Johanna wirft ihre Zöpfe nach hinten. Bald kommen die ab, sagt der Vater. Johanna und die Mutter wehren sich seit langem dagegen. Aber Frau Möhrle weiß, dass ihr Mann bald ein Machtwort sprechen wird. Nimm mir doch den Konrad noch ein

bisschen ab, sagt die Mutter zu Johanna. Die wüßte nicht, was sie lieber täte. Denn ihren kleinen Bruder liebt sie sehr. Mit seinen fast zwei Jahren ist er für sie so etwas wie eine große lebendige Puppe. Und mit Puppen hat sie schon immer gern gespielt.

Wenn ich Johanna besuchte früher, als wir noch zur Schule gingen, habe ich sie oft um ihre große Familie beneidet. Manchmal durfte ich nach der Schule zum Mittagessen dableiben. Da wurde einfach ein Stuhl dazu gerückt. Platz war ausreichend an dem großen Tisch. Für mich, die ich keine Geschwister habe, war es schön, in einer so großen Familienrunde zu sitzen.
Eigentlich ist mir Johannas Familie als geradezu ideal erschienen, damals. Sie verkörperte nahezu alles das, was ich bei mir als Mangel erlebte: die Eltern geschieden, meine Mutter voll im Berufsleben stehend, mit wenig Zeit für mich, meine Großmutter, die früher bei uns gelebt hat, war schon gestorben.
Dass Johannas Familie nicht so ideal war, wie ich es mir vorgestellt habe, habe ich erst viel später von ihr erfahren.
Als Johanna zum ersten Mal an einer Krankheit erkrankte, die man damals Geisteskrankheit nannte, war sie selbst weit entfernt davon, Ursachen dafür in der Familienkonstellation zu vermuten. Obwohl sie auch damals schon vieles unerträglich fand. Sie suchte Gründe für ihr Kranksein stattdessen bei sich selbst.

Vor einer neuen Sitzung bei Dr. Kruse machte sie sich Notizen über das, was sie ihm sagen wollte.
Ich bin zu ehrgeizig gewesen, ich habe mich selbst zu gering eingeschätzt, deshalb war mein Sinn für Humor so schwach entwickelt. Ich über- oder untertreibe gerne. Ich habe vor lauter Aufregung immer an meinen Nägeln geknibbelt. Weil ich mich

über jeden Misserfolg ärgerte, heulte ich zu leicht. Ich war zu idealistisch. Mir war nichts schön genug. Ich wollte von möglichst vielen Gebieten etwas wissen und habe es nicht richtig verdaut, weil ich mich meistens allein mit meinen Problemen beschäftigt habe. Statt einen leichten Liebesroman zu lesen, lieh ich mir immer viele wissenschaftliche Bücher. Aus angeblicher Bescheidenheit wollte und konnte ich mit niemandem über diese sprechen. Meinen Eltern habe ich alles bis aufs I-Tüpfelchen geglaubt. Ich habe überhaupt fast allen Menschen alles geglaubt und verlor nach und nach meine eigene Meinung.
Jede Ruhepause fand ich überflüssig. Deshalb aß ich auch immer zu schnell und darum zu häufig. Meine ewige Ungeduld entspringt auch dieser Richtung.
Johanna hatte dies alles ohne Punkt und Komma in einem wahren Redeschwall vorgebracht. Doch jetzt unterbrach sie Dr. Kruse freundlich, aber bestimmt. Gemach, gemach, Fräulein Möhrle, sagte er zu Johanna mit seiner sanften Stimme, die sie an die ihres Lieblingsonkels Ludwig erinnerte. Ich denke, für heute ist es genug mit den Selbstbezichtigungen. Vielleicht überlegen Sie sich fürs nächste Mal etwas, was Sie in besonders schöner Erinnerung behalten haben. Und damit geleitete Dr. Kruse Johanna zur Tür.
Ich habe ihm doch noch viel mehr sagen wollen, dachte Johanna, Aber die Zeit war jedes Mal einfach zu knapp. Während sie an Schwester Anita, einer weniger unfreundlichen Aufsichtsschwester, die ihr öfter als die anderen gestattete, im Parkgelände der Klinik spazieren zu gehen, vorbei zum Essenssaal ging, spulte, ohne dass Johanna es wollte, in ihrem Kopf die kleine Rede, in der Dr. Kruse sie unterbrochen hatte, sich selbsttätig weiter ab.
Ich dachte, nur das höchste geistige Gut könnte mich beglücken. Erst in anderen Familien kam ich zur Ruhe und war gleich viel gelöster und entspannter.

Hier machte Johanna eine kurze Denkpause. Sie war im Essenssaal angelangt und setzte sich auf ihren Platz am Zwölfertisch. Von hier konnte sie durch die hochgelegenen Fenster in die Baumkronen sehen. Eine mächtige Blutbuche zog jedes Mal ihre Blicke wie magisch an. Johanna verlor sich im Blattgewirr, löffelte mechanisch das nie schmackhafte Anstaltsessen und war schon wieder bei der Fortführung ihres Gedankenganges.

Ich will mir von jetzt an zu allem Zeit nehmen, auch wenn ich in der gleichen Zeit weniger schaffe. Sicher werde ich dadurch glücklicher. Nach dem Aufenthalt hier in der Klinik will ich noch mal eine Tanzstunde besuchen. Ich will viele leichte Bücher lesen, viel leichte und doch entspannende Musik hören. Denn ich habe ja Sinn für Romantik und Ruhe und Einsamkeit. Gerade durch diese etwas schwierige Zeit hier erfahre ich, was ich verkehrt gemacht habe. Zum Glück habe ich auch viele gute Seiten, die ich mehr pflegen werde.

Der Essensgong ertönte und riss Johanna aus ihrem Gedankenstrom. Alle erhoben sich. Hier und da polterte ein Stuhl zu Boden. Ihre Tischnachbarin fragte sie, ob sie Lust hätte, Tischtennis mit ihr zu spielen. Bloß das jetzt nicht. Johanna wollte in Ruhe ihre Gedanken zu Ende denken.

Vielleicht würde ihr Schwester Anita erlauben, in den Rosengarten zu gehen. Er lag etwas versteckt, unmittelbar an der Anstaltsmauer. Die meisten der Anstaltsinsassen schätzten diesen Ort, der etwas von einem Gefängnishof an sich hatte trotz der schönen Rosenrabatten, offenbar nicht. Aber Johanna wusste, dass sie dort ungestört sein würde. Schwester Anita gab ihr die Erlaubnis.

Johanna richtete ihre Gedanken in die Zukunft. Sie wollte vieles anders als vor ihrer Krankheit machen. Sicher würde ihr das helfen, wieder ein frohes und normales Leben zu führen.

Ich werde mich mit vielen anderen Menschen unterhalten, vor allem mit Gleichaltrigen. Mit meinen Freundinnen habe ich mich aus angeblichem Zeitmangel bisher viel zu wenig unterhalten. Ich habe doch Spaß am Diskutieren. Angst und falsche Bescheidenheit müssen aufhören.
Die Sonnenstrahlen kitzelten Johanna am Kinn. Plötzlich nahm sie den Duft der Rosen intensiv wahr. Er versetzte sie in einen Rauschzustand. Ach, die Welt war doch herrlich! Was würde sie mit der neugewonnenen Zeit alles anstellen. Schwimmen gehen und Radfahren mit ihren Freundinnen, ab und zu ins Kino gehen. Das Leben besteht ja nicht nur aus Arbeit!
Ich freue mich auf mein Leben, dachte Johanna.

Am Abend desselben Tages hatte Johanna ein gutes Gefühl in sich. Sie merkte, dass sich ihr Aufenthalt hier dem Ende näherte, die Zeit des Ausnahmezustandes, abgeschnitten vom wirklichen Leben, von dem sie wusste, dass es vor den Toren des Klinikgeländes begann.
Vor dem Einschlafen gingen ihr Pläne für ihre nahe Zukunft durch den Kopf. Sie würde gerne die Schule zu Ende besuchen und das Abitur machen. Obwohl sie mit dem Gedanken gespielt hatte, Medizin zu studieren, glaubte sie nun, ihre Ziele nicht zu hoch stecken zu sollen. Auch ihr Vater hatte ihr, als sie ihm einmal diesen ihren Wunsch verraten hatte, sofort gemeint, dass das nicht das richtige für sie sei. Johanna argwöhnte allerdings, dass er ihr nur davon abgeraten hatte, weil er ihr das Medizinstudium nicht zutraute.
Aber sie hatte schon eine andere Idee, was sie werden könnte: Volksschullehrerin.
Ihr Basteltalent würde ihr sehr dabei helfen. Sie ging gerne mit Kindern um und konnte ihnen auch etwas beibringen. Sie hatte ja

ihren Brüdern und anderen Kindern aus der Nachbarschaft Nachhilfestunden gegeben und wusste, dass ihr das Freude bereitete. Sie zeichnete gerne, hatte Sinn fürs Schöne. Johanna stellte sich vor, wie sie ein Klassenzimmer verschönern würde mit ihren Ideen, etwas zu schmücken mit Gebasteltem. Sie liebte Gemeinschaftsspiele mit ihren Brüdern. Ihr Gitarrespiel könnte sie vervollkommnen und sich im Singen etwas mehr üben.
Ich freue mich auf meine Zukunft, dachte Johanna.

Dr. Kruse saß am Schreibtisch seines Sprechzimmers. Vor sich hatte er ein Blatt Papier liegen mit einem Gedicht von Johanna Möhrle, welches sie ihm bei ihrem letzten Gespräch gegeben hatte:
Ungewiss

grundlos traurig
oder doch nicht grundlos
der grund gefüllt mit leere
ein wenig gras darüber
grüße an die hoffnung
und sehnen nach licht
lichter auf dem grund
doch immer wieder wüste

Dr. Kruse fühlte mehr instinktiv, als dass er sich auf irgendeine Lehrmeinung stützen konnte, dass er einer solchen Selbstaussage einer Patientin Bedeutung beimessen musste, dass sie ihm über die innere Logik und das Gefühlsleben, die Wünsche, Sehnsüchte, Ängste und Widersprüchlichkeiten, kurz: das Wertgefüge, auch wenn es für Zeiten des Krankseins ver-rückt war, Entscheidendes verriet. Letztlich war diese Kenntnis, die man nur durch ein

unvoreingenommenes Hineintauchen in die Ideen- und Gefühlswelt eines Kranken gewinnen konnte, entscheidend für eine mögliche Heilung. So dachte Dr. Kruse. Allerdings stand er mit seiner Meinung in der Klinik allein. Und er machte sich damit keineswegs Freunde unter der Kollegenschaft.
Wichtig war, das hatte Dr. Kruse schon bei mehreren Kranken erfahren, dass diese sich von ihm ernst genommen fühlten in allen ihren Äußerungen: ob Trauer oder Wut, Verzweiflung, Hunger nach Liebe, Verfolgungswahn und Halluzinationen, Desorientierung, Zerstörungstrieb oder Todessehnsucht.
Wenn Dr. Kruse ein Gedicht wie dieses von Johanna Möhrle las, war er fasziniert vom Wahrheitsgehalt einer solchen Aussage. Sie zeigte ihm an, was er für typisch bei Schizophrenie Kranken und Patienten, die an einer manisch-depressiven Psychose leiden, hielt: dass sie zu keiner Falschheit fähig sind. Filterlos und unverbogen, hüllenlos und ursprünglich äußerte sich darin ein hochsensibles Ich, das vielleicht die poetische Form der Aussage wählte, weil es dabei nicht einen gestrengen Zensor zu befürchten braucht. Das Schlimmste, was einem solchen Ich passieren kann, weil es sich ja mitteilen will, ist, nicht ernst genommen, womöglich sogar verhöhnt zu werden.
Dr. Kruse war davon überzeugt, dass eine solche Form der Äußerung nicht wichtig genug genommen werden konnte von einem Arzt, der sich mit der Psyche, mit der Seele von Menschen beschäftigte, der Krankheiten des Gemüts, der Seele, des Geistes erkennen und wenn möglich heilen wollte.

Wir haben uns getroffen Johanna und ich. Sie erzählt mir, dass sie zu einem Vortragswochenende fahren will, das unter dem Motto "Die heilende Kraft der Sprache" steht. Das Symposion wird von der Gesellschaft für Bibliotherapie veranstaltet, sagt Johanna. Ich

frage sie, was Bibliotherapie bedeutet. Das ist eine neuere Therapieform, erklärt mir Johanna, bei der mit Texten gearbeitet wird, man schreibt dabei eine Geschichte zu einem Stichwort auf, es werden auch Träume aufgeschrieben. Man trägt seinen Text vor und diskutiert ihn in der Runde der Gesprächsteilnehmer.
Johanna hat schon an solchen bibliotherapeutischen Treffen teilgenommen, und sie haben ihr stets gut gefallen, ihr viel gegeben, wie sie sagt. Diesmal soll es vorrangig um Poesie gehen. Ein Vortrag heißt >Ist Poesie ein Lebensmittel?< Der Einladung ist ein Gedicht von Rose Ausländer als Motto vorangestellt.
Manchmal

Manchmal
spricht ein Baum
durch ein Fenster
mir Mut zu

Manchmal
leuchtet ein Buch
als Stern
auf meinem Himmel

Manchmal
ein Mensch
den ich nicht kenne
der meine Worte
erkennt.

Weißt du, sagt Johanna, genau das war es damals, was mir so geholfen hat, dass Dr. Kruse erkannt hat, welche Heilkraft in der Sprache liegen kann. Ich glaube, er hat erkannt, was ich sagen wollte. Er ließ mich einfach reden, er ließ sich meine Gedichte zeigen. Es tat mir unsagbar gut, endlich mit jemandem sprechen

zu können. Er gab mir überhaupt nicht das Gefühl, dass etwas mit mir nicht stimmen könnte.
Die Sprache. Sie ist immer noch, immer wieder das, was Johanna beschäftigt, was ihr am Herzen liegt. Auch jetzt kommt sie wieder auf den Satz von Antoine de Saint-Exupéry zu sprechen "Die Sprache ist die Quelle aller Missverständnisse".
Das stimmt doch einfach nicht, sagt Johanna, so einseitig kann man das doch einfach nicht sagen. Sprache ist doch zuerst mal etwas, was die Menschen miteinander verbindet.
Johanna kommt nicht los von dem Satz. Es ist, als verfolge er sie. Sie wehrt sich gegen die Eingleisigkeit, gegen die scheinbare Eindeutigkeit der Aussage.
Ich stimme Johanna zu. Sprache zeichnet doch gerade den Menschen aus, sage ich, sie macht Kommunikation doch erst eigentlich möglich und ist als einzige geeignet, Missverständnisse auszuräumen.
Wie könnten wir Gedanken und Gefühle, Wünsche und Ablehnung angemessener transportieren als mit Sprache?
Sie ist so facettenreich wie das Menschsein an sich.
Sprache bedeutet für mich zu allererst Verständigung, sagt Johanna, über die Möglichkeit mich auszudrücken.
Sie kann beengend sein, aber auch in eine große Weite führen, bedeutungsvoll kann sie sein und inhaltsleer, Ausdruck von Wissen und Macht
Da fällt mir ein, ich habe doch einmal einen Vortrag über deutsch-jüdische Dichterinnen gehalten, sage ich. Der Titel >Von der Macht der Sprache< war von den Veranstaltern ausgewählt worden, und ich habe mir damals Gedanken zu dieser Wörterverbindung Sprache - Macht gemacht.
Ist Sprache mächtig? habe ich mir überlegt. Ja und nein. Sprache kann durch Macht missbraucht werden. Aber die Sprache der Dichtung ist wahrhaftig und darum auf eine ganz andere Art

mächtig - nämlich nur für den, der sich von ihr berühren lässt. Dem schenkt sie einen Augenblick Freiheit. Den kann sie vielleicht sogar verändern.
Wir sind wieder einmal bei unserem Thema.
Gedichte können trösten und Mut machen, sagt Johanna.
Sie heben uns heraus aus dem Alltag, sage ich, sie machen uns wirklicher. Ich glaube, sie haben auch oft einen utopischen Charakter. Sie sprechen von unserer Sehnsucht nach einer Welt, wie sie sein könnte, wie sie sein sollte.
Und so sprechen wir weiter über Dichtung und Poesie, über unsere eigenen Gedichte und die unserer Lieblingsdichter. Die Sprache der Poesie verbindet Johanna und mich wie ein geflochtenes Band, solange unsere gemeinsame Erinnerung zurückreicht. Immer haben wir Gedichte ausgetauscht, eigene und solche, die uns besonders gut gefallen haben. Johanna hat ihre Magisterarbeit über das Selbstverständnis des Lyrikers im 20. Jahrhundert geschrieben. Sie verfasst Haikus und verschenkt sie auf Postkarten an ihre Freunde. Diese Dreizeiler sind so zart und zerbrechlich wie sie selbst und zugleich von einer betörenden Kraft beseelt.
Über die heilende Kraft der Sprache möchte sie gerne hören. Und doch zögert sie noch. Alte Wunden fangen an zu schwären. Sie spürt Unruhe in sich aufsteigen. Schon hat sie, in Gedanken an das Bevorstehende, zwei Nächte hintereinander schlecht, das heißt so gut wie gar nicht geschlafen. Sie weiß, dass das ein Alarmzeichen ist.
Als ich mich verabschiede, gibt mir Johanna noch einen kleinen Karton mit der Aufschrift "wichtig" mit. Es sind Briefe und Notizen von früher, von denen ich vielleicht etwas gebrauchen kann.
Sieh dich vor und schon dich. Gönn dir lieber eine Ruhepause am Wochenende, sage ich.

Ich glaube, du hast recht, ich merke, wie mich das alles wieder aufwühlt. Ich sollte auf meinen Körper hören.

Johanna war wieder zu Hause. Der fünfmonatige Ausnahmezustand hatte fast genauso plötzlich ein Ende gefunden, wie er seinen Anfang gehabt hatte. Johanna fühlte sich frei und glücklich und hätte die ganze Welt umarmen mögen.
Wer weiß, wie lange sie noch in den Fängen der Psychiatrie, in den Fluren und Sälen der geschlossenen Abteilung hätte ausharren müssen, womöglich zu einem langjährigen Pflanzendasein verurteilt, wenn nicht der verständnisvolle Dr. Kruse, aber auch ihr Vater gewesen wären, die sich beide intensiv um sie gekümmert hatten.
Als sie mit ihrem Vater durch den Wald, der der Klinik benachbart ist, nach Hause fuhr, war ihr, als grüße sie jeder einzelne Baum und heiße sie willkommen in der Welt der Freiheit.
Zu Hause behandelten sie alle mit einer besonderen Liebenswürdigkeit. Sogar ihre drei Brüder gaben sich die größte Mühe, sie nicht gleich in ihre Zänkereien mit hinein zu ziehen. Der Mutter konnte Johanna die Erleichterung, dass ihre Tochter nun endlich wieder gesund und zurück in der Familie war, am deutlichsten anmerken.
Manchmal fand sie es fast ein bisschen übertrieben, dass sie wie ein rohes Ei behandelt wurde. Immerhin war sie inzwischen achtzehn Jahre alt. Eigentlich fast schon erwachsen. Aber andererseits tat ihr der Rückhalt in der Familie doch gut. Sie spürte, dass sie schon noch des Schutzes bedurfte.
Die gemeinsamen Mahlzeiten genoss Johanna jetzt regelrecht. Durch die abendlichen Spiele - Rommé, Canasta, Bridge und Schach - mit den Brüdern oder Eltern, die sie schon immer gepflegt hatten, kam Johannas Geist wieder in Schwung.

Sie freute sich auch sehr auf die Schule. Zuerst aber würde sie noch Ferien machen bei ihrer Tante in Bayern, bei der sie früher schon viele herrliche ungezwungene Wochen verlebt hatte. Ein bisschen Abstand zu den Eltern würde ihr sicher gut tun. Besonders zum Vater. Der hatte bisher immer über alles bestimmt. Gefragt wurde sie nie, auch wenn es um ihre persönlichsten Belange ging. Wenn ihr Vater sie zum Beispiel zum Friseur schickte, und es war der teuerste und bekannteste der Stadt, gab er diesem Anweisungen, wie der Haarschnitt aussehen sollte. Auch in die Tanzstunde hatte der Vater Johanna *gesteckt*, als sie erst vierzehn Jahre alt war und sich eigentlich dafür zu jung fühlte. Die Tanzschule war eine bekannte mit berühmten Namen, in die fast ausschließlich junge Leute aus den sogenannten besseren Kreisen gingen. Johanna fühlte sich jedenfalls dort ziemlich deplatziert.

Ihr stand plötzlich eine Situation von damals lebhaft vor Augen, die ihr noch jetzt die Schamröte ins Gesicht trieb. Zum Abschlussball hatte sie sich gleichzeitig mit zwei Herren verabredet, weil sie von beiden eingeladen worden war. Sie hatte sich einfach nicht entscheiden können, hatte keinem der beiden wehtun wollen und musste es dann doch in letzter Minute tun: einem von beiden absagen. Das sorgte natürlich für ganz schönen Wirbel. Besonders der Vater war entsetzt über ihr Verhalten.

Zu den Tanzvergnügungen und Partys, die zu Hause stattfanden, wurden die Jungen stets von den Eltern eingeladen. Auch da durfte Johanna keine eigene Wahl treffen. Unter ihnen waren etliche mit Adelstitel, was den Eltern wohl besonders zusagte, dachten sie doch, Johanna würde sich auf diese Art in den passenden Gesellschaftskreisen bewegen. Johanna jedenfalls gefielen die meisten von diesen versnobten jungen Männern nicht.

Es kam noch hinzu, dass sie sich auch deshalb auf diesen von den Eltern arrangierten Partys nicht wohl fühlte, weil sie dazu immer in so komische alte Brokatkleider gesteckt wurde, die sie einfach

entsetzlich fand. Kein anderes Mädchen musste solche altmodischen Kleider tragen!
Überhaupt dieses "keine Widerrede" des Vaters, das wie ein ehernes Gebot bestand, gegen das keiner aufzumucken wagte, nicht einmal die Mutter, gedachte Johanna nicht länger unwidersprochen hinzunehmen. Sie vergaß dabei nicht, was der Vater für sie getan hatte, besonders auch in der Zeit ihrer Krankheit. Aber ihr wurde klar, dass es an der Zeit war, dass sie selbständig werden musste. Etwas, was ihr Vater überhaupt nicht ertragen konnte, wie sie wusste.
Einmal hatte sie sich mit dem Nachbarjungen Helmut verabredet zum Schwimmen. Der Nachmittag im Schwimmbad war richtig schön gewesen. Sie hatten zusammen gealbert und jede Menge Spaß gehabt. Helmut fand Johanna viel netter als die ausgesuchten Jungen, die zu den Partys kamen. Aber als sie nach Hause kam, machte der Vater sie fertig, machte ihr Vorhaltungen, stellte seltsame Fragen, beschimpfte sie, als habe sie moralisch etwas ganz Schlimmes getan. Dabei war alles ganz harmlos gewesen.
Johanna hatte den Verdacht, dass ihr Vater eifersüchtig war einerseits auf Helmut, andererseits darauf, dass sie eine eigene Entscheidung getroffen hatte. Nur weil sie gewagt hatte, den Wunsch zu äußern, noch einmal mit Helmut etwas gemeinsam zu unternehmen, bezichtigte er sie, dass sie ihm hörig sei. Was das zu bedeuten hatte, verstand Johanna nicht, nur dass sie das Gefühl nicht los wurde, dass der Vater irgendetwas Klebriges, Unanständiges mit diesem Wort meinte.
An all das hatte Johanna gar nicht denken wollen. Aber die Erinnerungen an manche Begebenheit von früher hatten sie überfallen, seit sie wieder zu Hause war.

Überhaupt das Haus: es hatte sie empfangen wie eine, die gegen etwas verstoßen hatte, gegen ein ungeschriebenes Gesetz und dadurch so etwas wie Verrat geübt hatte. Sie hatte unwissentlich und ohne es zu wollen, gegen eine Familientradition verstoßen: dass nie etwas Innerfamiliäres nach draußen getragen wurde. Die Eltern hatten zwar verstanden, ihre fünfmonatige Abwesenheit zu kaschieren mit der Auskunft, Johanna sei in einem Sanatorium. Aber es gab nun die Ärzte der Klinik, das Personal jener Stätte und auch die einweisende Ärztin, die *Bescheid wussten*. Niemand hatte zu Johanna etwas in dieser Hinsicht gesagt. Dennoch spürte sie - scheinbar aus den holzgetäfelten Wänden des ehrwürdigen Hauses - einen Vorbehalt gegen sich. Sie wusste, dass Tradition in diesem Hause und in ihrer Familie groß geschrieben wurden. Es gab durchaus gute Seiten an diesem Traditionsbewusstsein, zum Beispiel die jährlichen Familientreffen, die in einem großen Kreis festlich begangen wurden. Die 300jährige Familiengeschichte machte auch Johanna stolz. Und sie war sich dessen bewusst, dass sie in einem sehr schönen Haus lebte. Nur hatte das alles auch etwas Strangulierendes an sich. Manchmal fühlte sie sich wie in einem eisernen Stahlkorsett gefangen. Gefangen von Prinzipien, mochten sie auch noch so heilig sein!
Darum freute sie sich jetzt so sehr auf die Ferien bei ihrer Tante. Dort war das Familienleben völlig anders als bei ihr zu Hause: offen, großzügig und frei. Mit ihren Cousins und Cousinen verstand sie sich gut. Sie würden viele lustige und aufregende Abenteuer miteinander aushecken wie auch in früheren Ferien.
Tante Helga war die Schwester ihrer Mutter und der Omutti, Johannas Großmutter mütterlicherseits, ähnlich, die Johanna sehr geliebt hatte, weil sie - ganz anders als die andere Großmutter, die im Hause wie eine Herrscherin regierte, eine so liebevolle und gütige Frau gewesen war. Leider war sie gestorben, als Johanna zehn Jahre alt war. Tante Helga schien eine verjüngte Ausgabe der

Omutti zu sein. Und Johanna fühlte sich sehr zu ihr hingezogen. Dass sie bei ihr dort auf dem Lande die Zeit bis zum Schulbeginn nach den Sommerferien verbringen würde, hielt Johanna ausnahmsweise für eine gelungene Entscheidung ihrer Eltern.

Je länger ich mich mit Johannas Leben beschäftige und versuche, Hintergründe für das Entstehen ihrer Krankheit aufzuspüren, desto mehr offene Fragen tauchen auf.
Wir haben uns wieder einmal zusammengesetzt und Stunde um Stunde in ihrer Biographie gestöbert. Wie hat sie sich damals wirklich gefühlt, als sie aus der Klinik kam?
Der ganze Aufenthalt in der Psychiatrie ist für Johanna doch ein Schockerlebnis gewesen, diese Zumutungen, wie mit ihr umgegangen wurde, waren für sie nicht gerade ermutigend, was ihr zukünftiges Leben betraf.
Im Grunde hat sie nicht gewusst, was sie von sich selber halten sollte. Das machte sie ängstlich und scheu.
Irgendwie habe sie ja gewusst, dass sie eine Macke habe. Auch hat sie damals ungewollt ein Gespräch zwischen ihrem Vater und einem Freund des Vaters mitangehört, bei dem der Vater sagte, sie sei jetzt für ihr Leben gekennzeichnet, könne wohl nie mehr ein normales Leben führen und an Heiraten sei auf keinen Fall zu denken. Das hat Johanna sehr erschreckt und traurig gemacht.
Obwohl sie ganz deutlich fühlte, dass mit ihrem Kopf, das heißt mit ihrem Verstand alles in Ordnung war. Sie hatte nicht den Eindruck, dass sie einen geistigen Defekt habe. Aber sie hat geglaubt, dass man ihr ansehen könne, dass sie psychisch krank geworden war, was sie natürlich sehr belastet hat.
Und plötzlich fragt mich Johanna, ob ich denn sagen könne, warum ich dieses Buch schreiben wolle. Und ich fange an zu stottern, weil ich die Frage jetzt noch gar nicht schlüssig

beantworten kann, aber hoffe, sie am Ende der Geschichte auch für mich gefunden zu haben., die Antwort. Ich sage etwas von Sinn des Lebens, von Zufall, an den ich nicht glaube, von der Frage, warum ein Mensch verrückt wird und ein anderer nicht und merke selbst, wie wenig befriedigend diese Ansätze einer Erklärung sind.

Johanna hat mir bei ihrem Besuch zwei Alben mitgebracht, Gästebücher ihrer Großeltern aus ihrem Landhaus >Haus Arnold<, dem Treffpunkt der großen Familie Möhrle, in deren Eintragungen sich nicht nur Familiengeschichte widerspiegelt, sondern auch die politische Geschichte des Landes von 1924 bis 1954.
Ich lese mich stundenlang darin fest.
Photos, Telegramme, Briefe, Berichte und Reime geben Auskunft über ein großbürgerliches Leben in einem großen gastlichen Haus auf einem Anwesen, zu dem selbstverständlich eine Anzahl Bedienstete gehörte, stolze Rappen die Kutsche in das benachbarte Städtchen zogen zum sonntäglichen Kirchgang und auch schon ein Automobil in den späten zwanziger Jahren zur Ausstattung der Familie zählte. Es wird berichtet von festlichen und üppigen Mahlzeiten, die allen Gästen im >Haus Arnold< kredenzt wurden.
Das Familienwappen ziert die erste Seite des Gästebuches: eine silberne Glocke auf rotem Grund mit einem goldenen Herzen in jeder Ecke, Helm und Federn krönen das Wappenschild, und der Spruch "ad deum corda hominum" kündet von der jahrhundertealten Gesinnung, die in der Familie hochgehalten wird.
Dieses unbeschwerte Leben währt, bis der zweite Weltkrieg ausbricht und alle vier Söhne in den Krieg ziehen müssen. >Haus Arnold< bleibt Ruhe- und Ankerplatz in einer schweren, von Sorgen gekennzeichneten Zeit. Es erweist sich gerade jetzt als

gute Entscheidung des Großvaters Max Möhrle, dass er dieses Haus hat erbauen lassen. Nach dem ersten Weltkrieg war während der französischen Besatzung Militär im Hause in D. einquartiert worden, das die rechtmäßigen Besitzer drangsalierte und schikanierte, ja sie sogar bedrohte. Unerschrocken widersetzte sich Max Möhrle, Richter am Oberlandesgericht in D., unsinnigen Vorschriften und nahm mancherlei Nachteile in Kauf, die ihm auf Grund seiner religiösen und politischen Einstellung entstanden.

Es werden Hochzeiten und Geburtstage gefeiert. Kinder werden geboren. Ein Sohn von Max Möhrle fällt beim Russlandfeldzug. Mitten im Krieg, während eines Heimaturlaubs, heiratet Arnold Möhrle Gertrud Drieber. Für die kirchliche Trauung hat sich das junge Paar den Spruch ausgewählt: In necessariis unitas, in dubiis libertas, in omnibus caritas. Er wird als Wahlspruch ihr zukünftiges Leben bestimmen: Im Notwendigen Einheit, im Zweifel die Freiheit, in allem die Liebe.

Aus der amerikanischen Gefangenschaft auf einen "Urlaub auf Ehrenwort" entlassen, findet Arnold Möhrle >Haus Arnold> zu seiner großen Freude unbeschädigt und die Familie wohlauf. Er erzählt von den Schrecken der verschiedenen Kriegsgefangenenlager, von Hunger, Missgunst, Rohheit und Intrigen. Wunderbar ist es, wieder in einem Bett zu liegen nach Monaten eines Erdlochlebens, an einem gedeckten Tisch zu sitzen und reichlich zu essen zu bekommen.

Einmal war Arnold Möhrle nur knapp dem Tode entkommen. Alles was an Kriegsmaterial zur Verfügung stand, war auf sein Feld niedergegangen: Nebelgranaten, Granatwerfer, Schrapnells, Panzer- und Maschinengewehrbeschuss. Eng in sein Loch gepresst überlebte er wie durch ein Wunder den Beschusshagel, von dem keiner glaubte, dass ihn jemand lebend überstanden hätte, so dass dem Kompaniechef bereits sein Tod gemeldet wurde.

Nach der Entlassung aus der Gefangenschaft im Januar 1946 konnte Arnold Möhrle neben den Vorbereitungen für die Einrichtung seiner Arztpraxis im elterlichen Haus in D. in deren Landhaus immer wieder einige Tage der Ruhe und Erholung mit seiner Familie finden.

Die Ruhe, der Frieden und die immerhin kleineren Sorgen des Landlebens taten uns allen gut, schreibt er ins Gästebuch. Ist doch das Leben jetzt, ein Jahr, nachdem die Geschütze schweigen, noch voller Mühsal und Bitternis. Deutschland, nur ein geographischer Begriff, eingeteilt in Zonen mit kaum sich gegenseitig öffnenden Grenzen, hungert wie wohl noch nie in seiner Geschichte. Immer noch geschehen Plünderungen, Diebstähle und Raubmorde in großer Zahl. Zu den Drangsalen durch die Besatzungsmächte kommen Anfeindungen Deutscher gegen Deutsche, Willkür- und Zwangsmaßnahmen öffentlicher Stellen, die von der ständig gepriesenen Freiheit des Menschen und der Demokratie nichts verspüren lassen. Durch Gleichgültigkeit, Unfähigkeit und z.T. vielleicht auch bösen Willen der Besatzungsbehörden kommt der Aufbau Deutschlands nicht in Gang. Noch immer ragen die Ruinen deutscher Städte in den Himmel. Jeden Tag wird in den Zeitungen und im Radio die Ernährungslage diskutiert, aber vor den Geschäften stehen (oft umsonst) die Schlangen der Menschen. Täglich gibt es 150 gr. Brot, 8 gr. Fett, 14 gr. Fleisch, keine Kartoffel. Die Züge sind überfüllt mit hohlwangigen, hamsternden Menschen der großen Städte. Für Geld ist fast nichts zu kaufen, da die Währung zerstört ist. Irrsinnige Steuersätze lähmen die Wirtschaft und den Arbeitswillen jedes Menschen. Und doch ist es im Westen noch golden gegenüber dem Osten, wo Verbrechen und willkürliche Macht Millionen von Deutschen von Haus und Hof vertreiben. Über allem Elend will das dumpfe Gefühl nicht verstummen, dass der Frieden noch nicht endgültig ist, dass erneut Krieg das wunde Europa bedroht.

Auch ein Jahr später sieht die Lage noch nicht viel besser aus. In >Haus Arnold< sind fünfzehn Vertriebene aus den Ostgebieten einquartiert. Aber dank des landwirtschaftlichen Anwesens, welches zum Haus gehört, muss hier niemand hungern.
Diese entbehrungsreichen Jahre haben bei Johannas Eltern so tiefe Spuren hinterlassen, dass sie ihr Leben lang in großer Sparsamkeit gelebt haben, auch als sie es schon nicht mehr nötig hatten.

Wir stöbern in Erinnerungen an unsere Schulzeit, Johanna und ich.
Das Jahr, bevor ich krank wurde, war ein einziger Stress für mich, sagt Johanna. Ich stand in Deutsch und Französisch fünf und bin nur mit knapper Mühe und Not in die Obersekunda versetzt worden. Und dann hat die "Dolle" vor versammelter Klasse gesagt "Die Johanna ist noch richtig unreif!"
Das ist doch unmöglich, so etwas zu sagen, völlig unpädagogisch! Was für einen Grund sie zu dieser Bemerkung gehabt haben mag, daran erinnere ich mich nicht mehr. Aber ich weiß noch, dass ich es schrecklich fand.
Auch mein Vater hat mich immer als naiv bezeichnet. Da mochte ja auch etwas dran sein. Aber schließlich waren es meine Eltern, die mich viel zu lange kleingehalten und wie ein Kind behandelt haben.
Dabei waren doch unsere geistigen Interessen enorm.
Weißt du noch, wie wir stundenlang über den Existentialismus und Nihilismus diskutiert haben?
Ich erinnere mich noch gut an unsere Dispute über die Philosophien von Camus und Sartre, über die zahlreichen Theaterstücke, die wir damals sahen von Anouilh, Giraudoux, Ionesco und die psychologisch raffinierten Filme von Ingmar Bergmann "Wilde Erdbeeren" und "Wie in einem Spiegel".

Es war eine Zeit des Fragens, des Suchens, der Orientierung, eine Zeit voller Zweifel am Überkommenen, eine Zeit der Sehnsucht nach Idealen, die der Wirklichkeit würden standhalten können.
Was haben wir damals für Bücher verschlungen! Was haben wir uns mit Wissen vollgestopft! Die Bücherschränke unserer Eltern haben wir geplündert und weil das meistens noch nicht reichte, waren die Bibliotheken für uns segensreiche Einrichtungen.
Nietzsche, Kant und Schopenhauer, Pascal, Guardini und Kierkegaard. Ich lag mit Johanna, was die Vorlieben für bestimmte Philosophen und Schriftsteller anging, ganz auf einer Ebene. Wir verschlangen Dostojewskis "Schuld und Sühne", die Romane von Graham Greene und George Bernanos, von Hesse und Hemingway.
Was hätte Johanna unterschieden in ihrem Lebensgefühl von uns anderen Siebzehnjährigen oder Achtzehnjährigen, die wir doch alle mehr oder weniger den Gefühlsschwankungen des "himmelhoch jauchzend - zu Tode betrübt" ausgesetzt waren?
Ist es nur dieser winzig kleine Schritt, den sie über die Brücke ging ans andere Ufer des Wahnsinns, von dem wir anderen in ähnlichen Situationen, die auch auf uns einstürmten, aus unerfindlichen Gründen zurückgehalten wurden?
Denn wer von uns erlebte damals nicht ebenso seine ersten Enttäuschungen in Freundschaften, war nicht manchmal am Boden zerstört, wenn etwas nicht gelingen wollte, wenn etwas von den Eltern versagt wurde, wenn eine Arbeit in der Schule danebengegangen war?
Alle unsere Eltern hatten den Krieg miterlebt. Manche Väter waren nicht heimgekehrt. Manche Eltern hatten sich getrennt. Sicher gab es auch andere Väter, die ihre Töchter geringschätzig behandelten und vielleicht sogar andere despotische Großmütter wie bei Johanna zu Hause.

Vielleicht war es Johannas ausgeprägte Wahrheitsliebe, die es ihr besonders schwer machte, die Widersprüche zwischen Anspruch und Wirklichkeit, zwischen gewollter Kritik und der elterlich verordneten Zurückhaltung derselben, auszuhalten.
Johanna habe als Kind keine Trotzphase gehabt, sagt ihre Mutter einmal zu ihr.
Wahrscheinlich hat Johanna auch in der zweiten Trotzphase, der Pubertät, nicht rebelliert gegen die Erwachsenen: die Eltern, die Lehrer, die Lehrmeinungen von Kirche und Moral, gegen die Normen von Sitte und Anstand.
Dazu war ihre Erziehung auch wenig geeignet, die bestimmt war durch einen rigiden Verhaltenskodex, durch Verbote und nicht durch vertrauend verständnisvolles Eingehen auf die spezifischen Nöte dieses Alters und ihre besonderen Anlagen und Begabungen.
Ich bin ein Sehmensch und kein Hörmensch, sagt Johanna zu mir, als sie mir von ihren Schwierigkeiten in der Schule erzählt.
Deshalb war ich in Mathematik, Latein und Geschichte gut, in den Sprachen aber nicht. Für Kunst habe ich mich immer mehr interessiert als für Musik.
Etwas anderes interessierte uns beide gleichermaßen stark: Religion und Philosophie. Wir wurden nicht müde, uns die Frage nach Gott zu stellen, wie er beschaffen sei, ob eine Welt ohne Gott denkbar sei. Wie war der Widerspruch zu erklären, dass eine Welt, in der es Kriege, Hunger, Elend und Krankheit gab, in der unschuldige Kinder starben oder leiden mussten von einem gütigen, weisen und allmächtigen Schöpfergott geschaffen worden war? Konnte Gott so etwas wollen?
Camus mit seinem >Mythos von Sisyphos<, mit seiner Abhandlung über das Absurde kam uns da gerade recht. Die Gestalt des Sisyphos, der seinen Stein immer und immer wieder den Berg hinauf rollen muss, erschien uns symptomatisch für unsere eigene Situation des Suchens nach einer Erklärung für die

Welt, des ständigen Ringens um eine Antwort nach dem Sinn des Lebens.
Und gerade auf uns, die wir im Glauben an einen guten Gott erzogen worden waren, übte der Atheismus eines Camus eine starke Faszination aus. In dem von ihm beschriebenen Mythos fanden wir wieder, was unser Herz, unser Gemüt, unsere Sehnsucht uns sagte, nämlich dass es darauf ankam, das Leben in all seiner Unvollkommenheit, mit seinen Prüfungen und Absurditäten als gut zu befinden und dass es einzig auf die Liebe ankäme. "Glück und Absurdität entstammen ein und derselben Erde", schrieb Camus und zog daraus die Schlussfolgerung "Der Kampf gegen Gipfel vermag ein Menschenherz auszufüllen. Wir müssen uns Sisyphos als einen glücklichen Menschen vorstellen."

Johanna hat verschiedene Bücher von sich mitgebracht, die ihr damals, vor dem Ausbruch ihrer Krankheit, wichtig waren.
Das war ein neu erschienenes Taschenbuch von Kierkegaard mit dem Titel "Der Einzelne und sein Gott".
Auch ich habe zur selben Zeit ein Taschenbuch von Kierkegaard gelesen, aber mit einem anderen Titel: "Die Krankheit zum Tode - Furcht und Zittern".
Ich sehe, dass wir uns mit ähnlichen Fragen und Problemen zeitgleich beschäftigt haben.
Ich schaue mir zunächst Johannas Buch an, fahnde in den mit Bleistift unterstrichenen Sätzen nach ihrem Wesen. Denn ein Buch, welches so markiert ist von seinem Leser, verrät ganz Wesentliches über ihn. Es kommt vor, dass ich über mich selbst erstaune, wenn ich Bücher zur Hand nehme, die ich vor langer Zeit gelesen habe und an Anmerkungen und Unterstreichungen die Person, die ich einmal war, plötzlich höchst lebendig wieder vor mir sehe, ja sie geradezu physisch anwesend neben mir erlebe.

Und dann halte ich im Lesen inne. Blitzartig weiß ich, dass ich den Text vor meinen Augen bereits kenne. Ich renne hinunter in unser Bibliothekszimmer und greife traumwandlerisch zu meinem Kierkegaard. Ich blättere hastig und voller Ungeduld, bis ich die gesuchte Stelle finde unter einer anderen Überschrift als in Johannas Buchausgabe.

Es geht um Abraham.

"Es war einmal ein Mann, der hatte als Kind jene schöne Erzählung vernommen, wie Gott Abraham prüfte und wie dieser die Probe bestand, den Glauben bewahrte und wider Erwarten zum zweitenmal einen Sohn bekam", so beginnt die Abhandlung über >Furcht und Zittern<, von der ich wusste, dass sie in meiner Ausgabe stand, sie aber nicht in Johannas Buch erwartet hatte.

Aber nun beim Blättern und Vergleichen zwischen beiden Büchern, läuft mir ein Schauer den Rücken rauf und runter. Ich sehe, dass wir exakt dieselben Sätze unterstrichen haben.

Finde ich bei dieser seltsamen Konstellation, die auf mich einstürmt wie eine Offenbarung, nicht auch eine Erklärung auf die Frage: Warum willst du diese Geschichte schreiben?

Wird mir nicht sozusagen frei Haus, ohne mein Wollen, ohne mein Zutun ein Stück Erklärung geliefert?

"Ein jeder war in seiner Weise groß, und ein jeder im Verhältnis zur Größe dessen, was er *liebte*."

"Aber Abraham war größer als alle, groß durch die Kraft, deren Stärke Ohnmacht ist, groß durch jene Weisheit, deren Geheimnis Torheit ist, groß durch jene Hoffnung, deren Form Wahnsinn ist."

Ist das nicht eine eigenartige Formulierung? Wie oft sagen wir heute: Das ist ja Wahnsinn! Aber Hoffnung in einer absolut aussichtslosen Lage – das ist wahrhaftig Wahnsinn. Und hat nicht das alles auch mit Johanna zu tun?

Ich muss zurückschwenken zum Fortgang der Geschichte.
Nach ihrer Krankheit wurde Johanna von ihren Eltern in die Ferien geschickt. Wir hatten uns nicht einmal kurz sehen können. Aber wir schrieben uns.
Jetzt endlich darf auch ich herrliche Ferientage genießen, schrieb Johanna. Ziemlich gutes Wetter, schöne Ausflüge mit dem Schiff oder Auto. Ich freue mich an den Wanderungen, auf denen ich ab und zu ein paar Kirschen klaue, am Paddeln, Radfahren, Reiten, an dem leckeren Essen und dem langen Schlafen. Wunderbar! Ihr seid jetzt sicher tüchtig am Lernen; wie es euch wohl geht?
Du, es wäre ja herrlich, wenn wir nach den Ferien mal zusammen reiten könnten. Sicher muss ich dann sehr aufpassen, denn ich bin hier nur eine ganz zahme, brave Stute gewöhnt, die schon sehr alt ist. Aber wir versuchen es mal, nicht? Zu deinem Sprung gratuliere ich dir, so etwas habe ich nicht gemacht, ich habe es auch nicht vor. Ich darf jetzt schon etwas weiter reiten, allein in den Wald. Herrlich ist es.
Das auf dem Foto, ist das Haus, in dem ich wohne. Ich kann mich noch erinnern, wie wir noch kein Licht hatten und abends immer um eine Petroleumlampe oder am offenen, hellen Kaminfeuer saßen, jedenfalls urgemütlich.
Ich lege die Hand auf deine Schultern und freue mich, dass ich dich kennen und lieben darf. Ich grüße dich mit einem Satz von St. Exupéry: Mein Freund, ich brauche dich wie eine Höhe, in der man anders atmet.
So flogen die Briefe hin und her und ersetzten uns für eine Weile noch das Wiedersehen.
Ich freute mich über Johannas Briefe, schienen sie mir doch zu zeigen, dass es ihr wieder gut ging. Wir hatten noch keine Ferien und büffelten fleißig auf das Abitur hin.

Johanna freute sich anscheinend wirklich wieder auf die Schule. Um sich ein wenig einzuüben, schrieb sie mir manchmal Briefe auf Englisch.

If you don't mind I am going to write in English to exercise my English language. I got your nice letter, thank you so much.
Fancy that I am looking forward to the school. Then I will have more to do and to learn. I was not in school such a long time, and it is still a little attractive. that is perhaps funny but it is the truth.
This week a cousin is visiting us. He is twenty-four years old and very nice. Before all his face is so pretty, his black hair and brown teint and the full mouth, really I want to kiss him (in my mind, naturally). Often I want to embrace or kiss somebody and there is no opportunity. So my love for another body increases without a getting off. But I still have to wait with such things, I only can pray for an eventually future husband.

Wenn ich heute diesen Brief lese, denke ich, dass Johanna damals die englische Sprache wählte, um von dieser körperlichen Sehnsucht nach Erfüllung zu sprechen. Sie ermöglichte ihr, von etwas zu reden, was wir nur verschwommen fühlten und worüber wir normalerweise nicht zu reden wagten. Unsere Erziehung zielte darauf, dass wir unsere sexuellen Wünsche und Sehnsüchte aufsparten für den einen, der unser Ehemann werden würde.

Mir fällt etwas ein, was Johanna mir erst viel später erzählte.
Selbstverständlich ging sie zu ihrem Vater auch in ärztliche Behandlung. Das war sie nicht anders gewöhnt. Aber sie hat seine Untersuchungen immer als unangenehm empfunden. Wie einen Übergriff. Als in der frühen Pubertät ihre Menstruation öfter sehr unregelmäßig war, hat er sie nicht etwa zu einem Kollegen oder Facharzt geschickt, sondern behandelte sie selbst mit Spritzen und Hormonen. Das fand Johanna ziemlich unangemessen. Sie wollte es eigentlich nicht, dass ihr Vater sie behandelte, aber sie konnte

dieses unangenehme Gefühl, das sie verspürte, nicht benennen und fühlte sich dem Vater irgendwie ausgeliefert.
Immer wollte er genau über sie Bescheid wissen.
Schon als Kind, wenn sie irgendeine Kinderkrankheit hatte, untersuchte der Vater sie immer von oben bis unten. Johanna fand das ziemlich eigenartig. Die Art, wie er das machte, dass er mit Wonne an ihrem kleinen Körper herumtastete - sie konnte das an seinem Gesicht ablesen - fand sie sehr unangenehm.
In der Pubertät passierte dann noch etwas, was Johanna sehr merkwürdig fand. Mit einem Mal ging ihr Vater mit ihr einkaufen, und die Mutter durfte niemals dabei sein. Johanna durfte sich plötzlich schöne Sachen zum Anziehen aussuchen, und die durften sogar teuer sein, unter der Voraussetzung, dass sie dem Vater gefielen. Bis zu ihrem vierzehnten Lebensjahr hatte sie immer nur Sachen von anderen, von Cousinen, ihrer Mutter oder sogar Großmutter, die dann für sie geändert wurden, auftragen müssen. Da war nie etwas dabei gewesen, was ihr gefiel. Wie sollte sie je ihren eigenen Geschmack entwickeln können, wo immer nur für sie bestimmt wurde? Wie sollte sie ein Gefühl bekommen von etwas, was nur ihr gehörte?
Nie hat sie deshalb ein angenehmes Körpergefühl gehabt.
Auch ihre Mutter hat Johanna nicht unterstützt in ihrem Frust. Sie besaß ja selbst nicht genügend Eigenständigkeit. Der Vater dominierte alle. Ein einziges Mal hatte die Mutter gewagt, sich selbständig ein Kleid auszusuchen, was Johanna ganz toll gefiel. Aber der Vater machte ein derartiges Theater, weil ihm das Kleid überhaupt nicht gefiel, dass die Mutter es wieder zurückbrachte. Diese Schmach wollte sie dann lieber nicht ein weiteres Mal über sich ergehen lassen. Also fügte sie sich, und litt still vor sich hin.
Zu etwas Eigenem hat sie sich erst nach dem Tod des Vaters durchringen können.

Für Johanna und ihre Brüder gab es keine Schützenhilfe von der Mutter. Grundsätzlich galt: Was Vater sagt, ist recht. Es gab kein heimliches Paktieren mit einem Elternteil, keine Entlastung durch Verständnis. Es gab keinen Schutz. Beide Eltern waren ein uneinnehmbarer Block..
Der Einfluss des mächtigen Vaters auf ihr Leben hat es Johanna äußerst schwer gemacht, selbständig zu werden und auch zu ihrem Körper ein positives Gefühl zu entwickeln.
Sie erinnert sich noch daran, wie furchtbar unangenehm sie es fand, wenn er am Tisch vor den Kindern über seine Patientinnen erzählte, wie sie sich auszogen, und über Krankheiten sprach, von denen sie doch eigentlich gar nichts erfahren durften. Da fragte sie sich im stillen, wie denn das zusammenpasste, der hohe moralische Anspruch und diese gewisse Lüsternheit, mit der der Vater über solche Dinge sprach.
Im Nachhinein sieht Johanna jedenfalls seine Be-handlungen als Übergriffe. Sie kennt die Auffassung Freudscher Analytiker, dass das Spritzensetzen eine versteckte Form von Vergewaltigung ist. Hatte nicht der Vater ihr bei jeder sich bietenden Gelegenheit eine Spritze „verpasst"? Und als ihre kleinen Brüste zu sprossen begannen, gar noch häufiger?
Wie konnte Johanna, die so oft von ihrem Vater herabgesetzt und nicht für voll genommen wurde, ein gesundes Selbstwertgefühl entwickeln?

Und dann fiel Johanna in den Ferien bei ihrer Tante ein Buch in die Hände, welches für sie wie eine Offenbarung war. Die nur dreißig Seiten seines Inhalts trank sie wie Nektar, las sie wieder und wieder, weinte vor Glück, weil sie sich plötzlich innewurde, dass sie weder nutzlos noch seltsam oder anders war, sondern dass sie sich so annehmen konnte und musste, wie sie war.

Johanna hat mir dieses Büchlein geschickt, und ich begreife, während ich darin lese, was für eine ungeheure Bedeutung es damals so kurz nach dem Überstehen dieser schweren und belastenden Krankheit für sie gehabt haben muss.
Sie sagt es selbst und erinnert sich noch genau daran, was für eine Erleichterung ihr das Gelesene gab.
Weißt du, plötzlich konnte ich all das Schreckliche, das ich erlebt hatte, mit anderen Augen sehen, sagt Johanna. Da stand ja geschrieben: "Ich soll sein wollen, der ich bin; wirklich ich sein wollen, und nur ich. Ich soll mich in mein Selbst stellen, wie es ist, und die Aufgabe übernehmen, die mir dadurch in der Welt zugewiesen ist."
Johanna merkte, wie ihr wieder Mut zuwuchs, ihr Leben doch noch meistern zu können. Plötzlich schienen wie durch einen undurchdringlichen Nebel die ersten Sonnenstrahlen.
Ihre Fragen, warum stößt mir eine solche Krankheit zu, warum bleibt mir versagt, was andere selbstverständlich erhalten, warum fällt mir vieles so schwer, erhielten wie auf einen Schlag eine Antwort oder zumindest eine Richtung, in die sie sich orientieren konnte.
Mit einem dicken Doppelstrich versieht Johanna die Sätze von Guardini: "Ich soll einverstanden sein, der zu sein, der ich bin. Einverstanden, die Eigenschaften zu haben, die ich habe. Einverstanden, in den Grenzen zu stehen, die mir gezogen sind."
Daran will sie sich von jetzt an halten. Schluss mit unnützen Selbsterniedrigungen, Schluss mit Schuldzuweisungen, Schluss mit der Angst!
Ich muss mich selbst achten lernen, denkt Johanna, ich kann mich annehmen, so wie ich bin. Eigentlich ist das doch gar nicht so schwer, geht es ihr durch den Kopf, und sie möchte plötzlich lachen vor lauter Glück.

Nein, eigentlich war es gar nicht so schwer, zufrieden und glücklich zu sein. Johanna genoss die freie Zeit, die ihr vor dem Wiederbeginn der Schule vergönnt war. Sie freute sich täglich an dieser schönen Umgebung, an den wogenden Kornfeldern, dem Kuhduft und der herb würzigen Luft des nahen Waldes, am Gänsegeschrei und Turmuhrgeläut der gegenüberliegenden Dorfkirche, am erfrischenden Wasser des Weihers, in dem sie mit ihren Cousinen schwimmen ging.

All das ließ sie die zurückliegende Zeit vergessen. Es kam ihr so vor, als seien ihre Sorgen und Leiden gut verpackt in einer Kiste auf einem Dachboden abgestellt.

2. Teil

Alles begann gut.
Nach einem dreiviertel Jahr Pause ging Johanna wieder in die Schule. In eine neue Klasse mit einer neuen Klassenlehrerin und viel weniger Mitschülerinnen, was Johanna sehr angenehm fand. Die Klassenlehrerin war wohltuend freundlich. Und die beiden Lehrerinnen in Deutsch und Französisch, vor denen sie stets in Furcht gelebt hatte, unterrichteten sie nicht mehr.
Plötzlich waren alle Blockaden in ihrem Kopf weg. Johanna lernte gerne und leicht und wurde eine richtig gute Schülerin. Sie konnte es selbst kaum fassen. Wie hatte der Lernstress zu solch einer psychischen Spannung führen können, dass sie davon krank geworden war!
Die eineinhalb Jahre bis zum Abitur vergingen, ohne dass sie irgendwelche Schwierigkeiten bekam.
Ein schönes Erlebnis war für Johanna, als sie bei einer Theateraufführung in der Schule die Hauptrolle der Nausikaa spielen durfte. Das hat ihr richtig gut getan. Endlich konnte sie einmal so richtig aus sich herausgehen!
Aber neben der Schule pflegte Johanna jetzt auch jede Menge Freizeitaktivitäten wie Tennisspielen, Fahrradfahren, Kino- und Theaterbesuche, Vorträge und Kunstausstellungen. Sie ging zu Partys und lud Freunde und Freundinnen zu sich nach Hause ein.

Mit ihrem Bruder Eduard ging sie tatsächlich noch einmal zur Tanzstunde und hatte diesmal ausgesprochenen Spaß daran.
Einmal lud sie ihre ganze Klasse und die nette Klassenlehrerin zu sich ein. Das war ein besonders geglückter Nachmittag, sozusagen eine Idealvorstellung in die Wirklichkeit versetzt, mit guten Gesprächen, geselligem Beisammensein und lockerer, fröhlicher Atmosphäre. Johannas Sicherheit erlangte ein ungeahntes Ausmaß. Sie fühlte sich gelöst, gewandt und heiter.
Auch ihre Schulerfolge ließen ihr Selbstvertrauen wachsen. Sie meinte, in die Freudenscheuer solche großen Mengen an Glück eingefahren zu haben, dass sie nie wieder in eine abgrundtiefe Traurigkeit versinken könnte. Manchmal kam es ihr geradezu unheimlich vor, wie gut es ihr ging, ohne dass sie etwas dafür tat. Und sie ertappte sich bei dem Gedanken: so kann es doch nicht immer bleiben!

Beim Tennisspielen im Rochusclub lernt Johanna Udo von Gruntig kennen. Sie flirtet mit ihm. Sie genießt es, wenn er nach dem Spiel seinen Arm um ihre Taille legt.
Du bist wunderschön, sagt er zu ihr und küsst sie auf den Mund. Johanna schwebt im siebten Himmel. Von ihren Brüdern war sie bisher immer als „Waschbrett" verspottet worden, vorne nichts und hinten nichts! Udo scheint das nicht zu stören.
Weil er aus einer *guten* Familie stammt, haben ihre Eltern nichts dagegen, dass sie sich öfter mit ihm trifft. Zusammen gehen sie auf die Kirmes, fahren Achterbahn und Wilde Maus, und in den Kurven wird sie eng an Udo gepreßt. Ein herrliches Gefühl!
Johanna hat noch ein anderes Eisen im Feuer: Dietmar. Den hat sie bei einem Vortrag über Paul Klee kennengelernt. Er ist anders als Udo, sehr schüchtern und lieb. Über Händchenhalten hinaus ist mit ihm bisher nichts gelaufen, aber auch das gefällt ihr. Mit ihm

kann sie sich stundenlang über Kunst und Philosophie unterhalten. Allerdings sind seine Eltern nur *einfache* Leute, sein Vater ist Anstreichermeister und hat ein gutgehendes Geschäft mit mehreren Angestellten. Johanna findet einen solchen Beruf sehr respektabel und wehrt sich insgeheim gegen die Abqualifizierung von nicht akademischen Berufen besonders durch ihren Vater. Aber sie traut sich gar nicht erst, von Dietmar zu erzählen. Auch Udo erzählt sie nichts von ihm.
Johanna findet Udo sehr schön und anziehend, seine blonde Haartolle, seinen schlanken, athletischen Körper. Wenn er sie in den Arm nimmt, steigt ihr das Blut in den Kopf. Wenn er mit seinen Knien die ihren berührt, erschauert sie, und ihr Sehnen nach körperlicher Erfüllung steigert sich ins Unermessliche. Und doch stört sie bei Udo die Oberflächlichkeit, mit der er über vieles, was ihr am Herzen liegt, spricht. Mit ihm zusammen schweigen? Nein, das kann sie nicht. Udo redet pausenlos über irgendwelche Dinge, über Tennisasse, über Pferderennen, zu denen er mit seinem Vater geht, über die neuesten Autotypen, die sie überhaupt nicht interessieren.
Aber die erotische Anziehung, die von Udo ausgeht, ist unheimlich stark. Und der kann Johanna nicht widerstehen.
Wenn doch Dietmar ein bisschen forscher wäre, denkt sie. Mit ihm stimmt sie mehr in geistigen Vorstellungen und Idealen überein. Er will Arzt werden und vielleicht in die Entwicklungshilfe gehen. Das findet Johanna wunderbar.
Einen Mann finden, bei dem beides zusammengeht, denkt sie, das Körperliche und das Geistige, das wäre ideal. Ich muss Geduld haben, warum soll mir ein solcher Mann nicht begegnen?
Aber für den Augenblick ist es doch herrlich, mit dem attraktiven Udo in die Nacht hinein zu tanzen! "Tanze mit mir in den Morgen", den blöden, eingängigen Schlager summt sie den ganzen

Tag vor sich hin und spürt in sich eine Seligkeit, die sie ihre geistigen Ambitionen vergessen lässt.
Als sie Udo zum Nachmittagskaffee zu sich nach Hause einlädt, ist er beeindruckt von dem Haus.
Manieren hat er, das muss sie zugeben. Vollendet höflich begrüßt er ihre Eltern, die sogleich sehr von ihm angetan sind. Johanna darf ihm das ganze Haus zeigen. Und Udo spart nicht mit Bewunderungsausrufen und Komplimenten.
Schon wenn Udo sie nach Hause brachte, hatte er stets bewundernde Blicke auf das Haus geworfen, das schmiedeeiserne Eingangsportal, den mit kleinen Basaltsteinen zu Mustern angeordneten Eingangsweg, das schwere verzierte Eichenportal. Aber Johanna hatte im stillen geargwöhnt, dass es weniger sein Gefühl für Ästhetik war, die sie an seinem Gesichtsausdruck zu erkennen glaubte, als vielmehr ein Gefühl, die Leute müssen aber reich sein, die darin wohnen.

Nun bei seinem ersten offiziellen Besuch merkt sie, wie sehr er beeindruckt ist von der großen Diele mit der schön geschwungenen Treppe zur ersten Etage, den Bildern an den Wänden, den Eichenholzverkleidungen.
"Ah, eine gläserne Kuppel", entfährt es Udo, als er seinen Blick in der Diele nach oben gleiten lässt, " das ist ja großartig!"
Johannas Eltern sehen sich bedeutungsvoll an.
"Aus welcher Zeit stammt denn das Haus", wendet er sich höflich-neugierig an diese.
"Es wurde 1910 von meinen Eltern erbaut", antwortet der Vater nicht ohne Stolz in der Stimme.
"Phantastisch", sagt Udo, als sie ins Wohnzimmer eintreten, "diese herrlichen Einbauschränke und der Kachelofen!"
Johanna denkt, der kriegt ja vor Begeisterung seinen Mund nicht mehr zu, und muss sich ein Lächeln verkneifen.

Aber als sie von Raum zu Raum gehen und Udo immer neue Ahs und Ohs von sich gibt, wird sie plötzlich auch ein bisschen stolz. Das ist ja ihr Elternhaus! Eigentlich hat sie es bisher nie mit besonderem Wohlwollen betrachtet. Dieses Ambiente, welches Udo so viel Begeisterungsrufe entlockt, ist sie von Kindesbeinen an gewöhnt. Es ist nichts Besonderes für sie. Im Gegenteil: dass es zum Beispiel im Winter ausgesprochen kalt und ungemütlich ist, weil sich das riesige bis zum Dachgeschoss hinaufreichende Treppenhaus gar nicht ausreichend heizen lässt, hat sie bisher eher als unangenehm empfunden.

Auch die Küche fand sie eigentlich unmodern. Über die verliert Udo allerdings auch kein Wort. Und das findet Johanna plötzlich ungerecht. Zum ersten Mal fallen ihr nämlich jetzt die wunderschönen Fliesen an den Wänden und auf dem Fußboden auf.

Als sie die Treppe hinaufgehen, um sich die Kuppel von nahem zu besehen, kommt Johannas Großmutter aus ihrem Wohnzimmer in der ersten Etage. Sie geht auf Udo zu und streckt ihm die Hand entgegen.

"Udo von Gruntig," stellt er sich vor. "Aha, soso, ein Verehrer meiner Enkelin, nehme ich an", sagt Frau Möhrle. Udo nickt und Johanna strahlt.

"Ja, wissen Sie, das Haus haben mein Mann und ich gebaut."

"Das habe ich schon von Ihrem Sohn erfahren, Frau Möhrle," sagt Udo und fügt gleich an: "Ein großartiges Haus! Ich wünschte, wir hätten auch ein solches. Aber meine Eltern haben ja leider durch die Vertreibung aus dem Osten alles verloren bis auf ein gewisses Familienerbe, Silber, Porzellan und ein paar Bilder, das was man transportieren konnte, damals im Krieg."

"Jaja, das war schon eine schlimme Zeit", sagt Johannas Großmutter, "uns hat es zum Glück nicht ganz so schlimm

getroffen. Das Haus ist zwar im Krieg beschädigt worden. Aber wir haben es doch immerhin behalten."
"Darf ich Ihnen eine Tasse Tee anbieten," fragt sie Udo, als Johanna ihn schon weiterziehen will ins nächste Geschoss.
"Oh ja, gern, Frau Möhrle, vielleicht gleich, wenn mir Johanna noch das obere Stockwerk gezeigt hat?"
"Ja, gehn Sie nur, schauen Sie sich ruhig alles an. Dort oben wartet noch eine Überraschung auf Sie. Nicht, Johanna?" Und leise zu Johanna sagt sie: "Das ist aber ein galanter junger Mann mit vollendeten Manieren."
"Ich setze den Tee auf," ruft sie Johanna und Udo nach, als diese Hand in Hand nach oben entschwinden, "Bis nachher also. Ich erwarte euch in meinem Teesalon."
Hoffentlich traktiert sie Udo nicht mit ihren ausschweifenden Erzählungen von früheren Zeiten, denkt Johanna, als sie unter der Kuppel angelangt sind.
" Du, diese Glaskuppel ist grandios!" schwärmt Udo.
Johanna besieht sie sich wie zum ersten Mal. Gerade kommt die Sonne durch die konzentrisch angeordneten farbigen Glasscheiben. Sie wirft ein vielfarbiges Licht auf den Seidenton der Treppenholzverkleidung. Von der Standuhr ertönt der melodische Gong des alten Uhrwerks. Udo nimmt Johanna in den Arm. Johanna ist glücklich.
"Und die Überraschung?" fragt Udo.
"Warte ab", sagt Johanna. Sie gehen eine weitere Etage hoch, und Johanna öffnet eine Tür.
Sie befinden sich in einem Riesenraum auf dem Niveau der Glaskuppel, direkt unter dem Dach. Udo nutzt erst einmal die Gelegenheit, um Johanna zu küssen, jetzt wo sie den Blicken der Eltern und der Großmutter entschwunden sind.
"Nun guck doch mal", ruft Johanna, indem sie sich Udos immer stürmischer werdenden Umarmung entwindet.

Nur widerwillig löst sich Udo von ihr und schaut sich um. Und dann vergisst er seine ganze vornehme Ausdrucksweise, die auf Johannas Eltern so großen Eindruck gemacht hat.
" Mensch, is ja toll! Was sind' n des für alte Klamotten?"
Johanna erklärt ihm, dass die alten Klamotten eine tatsächlich uralte Waschmaschine aus der Gründungszeit des Hauses ist und dass sie sogar noch funktioniert.
Udo ist sprachlos. "Das ist ja kaum zu glauben", ruft er staunend aus. Und mit einem Mal scheint er Johanna ganz vergessen zu haben, wandert vielmehr zwischen den Bottichen, Waschbecken, den Heizkesseln und von Riesenkeilriemen getriebenen Rädern hin und her und kann seinen Blick nicht lassen von diesen vorsintflutlichen Ungetümen.
"Aber ihr wascht doch nicht etwa noch damit", kommt es dann ein bisschen verächtlich aus ihm heraus.
Johanna ist über diese Frage ein bisschen verärgert.
"Du wirst es nicht glauben, aber bis vor einem Jahr hat unsere Angestellte noch alle unsere Wäsche damit gewaschen!" In ihrer Antwort schwingt so etwas wie Stolz und Triumph. Irgendwie findet Johanna es plötzlich gut, dass sich in diesem Hause eine Tradition so lange aufrecht gehalten hat.
"Na ja, zumindest ist es bestimmt sehr viel wert. Ist ja ein richtiges Museumsstück", meint Udo, "aber diese Kuppel von hier oben ist fast noch interessanter als von unten."
Er nimmt Johannas Hand und küsst sie zärtlich.
"Ach du liebe Zeit, meine Omi wartet doch auf uns!"
"Oje, das hätten wir fast vergessen. Was soll denn die alte Dame für einen Eindruck von mir bekommen?" Schnell fragt Udo noch nach den kleinen Kammern, die sich an den Kopfseiten des Dachgeschosses befinden.

"Hier wohnten immer die Hausmädchen, früher" informiert ihn Johanna, "meine Großmutter hatte allein drei für sich, eine zum Kochen, eine zum Putzen und eine für die Wäsche."
Da ist Udo nun wieder ehrlich beeindruckt. Ein Pfiff und ein Kuss beenden ihre Zweisamkeit, bevor sie der Großmutter den Anstandsbesuch abstatten.
"Ich dachte schon, ihr kommt gar nicht mehr," lächelnd bringt die Großmutter ihren kleinen Vorwurf vor. "Aber nun setzt euch doch erst einmal. Ich darf doch noch du sagen, Herr von Gruntig?"
"Aber selbstverständlich, Frau Möhrle, ich bitte sogar darum. So wie ich mit Ihrer Enkelin stehe", vielsagend schaut er zu Johanna herüber, die es sich bereits in dem zierlichen Mahagonisessel mit dem altrosa Polster gemütlich gemacht hat.
"Ja, wissen Sie, ach pardon, ich wollte sagen, weißt du, mein Mann, Gott hab ihn selig, und ich, wir haben sehr schöne, aber auch schwierige Zeiten hier in diesem Haus erlebt."
Johanna versucht, Udo zuzublinzeln, ohne dass es ihre Omi bemerkt, denn sie weiß, was er sich jetzt alles wird anhören müssen.
"Mein Mann war übrigens Senatspräsident," fährt Frau Möhrle eifrig fort und Komtur des Ordens vom hl. Gregorius, falls du weißt, was das bedeutet."
Udo lächelt sie an, was sie als Zustimmung deutet.
"Und das Verdienstkreuz erster Klasse haben sie ihm auch verliehen für seine Verdienste um die Wiederherstellung von Recht und Ordnung nach dem Krieg."
Die Großmutter unterbricht ihren Redefluss nur kurz, um Udo und Johanna aus einer silbernen Kanne Tee in die hauchdünnen chinesischen Porzellantassen einzuschenken
Johanna ist zufrieden. Zum Tee oder Frühstück bei ihrer Omi eingeladen zu werden, hat sie immer gern gemocht. Sie findet, dass sie einfach Stil hat. Wie hübsch sie immer den Tisch deckt,

das weiße Leinentischtuch mit der Hohlsaumstickerei und die passenden Servietten dazu. Bei uns geht es viel einfacher zu, hat sie immer empfunden. Johanna war ziemlich empfindlich gegen Unstimmigkeiten, seien diese äußerer oder innerer Art.

Mussten denn die Eltern immer so furchtbar sparsam sein, hat sie sich oft gefragt. Wenn es einmal etwas Schönes, zum Beispiel Pfirsiche oder ein Eis gab, war es immer *abgezählt*, für jeden nur eins und nicht mehr. Und dieses "damit ihr Kinder studieren könnt", das der Vater zur Erklärung dieser spartanischen Erziehung vorbrachte, machte sie im Grunde nur wütend.

Und das hatte auch etwas mit Stilempfinden zu tun, wie Johanna fand. Gingen die Eltern einmal ins Theater, was selten genug vorkam, gönnten sie sich anschließend nicht etwa noch einen schönen Abend in einem netten Lokal bei einem Glas Wein oder gutem Essen, sondern der Vater bestand darauf, dass sie sofort nach Hause fuhren. Und was machten sie dort? Die Mutter stellte sich in die Küche und briet für sie beide je ein Spiegelei!

Nein, da kann Johanna doch dem aufwendigeren Stil der Großmutter mehr abgewinnen. Wenn sie einmal bei ihr zum Frühstück eingeladen ist, gibt es Croissants, Obst und Kakao, soviel sie haben will.

Johannas Gedanken sind abgeschweift, während sie ihre Großmutter reden hört. Ein aufgeschnapptes Wort sagt ihr, dass diese Udo gerade über ihren gefallenen Sohn Eduard erzählt.

"Ach, da hat er ja wie Johannas Bruder geheißen", sagt Udo.

"Genau so ist es. Mein Sohn hat ihm den Namen nach seinem in Russland gefallenen Bruder gegeben. Denn der Verlust war für uns alle sehr schmerzlich! Nun haben wir wieder einen Eduard in der Familie."

Johanna lässt ihre Gedanken wieder wandern. Die Geschichten kennt sie alle mit den dazugehörenden Details.

Sie wundert sich, dass die Großmutter bis jetzt noch nicht darauf hingewiesen hat, dass alles hier im Hause ihr gehöre. Vielleicht hat Johanna es aber nur überhört.
Sie sieht die Großmutter auf der Treppe stehen, sich über die Brüstung lehnen und nach unten, wo der Großvater mit ihren Eltern im Wohnzimmer sitzt und bei einem Gläschen Wein Skat spielt, ruft: "Max, komm rauf, wir wollen schlafen gehen!" und den Großvater sich mit einem Seufzer erheben und nach oben gehen.
Sie sieht ihre Mutter in der Diele stehen, als sie ein paar Freundinnen zum Nachmittagskaffee begrüßt und die Großmutter heruntereilen, sich dazwischendrängen und hört sie sagen: das ist alles meins.
"Mein Mann hatte viel Kunstverstand", hört sie eben die Großmutter zu Udo sagen, „als jahrzehntelanger Vorsitzender des hiesigen Kunstvereins hat er auch für uns viele wertvolle Gemälde gekauft. Hier dieses zum Beispiel", Frau Möhrle weist auf ein Ölgemälde, das über dem mit Intarsien verzierten Sekretär hängt, "das ist aus der berühmten Malerschule unserer Stadt."
Johanna findet allmählich, dass die Teestunde schon über Gebühr ausgedehnt worden ist. "Udo, ich will dir doch noch die Mondrian-Tapete in meinem Zimmer zeigen", sagt sie und hofft, dass die Großmutter sie gehen lässt.
"Geht nur, Kinder, man ist nur einmal jung, nicht wahr, ihr wollt euch doch noch etwas amüsieren, hab ich Recht, Johanna?"
Auf dem Weg in ihr Zimmer kommen ihnen die Brüder entgegen. Sie nehmen Udo gleich in Beschlag. "Kannst du Schach spielen, kannst du Bridge spielen?" bestürmen ihn Eduard und Helmut. Und der kleine Conny, der neunjährige Konrad, fiepst: "Ich will aber lieber >Mensch ärgere dich nicht< spielen.
Dieser Nachmittag ist gelaufen, denkt Johanna, aber sie fühlt sich keineswegs unglücklich dabei.

Auch wenn Udo nun sozusagen offiziell im Elternhaus eingeführt war, bedeutete das für Johanna nicht etwa, dass sie jetzt mit ihm nach Belieben ausgehen konnte.
An oberster Stelle stand die Schule, und der Vater mahnte sie mehr als einmal, über ihren Vergnügungen nicht die Pflichten zu vergessen.
Nach wie vor bestimmte er, was sie zu tun und was sie zu lassen hatte. Eines Tages hielt er den Zeitpunkt für gekommen, dass sie ihre erste Dauerwelle bekäme. Wie meistens rebellierte Johanna nur innerlich. Doch als sie sich nach der stundenlangen Prozedur beim Friseur im Spiegel sah, dachte sie, das bist du ja gar nicht! Sie fühlte sich schrecklich.
In der Schule liefen die Vorbereitungen auf das schriftliche Abitur auf Hochtouren. Vor den schriftlichen Arbeiten hatte Johanna keine Angst. Sie konnte sich immer leichter schriftlich zu etwas äußern als mündlich. Ihre Vorzensuren waren so gut, dass sie keine Sorgen zu haben brauchte. Das Lernen bereitete ihr keine Schwierigkeiten.
Ab und zu fand sie neben der Lernerei doch Zeit, um sich mit Udo zu treffen. Auch er büffelte für das Abitur. Sie träumten davon, wie herrlich es sein würde, endlich frei zu sein, obwohl Udo zu Hause wesentlich mehr Freiheiten genoss als Johanna.
Jeder Abend, an dem sie nach einem gemeinsamen Kinobesuch mit Udo nicht zur erwarteten Zeit zu Hause war, wurde zu einem Drama.
Egal wie spät oder auch früh es war und wie leise sie sich ins Haus schlich, der Vater saß stets in der Diele oder im Wohnzimmer, lesend bei einer Flasche Wein, und rief sie zu sich.
Wo warst du so lange, wollte er dann von ihr wissen. Und Johanna musste ihm haarklein berichten, wie es gewesen war. Nie konnte

sie einfach mal ein schönes Erlebnis ganz für sich behalten und es noch ein Weilchen still für sich genießen.
Sie sehnte mit Macht die Zeit ihrer Unabhängigkeit herbei.
Fest stand für sie, dass sie ein Pädagogikstudium für die Grundschule machen wollte. Der Vater hatte ihr sogar erlaubt, dass sie in München studieren durfte.
München! Johanna kannte die Stadt bereits und freute sich wahnsinnig darauf. Aber vor allem: München lag weit, weit entfernt von ihrer Heimatstadt! Oh, endlich würde sie der Bevormundung entronnen sein.
Dazwischen stand als Hindernis nur noch das mündliche Abitur. Johanna hatte schreckliche Angst vor den Prüfungen. Alte Versagensängste wurden wieder hochgespült.
Du kannst ja nicht denken, hört sie den Vater sagen. Wie oft hat er das schon geäußert. Jedes Mal ist es wie ein Peitschenschlag. Johanna ist zutiefst verletzt von dieser Geringschätzung des Vaters.
Es half ihr auch gar nichts, wenn die Mutter versuchte, ihr beizustehen, indem sie sagte: Johanna ist dafür aber besonders gut in Kunst und Geschichte. Das machte es im Gegenteil nur noch schlimmer, weil dann auch noch die Brüder sie auslachten. Das, was sie gut konnte und wofür sie sich besonders interessierte, zum Beispiel Lyrik und Philosophie oder auch Religion, galt in den Augen ihres Vaters und leider auch ihrer beiden großen Brüder überhaupt nichts.
Und schon drohte das mühsam erreichte Selbstvertrauen wieder in tausend Scherben zu zerbrechen.
Ich werde es ihnen zeigen, nahm sich Johanna vor.
  Unterstützung erhielt sie in ihrem Vorsatz vor allem von Dietmar. Überhaupt, er war so liebevoll zu ihr, von ihm fühlte sie sich verstanden. Wenn er nur nicht so schüchtern wäre! Aber

andererseits mochte sie ihn gerade so, wie er war. Er war richtig süß.
Dagegen war Udo doch ein rechter Aufschneider. Auch wenn Johanna die erotischen Spielchen mit ihm sehr genoss, fühlte sie, dass Udo nicht die große Liebe war. Und sie bezweifelte, dass ihre Freundschaft die Trennung, wenn sie an verschiedenen Orten studierten, lange überdauern würde.

Der Tag der mündlichen Abiturprüfung. Johanna zieht das schwarze Kostüm an, das aus einem vornehmen Kostüm der Großmutter für sie passend geschneidert worden ist. Ihr ist unbehaglich zumute, und sie ist schrecklich aufgeregt.
In welchen Fächern sie wohl geprüft würde?
Sie hat sich auf Deutsch, Englisch und Geschichte besonders gut vorbereitet. Wenn die schriftlichen Abiturarbeiten mit der Vornote übereinstimmen, was aber keiner weiß, wird sie vielleicht nur in ihrem Wahlfach Geschichte geprüft.
Stunden des Wartens und Bangens. Man weiß nicht, wann man an der Reihe ist. Endlich wird sie aufgerufen und zum Vorbereitungsraum begleitet. Viel Glück, wünscht ihr Frau Corda, die Mathematiklehrein, die Aufsicht führt. Johanna mag Frau Corda, und es beruhigt sie, dass diese sie freundlich anlächelt, als sie ihr den Vorbereitungstext überreicht.
Als sie ihn überfliegt, wird sie noch ruhiger, denn sie hat ausgesprochenes Glück. Er handelt vom Widerstand im Dritten Reich, ein Gebiet, mit dem sie sich intensiv befasst hat.
Nach einer halben Stunde, in der sie sich ein Konzept für ihren Vortrag zurechtlegt, wird Johanna in den Prüfungsraum geholt. Da sitzen fast alle Lehrer und Lehrerinnen, die sie in den vergangenen eineinhalb Jahren im Unterricht hatte. Sie schauen sie aufmunternd an.

Ein bisschen unsicher und verlegen geht Johanna zu dem Stuhl am Schreibtisch, vor dem der Schulrat steht.
"Setzen Sie sich doch, Fräulein Möhrle", sagt Herr Dr. Meyer, ihr Geschichtslehrer, "und nun erläutern Sie uns an Hand des Textes die Bedeutung des Widerstandes während des Dritten Reiches."
Johanna räuspert sich. Das Kostüm kratzt. Sie hat plötzlich einen Kloß im Hals. Aber als sie in die freundlichen Augen des Schulrats sieht, vergeht mit einem Mal die Angst, und sie beginnt zu sprechen, erst langsam, dann immer flüssiger, bis sie meint, gar nicht mehr aufhören zu können mit dem Thema.
"Ich denke, das reicht, Fräulein Möhrle", sagt der Schulrat, "Sie können draußen wieder Platz nehmen."
Halb benommen erhebt sich Johanna und geht zur Tür. Sie dreht sich um und möchte am liebsten fragen, wie es denn war, sie hätte doch noch viel mehr sagen können, aber da wird schon die nächste Schülerin hereingeführt.
Wie war es, bestürmen sie Anne und Gisela, Erika und Lydia.
Ich kann es gar nicht sagen, antwortet Johanna. Ich weiß nicht, ob ich gut oder schlecht war.
Aber eins ist ihr plötzlich klar, egal wie die Prüfung ausgefallen ist, passieren kann ihr im Grunde nichts mehr. Und es durchzuckt sie ein wahrhaft euphorischer Gedanke: Du hast es geschafft! Du hast es wirklich geschafft!

Die Übergabe der Abiturzeugnisse, Abiturfeiern in der Schule und im Kreise von Verwandten und Freunden, all das rauscht an Johanna vorüber wie ein Zug, mit dem sie bald in das Land der unbegrenzten Freiheit fahren wird.
Kurze Zeit später steht sie mit zwei großen Koffern, vollgepackt mit Büchern und den für ihr neues Leben notwendigen Utensilien auf dem Bahnsteig. Ihre Eltern und Brüder haben sie begleitet. Der

Vater gibt ihr die letzten Ermahnungen mit auf den Weg. "Und denk daran, wenn du irgendeinen Fragebogen ausfüllen musst, schreib nie etwas von deiner Krankheit darauf. Du kannst dir dadurch deine Laufbahn als Lehrerin vermasseln! Wenn sie davon erfahren, wirst du keine feste Anstellung als Beamtin bekommen."
Johanna findet es nicht sehr angebracht, dass der Vater sie ausgerechnet jetzt, wo sie sich wohl und zufrieden fühlt und voller Optimismus in die Zukunft blickt, an ihre Krankheit erinnern muss. Aber so ist er nun mal. Um ihre Gefühle hat er sich noch nie gekümmert. Außerdem gefällt es ihr überhaupt nicht, dass sie ihr Studium möglicherweise mit einer Lüge beginnen soll. Sie hofft inständig, dass das nicht nötig sein wird, dass ihr keine solcherart gestalteten Fragebögen vorgelegt werden.
"Denk daran, immer genug zu essen", sagt die Mutter, als gerade der Zug nach München eintrifft.
Halt dich wacker, halt die Ohren steif, schreib bald mal, ruf des Öfteren an und grüß Mechthild und Tante Helga...
Johanna muss rein in den Zug, Eduard wuchtet die Koffer hoch, Tschüß Schwesterlein, Conny fängt an zu weinen, Johanna reißt das Abteilfenster auf, reicht beide Hände raus, spürt einen Druck hinter den Augen, macht's gut und grüßt den Udo noch mal von mir.
Der Zug setzt sich in Bewegung. Johanna winkt, bis die kleine Gruppe hinter den letzten Waggons verschwunden ist.
Johanna lässt sich in die Polster fallen.
Jetzt einfach gar nichts denken. In ein paar Stunden wird mich Mechthild am Bahnhof in München in Empfang nehmen. Es ist schön, dass sie schon seit einem Jahr dort studiert, da bin ich nicht ganz fremd dort in meinem neuen Leben als Studentin.
Johanna lässt sich vom gleichmäßigen Ruckeln des Zuges in einen zufriedenen Schlaf schaukeln.
Noch zwei Stunden Fahrt bis München.

Die Räder rattern. Der Zug trägt Johanna fort von der Vergangenheit, hinein in die Zukunft.
Johanna stellt sich diese in den rosigsten Farben vor.
Jetzt gehört die Welt mir, denkt sie. Die Ankunft des Zuges in München kann sie kaum noch erwarten.

Johanna bezieht ein nettes Zimmer in einem Studentenheim, das ihre Cousine für sie besorgt hat. Es ist nicht sehr groß, ist aber mit allem, was sie für ihr neues Studentinnenleben braucht, bestückt.
Sie baut sich ihren Stundenplan zusammen. 28 Wochenstunden in Pädagogik, Kunst, Psychologie und Religion.
Es ist herrlich, nun alles nach den eigenen, wirklichen Interessen aussuchen und lernen zu können! Johanna kann es am Anfang noch gar nicht recht fassen, dass sie es jetzt ist, die Entscheidungen für oder gegen etwas treffen kann.
Die Atmosphäre im Haus ist einzigartig. Bald schon kennt sie viele nette Leute, trifft sich mit ihnen auf dem Zimmer, unternimmt gemeinsame Ausflüge in die Umgebung, geht ins Theater, vor allem zu den vielen Vorträgen, die von der Hochschule und von der Hochschulgemeinde angeboten werden.
Johanna genießt ihr Leben in vollen Zügen. Sie ist rundherum glücklich, fühlt sich sicher und versprüht ihren Charme nach allen Seiten. Ihre Haare trägt sie halblang bis zur Schulter. Wenn der Wind hindurchfährt, kitzeln die Haarspitzen ihr Gesicht und den Nacken, und sie fühlt sich wie elektrisiert. Sie spürt, dass sie die Blicke der Studenten auf sich zieht. Und das behagt ihr sehr.
Da ist vor allem einer, der ihr sehr gefällt. Peter. Er ist ein Semester weiter als sie und wohnt im selben Studentenheim wie sie. Bald schon ergeben sich Gelegenheiten, dass sie ihm näher kommt. Ein prächtiger Mensch ist er und so ernsthaft. Johanna

stellt mit Freude fest, dass ihre Interessen sehr ähnlich sind und dass sie sich wunderbar mit ihm unterhalten kann.
Fast erstaunt es Johanna, wie selbstsicher, gewandt und redefreudig sie ist. Die Schatten sind von ihr abgefallen und haben ihre Bedeutung für sie verloren. Alles Neue nimmt sie begierig auf.
Die Zeit saust vorbei wie ein Sputnik. Neben den Vorlesungen und Vorträgen kommen Studentenfahrten in die Berge, zum Starnberger See, nach Prag hinzu. Und immer ist einer dabei, der sie mit so viel Aufmerksamkeit und Liebe verwöhnt, dass Johanna im siebten Himmel schwebt.
An einem Wochenende lädt Peter sie zu sich nach Sonthofen ein.
Er will sie seinen Eltern vorstellen. Johanna hat sich ein schönes Sommerkleid gekauft, ganz nach ihrem eigenen Geschmack.
Peter gefällt sie darin ganz besonders. Ihre schmalen Schultern, ihr schöner Hals kommen darin gut zur Geltung. Er liebkost die Rundung ihrer Schultern, küsst sie in den Nacken und zieht sie voller Wärme an sich. Er versteckt seine Liebe vor den Eltern nicht, und Johanna ist glücklich über diese Liebesbezeugungen, mit denen er zu verstehen gibt: Johanna gehört zu mir.
Nichts hat sie ja sehnlicher erträumt, als einem Menschen anzugehören. Und sie ist sich sicher, dass Peter der Mann ist, mit dem sie ihr Leben teilen will.

Johanna kam jegliches Zeitgefühl abhanden. Sie fühlte sich durchlässig wie ein Schwamm, der sich vollsog mit Eindrücken und Erkenntnissen. Ihre Beziehung zu Peter wurde von Tag zu Tag intensiver. Bald schon konnte sie sich gar nicht mehr vorstellen, dass es eine Zeit gegeben hatte ohne ihn. Sie konnten gut miteinander diskutieren, aber ebenso herrlich albern sein und sich an den lustigsten Dingen wie die Kinder freuen. Sie sprachen

miteinander nicht nur in Worten, sondern mit den Augen, den Händen, einer kleinen Kopfbewegung. Immer zärtlicher wurden ihre Liebesbezeugungen. An Peters Seite war Johanna ausgeglichen, spritzig und überbot sich selbst in den kühnsten Gedankengängen.
Aber es war auch wunderbar, mit Peter zusammenzusitzen, am See zu liegen oder spazieren zu gehen und gar nichts zu reden. Ihre Liebe brauchten sie sich schon nicht mehr andauernd in Worten zu versichern. Wie herrlich das Leben war!
Johanna fühlte ihr Leben immer interessanter werden. Sie hatte das Gefühl, mit Peter zum Wesenskern des Daseins vorzudringen. Ach, sie war einfach berauscht von dieser Liebe. Und das Schöne war, dass diese Liebe Körper und Geist erfasste. manchmal fühlte sich Johanna wie ein gespannter Bogen, kurz bevor der Pfeil abgeschossen wird. Wenn sie mit Peter zusammen war, sie sich an ihn schmiegen und ihn küssen konnte, glaubte sie, ihr Glück könne sich nicht mehr steigern. Bisher hatte sie in ihren Freundschaften mehr an sich als an den anderen gedacht. Nun wollte sie für ihren Freund, dass er durch sie bereichert würde, dass er in ihren Augen den Glanz der Freude und das Schimmern ihres Vertrauens zu ihm ablesen könne.

Das erste Semester war vorüber, ebenfalls das zweite. Die drohende Trennung von Peter hatte einen Aufschub bekommen. Gott sei Dank! Johannas Vater hatte sich breitschlagen lassen und ihr ein weiteres Semester in München zugestanden. Dies würde aber unwiderruflich das letzte dort sein, da Johanna nicht in dem fremden Bundesland zu Ende studieren sollte.
Johanna hatte in den Semesterferien ein Landschulpraktikum in einer Dorfschule absolviert. Wenn ihr auch die methodischen Vorbereitungen und die nachträglichen Stundenprotokolle nicht

viel Spaß machten, so kam sie mit den kleinen Kindern beim Unterrichten erstaunlicherweise, wie sie fand, prima zurecht.
Dass der Ausbildungslehrer ihr anschließend eine gute Unterrichtsbefähigung bescheinigte, erfüllte sie mächtig mit Stolz. Sie war sich sicher, den richtigen Beruf ausgewählt zu haben.
Mehrmals hatte sie nun schon Peters Eltern in ihrem Reihenhäuschen besucht und war dort auch einige Male für ein bis zwei Wochen geblieben. Ihre Liebe zu Peter war noch immer so groß wie am Anfang. Hin und wieder tauchten schon mal Differenzen auf, besonders in den Vorstellungen, die sich Peter über seine zukünftige Frau machte und ihren eigenen.
Peters Eltern waren lieb und nett. Aber Johanna fand doch, dass ihr Horizont etwas begrenzt war. Was ihr vor allem nicht gefiel, dass sie als Familie so in sich abgeschlossen waren, dass Außenwelt eigentlich nur durch das Fernsehen hineingetragen wurde. Auf die Dauer würde Johanna ein solches Leben ziemlich auf die Nerven gehen, in dem nur die Probleme innerhalb der Familie etwas galten.
Peters Mutter war zudem äußerst pingelig und achtete sehr auf Ordnung und Sauberkeit, Äußerlichkeiten, die für Johanna keine besonders große Bedeutung hatten.
Manchmal war Johanna deshalb ein bisschen besorgt, ob sie für Peter überhaupt das sein könnte, was er brauchte oder was er wohl für selbstverständlich hielt: eine Hausfrau, die ihre tägliche, oft Kleinkramarbeit gern tut; eine Mutter, der er seine Kinder anvertrauen kann; eine gute Geliebte; eine vernünftige, lustige, liebevolle Gesprächspartnerin; kurz, eine Frau, über die er sich täglich freut, dass er sie hat.
Wie aber sollte sie geistig nicht verrosten, wenn sie die meiste Zeit für den Haushalt aufbringen sollte?
Aber solche Gedanken verscheuchte sie meistens sehr schnell. Peter war auch viel zu lieb zu ihr, und sie fühlten sich beide so

glücklich miteinander, als dass sie sich ernsthaft Sorgen um ihre gemeinsame Zukunft machte.
Täglich staunte sie darüber, wie zwei Menschen in Freiheit und Unterschiedlichkeit zueinander finden in der Liebe. Das war wie das Zusammenprallen zweier Atome und deren Verschmelzung! Du hast mich zu einem anderen Menschen gemacht, dachte Johanna. Und sie wollte nur noch in dem geliebten Du leben.
Manchmal war ihre Liebe so intensiv, dass sie glaubte, sterben zu müssen. Ruhe und Unruhe zugleich spürte sie dann in sich, die ganze Paradoxie des Menschseins, die Widersprüchlichkeit zwischen Nähe und Ferne, zwischen Maß und Maßlosigkeit. Auch wenn man sich oft daran wundstieß, galt es, damit zu leben. Eine einfache Wahrheit gab es nicht. Nicht mal die der Liebe! Das Leben war nicht auf einen einfachen Nenner zu bringen.

In diesem Sommersemester, dem letzten in München, nahm Johanna die vielfältigen Gelegenheiten wahr, die diese weltoffene Stadt bot. An das baldige Ende mochte sie einfach nicht denken. Und doch passierte es, dass sie manchmal schon jetzt Traurigkeit überfiel, wenn ihr der bevorstehende Abschied, vor allem von Peter, einfiel.
Eng umschlungen gingen sie in den schönen Parks spazieren, und Peter versicherte ihr seine bleibende Liebe.
"Wir werden uns jeden Tag schreiben, nicht wahr", sagte Johanna, "und uns so oft es geht, besuchen."
"Aber ja, mein kleines Seelchen, aber hast du denn Angst, dass unserer Liebe noch etwas zustoßen kann?" Peters Selbstsicherheit beruhigte sie, aber einen kleinen ärgerlichen Impuls konnte sie nicht ganz unterdrücken.
Peter schien immer zu wissen, wo es lang ging, wie viel von einer Sache gut für ihn war. Johanna hätte sich ihn oft noch viel

leidenschaftlicher gewünscht. Sie war der Ansicht, zuviel an Liebe, Aufmerksamkeit, Freude für den anderen könne es gar nicht geben.

Manchmal entzog er sich und jammerte über die viele Arbeit im Studium. Manchmal konnte er richtig mieser Stimmung sein. Aber Johanna war viel zu verliebt, um nicht nach Gründen für seine schlechte Laune zu suchen und diese zu entschuldigen. Außerdem wusste sie, dass sie auch nicht immer leicht zu nehmen war und schon mal recht kratzbürstig sein konnte.

"Ach, es ist so schön, neben dir zu liegen, deine Brusthaare zu streicheln, deine Nase und deinen Mund zu küssen," sagte Johanna, "wie werde ich das vermissen!"

"Was möchtest du lieber", fragte Peter, "glücklich sein oder Glück haben ?", während er Johannas Brust streichelte.

"Glücklich sein", antwortete Johanna, "das ist doch keine Frage! Ich bin doch glücklich durch dich."

" Ich glaube, mir würde es genügen, ab und zu Glück zu haben."

Aber Johanna wollte jetzt nicht über Glück reden. Wozu reden, wenn sie Peters Schultern mit ihren Haaren kitzeln konnte, ihre Fingerspitzen seinen Rücken entlangrieselten, ihre Füße miteinander spielten und sie von einem Zittern durchwühlt wurde?

"Ich werde mich bemühen, dir ebenbürtig zu werden. Ich werde meine Kenntnisse im Haushalt vervollkommnen," sagte sie, "ich werde dir ganz viele hübsche Überraschungen machen, ich werde..." Johanna zählte noch viele Dinge auf, die ihr in den Sinn kamen, wie sie die bevorstehende Trennung mildern wollte. Aber außer einem grunzenden Laut kam gar keine weitere Reaktion von Peter.

Noch einmal zum Wandern in die Berge. Die schneebedeckten Zweitausender waren herrlich anzuschauen. Die Übernachtung mit einer Gruppe von Studenten in der Hütte war stimmungsvoll. Peter spielte Gitarre, und sie sangen die üblichen Fahrtenlieder, aber auch melancholische Abendlieder. Johanna musste sich zusammenreißen, um nicht zu heulen.

Noch einmal ins Theater, ins Kabarett, in die Oper. Noch einmal ein Autotourchen mit Peters "Floh", dem orangenen Fiat 500. Noch einmal zur Dichterlesung, noch einmal in eine Kunstausstellung, noch einmal zu einem Tanzvergnügen, noch einmal, noch einmal...

Dann war das Semester zu Ende.

"Es liegt jetzt eine Durststrecke vor uns", sagte sie zu Peter, "ich hoffe, dass keiner von uns beiden verdurstet!"

"Wir sind doch auf einem guten, auf unserm gemeinsamen Weg", sagte Peter. Er hatte ja Recht. Peter war immer so vernünftig!

"Aber ich werde wahnsinnige Sehnsucht nach dir haben", sagte Johanna.

"Natürlich ich auch nach dir", sagte Peter, "aber wir werden stark sein und es schaffen, aufeinander zu warten."

Johanna umklammerte Peter und weinte seinen Pullover nass. Der Abschiedsschmerz setzte ihr so zu, dass sie vor Schluchzen bebte. "Ach Peter, Peter!"

Der Pfiff des Schaffners gellte. Sie musste sich von Peter losreißen und in den Zug einsteigen, der sie für eine viel zu lange Zeit von ihm forttrug.

Die Räder eines Zuges können sich in beide Richtungen drehen, dachte Johanna. Das Lebensrad bewegt sich nur in eine Richtung.

Ich war dabei, mich auf die wichtigste Zwischenprüfung in meinem Studium vorzubereiten, als Johanna nach Münster kam. Es war Anfang Oktober, und es waren Semesterferien, und ich hatte für Johanna das Zimmer neben meinem organisiert, weil es in den Ferien nicht benutzt wurde. In einem Monat, wenn ich die Prüfungen überstanden haben und an einen anderen Studienort

wechseln würde, konnte Johanna mein Zimmer übernehmen. Wir freuten uns, dass wir für eine Weile so nah beieinander, Tür an Tür, wohnten.
Johanna hatte mir aus München begeisterte Briefe über ihr Studium geschrieben und von ihrer Freundschaft zu Peter erzählt. Ich konnte mir gut vorstellen, dass ihr die Umstellung nicht leicht fiel, vor allem nun für längere Zeit von Peter getrennt zu sein.
Johanna musste ein vierwöchiges Stadtschulpraktikum machen, bevor der Unibetrieb losging. Ich büffelte für die erste von sieben Prüfungen. Mittags gingen wir zusammen in die Mensa essen und abends manchmal, wenn ich vom Lernen genug hatte, ins Kino.
"Ich habe nicht gedacht, dass es mir so schwer fallen würde, allein zu sein, ich meine ohne Peter", sagte Johanna. "und das soll ich nun eineinhalb Jahre durchhalten."
Johannas Praktikum begann.
"Du kannst dir nicht vorstellen, was da los ist", sagte sie, "die Kinder toben über Tisch und Bänke! Sie scheinen mich gar nicht für voll zu nehmen."
Johanna sammelte Blätter im nahe gelegenen Wald. Die Kinder sollten im Zeichenunterricht eine Collage daraus machen. Mit wie viel Liebe und Eifer sie sich immer auf die Unterrichtsstunden vorbereitete.
"Du, ich glaube, ich pack das nicht", sagte sie nach ein paar Tagen. "in der Klasse herrscht das reinste Chaos. Wenn es zu laut wird, kommt manchmal Frau Peters aus der Nebenklasse rein und ermahnt die Kinder. Aber sowie sie den Raum verlassen hat, fängt das Durcheinander wieder an.."
"Du schaffst das schon", versuchte ich Johanna zu trösten, "du hast doch schon mal ein Praktikum in der Schule gemacht, und das hast du doch prima gemeistert,"

"Das war in einer Dorfschule, und der Klassenlehrer war immer dabei. Die Kinder waren einfach viel lieber, nicht so aufgedreht." Johannas Stimme klang resigniert.
"Mensch, Johanna, du schaffst es ganz bestimmt. Das sind jetzt nur die Anfangsschwierigkeiten", sagte ich und glaubte wirklich daran. Ich sah doch, was für eine Mühe sie sich mit den Vorbereitungen machte, wie sehr sie sich mit ihrer Aufgabe identifizierte.
"Meinst du wirklich?" ihre Frage klang nicht sehr zuversichtlich.
"Na klar, sieh mich an, ich schlottere doch auch vor Angst vor meiner ersten Prüfung."
Johanna klagte jetzt öfter darüber, dass sie schlecht schlief, ja dass es Nächte gab, in denen sie fast kein Auge zugetan hatte. Kein Wunder, dass sie ziemlich müde wirkte. Manchmal weinte sie. Dann nahm ich sie in den Arm und versuchte sie zu beruhigen. Und meistens ging es ihr dann auch wieder besser.
Sie nahm sich jeden Morgen vor, sich nicht unterkriegen zu lassen, tapfer zu sein, vielleicht mal ein Machtwort zu den Kindern zu sprechen. Und doch wurde sie von Tag zu Tag verzagter.
Mich bedrückte Johannas Zustand sehr. Sie schien immer trauriger und antriebsloser zu werden. Johanna, die sonst vor Ideen und Plänen fast zu platzen schien!
"Wenn ich dir nur helfen könnte", sagte ich. Ich fühlte mich ihren Problemen gegenüber ziemlich hilflos.
Am Morgen meiner ersten Prüfung kam Johanna zu mir ins Zimmer und drückte mir eine Tafel Schokolade in die Hand.
"Damit du nicht vor Hunger umfällst", sagte sie, "ich drücke dir beide Daumen für die Prüfung!" So war sie, immer dachte sie zuerst an andere, dann erst an sich selbst.
"Danke, Johanna, das kann ich gut gebrauchen. Ich drück für dich auch die Daumen, dass der Tag gut wird."

Die Prüfung lief glatt. Mir fiel eine Zentnerlast vom Herzen. Die erste Hürde war genommen. Den weiteren konnte ich nun mit größerer Gelassenheit entgegensehen.
Ich traf Johanna in der Mensa und erzählte ihr vom glücklichen Ausgang der Prüfung. Als ich ihren starren Gesichtsausdruck wahrnahm, ihre traurigen Augen, die sich nicht wie sonst mitfreuten, wusste ich, dass ihr Vormittag schlecht verlaufen war.
"Es war heute wieder die reinste Katastrophe", sagte Johanna tonlos. "Die Kinder haben mit Papierschnitzeln durch die Klasse geworfen. Alle meine Ermahnungen nutzen nichts. Du machst dir keine Vorstellung davon, wie es ist, wenn 49 Kinder durch die Klasse toben! Dieser Lärm, diese Unruhe, ich halte das nicht mehr aus!" Die Gabel in Johannas Hand zitterte. In ihren Augen standen Tränen.
Ich umarmte sie und drückte sie an mich.
"Was hältst du davon, wenn wir heute Abend in einen ganz lustigen Film gehen? Das wird dich auf andere Gedanken bringen." sagte ich in der vagen Hoffnung, Johanna mit diesem Vorschlag etwas aufzuheitern.
Johanna war in ein tiefes Loch gefallen. Ein Riesenberg türmte sich vor ihr auf, über den sie nicht hinweg sehen konnte. Die übrige, die andere, die eigentliche Welt schien dahinter verborgen zu sein, und kein Laut daraus erreichte sie.
Oft fand ich jetzt Johanna apathisch auf ihrem Bett liegen. Sehr oft weinte sie.
"Lies doch einfach mal ein schönes Buch oder höre dir gute Musik an. Du weißt doch selbst, das bewirkt oft Wunder." Meine Ratschläge kamen mir selbst ziemlich sinnlos und unnütz vor.
"Weißt du, ich habe das Gefühl, nie mehr etwas wirklich bewältigen zu können. Ich komme mir so ohnmächtig vor!" sagte Johanna.

Es war Mitte Oktober. Ich hatte zwei weitere Prüfungen bestanden. An Sonnentagen ermunterte ich Johanna zu gemeinsamen Radausflügen. Obwohl sie mitkam, kam sie mir teilnahmslos vor. Sie konnte sich gar nicht richtig an der goldenen Oktobersonne freuen. Sie wirkte auch sehr müde. Ich wollte ihr so gerne helfen mit gutgemeinten Worten und Gesten. Aber es kam mir so vor, als wenn wir uns auf zwei verschiedenen Ebenen bewegten, als könne sie mich gar nicht richtig verstehen.

Ich machte mir die größten Sorgen um Johanna.

Dass sie oft so müde aussah, wunderte mich am wenigsten. Ich wusste ja, dass sie fast jede Nacht schlecht schlief. Für den Weg mit dem Fahrrad zur Schule, die am anderen Ende von Münster lag, brauchte sie länger als eine halbe Stunde. Manchmal kam sie vom Regen völlig durchnässt nach Hause.

Unter Qualen raffte sie sich jeden Tag erneut auf, das einmal begonnene Praktikum fortzusetzen. Sie wollte sich ja nicht unterkriegen lassen, auch wenn sie sich von der Situation völlig überfordert fühlte. Vor allem wusste sie, dass ihr Vater ihr nie gestatten würde, das Studium abzubrechen.

"Warum konnte mein Vater mich nicht in München zu Ende studieren lassen?", sagte Johanna. "Gut, ich weiß, dass Eduard inzwischen auch angefangen hat zu studieren. Aber das Studium hier in Münster ist doch auch nicht viel billiger als in München. Und so schlecht geht es meinen Eltern finanziell doch auch nicht. Ich war da so gut eingearbeitet, kannte so viele nette Leute, habe mich in der Katholischen Studentengemeinde engagiert. Und dass ich von Peter nun einhalb Jahre getrennt bin, ist für mich ganz schrecklich."

Was sollte ich Johanna dazu Tröstliches sagen? Es ging mir im Gegenteil mit Sorge durch den Kopf, dass auch ich bald nicht mehr in Münster sein würde. Manchmal konnte ich feststellen,

dass es ihr doch ein wenig half, wenn sie mir von ihren Kümmernissen erzählen konnte.
Aber auch so geriet Johanna in immer tiefere Versagensängste. Fuhr sie einmal mit mir am Wochenende nach D. nach Hause, wollte sie am liebsten gar nicht mehr nach Münster zurückkehren. Ein solches Tief hatte Johanna noch nie zuvor durchlebt. Sie fühlte sich von allen Menschen verlassen, hatte keinen Lebensmut mehr. Ja, sie dachte ernstlich daran, dass es mit ihr niemals besser werden könnte, dass sie niemals mehr irgendetwas würde vollbringen können. Sie wünschte sich, tot zu sein.
Guter Gott, betete Johanna, ich kann das nicht annehmen, was du mir schickst. Die Schlaflosigkeit ist fürchterlich. Beruhige du mein Denken und Sehnen. Schenke mir doch befreienden und erlösenden Schlaf; ich sehe nicht ein, wozu ich manchmal solange wach liege. Ich möchte doch den nächsten Tag ausgeschlafen sein, frisch und mit neuen Ideen. Ich möchte meine Aufgabe zur Zufriedenheit erledigen. Aber wie kann ich etwas Gescheites anfangen, wenn ich so zerschlagen bin? Ich will anderen Menschen mit meinen Klagen nicht auf die Nerven fallen. Warum lässt du mich so allein? Warum bin ich in diesen Abgrund gefallen, ohne Hilfe, ohne jemanden, der mich aufhält oder zurückholt? Gott, dieses Weinen, die Müdigkeit, die Trostlosigkeit sind furchtbar! Ich sitze in der Tiefe und sehe kein Licht. Ich bin dabei, nicht mehr gläubig und vertrauensvoll zu sein. Herr, schick mir deine Hilfe!
Von diesen Gedanken ahnte ich nichts. Aber ich hatte das deutliche Gefühl, dass ich etwas für Johanna tun musste, dass sie in diesem Zustand der Lähmung, der Interesselosigkeit, dieses heulenden Elends, das sie zu erwürgen schien, nicht mehr lange aushalten konnte. Ich spürte, dass Johanna ernstlich in Gefahr war. Ich beschloss, mit ihren Eltern zu sprechen.

Ich hatte meine letzten Prüfungen bestanden und war glücklich, den Druck los zu sein. Aber es zerriss mir das Herz, zusehen zu müssen, wie sich Johannas Verfassung immer mehr verschlechterte. Wenn nicht bald etwas geschah, das fühlte ich, ohne dass ich damals irgendwelche Kenntnisse von psychischen Erkrankungen hatte, würde das für Johanna eine seelische Katastrophe bedeuten.
Ich bin immer für dich da, wenn du mich brauchst, sagte ich zu Johanna beim Abschied. Sie sagte, danke. Doch ich fühlte mich miserabel, dass ich sie ausgerechnet jetzt, wo es ihr so schlecht ging, verlassen musste.

In D. nahm ich mein nächstes Semester auf. Den Gang zu Johannas Eltern schob ich noch ein paar Tage vor mir her. Aber dann nahm ich meinen Mut zusammen und hoffte, dass ich die richtigen Worte finden würde, um von Johanna zu erzählen.
Frau Möhrle empfing mich freundlich. Ich war froh, dass ich mit ihr sprechen konnte und nicht mit Johannas Vater, den ich stets als etwas kühl empfunden hatte. Frau Möhrle hingegen mochte ich gerne, und ich war überzeugt, dass sie für die Nöte von Johanna Verständnis haben würde.
"Nett, dass du mal vorbeischaust", sagte sie und bot mir gleich eine Limonade an.
"Hat Johanna sich in Münster gut eingelebt? Es war nett von dir, dich um ein Zimmer für sie zu kümmern."
Ich sagte, das wäre doch selbstverständlich gewesen, und während ich an meiner Limonade nuckelte, überlegte ich, wie ich am besten anfangen konnte, das loszuwerden, was mir auf der Seele brannte.
"Ja, es ist so", ich begann zu stottern, "äh, hm, wissen Sie, Frau Möhrle, Johanna geht es im Augenblick, glaube ich, gar nicht gut, äh, ich meine, es geht ihr sogar ziemlich schlecht."

Endlich war es heraus.
Frau Möhrle sah mich ungläubig und fragend an.
"Ja, wieso, was ist denn, sie ist doch nicht etwa krank geworden? Eine Bronchitis vielleicht? Johanna erkältet sich ja so leicht. Und sie sagte einmal, dass ihr Zimmerchen sich nicht richtig heizen lässt. Ist ja nur ein Petroleumofen drin, nicht?"
Wenn es so etwas Harmloses wie eine Grippe wäre, dachte ich, dann wäre ja kein Grund zur Besorgnis. Es blieb mir nichts anderes übrig, als deutlicher zu werden, da Frau Möhrle offenbar keine Ahnung von Johannas Schwierigkeiten hatte. Anscheinend hatte sie darüber zu Hause nichts verlautbaren lassen.
"Nein, wissen Sie, das ist es nicht. Es ist, es ist nämlich so: dieses Schulpraktikum", ich machte schon wieder eine Pause.
"Was ist denn damit, macht es Johanna keinen Spaß? Sie kann doch so gut mit Kindern umgehen."
"Doch, ja, das glaube ich im Grunde auch. Aber diese Situation mit den vielen Kindern in einer Klasse...die hat sie ziemlich fertig gemacht."
Es muss wohl sehr dringlich geklungen haben, was ich bisher gesagt hatte, denn Johannas Mutter sah plötzlich besorgt aus und fragte mich nach Einzelheiten.
Und dann begann es aus mir herauszuprudeln. "Ich habe Johanna noch nie so verzweifelt erlebt. Ich mache mir wirklich große Sorgen um sie. Sie war so mutlos und niedergeschlagen und hatte jeden Tag Angst vor der Schule. Mir ist es so vorgekommen, als wenn sie sich total überfordert gefühlt hat von diesem Praktikum."
"Nun ja", sagte Frau Möhrle, "das werden wohl die Anfangsschwierigkeiten sein. Ist ja noch kein Meister vom Himmel gefallen." Sie versuchte ein Lächeln, aber es gelang ihr schlecht.
"Ich habe ehrlich Angst um Johanna", fuhr ich fort, "sie war oft so kaputt und am Boden zerstört. Manchmal hatte ich den Eindruck,

dass sie gar nichts mehr richtig interessiert. Und Sie wissen doch auch, wie wissbegierig Johanna sonst ist."
"Wenn du das so sagst, du warst ja bei ihr, also das beunruhigt mich nun auch", meinte Frau Möhrle und fuhr sich mit der Hand durchs Haar, als wolle sie daraus irgendein Tier verjagen. "Und was denkst du, was man da tun kann?"
Über diese Frage war ich ehrlich erstaunt. Sie brachte mich in Verlegenheit, aber ich fühlte mich auch geehrt durch das daraus sprechende Vertrauen.
"Ich kann dazu natürlich nur meine ganz persönliche Meinung sagen, und die kann ja auch ganz falsch sein, aber", ich holte noch einmal tief Luft, bevor ich fortfuhr, "ich weiß nicht, ob dieses Studium für Johanna überhaupt das richtige ist. Ich meine, wenn es ihr doch jetzt schon so schwer fällt, vor einer Klasse zu stehen und mit ihr fertig zu werden."
Bevor ich zu Johannas Mutter gegangen war, hatte ich mir nicht zurechtgelegt, was ich sagen wollte. Ich wusste nur eins, ich musste ihre Eltern davon überzeugen, dass sie dringend Hilfe brauchte. Und in dem Moment schien mir plötzlich, dass eine Beendigung des Studiums, das ihr derzeit solche Qualen bereitete, für sie eine Befreiung bedeuten musste.
Es entstand eine Pause, die mir sehr lang vorkam, bevor Johannas Mutter wieder etwas sagte.
"Ja wenn das wirklich so schlimm ist...", im Kopf gingen ihr wohl die verschiedensten Gedanken herum, die sie abwog und wieder verwarf, wie ich aus ihrem Gesichtsausdruck zu erkennen meinte, "aber mein Mann wird davon gar nichts halten."
"Es muss ja auch nicht endgültig sein", beeilte ich mich, auf die letzte Bemerkung zu reagieren. "Vielleicht braucht Johanna einfach nur eine Pause. Vielleicht hat ihr dieser Studienortwechsel so zugesetzt."

"O ja, das könnte durchaus sein. Du weißt ja auch, wie empfindlich Johanna oft ist, eine richtige kleine Mimose."
Ich hatte nicht vor, mich über Johannas, wie ich es bezeichnet hätte, Empfindsamkeit, ihre Verletzlichkeit zu unterhalten. Ich hatte vorgebracht, was mir ein Anliegen war und hoffte nur noch, dass es für Johanna positive Konsequenzen haben würde.
"Ich werde mit meinem Mann darüber reden", sagte Frau Möhrle, als sie merkte, dass ich nun gerne aufbrechen wollte. "Ein Abbruch des Studiums wird für ihn sicher nicht in Frage kommen. Für ihn ist selbstverständlich, dass alle Kinder eine akademische Laufbahn einschlagen. Aber vielleicht hast du ja Recht, und Johanna braucht eine kleine Erholungspause."
"Ich danke Ihnen jedenfalls, dass Sie mir zugehört haben, Frau Möhrle. Ich habe Ihnen nur sagen wollen, wie schlecht es um Johanna steht."
"Danke, das war lieb von dir, ich werde mich bestimmt darum kümmern." Ich sah in Frau Möhrles Augen. Die waren fast genauso traurig wie die von Johanna.
Als ich mit dem Fahrrad nach Hause fuhr, fiel mir eine ganze Wagenladung Wackersteine von der Brust. Frau Möhrle hatte sich erstaunlich offen gezeigt, und ich betete, dass dieses Gespräch Johanna helfen würde.

Das Praktikum war vorüber. Irgendwie hatte Johanna es geschafft, es zu Ende zu bringen. Nun hätte sie durchatmen und sich den Vorlesungen, die jetzt begannen, wieder mit Neugier zuwenden können. Aber in ihr schien jegliches Interesse für irgendetwas abgestorben zu sein. Johanna fühlte sich vollkommen leer. Wie tot. Es ist alles sinnlos. Dieser Gedanke nahm sie gefangen und raubte ihr die Luft zum Atmen. Schon morgens fühlte sie ihr Herz rasen. Ihre Glieder schmerzten. Appetit konnte sie überhaupt

keinen aufbringen. Sie hatte keine Lust zu lesen oder Musik zu hören. Manche Tage vergrub sie sich in dem kleinen kalten Zimmer mit zwei Wolldecken im Bett und stand gar nicht erst auf. Es ist alles so ausweglos. Johanna starrte stundenlang an die Decke, war zu keinem vernünftigen Gedanken fähig. Warum sollte sie überhaupt etwas tun?
Sie fühlte sich wie in einem Glasgehäuse, das hermetisch verschlossen war. Sie müsste die Wände zersprengen, um Luft zu bekommen. Wie aber sollte sie dazu die Kraft aufbringen. Ihre Glieder hingen schlaff an ihr herunter. Schon die Hand zu heben, kostete sie eine fast übermenschliche Anstrengung.
Dann wieder meinte Johanna, eine Riesenwelle käme auf sie zu und drohte sie in einem Strudel in den Abgrund zu reißen. Johanna weinte vor Entsetzen. Weinkrämpfe schüttelten ihren mageren Körper.
Wenn ein Brief von Peter kam, las sie ihn zwar, legte ihn aber teilnahmslos zur Seite.
Ich bin einundzwanzig Jahre alt, ich bin volljährig, und ich bin am Ende. Gedanken daran, wie sie ihr Leben beenden könnte, gingen Johanna durch den Kopf. Um Schlaftabletten könnte sie ihren Vater bitten und sie horten. Ein Zug wäre sicherer. Doch ihr schauerte es bei der Vorstellung an ihren eigenen zertrümmerten, zerquetschten Körper. Johanna fühlte sich unsagbar verlassen und allein.
Dann kam ein Brief von der Mutter. Johanna hatte keine Lust, ihn zu lesen. Ungeöffnet ließ sie ihn zwei Tage lang liegen.
Ich bin nichts wert. Ich kann nichts. Ich kann nichts zu Ende durchführen. Ich habe versagt. Ich bin eine Null. Um mich ist alles dunkel. Ich werde nie ein ordentliches Leben führen können. Wie kann Peter mich mögen? Wie kann ich ihm eine gute Frau werden? Wie soll es mit mir weitergehen, wenn mich schon kleine Schwierigkeiten so umhauen, dass ich zu nichts mehr fähig bin?

Johanna lief in ihrem Zimmer hin und her, hin und her. Manchmal hielt sie kurz inne, um dann wieder von der Tür zum Fenster, vom Fenster zur Tür, von der einen Wand zur anderen und wieder zurück zu laufen wie eine mechanische Figur. Tränen liefen ihr übers Gesicht und den Hals, hinein in den Rollkragen, bis er nass war und Johanna noch zusätzlich vor Kälte zitterte.
Ich kann so nicht weiterleben, sagte sie laut vor sich hin. Ich kann nicht mehr, hämmerte es in ihr.
Einfach hinlegen und nie wieder aufstehen...
Am nächsten Tag klingelte Gisela, eine frühere Klassenkameradin, die erfahren hatte, dass Johanna jetzt in Münster studierte, an deren Tür.
Sie läutete mehrmals hintereinander und wollte gerade wieder weggehen, als die Tür fast lautlos einen Spalt breit geöffnet wurde.
Johanna? fragte Gisela, die sich plötzlich nicht mehr sicher war, ob die Adresse überhaupt stimmte, denn im Zimmer war es dunkel, so viel konnte sie durch den Türspalt sehen. Und eigentlich konnte da unmöglich Johanna wohnen, wo abends um sechs Uhr kein Licht war. Gisela wusste, was für eine Leseratte Johanna immer gewesen war.
Johanna! Gisela fuhr der Schreck in die Glieder, als sie jetzt Johanna beim bläulich flackernden Schein des kleinen Petroleumofens erkannte. "Warum sitzt du denn hier im Dunkeln? Ist deine Lampe kaputt?"
Johanna knipste das Licht an und zuckte zusammen, als blende sie das grelle Licht. "Gisela! Wie kommst du denn her, woher wusstest du...?" Sie fiel Gisela in die Arme und fing an zu weinen. "Sag mal, geht's dir nicht gut, bist du krank?" fragte Gisela und bereute im selben Moment ihre blöde Frage. Denn Johanna weinte nun noch heftiger und konnte sich gar nicht beruhigen.

Stoßweise brachte Johanna Sätze hervor, deren Sinn Gisela nicht richtig verstand. Aber sie begriff auch so, dass Johanna völlig fertig war. "Mensch, Mücke, was machst du für Geschichten? Ich habe mich so auf dich gefreut! Ist ja schon zwei Jahre her, dass wir uns zuletzt gesehen haben."
Gisela legte los mit Erzählen. Gegen diese traurigen Rehaugen muss ich doch was unternehmen, dachte sie.
"Also, dieser neue Verehrer, den ich habe", begann sie mit vielsagendem Blick zur Zimmerdecke, "das ist ein ganz toller Hecht, ein richtiger Draufgänger. Wie der mich rumwirbelt beim Tanzen und mich dann immer in ein stilles Eckchen ziehen will, um an mir rumzufummeln..."
Gisela schaute zu Johanna, ob ihre Schilderungen bei der vielleicht etwas Heiterkeit auslösten. Aber Johannas Gesichtsausdruck veränderte sich nicht. Komisch, dachte sie, früher war Johanna doch immer zu Späßen aufgelegt gewesen.
Gisela nahm erneut Anlauf. "Weißt du noch, die Dolle, wie sie immer mit verzückten Augen rezitierte: Mädels, wer die Liebe nicht kennt... - dabei kann ich mir nicht vorstellen, dass sie jemals in den Genuss gekommen ist, sie kennen zu lernen. Haha! So wie die aussieht!"
Gisela kramte noch einige Anekdötchen aus der Schulzeit hervor und gab sie, unterstützt von ihrem hellen fröhlichen Lachen, zum Besten.
"Ach ja", ein Seufzen war Johannas einzige Reaktion.
Gisela fühlte sich allmählich ungemütlich. Mit Johanna schien im Moment nichts anzufangen zu sein. "Weißt du überhaupt schon, dass ich ein Autochen habe?" fragte sie in der Hoffnung, Johanna doch noch aus der Reserve, oder besser aus ihrer Trauerecke herauszulocken. "Morgen fahre ich übrigens damit nach Hause. Du könntest mitkommen, wenn du willst, dann wird mir die Fahrt

nicht so langweilig. Mein Uraltkäfer ist nämlich nicht gerade das schnellste Tierchen auf der Straße."
"Hey, Mücke, wie wär's, du mit deiner Laus - ganz so wie in alten Zeiten, wenn uns das Fernweh packte und wir mit den rostigen Drahteseln in der Gegend rumkutschierten?" Gisela knuffte Johanna freundschaftlich am Arm.
"Nun sag schon ja, damit die arme Laus nicht traurig wieder abziehen muss!"
Johanna hörte das, was Gisela sagte, wie durch Schalldämpfer. Wie von ganz fern. Irgendwie konnte sie keinen richtigen Bezug zu sich darin erkennen. Natürlich hatte sie ihre Schulfreundin erkannt. Und plötzlich schämte sie sich, wie sie hier so hockte in ihrem blauweiß geblümten Schlafanzug und in die Decke gemummelt. Sie wollte Gisela loswerden. Deshalb sagte sie, dass sie vielleicht mitkäme.
"Vielleicht, vielleicht, nix da vielleicht! Wir machen Nägel mit Köpfen. Morgen um neun bin ich bei dir, und wir fahren zusammen nach D."
"Wenn du meinst", hauchte Johanna und sah flehentlich zur Tür.
Gisela verstand, dass Johanna jetzt wieder allein sein wollte, obwohl ihr nicht wohl zumute war, sie hier so zurückzulassen.
"Ich glaub, ich leih dir mal meinen Elektrobläser. Hier ist es ja nicht gerade heimelig warm, mein armer Schatz. Ist ja kein Wunder, dass du so frierst. Also tschau, bis morgen früh. Und vergiss nicht, um neun steht die Laus vor deiner Tür, um dich aus der tristen Bude zu entführen."
Gisela umarmte Johanna und fühlte sie zittern. Lustigkeit war immer noch ihre beste Waffe gegen Traurigkeit, die nun auch sie zu erfassen drohte. "Putz den Stachel, Mückchen! Du weißt doch, Ungeziefer vergeht nicht. Und gemeinsam sind wir stark."
Die Tür schnappte zu, und Johanna ließ sich in die Kissen fallen.

Morgen? dachte sie, da ist doch noch Mutters Brief, den ich lesen muss. Fahrig kramte sie nach ihm zwischen Ordnern mit Stundenprotokollen, irgendwo musste er doch sein.
Da ist er ja. Johanna riss den Umschlag unwillig auf. Hoffentlich nicht wieder die üblichen Ermahnungen!
Johanna überflog geistesabwesend den Inhalt. Eigentlich klang er freundlich, Die Mutter erzählte von Conny. Und dann stand da: Komm doch am Wochenende nach Hause. Vater und ich, wir würden uns sehr freuen, dich zu sehen. Wir könnten uns zusammen die neu eröffnete Kunstsammlung ansehen oder etwas anderes Schönes gemeinsam unternehmen.
Plötzlich verspürte Johanna eine ungeheure Sehnsucht, aufgefangen zu werden von ihrer Familie, die doch unzweifelhaft für sie da war, in deren Schutz sie ihre Ängste vielleicht würde meistern können. Dieser Brief sandte ihr unerwartet einen Lichtstrahl in das Dunkel. Morgen, morgen, dachte Johanna, guter Gott, halte mich und zeige mir einen Weg aus dieser schrecklichen Verlassenheit. Zum ersten Mal seit Wochen fiel sie in einen tiefen Schlaf, bleischwer vor Erschöpfung, unruhig von wirren Träumen.

Zu Hause. Und doch nicht angenommen, angekommen. Das Haus macht mich krank. Seine Bewohner machen mich krank. Ewig dieser Zwist zwischen Vater, Mutter und Omi. Vater stellt sich nie eindeutig hinter Mutter. Mutter kommt mit Worten bei ihm nicht an. Warum ist er immer sofort so ablehnend, wenn sie mal etwas sagt? Immer macht er ein skeptisches Gesicht. Mutter ist unzufrieden und traurig. Ich kann das nicht länger aushalten. Diese Tristesse. Dieses autokratische Gebaren von Vater. Die Einmischerei in unsere Familie von Omi. Wie soll man da zur Ruhe kommen? Auch äußerlich ist es immer hektisch bei uns. Ständig klingelt das Telefon oder irgendjemand an der Haustür.

Der Autolärm von der Straße ist entsetzlich. Meine Ohren dröhnen davon. Mein Kopf tut weh. Hier kann keiner richtig leben. Jeder meint, seine Auffassung wäre die rechte. Warum ist es so schwer, es jemandem recht zu machen? Ach, die Lust vergeht mir, hier zu wohnen. Ich könnte alles auf den Mond schießen, auch mich selbst...Dann wäre endlich Schluss mit meiner dummen Empfindlichkeit, mit meiner Sucht nach Anerkennung, mit diesem Getrieben-Sein und Im-Kreise-Drehn, mit meiner Flatterhaftigkeit und Ichbezogenheit. Schluss mit allem!

Johanna zog die Notbremse und bat ihren Vater, sie in die Klinik in G. zu fahren. Sie konnte nicht mehr.

Erstaunlicherweise machte der Vater keine Anstalten, sie von dem Gedanken abzubringen. Er sah wohl selbst, dass es mit Johanna schlimm stand. Die Mutter jammerte, wie sie es immer tat, wenn etwas Trauriges oder Unangenehmes geschah.

Der Empfangsarzt in der Klinik fragte Dr. Möhrle, ob Johanna suizidgefährdet sei, was dieser sofort verneinte. Warum fragt er nicht mich, ich bin doch volljährig, dachte Johanna. Was weiß Vater davon, ob ich selbstmordgefährdet bin? Was hat er für eine Ahnung von meinen Gedanken und Gefühlen? Aber sie hatte jetzt keine Kraft, sich dagegen aufzulehnen, dass wieder einmal der Vater das Heft für sie in die Hand nahm.

Nun war sie wieder hier in der Psychiatrie. Etwas anderes kannte sie nicht für ihren Zustand, den sie selbst als nicht mehr aushaltbar empfunden hatte. Sie wusste, hier waren Ärzte, Spezialisten für ihre am Boden liegende Seele. Im Moment war alles besser als das Irrenhaus zu Hause und die Einsamkeit in ihrem Studentenzimmerchen.

Endogene Depression, sagte Frau Dr. Schneider, eine neue Stationsärztin. Johanna bekam Antidepressiva. "Sie brauchen jetzt erst einmal sehr viel Ruhe. Die Medikamente werden Ihnen dabei helfen", sagte die Ärztin mit einer angenehm wohlklingenden

Stimme. "Sie wirken wie ein Schutzmantel für Ihre dünnhäutige Psyche."

Dieses Bild gefiel Johanna. Das war es, was sie jetzt brauchte, einen Mantel, der sie vor Kälte und Angst, vor Unsicherheit und Traurigkeit, vor Schwäche und Mutlosigkeit schützte.

"Es ist gut, dass Sie zu uns gekommen sind", fuhr Frau Dr. Schneider fort, und Johanna fasste zu der warmherzigen, etwas fülligen Ärztin Vertrauen, "eine Krankheit, sei es nun eine körperliche oder eine seelische, muss nicht immer nur negativ sein. Sie ist sozusagen die Waffe des Körpers, sich gegen etwas zu wehren. Im Grunde sind Krankheiten sogar eine Lösung in der Auseinandersetzung mit Schädigungen, Verletzungen oder Gegebenheiten, mit denen der Körper oder die Psyche nicht fertig werden. Aber darüber", Frau Dr. Schneider geleitete Johanna zur Tür, "werden wir noch zu sprechen haben. Die nächsten Tage werden Sie erst einmal sehr viel schlafen. Und das haben Sie auch dringend nötig", fügte sie hinzu und sah Johanna mit einem solch herzlichen Blick an, dass diese sich glücklich pries über ihre Entscheidung, freiwillig in die Klinik gegangen zu sein.

Schon wenige Tage nach der Aufnahme in die Psychiatrie fühlt sich Johanna dank der Medikamente, die ihre Stimmung aufhellen, viel besser, nicht zuletzt auch dadurch, dass sie wieder schlafen kann. Sie fängt an, über sich und ihre Situation ohne Aufgeregtheit nachzudenken.

Was will ich? Was soll ich? Was kann ich mir zutrauen? Was ist wichtig?
Überschätze oder unterschätze ich mich, meine Fähigkeiten, meine Interessen und Begabungen?
Sie nimmt einen Notizblock und schreibt Gedanken in Gedichtform auf:

Auf der Suche

Eine Fahrtrichtung finden
ist schwierig
Welche Gültigkeit markieren
ein aufgetriebener Stadtplan
eine rote Ampel?
Verkehrter Halt ist
sich allein hören
Horchen mit anderen
ist weiter reisen.

Sie stellt sich viele Fragen. Fragen, die an Grenzen stoßen. Warum bin ich so schnell nervös? Warum habe ich kein >dickes Fell< wie die meisten anderen? Ist mein Ästhetizismus übertrieben? Sind unangenehme Gerüche in angenehme umzuwandeln?
Was bedeutet es: zu jemandem Vertrauen haben? Sich auf ihn verlassen?
Wie kann ich mehr Gleichmut und Hoffnung in mir mobilisieren? Wie entwickle ich ein stärkeres Selbstvertrauen?
Ich will mir nichts einbilden auf meine dünne Haut, meine scheinbar größere Sensibilität. Ich will kein >braves Seelchen< sein, das mit sich machen lässt, was es gar nicht möchte. Aber auch nicht das Unmögliche wollen. Ich muss vom Perfektionsdenken wegkommen, vielmehr mich um eine angemessene Erledigung von Aufgaben bemühen.
Ich muss durch die immer wieder auftretenden Engpässe durch. Ich darf mich nicht selbst bemitleiden. Ich will für mich selber und für andere wahr sein.

Frau Dr. Schneider spricht von der Balance, die Johanna erreichen muss zwischen dem Tief und dem Hoch. Sie hat sich Johannas

Krankenakte von ihrem ersten Klinikaufenthalt herausgesucht. "Ich glaube, dass wir es bei Ihrem Krankheitsbild mit einer manisch-depressiven Psychose zu tun haben", sagt sie. "Die Symptome, die zu Ihrer Einweisung vor vier Jahren geführt haben, sprechen eigentlich mehr für eine Manie als für eine Schizophrenie. Und jetzt hat sich der Gegenspieler der Hochgestimmtheit zu Wort gemeldet: die Depression, die tiefe Niedergeschlagenheit."
Johanna balanciert das Wort Balance auf ihrer Zunge. Diese nette Ärztin flößt ihr Vertrauen ein. Johanna hört ihr aufmerksam zu.
"Wir dürfen die Krankheit nicht nur als unsern Feind betrachten, den wir bekämpfen müssen", fährt Frau Dr. Schneider fort, "wir wollen auch gemeinsam danach suchen, was uns die Krankheit möglicherweise sagen will."
Johanna fühlt sich verstanden und angenommen. Sie merkt, dass eine veränderte Einstellung zu psychischen Krankheiten, jedenfalls bei dieser Ärztin, seit ihrem ersten Klinikaufenthalt hier eingezogen ist. Sie fühlt sich nicht so ausgegrenzt und abgestempelt wie damals. Vielleicht hat Dr. Kruse dazu beigetragen. Er ist inzwischen Chefarzt. Einmal trifft sie ihn auf dem Weg zu ihrer Beschäftigungstherapeutin, und er erkundigt sich sehr freundlich nach ihrem Ergehen. Sie fragt ihn, ob sie ihm wieder einmal ein Gedicht zeigen kann. Aber gern, antwortet er, und Johanna fängt noch am selben Abend an, eins zu schreiben, extra für Dr. Kruse.
Sie denkt ans Balancieren und daran, wie sehr sie zwischen den Extremen pendelt. Daraus will sie ein Gedicht machen. Viele Zeilen schreibt sie auf und streicht sie wieder durch. Am Ende gefällt ihr eine Fassung. Ob es ein Gedicht geworden ist?
Meine Schaukel hängt an Horizonten
immer schaukle ich in Spannung
zwischen Widerstand und Ergebung

Verzweiflung und Vermessenheit
Anstrengung und Ruhe
Wagnis und Verzicht
So pendle ich
durch Finsternis und Licht

Nach drei Wochen war Johanna so weit stabilisiert, dass sie die Klinik verlassen konnte. Mit Frau Dr. Schneider hatte sie darüber nachgedacht, wie ihr weiterer Weg aussehen sollte. Diese hatte den Stress durch das Praktikum, den Studienortwechsel und die Trennung von ihrem Freund als krankheitsauslösende Faktoren erkannt und hatte zu einer Veränderung geraten, die sie vor weiteren derartigen Belastungen schonte.
"Ich gehe am liebsten mit Menschen um. Ob ich für einen therapeutischen Beruf geeignet wäre", wollte sie von der Ärztin wissen.
"Oh nein, Fraulein Mohrle, das halte ich für keine gute Idee. Im Gegenteil, da könnten Sie vom Regen in die Traufe kommen! Ein gesundes Umfeld ist für Sie jetzt besonders wichtig. Und die Anforderungen sollten nicht zu hoch sein."
Johanna besann sich auf ihre Liebe zu Büchern. "Und Buchhändlerin, meinen Sie, das wäre etwas für mich?" fragte sie Frau Dr. Schneider und erzählte ihr, dass sie früher öfter in der Pfarrbücherei ausgeholfen habe. "Das hat mir eigentlich sehr viel Spaß gemacht." Wenn sie darüber nachdachte, konnte sie sich in diesem Beruf eigentlich sehr gut vorstellen.
"Ich denke, das wäre für die nächste Zeit, in der Sie wirklich noch sehr vorsichtig mit Ihren Kräften haushalten sollten, ein brauchbarer Ansatz", stimmte Frau Dr. Schneider Johannas Überlegung zu. "Was Sie auf jeden Fall vermeiden müssen, ist, dass Sie sich überfordern."

Johanna war für diese Hilfestellung dankbar. Ein Problem sah sie vor allem noch darin, wie sie es ihren Eltern beibringen sollte.
"Lassen Sie mich das machen. Ihr Vater ist Arzt. Ich werde es ihm von der fachlichen Seite aus vermitteln. Seien Sie unbesorgt. Ich bin sicher, dass er einer Studienunterbrechung unter den gegebenen Umständen zustimmt. Und", fügte die Ärztin mit einem aufmunternden Lächeln zu, "es muss ja nicht für immer sein. Es ist durchaus möglich, wenn Sie in der nächsten Zeit zur Ruhe kommen, dass Sie zu einem späteren Zeitpunkt Ihr Studium oder ein anderes wieder aufnehmen können."
Frau Dr. Schneider gab Johanna zum Abschied die Hand. Ihr Händedruck war fest, als sie Johanna zuflüsterte: "Es ist alles geklärt. Sie brauchen nichts zu befürchten", während sie im Beisein von Johannas Vater laut zu ihr sagte: "Ich wünsche Ihnen alles Gute."
Johanna wäre ihr am liebsten um den Hals gefallen.

Johanna fühlte sich wie einem reinigendem, erfrischenden Bad entstiegen. Sie nahm sich vor, nun, nachdem sie der dunklen Höhle der Hoffnungslosigkeit entkommen war, jeden Tag bewusst mit Elan und Freude zu beginnen. Sie genoss das Familienleben, Halma- und Bridgespiele mit den beiden jüngeren Brüdern, Ausflüge auf dem Moped mit dem großen Bruder Eduard. Ja, ich habe diese Gabe, das Schöne und Gute zu sehen, dachte Johanna, und ich will mich darin üben, mich von Problemen nicht unterkriegen zu lassen.
Johanna hatte ernsthaft das Gefühl, das bisher tiefste Tief ihres Lebens endgültig überwunden zu haben. Es war ihr bewusst, dass das Leben fortan nicht nur helle Stunden für sie bereithalten würde. Aber sie wollte diesen mehr Beachtung schenken.
Die Liebe zu Peter gab ihr zusätzlichen Halt.

Nun war auch - ganz undramatisch - entschieden, dass sie eine Buchhändlerlehre machen würde. Wider Erwarten hatten ihre Eltern diesem Plan, der Johannas Interessen sehr entgegenkam, keine Bedenken entgegengebracht. Im Gegenteil, die Mutter hatte sogar selbst bei der Buchhandlung ganz in der Nähe ihres Hauses nachgefragt, ob dort eine Lehrstelle für Johanna frei wäre. Vielleicht waren die Eltern auch ganz froh, ihre Tochter noch ein wenig unter ihre Fittiche nehmen zu können. Johanna sah diesem Aspekt, dass sie nun eine Zeitlang wieder zu Hause wohnen musste, zwar mit gemischten Gefühlen entgegen. Sie wusste und hatte es ja erlebt, dass Familie auch erdrücken kann. Aber jetzt wollte sie einfach das Positive an der neuen Situation sehen. Und mit dem neu gewonnenen Lebensmut und einer Grundfröhlichkeit, die sie tief in sich spürte, traute sie sich zu, trotz der räumlichen Nähe eine größere Unabhängigkeit und Selbständigkeit vom Elternhaus zu erlangen.

Johanna war jetzt 22 Jahre alt. Ein Jahr schon "volljährig". Ein seltsames Wort, dachte sie. Was sollte das heißen? Natürlich wusste sie, was damit gemeint war: selbständig etwas entscheiden können, wählen dürfen, heiraten und so weiter und so weiter. Aber so ganz fühlte sie sich diesem Anspruch noch nicht gewachsen. Etwas Zeit wollte sie sich schon noch lassen mit dem wirklichen Erwachsenwerden. Sie kannte einfach zu viele, die ihr in ihrem Erwachsenendasein gar nicht vorbildhaft erschienen, die noch wie sie selbst Schwierigkeiten hatten, mit dem Leben zurechtzukommen oder die einfach missgelaunt und unzufrieden waren. Vor allem auch solche, die unglücklich waren! Und das wollte Johanna auf keinen Fall: unglücklich sein. Vom Traurig- und Unglücklich-Sein hatte sie in den "vollen" 21 Jahren schon etwas zu reichlich zu spüren bekommen.

Johanna hatte jetzt ein kleines Zimmer im Obergeschoss des elterlichen Hauses. Dort fühlte sie sich viel freier als in dem

Durchgangszimmer im Parterre, immer auf Hörweite der Eltern und Geschwister. Sie liebte den Blick in den Baumwipfel des alten Kirschbaumes. Die Kieswege zwischen den Blumenbeeten waren säuberlich geharkt. Das gefiel Johanna. Es kam ihrem Ordnungssinn entgegen. Und dann die Krokusse, dahingetupft wie auf einem Bild von Klee. Heute war Johanna übermütig, trotz eines leichten Schnupfens. Vielleicht lag es an den Krokussen, deren Anblick aus der Vogelperspektive sie fröhlich stimmte. Sie griff zu einem Blatt Papier und schrieb:
Frühjahrsgrippe im Garten

Trotz Hosen, Schal und Mütze
noch keine gesunde Hitze,
die Nase macht 'ne Pfütze,
die Kroken erzählen Witze
Sie musste laut lachen. Da war ihr doch tatsächlich mal etwas Humorvolles aus der Feder geflossen. Gut so, dachte Johanna. Mach weiter so! Wie gut war es doch zu leben. Wie viel besser, als nicht gelebt zu haben!
Die Frühlingssonnenstrahlen schienen ins Zimmer und malten farbige Kringel auf Johannas Haut. Sie verfolgte neugierig den Weg des Lichts zurück zur Fensterscheibe und erkannte, dass die leuchtend prismatischen Farben von den Blasen im Fensterglas herrührten.
Was ist Glück, dachte Johanna. Mit Besitz hatte es nichts oder nur wenig zu tun. Sie musste an ihre Großmutter denken. Was lohnte sich wirklich zu besitzen? Ein Haus, schöne Möbel, Bilder, Schmuck - all das besaß ihre Großmutter. Und doch hatte Johanna das Gefühl, dass diese Dinge nicht Voraussetzung zum Glücklich Sein waren. Manchmal kam ihr das Leben ihrer Großmutter oberflächlich und etwas hohl vor.

Ihr selbst bedeuteten menschliche Beziehungen wesentlich mehr als äußerer Besitz. Oder geistige Interessen. Mit Phantasie wollte sie die Welt betrachten, mit Freude und auch Humor den jeweiligen Augenblick erleben.

Johanna war jetzt auch zuversichtlich, dass sie die Zeit der Trennung von Peter gemeinsam bestehen würden. Sie führten einen intensiven Briefwechsel und waren sich sicher, dass sie zueinander gehörten. Johanna liebte diese Briefgespräche, konnte sie dabei doch so lange es ihr behagte verweilen und träumen von ihrem gemeinsamen späteren Leben. Peter war gerade dabei, sein Lehrerexamen zu machen und musste für viele Prüfungen lernen, und Johanna bemühte sich noch mehr, ihm gute, aufmunternde Briefe zu schreiben. Wenn sie an ihn dachte, wurde ihre Sehnsucht nach Nähe zuweilen fast unerträglich. Wie gerne hätte sie ihn gestreichelt und geküsst und seinen Körper neben sich gefühlt! Er war ein so zärtlicher Freund. Aber auch - im Gegensatz zu ihr - so vernünftig. Manche seiner Briefe erhielten Ermahnungen, dass sie geduldiger sein müsse. Aber Johanna dachte nur ans Verschenken und Verströmen ihrer Liebe. War es nicht richtig von ihr, wenn sich ihr übervolles Herz ihm immer wieder mitteilen wollte, wenn sie nach immer neuen Wendungen im Ausdruck für ihre Liebe suchte? Musste sie zurückhaltender sein? Aber konnte es denn ein Zuviel geben in der Liebe, dachte Johanna. Peter war manchmal ein bisschen bequem, argwöhnte sie, wenn er die langen Zeitabstände - sie schienen ihr eine Ewigkeit zu dauern! - bis zu seinen Antworten mit seiner vielen Arbeit entschuldigte. Aber dann schrieb er so liebevoll, dass ihr Groll sofort vergessen war.
In einer Woche würde er sie ohnehin besuchen kommen. Bisher hatte sie ihm noch nichts von ihrem Plan, das Studium vorläufig aufzugeben und eine Buchhändlerlehre zu beginnen, erzählt. Aus

irgendeinem Grund hatte sie es vor sich hergeschoben, vielleicht aus dieser Angst heraus, die sie auch schon früher gehabt hatte, ob sie für Peter eine gleichwertige Partnerin wäre oder sein würde. Ihr Selbstbewusstsein hatte doch noch ein deutliches Defizit.
Johanna hatte sich für die Zeit, die noch bis zum Beginn der Lehre blieb, auch schon etwas ausgedacht, worüber sich Peter bestimmt freuen würde. Sie wollte an einem Haushaltskurs teilnehmen. Sie wusste ja, wie wichtig ihm hausfrauliche Tugenden waren. Und da gedachte sie sich ein bisschen zu vervollkommnen: Nähen, Kochen, Waschen, Bügeln - nicht unbedingt ihre Traumbeschäftigungen - aber für Peter wollte sie diese erlernen, um sie später gut und auch gerne zu verrichten. Sie wollte einfach alles für ihn sein: eine tüchtige Hausfrau, eine gute Geliebte, eine vernünftige, lustige, liebevolle Gesprächspartnerin, eine Mutter, der er die gemeinsamen Kinder anvertrauen kann. Kurzum eine Frau, auf die er stolz sein kann und mit der er gerne zusammenlebt.

Nur noch zwei Tage bis zu Peters Ankunft. Johanna war ziemlich aufgeregt, denn es war Peters erster Besuch bei ihr zu Hause. Bisher war nur sie mehrmals bei seinen Eltern gewesen, die nicht weit von München wohnten. Es hatte ihr dort gefallen. Seine Eltern waren nette, biedere Leute, vielleicht ein bisschen kleinbürgerlich. Aber das störte Johanna nicht. Im Gegenteil, das Kleine und Überschaubare, sogar das Engere in deren Lebenswelt vermittelte ihr ein Gefühl von Geborgenheit, während sie das Leben bei sich zu Hause immer als chaotisch empfand.
Johanna bat ihre Mutter, etwas besonders Schönes zu kochen, weil sie wusste, dass Peter in diesem Punkt sehr verwöhnt war. Kochen war nicht gerade Mutters Stärke, weil sie meistens dafür eine Hausangestellte gehabt hatte.

Endlich war es soweit. Johanna holte Peter am Bahnhof ab. Sie hatte sein Gesicht im hereinfahrenden Zug entdeckt. Sie konnte ihr Ungestüm kaum zügeln und lief ihm freudestrahlend entgegen.
"Ach Peter, endlich bist du da!" Johanna flog ihm um den Hals.
"Johanna, wie schön, dich zu sehen! Du siehst großartig aus."
Peter strich Johanna die Haare aus der Stirn und nahm sie zärtlich in die Arme.
"Ich hab mein Fahrrad mitgebracht, dann können wir nach Hause laufen und haben erst mal etwas Zeit für uns, bevor du von meiner Familie in Beschlag genommen wirst."
"Prima, Johanna, und ich muss meine Tasche nicht schleppen."
Peter schnallte seine Reisetasche auf den Gepäckträger und führte das Fahrrad mit der rechten Hand. So hatte er die linke frei für Johanna. Wie oft waren sie in München Hand in Hand durch die Straßen geschlendert.
"Ach Peter, jetzt wo du an meiner Seite bist, wird mir noch viel mehr bewusst, wie sehr du mir die ganze Zeit gefehlt hast!"
Johanna seufzte und lehnte ihren Kopf gegen Peters Schulter.
"Gleich kommen wir durch den Hofgarten", sagte Johanna, "da können wir uns ein bisschen auf die Bank setzen."
Johanna wollte Peter erst einmal für sich allein haben. Peter war im Beisein anderer, auch seiner Eltern, sehr zurückhaltend. Er hatte sie immer bremsen müssen in ihren Gefühlsaufwallungen. Johanna konnte das eigentlich nicht verstehen. Warum meinte er, ihre Beziehung geheim halten oder verstecken zu müssen? Er hatte das damit erklärt, dass seine Eltern ziemlich altmodische Ansichten hätten. Aber was gab es da eigentlich zu verstecken? Zu Intimitäten war es zwischen ihnen doch noch gar nicht gekommen, obwohl Johanna es sich so sehnlichst wünschte.
Sie hatten eine schöne sonnige Parkbank gefunden, das Fahrrad an den Baum gelehnt und schauten nun auf den Teich mit den Enten

und Schwänen. Johanna rückte dicht an Peter heran und sah ihm verliebt in die Augen.
Nach einem innigen Kuss kehrte Peter für Johanna viel zu schnell wieder auf den Boden der Tatsachen zurück, als er sie nach den neuesten Neuigkeiten fragte. Diesen pragmatischen Zug an ihm mochte Johanna nicht besonders, und er verdarb ihr in diesem Moment ihre gute Laune.
Sie hatte eigentlich noch nicht vorgehabt, Peter jetzt schon von ihrem Berufswechsel zu erzählen. Sicher würde er nicht sehr begeistert davon sein. Aber andererseits, wo nun die zärtliche Stimmung bei ihr sowieso schon verflogen war, konnte sie es ihm auch jetzt gleich sagen. Besser jedenfalls, als dass er es womöglich später von ihren Eltern erfuhr.
"Ja, weißt du", begann Johanna, "ich habe dir doch bei meinem letzten Besuch bei Euch von meinen Schwierigkeiten bei dem Schulpraktikum erzählt."
Johanna sah Peter von der Seite an und forschte in seinen Gesichtszügen nach Anzeichen von Unverständnis oder Ablehnung. Die hätten ihr den Mut zum Weitersprechen genommen. Aber Peter sah sie einfach nur gespannt an.
"Ja, und?" fragte er, und es kam ihr so vor, als käme diese Frage ein wenig von oben herab.
"Nun, die Probleme waren doch größer, als ich sie dir beschrieben hatte."
Johanna holte tief Luft, bevor sie fortfuhr: "Ich habe mit meinen Eltern gemeinsam überlegt, dass es besser wäre, erst einmal mit dem Pädagogikstudium aufzuhören. Meine Eltern haben mir auch schon eine Lehrstelle als Buchhändlerin besorgt. In einem Monat kann ich dort bereits anfangen."
Johanna war erleichtert. Nun war es heraus. Sie beeilte sich allerdings hinzuzufügen: "Du weißt ja, wie sehr mir der Umgang mit Büchern und mit Literatur liegt. Und es schließt ja auch nicht

aus, dass ich danach wieder ein Studium aufnehme. Ob allerdings der Beruf einer Lehrerin für mich der richtige ist, weiß ich wirklich nicht."

Ein paar Minuten - oder waren es nur Sekunden? - hörte Johanna kein Wort von Peter. Doch dann folgte ein ziemlich langer Monolog, und er klang, so kam es ihr vor, wie von einem mittelmäßigen Schauspieler, der sich um eine textbezogene Modulation seiner Stimme bemüht, auf einer Provinzbühne vorgetragen.

"Ich bin froh, dass du dich selbständig entschlossen hast zu diesem Schritt. Das ist gut für dich. Ich bin nicht enttäuscht, dass du nicht Lehrerin wirst. Enttäuscht bin ich über etwas anderes. Ich weiß, dass du schon länger mit dem Buchhändlerberuf liebäugelst. Warum hast du dich nicht früher entschlossen umzusatteln? Ich kann dir die Antwort geben. Du warst feige oder hast dich einfach geniert zuzugeben, dass du die Unbilden des Studiums oder des Berufs - aus einer gewissen Unsicherheit oder Bequemlichkeit heraus - nicht auf dich nehmen willst. So etwas ist gewiss kein Beinbruch. Aber das kränkt mich, dass du nicht wenigstens mir gegenüber das ausdrücklich zugibst. Dein Vertrauen zu mir scheint nicht allzu groß zu sein!"

Bei den letzten Worten überschlug sich Peters Stimme beinahe. Johanna hatte wortlos zugehört. So recht erfasste sie den Sinn seiner Rede nicht, denn sie hatte gar nicht das Gefühl, dass er von ihr sprach.

Peter sah sie jetzt an. Er legte ihr seine Hand auf die Schulter, aber seine Stimme war streng.

"Ich sage dir ganz offen, ich habe mir im letzten halben Jahr sehr viele Sorgen um dich gemacht, die mich einiges an Nervenkraft gekostet haben, auch wenn ich es mir nicht immer anmerken ließ. Dass das mein Studium nicht unbedingt positiv beeinflusst hat, kannst du dir sicher denken."

Anscheinend merkte Peter, dass es nun wohl genug der Moralpredigten war, denn er machte plötzlich eine Pause, lachte Johanna an und sagte in versöhnlichem Ton: "Genug der Klagen und Ermahnungen. Ich glaube, ich habe lange genug doziert."

Johanna hatte Peter natürlich schon viel von ihren Eltern, auch von dem Haus und ihrer Großmutter und so manchen Schwierigkeiten in der Familie erzählt. Trotzdem wünschte sie sich, dass Peter von ihrem Elternhaus einen günstigen Eindruck bekäme, natürlich auch, dass Peter ihren Eltern gefallen würde.
Die Begrüßung war allseits herzlich, wenn auch für Johannas Geschmack etwas zu förmlich. Immerhin war Peter ihr erster *richtiger* Freund, mit dem sie *ernste Absichten* hatte. Vielleicht war aber gerade dies der Grund, weshalb sie sich gegenseitig mit taxierenden Blicken maßen.
Den kleinen Bruder Konrad hatte Peter sehr schnell durch Neckereien für sich gewonnen. Er konnte mit Kindern wirklich gut umgehen.

Mutter hatte gefüllte Paprikaschoten gekocht. Ein Gericht, dass ihr immer gut gelang. Schon während des Essens lenkte Peter das Gespräch auf Johannas anstehenden Berufswechsel. Dabei sprach er mit vollem Mund. Oje, dachte Johanna, gleich ein dicker Minuspunkt in den Augen der Eltern!
"Ich finde das sehr vernünftig von Johanna, dass sie Buchhändlerin werden will. Ich habe mir sowieso schon Gedanken gemacht, ob Lehrerin der richtige Beruf für sie wäre."
Johannas Vater tat so, als hätte er das Gesagte nicht gehört und fragte Peter, wie weit er denn mit seinem Studium wäre.
Volksschullehrer, das wusste Johanna, war in ihres Vaters Augen ein nicht besonders hochstehender Beruf.

Peter beugte sich tief über den Teller. Er führte die Gabel nicht zum Mund, sondern seinen Mund zur Gabel, was Johanna schon immer gestört hatte. Aber hier in der häuslichen Runde fiel es ihr besonders unangenehm auf, weil ihr mit einem Mal bewusst wurde, dass gute Tischmanieren, auf die ihre Eltern stets sehr geachtet hatten, auch etwas mit Ästhetik zu tun haben. Sie war froh, als das Essen beendet war und sie Peter ihr Zimmerchen im Dachgeschoss, welches sie für ihn freigemacht hatte, zeigen konnte.
"Ziemlich eng hier, aber ein schöner Ausblick", sagte Peter. Johanna hatte erwartet, dass er ein paar anerkennende Worte zu dem schönen Treppenhaus und der Glaskuppel gesagt hätte.
Peter setzte sich in den Rattan Sessel und zog Johanna auf seinen Schoß.
"Sag mal, Schatz, weißt du eigentlich, was du als Buchhändlerin verdienen wirst?"
Mit dieser Frage hatte sich Johanna überhaupt noch nicht beschaftigt, weil sie ihr völlig unwichtig war. Sie sah ihn verdutzt an.
"Nun ja, nicht dass das Materielle im Vordergrund steht. Aber findest du nicht, dass es ziemlich leichtfertig ist, sich darüber gar nicht zu informieren?"
Johanna seufzte. Ihr war jetzt an ganz anderen Dingen gelegen, nämlich, dass Peter die Zeit ihres Alleinseins zu Zärtlichkeiten nutzen würde.
Peter tätschelte ihre Wange. "Sag mal, ist das der Teppich, den du dem fliegenden Händler an der Türe abgekauft hast?"
Musste Peter ausgerechnet darauf zu sprechen kommen? Die Erinnerung an jenen Teppichkauf - eine ihrer spontanen , etwas unüberlegten Handlungen - war ihr ja selbst peinlich. Aber sie hatte ihr Zimmer so kahl und auch so kalt gefunden, dass sie dem Händler, ohne nachzudenken, ihr gesamtes erspartes Geld - es

waren zweihundert Mark gewesen - für den Teppich, der ihr in seinen leuchtenden Farben einfach gefallen hatte, egal ob er den Preis wirklich wert war, gegeben hatte.
Peter holte zu einem symbolischen Schlag mit der linken Hand aus: "Ich glaube, du musst mal wieder einen Klaps hintendrauf bekommen wie am Anfang unserer Freundschaft! Du bist wirklich manchmal unvernünftig, Johanna. Du weißt, dass ich das nur sage, weil ich sehr an dir hänge."
Johanna wünschte sich, dass er ihr dies auf ganz andere Art beweisen würde. Statt dessen fuhr er fort: "Was ich von dir erwarte, ist, dass du den Beruf, für den du dich entschieden hast, mit Freude, Mut und Geduld bis zum Ende durchhältst. Ich will nicht erleben, dass er dir in einem halben Jahr schon wieder nicht gefällt. Das hätte ernste Folgen für unsere Beziehung."
Nun war Johanna dem Weinen nah. Warum mussten immer alle an ihr herumerziehen? War sie denn noch so wenig erwachsen und selbständig, dass nicht einmal Peter ihr eine vernünftige Entscheidung zutraute?
"Aber Johanna, mein kleines Sensibelchen! Musst du dir denn gleich alles, was ich sage, so zu Herzen nehmen?"
Peter trocknete mit seinem Taschentuch Johannas Tränen ab und küsste ihre Augen.
"Du darfst nicht so empfindlich sein. Das Leben ist so. Du wirst es noch merken. Und ich will dich nur vorbereiten auf die Härte des Alltags."
Johanna fühlte sich wieder halb getröstet, weil sie den zärtlichen Glanz in Peters Augen, den sie so sehr liebte, entdeckt hatte. So erzählte sie ihm, dass sie sich für einen Schreibmaschinenkurs angemeldet hatte.
"Oh, das ist gut, sehr gut sogar! Weißt du, jetzt bei meinen Arbeiten fürs Examen fehlt mir das oft sehr, dass ich nicht Maschine schreiben kann oder jedenfalls nur mit einem Finger.

Aber ich weiß von vielen Lehrerfrauen, dass sie für ihre Männer die Unterrichtsvorbereitungen tippen."

Inzwischen war es Zeit fürs Abendbrot: Johanna war froh, dass Peter wieder gut gelaunt war. Das anschließende Skatspiel mit den Brüdern förderte seine Laune noch zusätzlich.

Für den nächsten Tag hatte sich Johanna einen Stadtbummel mit Museumsbesuch ausgedacht. Während sie mit Peter die Prachtmeile der Stadt mit den schicken Geschäften entlangschlenderte und sich gerade rundum glücklich an seiner Seite fühlte, bekam sie wieder einmal eine kleine Lektion in Sachen Realität.

"Du weißt, dass ich als Lehrer nicht so viel verdiene, dass ich dir teure Kleidung kaufen kann. Aber in so alten Sachen, wie deine Mutter sie trägt, musst du bei mir bestimmt nicht rumlaufen!"

Johanna fand selbst, dass ihre Mutter sich nicht besonders vorteilhaft kleidete. Aber diese Bemerkung fand sie trotzdem taktlos und sagte Peter das auch.

Doch Peter sah das ganz anders. Er war stolz auf seine Mutter, die sich, weil sie nicht viel Geld hatten, ihre Kleider selbst nähte. Etwas Ähnliches erwartete er wohl auch von Johanna.

Im Kunstmuseum registrierte Johanna wie auch bereits in München beim Besuch der Alten Pinakothek und des Lenbachhauses, dass Peter nicht sehr viel Ahnung von Kunst hatte. Das fand sie sehr schade, weil für sie Kunst und Ästhetik eine große Bedeutung hatten.

Nur noch ein gemeinsamer Tag. Der Vater hatte vorgeschlagen, die Rennbahn zu besuchen und im danebengelegenen Waldrestaurant essen zu gehen. Johanna mochte das gepflegte Gelände, diesen Hauch von weiter Welt, aber sie merkte, dass Peter sich dort nicht richtig wohlfühlte. Auch wenn sie sich oft von ihrem Vater bevormundet fühlte, gefiel ihr doch seine weltmännische Art, sein stilsicheres Auftreten. Dagegen war es bei Peter zu Hause reichlich spießbürgerlich. Deshalb wunderte sie sich sehr, als Peter ihr am Abend, ausgerechnet ihrem letzten gemeinsamen Abend, sagte, dass es ihm bei ihr zu Hause nicht so sehr gefallen habe. Das Haus sei ja ziemlich ungemütlich, das Zimmer, in dem er schlafen musste, sei kalt und nicht einmal warmes Wasser im Waschbecken gewesen.

Ja, Peter war stolz drauf, dass seine Eltern, obwohl sie Flüchtlinge waren, es zu einem eigenen Haus gebracht hatten. Und das hätte nicht einmal Johannas Vater, obwohl er doch als Arzt bestimmt viel Geld verdienen würde, geschafft.

Johanna ärgerte sich über Peters Äußerungen. Aber wie schon oft verstand er es, sie schnell von ihrem Ärger abzulenken, indem er auf ein interessantes Thema zu sprechen kam. Er erzählte von dem Film "Die Ermittlung", den er vor kurzem im Fernsehen gesehen hatte.

"Dieser Film hat mir gezeigt, dass diese Unmenschlichkeit und Brutalität, wie sie in Auschwitz geschah, immer wieder geschehen kann. Mich hat das tief erschüttert, vorgeführt zu bekommen, wie grausam der Mensch sein kann."

Und sie redeten sich die Köpfe heiß darüber, ob nun der Mensch von Natur aus gut sei oder in jedem potentiell Feigheit, Bosheit, Grausamkeit vorhanden wären.

Inzwischen hatte Johanna mit ihrer Lehre begonnen. Von Anfang an gefiel es ihr in der kleinen überschaubaren Buchhandlung. Da sie der katholischen Pfarrkirche und dem Bildungshaus für Jugend und Frauen angegliedert war, war der Theologische Fachbereich besonders gut sortiert. Religiöse Fragen hatten Johanna schon immer interessiert. Und das war auch etwas, was sie mit Peter verband. Sie würde ihm eine Menge guter Buchvorschläge oder auch -geschenke machen können.

Sie war die jüngste der fünf Kollegen und Kolleginnen, die schon bald mit Anerkennung registrierten, dass Johanna der Umgang mit den unterschiedlichsten Kunden sehr gut gelang.

Das Lernen in der Berufsschule fiel ihr ausgesprochen leicht. Da merkte sie, dass es sich bei dem Stoff doch um wesentlich einfachere Lehrinhalte handelte als in den letzten Schuljahren oder an der Hochschule. Nur mit der Buchführung stand sie anfangs etwas auf Kriegsfuß. Aber nachdem ihr Bruder Eduard sie ihr erklärt und sie das Prinzip kapiert hatte, gab es auch da keine Probleme mehr.

Johanna ging es in dieser Zeit ausgesprochen gut. Im Geschäft konnte sie ihr Talent, gut zuhören und auf den einzelnen eingehen zu können, mit Erfolg anwenden. Sie erhielt viel Lob von ihrem Chef für ihre engagierte Kundenberatung. In der Berufsschule gefiel ihr besonders das Fach Deutsch, in dem sie einen netten und kompetenten Lehrer hatte, der seinen Unterricht sehr lebendig und anschaulich gestaltete. Johanna hatte in Erfahrung gebracht, dass dieser freundliche ältere Herr Lyriker war und bereits mehr als ein Dutzend Gedichtbände veröffentlicht hatte, was ihn in ihren Augen besonders verehrenswert machte.

An den Abenden, wenn sie nicht zu müde war, las sie sich durch die Klassiker in der Bibliothek ihrer Eltern, und die Welt der Bücher stand ihr zudem in dem Sortiment der Buchhandlung zur Verfügung.

Viele Kunden kannten sie als Tochter von Dr. Möhrle, der auch in der Pfarrgemeinde ehrenamtlich tätig war. Und Johanna empfand es als wohltuend, dass ihr von deren Seite Vertrauen und Anerkennung entgegengebracht wurde. Auch zu Hause fühlte sie sich wohl. Denn der Vater hatte seine anfängliche Skepsis gegenüber ihrem neuen Beruf aufgegeben, sicher auch, weil er von seinen Patienten viel Lobendes über Johanna hörte.

Peter dagegen hielt sie mit seinen Briefen ziemlich auf dem Trockenen. Er war inzwischen als Lehrer tätig und klagte über die viele Arbeit mit den Unterrichtsvorbereitungen und dem Heftekorrigieren oder über die zu große Lebhaftigkeit der Kinder. Johanna hatte den Verdacht, dass Peter sie bereits als festen Besitz ansah und sich deshalb nicht mehr die Mühe gab, sie öfter mal durch einen Brief oder ein Telefonat zu erfreuen. Manchmal fühlte sie sich richtig ausgehungert in punkto Liebe.
Und manchmal schien ihr das Hinterherjagen nach seiner Liebeserwiderung sinnlos. Zu ihrem Gedicht, das sie ihm zuletzt geschickt und in dem sie ihre Traurigkeit, aber auch Hoffnung und Liebe ausgedrückt hatte, war seine Entgegnung hauptsächlich eine formale gewesen. Hatte er denn das SOS der letzten Zeile nicht verstanden?
Ungewiss

grundlos traurig
oder doch nicht grundlos
der grund gefüllt mit leere
ein wenig gras darüber
grüße an die hoffnung
und sehnen nach licht
lichter auf dem grund
doch immer wieder wüste
unfruchtbar verlassen
lasse hören von dir
deiner traurigkeit ungewissheit
es gibt horchendes verstehen
standhaftes gehen an deiner seite
zuhören und sprechen
worte aus erde und himmel
unsicher zögernd schwankend zweifelnd

worte in nebel und hüllen
hüllenlose schweigende worte
hände und augen reden
aber wielange

Schon wieder waren Wochen vergangen ohne ein Lebenszeichen von Peter.
Johanna schnitt aus der Zeitung Wortschnitzel und fügte sie zu einer Collage zusammen: FÜR UNS ALLE UNFASSBAR VERSTARB UNSERE TOCHTER JOHANNA AM MONTAGABEND. DIE EXZEQUIEN FINDEN IN DER PFARRKIRCHE STATT.
Sollte Peter doch sehen, wie sie sich fühlte. Gestorben, nicht mehr existent für ihn!
Die Reaktion auf ihre "Collage" kam schneller und auf ganz andere Weise, als Johanna es erwartet hatte.
Peter hatte einen solchen Schrecken bekommen und war so außer sich vor wirklichem Schmerz, dass er gar nicht bemerkte, dass es sich nicht um eine "echte" Todesanzeige handelte. Vielmehr rief er bei Johannas Vater an und kondolierte ihm zum "Tode" Johannas. Der Vater war durch diesen Anruf völlig verwirrt und entsetzt über Johannas unverantwortliches Handeln. Ist sie nun vollends übergeschnappt und meldet sich der Irrsinn wieder, fragte er sich mit größter Besorgnis.
Peter musste er erst einmal beruhigen, dass es Johanna gut ginge und sie sich wohl einen ziemlich dummen Scherz, der in keiner Weise zu rechtfertigen wäre, mit ihm geleistet hätte. Er bat Peter um Entschuldigung für den Kummer, den seine Tochter ihm zugefügt hatte.
Die Standpauke des Vaters und der Brief von Peter, der diesmal nicht lange auf sich warten ließ, ließ Johanna von dem Podest des Hochgefühls, auf dem sie sich seit einer guten Weile befunden

hatte, abstürzen. Sie fühlte sich klein, elend, beschämt, beschmutzt. Sie verstand sich selbst nicht mehr, wie sie auf diese verrückte Idee hatte kommen können. Die Sache war ihr einfach passiert. Und sie duckte sich unter den moralisch gerechtfertigten Züchtigungen in Peters Brief: "Wie konntest du mir eine solche Gemeinheit antun? Du wirst nie ganz erfassen, weil du es nicht nachempfinden kannst, was in mir am Samstag vorgegangen ist. Hast du dir einmal überlegt, was dieser Brief, wäre er von mir an dich gekommen, bei dir für eine Reaktion ausgelöst hätte? Hast du dir das überlegt und den Brief dennoch abgeschickt, dann entschuldige, ist deine Liebe zu mir nur Farce und Lüge. Hast du dir das nicht überlegt, bist du noch ein sehr kleines und dummes Mädchen, was mir allerdings bisher entgangen ist, wahrscheinlich weil ich dich zu sehr liebe und Liebe bekanntlich blind macht."
Nun las Johanna von Liebe, genau das, was sie so oft in Peters Briefen vermisst hatte. Aber sie hatte alles kaputtgemacht. Sie hatte nun wahrscheinlich diese Liebe zerstört.
Trotzdem bot Peter ihr in seiner Großzügigkeit an, dass er ihr verzeihen könne. Es läge nun ganz an ihr, die Wunde, die sie ihm durch ihre unglückliche Tat zugefügt hätte, zu heilen. Und zu ihrer größten Beschämung schloss dieser Brief besonders liebevoll mit einem "Ich küsse dich und lasse dich lange nicht los."
Johanna rechnete ihm das hoch an, dass Peter trotz ihrer begangenen großen Dummheit noch zu ihr hielt. Sie hatte es eigentlich nicht verdient. Aber in der Folgezeit wurden seine Briefe wieder seltener und spärlicher an Gefühl. Und etwas in ihr rebellierte dagegen, sich immer nur in einem Zustand der Unterwürfigkeit, der Dankbarkeit und des Bemitleidet Werdens zu befinden.

Der Alltag ging weiter. Die Tage in der Buchhandlung waren jetzt so kurz vor Weihnachten besonders anstrengend. Durch die Menge der Kunden musste Johanna sich förmlich hindurchdrängeln, und für eingehende Gespräche und Beratungen blieb überhaupt keine Zeit. Johanna fühlte sich durch die manchmal bis zu elf Stunden Arbeitszeit stark belastet. Sie büßte ihre Frische ein, wenn sie mit langweiligen oder meckernden Kunden umgehen musste, und es fiel ihr dann schwer, freundlich zu bleiben.. Sie nahm sich vor, nicht zu empfindlich zu sein, sich unabhängiger von Anerkennung zu machen. Auch zu Hause war das Klima nicht immer erfreulich. Auch dort war zu viel Unruhe und Hetze. Johanna hasste manchmal den Lärm der Stadt, der auch ins Haus drang. Und immer waren Menschen um sie herum. Bis in den späten Abend hinein kamen Patienten, das Telefon stand nicht still, und die Türschelle schien auch nicht zu verstummen. Manchmal hätte Johanna alles auf den Mond schießen können. Der Vater war und blieb autokratisch in seinem Gebaren. Ihr tat die Mutter leid, die immer zwischen dem Vater und dessen Mutter stand. Keine der anderen Schwiegertöchter hielt es länger als vier Tage mit der Großmutter aus. Und ihre Mutter lebte nun schon über zwanzig Jahre mit ihr täglich zusammen. Kein Wunder, dass sie oft unzufrieden war. Der Vater machte sofort ein skeptisches Gesicht, wenn sie nur mal eine eigene Ansicht äußerte oder den Versuch machte, etwas anzuregen, was bisher so nicht üblich war im Hause.
Da waren Johanna die Unterrichtsstunden bei Herrn Sommer eine wahre Wohltat. Aufsätze und Gedichtinterpretationen, die sie während ihrer Schulzeit eigentlich nicht besonders gern geschrieben hatte, machten ihr jetzt ausgesprochen Spaß.
Ja, sie hatte ihrem Lehrer einmal einige Gedichte von sich zu lesen gegeben. Und er hatte sie mit ein paar Verbesserungsvorschlägen doch sehr gelobt und sie ermuntert weiterzuschreiben.

Und eines Tages kam ein junger Mann in die Buchhandlung, dessen Lächeln ihr sofort sympathisch war. Zwei Tage später stand er, als sie nach Geschäftsschluss aus dem Laden kam, vor der Tür und fragte sie, ob er sie nach Hause begleiten dürfe.
"Da haben wir es aber nicht weit", sagte Johanna, "ich wohne sozusagen gleich nebenan."
"Wie schade, ich hätte mich ganz gern noch etwas mit Ihnen unterhalten. Ich habe Sie nämlich beobachtet, wie Sie neulich einen Kunden bei der Auswahl eines Buches über den Existentialismus beraten haben. In dieser Richtung liegen auch meine Interessen."
Nur zu gern hätte sich Johanna mit diesem netten Menschen unterhalten. Aber heute hatte sie sich schon mit einer Klassenkameradin verabredet.
"Vielleicht könnten wir uns an meinem Berufsschultag treffen, da habe ich auch früher frei", schlug sie vor. "Wie heißen Sie überhaupt?"
"Andreas Steiner. Fein, und wann wäre das?"
"Übermorgen", antwortete Johanna und bemühte sich, ihre Stimme nicht zu überschwänglich freudig klingen zu lassen.
"Also bis übermorgen, Johanna, aber jetzt darf ich Sie doch noch die paar Meter nach Hause begleiten?"
Johanna machte große Augen. "Aber woher kennen Sie meinen Namen?"
"Das war nun wirklich nicht schwer herauszufinden. Ich hab mich halt schon ein Weilchen im Buchladen aufgehalten." Andreas lachte ein wunderbares Jungenlachen. Johanna entdeckte Grübchen auf seinen Wangen. Und plötzlich fühlte sie sich unbeschreiblich leicht. Wie Schneeflocken, die ihnen soeben auf Haare und Nasenspitzen fielen.

In den nächsten Monaten traf sich Johanna häufig mit Andreas. Sie entdeckten immer mehr gemeinsame Interessen: Philosophie, Religion, Sprache, Theater und Musik. Wie beschwingt und schwerelos sie sich an seiner Seite fühlte! Besonders seine Fröhlichkeit, sein ansteckendes Lachen taten ihr unendlich gut.
Johanna war bis über beide Ohren verliebt. Zwar gab es da einen Wermutstropfen in ihrer Beziehung. Andreas hatte ihr ziemlich bald erzählt, dass er "eigentlich" eine Freundin habe, er sich aber über seinen wahren Gefühle für sie nicht ganz sicher sei. Doch dieser Umstand ließ ihn manchmal gehemmt wirken. Urplötzlich während einer Umarmung zog er sich zurück. Und nach einem leidenschaftlichen Kuss sah er Johanna oft schuldbewusst an.
"Versteh mich bitte, Johanna, ich empfinde wirklich sehr viel für dich, aber ich fürchte, wir haben uns etwas zu schnell von unseren Gefühlen hinreißen lassen und dabei den Verstand ausgeblendet."
Johanna wollte aber gar nichts Verstandesmäßiges hören. Sie wollte sich nur immer an Andreas lehnen, seine Grübchen und seine lieben Augen küssen. Warum war Liebe nur so kompliziert?
"Sei mir nicht böse und halte mich nicht für einen blutleeren Pedanten und verklemmten Puritaner, aber wir hatten doch auch darüber gesprochen, dass das Vertrauen zueinander erst noch wachsen muss, hin zu einer reifen Liebe."
Johanna konnte im Taumel ihrer Gefühle nichts Negatives sehen, wenn sie sich auch etwas wie eine Verführerin vorkam. Machte sie sich eigentlich etwas vor, wenn sie glaubte zu lieben? War sie vielleicht nur an ihrem eigenen Wohlgefühl interessiert? Bedeuteten ihr die Liebkosungen lediglich Amüsement?
Doch Andreas ermunterte sie ja ausdrücklich, auf keinen Fall ihre Spontaneität zu verlieren, die ihm doch so besonders an ihr gefiel. Und war er nicht ebenso wie sie ein schwärmerischer Höhenflieger?

Sie spielten ja beide ein Spiel mit doppeltem Boden. Auch sie schrieb sich noch mit Peter, ohne dass sie ihm von der Existenz eines Andreas erzählt hätte.
Andreas überkamen wegen seines Verhaltens des Öfteren Skrupel. Dann erzählte er Johanna ausführlich von Marion, die er seit fast drei Jahren kannte und die sich seiner Liebe sicher zu sein schien. Er sprach von einer schwierigen Beziehung, aber worin diese Schwierigkeiten bestanden, sagte er nicht. Jedenfalls wollte er jetzt, während Marion im medizinischen Staatsexamen stand, sie nicht mit irgendwelchen Geständnissen belasten, was Johanna anging. Ebenso wahrscheinlich war, dass er einfach zu feige dazu war. Und weil Andreas zärtlich zu ihr war und sie um Geduld bei seiner Entscheidung bat, blendete Johanna aus ihrem Bewusstsein aus, dass es eine Marion gab. Gleichzeitig glaubte sie noch daran, auch für Peter die richtige Frau zu sein. Aber wenn sie auf ihre Wünsche tief in ihrem Innern horchte, hätte sie am liebsten Andreas geheiratet.
Doch der sprach immer wieder einmal von seinen Prinzipien, wenn sie sich gerade auf einem gemeinsamen Höhenflug befanden. Er hatte auch gar nicht vor, diesen wunderschönen Flug über den Wolken zu unterbrechen. Nur kam es ihm so vor, als wenn ein entscheidender Fehler in der Navigation ihres Luftschiffes stattfand, nämlich der Widerspruch zwischen Prinzip und Wirklichkeit.
Obwohl oder vielleicht gerade weil die Bedrohung durch ein mögliches Ende von Anfang an über ihrer Freundschaft stand, erlebte sie Johanna mit einer zuvor nicht erlebten Intensität. Mit Andreas hätte sie alles teilen mögen. Gemeinsame Theater- und Konzertbesuche, die vielen Gespräche, die nicht enden wollten, gaben ihnen ein so gutes und vertrautes Gefühl füreinander. Johanna erfuhr endlich die Nähe, nach der sie sich so sehnte, auch wenn sie sich noch innigere Liebesbezeugungen von Andreas

gewünscht hätte. Doch dieser scheute davor zurück, denn er meinte es ehrlich mit seinen hohen Ansprüchen an eine Liebesgemeinschaft fürs ganze Leben. Und seine Entscheidung für Johanna oder Marion hatte er noch nicht getroffen.
Wir sahen uns in dieser Zeit viel, Johanna und ich. denn wir wohnten beide wieder in D., wo ich mein Studium fortführte. In der Studentengemeinde trafen wir uns bei Geselligkeiten und Veranstaltungen verschiedenster Art. Bald schon lernte ich dort Ansgar, einen Kunststudenten, kennen, mit dem mich sehr rasch mehr als Freundschaft verband. Ein unerschöpfliches Thema auch zwischen Johanna und mir.

Ja, Johanna konnte Männer bezaubern, becircen. Und das Spiel machte ihr Spaß. Sie genoss es, umschwärmt zu werden. Verstecken musste sie sich wahrlich nicht. Sie war sehr hübsch, hatte ein ebenmäßiges Gesicht und eine gute Figur. Wenn es ihr gut ging, sprühte sie vor Leben und Unternehmungsgeist. Und so ging sie zu vielen Partys und Tanzveranstaltungen, wo sie nie lange auf einen Verehrer warten musste. Wenn Andreas sich nicht entscheiden konnte oder wollte, würde sie die Zeit auch nicht wie ein Mauerblümchen verbringen. Und Peter in der Ferne konnte ihr auch nicht die Abwechslung bieten, die sie für selbstverständlich in ihrem Alter ansah.
Jürgen, ein Klassenkamerad ihres Bruders Eduard, den sie schon lange kannte, schien es seit neuestem auf sie abgesehen zu haben. Johanna ließ sich sein Hofieren nicht ungern gefallen. Er stammte wie sie aus einem katholischen Elternhaus, verkündete nun aber flott, er sei Atheist. Das war für Johanna ein Reizthema. Stundenlang und mit Leidenschaft diskutierte sie mit ihm über Kirche, Tod und Teufel, Gott und Liebe. Dass Jürgen sie dabei verliebt ansah, registrierte sie mit Genugtuung, nahm es aber doch

nicht so ganz ernst. Schließlich war er zwei Jahre jünger als sie, und sie hielt ihn eigentlich für etwas unreif. Andererseits war es doch schön, wenn er sie in die Arme nahm, wenn er sie beim Tanzen eng an sich zog. Peter ließ sie wie üblich auf Post warten, und Andreas war ihr viel zu zurückhaltend in seinen Liebesbezeugungen.

Da Jürgen Medizin studierte, schien er für ihren Vater ein akzeptablerer Freund als Peter zu sein. Von Andreas' Existenz hatte er zum Glück keine Ahnung. Schwierig war es sowieso. Wenn sie spät in der Nacht von einem Spaziergang mit Jürgen nach Hause kam, wartete der Vater stets noch auf sie und machte ihr Vorhaltungen, dass es für ein junges Mädchen nicht schicklich sei, bis in die Nacht mit einem jungen Mann unterwegs zu sein. Eines Abends erwartete er Johanna, die sich gerade leise ins Haus schleichen wollte, in der Diele. Sein zornrotes Gesicht ließ nichts Gutes ahnen.

"Was du da machst, Johanna, kann ich wirklich nicht billigen. Hier mit Jürgen rumpoussieren und dem Peter immer noch schreiben. Wie stellst du dir das eigentlich vor? Ich verlange von dir, dass du für klare Verhältnisse sorgst. Entweder der eine oder der andere. Aber zwei zur gleichen Zeit, das ist einfach unmoralisch. Ich hätte eigentlich mehr von dir erwartet."

Damit ließ er Johanna, die ihre Augen schuldbewusst auf das Parkett heftete, stehen und knallte die Schlafzimmertüre hinter sich zu.

Der nette Abend war perdu. Johanna rannte die Treppen zu ihrem Zimmer hinauf und vergrub sich heulend in ihr Bett. Konnte der Vater ihr nicht einmal ein bisschen Freiheit zugestehen? Würde sie ewig das kleine Kind bleiben, das dem Vater zu gehorchen hätte? An Schlaf war nicht zu denken. Was sollte sie tun? Den Heiratsantrag von Jürgen nahm sie nicht ernst, auf Andreas' Entscheidung wartete sie mit Hoffen und Bangen, und die

Probleme mit Peter standen ihr deutlich vor Augen. Dass sie ihm gegenüber nicht ganz fair war, war das einzige, was ihr undeutlich bewusst war. Aber musste sie sich denn wirklich jetzt schon festlegen?

Je länger sie darüber nachdachte, desto mehr Gründe fielen ihr ein, dass es mit ihrer Freundschaft zu Peter eigentlich schon seit längerer Zeit nicht zum Besten stand. Sie erinnerte sich, dass sie bei ihrem letzten kurzen Besuch bei Peter die Atmosphäre dort ziemlich unerträglich gefunden hatte. Peter war ihr manchmal wie ein Eisklotz vorgekommen. Anstatt liebevoll zu ihr zu sein, hatte er seine Unzufriedenheit mit sich selbst und der Welt an ihr ausgelassen mit Schweigen und Missmut. Auch seine Meckerei war ihr auf die Nerven gegangen. Zu positiven Äußerungen konnte er sich fast nie aufraffen, einen Kommentar gab er meist nur, wenn ihm etwas nicht gefiel. Auch da hatte sie sich schon gefragt, ob all dies eine gute Basis für eine lebenslange Gemeinschaft sei. Die Unterschiede in der Lebensführung bei ihm und bei ihr zu Hause waren ihr ja von Anfang an aufgefallen. Nur hatte sie geglaubt, durch Liebe wären solche Unterschiede auszugleichen. Doch diese Spießbürgerlichkeit, die nur auf gutes Essen, Fernsehen, peinlichste Ordnung bedacht war, entsprach im Grunde nicht ihren Vorstellungen. Immer noch wollte sie Peters Eigenart, nicht richtig aus sich herauszugehen, ihr nicht öfter mal ein liebes Wort zu sagen, sie auch mal zu loben, mit seiner Ungeschicklichkeit in solchen Dingen entschuldigen. Aber er stellte ihre Geduld auf eine harte Probe.

Nun, wo das Diktat des Vaters ihr eine Entscheidung aufzwang, sah sie mit einemmal vieles viel nüchterner. Und sie entschloss sich, Peter mit freundlichen Worten davon zu überzeugen, dass es für sie beide am besten wäre, sich nicht länger der Illusion einer möglichen Ehe hinzugeben.

Peters Reaktion auf ihren Brief machte Johanna ihre Entscheidung nachträglich leichter, denn es war ihr trotz allem sehr schwer gefallen, den Schlussstrich unter ihre Beziehung zu ziehen. er sprach davon, dass er das Ende ihrer Liebe habe kommen sehen, ohne es allerdings näher zu erklären. Vielleicht war er ja sogar froh darüber, dass sie ihm diesen Schritt abgenommen hatte. Zum Schluss bot er ihr seine bleibende Freundschaft an, was sie dann doch großzügig von ihm fand.

Johanna fühlte sich erleichtert. Zum ersten Mal seit langem kam sie sich frei und ungebunden vor, und sie genoss diese neue Freiheit.
Johanna versuchte, sich ihren Lebensweg vorzustellen. Er würde bestimmt nicht immer geradlinig verlaufen. Sie wollte viele Menschen kennenlernen und mit sich auf diesen Weg nehmen. Immer offen wollte sie sein für das Schöne, das Gute, das Wandelbare. Nur nicht stehen bleiben. Das wäre das Schlimmste. Kreativ sein, voll bunter, vielfältiger Ideen, sich auf dem Weg fortzubewegen: mit Freude und Liebe, Vertrauen und Dankbarkeit, Humor und Verständnis, Sprechen und Horchen, Mut und Phantasie, Geduld und Ausdauer.
Und wenn Johanna abends von ihrem Bett aus auf den Sternenhimmel sah, gingen ihre Überlegungen weiter, und oft formte sich daraus ein Gebet: Gott, sei du bei mir und zeige mir den rechten Weg. Lass mich gut sein zu allen Menschen und lernen, immer besser und verständiger zu werden. Lass mich das werden, was ich sein kann. Gib dem Andreas einen guten Tag und lenke seine Wege. Herr, sei allen heute und immer nah, die dich brauchen, weil sie lieben.
Zu lieben, das hatte sich Johanna als die schönste und leichteste Sache der Welt vorgestellt. Aber allmählich dämmerte ihr, dass

Liebe einem nicht wie eine reife Traube in den Schoß fällt. Da musste wohl der Rebstock vorher mit Wissen und Verstand kultiviert werden, bevor der süße Wein zu kosten war.

Und immer wieder stieß Johanna an Grenzen, eigene und von anderen gesetzte, wo sie sich doch nach Grenzenlosigkeit, nach einem Auflösen in einem geliebten Du sehnte. Sie wollte geborgen sein und einem anderen Geborgenheit geben. Sie war eine Suchende und sah vor sich lauter verschlossene Räume, für die ihr der Schlüssel fehlte. Ihr schien, dass sie den Schlüssel nur durch andere und in anderen Menschen finden könne. Räume durchschreiten, Zeiträume durchmessen, dabei dieselbe bleiben und sich doch verändern.

Das Leben ist herrlich, intensiv, spannend, dunkel, komisch, neu, warm und kalt, erregend und lähmend, dachte Johanna, traurig und erhebend. Ihre Tage waren angefüllt bis zum Rand. Kaum eine kulturelle Veranstaltung, ob Kunstausstellung, Theater, Dichterlesung oder Vortrag, die Johanna in ihrer freien Zeit ausließ. Sie stopfte sich zu mit geistigen Genüssen, weil es ihr an körperlichen mangelte. Manchmal drohte sie, den Überblick zu verlieren. Sie verschlang das Feuilleton der Zeitung und schnitt sich gute Artikel aus, vor allem immer wieder solche über Dichtung: Günter Eich, Rose Ausländer, Nelly Sachs, die vor kurzem den Nobelpreis erhalten hatte, Hilde Domin, deren ersten Gedichtband sie in der Buchhandlung gefunden hatte und der ihr sehr gut gefiel. Sie merkte, dass sie sich mehr und genauer mit Literatur beschäftigen wollte, als es ihr als Buchhändlerin möglich war. Und in ihr keimte der Wunsch, nach Abschluss der Lehre einfach nur aus Lust - vielleicht auch, um sich zu beweisen, dass sie zum Studium durchaus fähig war - ein paar Semester Germanistik zu studieren. Johanna überlegte schon, wie sie es ihrem Vater beibringen sollte. Aber damit ließ sie sich erst noch ein bisschen Zeit. Aber jetzt stand eine sechswöchige Kompaktausbildung auf der Frankfurter Buchhändlerschule bevor. Ihr Chef hatte sie dafür freigestellt, weil er von Johannas Leistungen angetan war und hoffte, sie als fertige Buchhändlerin als gute Fachkraft weiter zu beschäftigen.

Sechs Wochen Begegnungen, Gespräche, Diskussionen, Lernen, Zuhören, Reden. Buchhändler, Lehrer, Verleger, Lektoren. Was für eine Vielfalt! Wie viele gescheite Menschen es gab. Viele neue Eindrücke. Fast zu viele. Salat, Diskussionssalat. Gesammeltes lass wieder fallen, um es neu aufzuheben und wieder fallen zu lassen, spukte es durch Johannas Gedanken. Sicherheit findest du nie. Stelle in Frage, verwerfe, überdenke, hebe Gehörtes, Erfahrenes auf für später. Sei frei von Machtansprüchen und Besitzbegierde. Bilde dir nichts ein auf scheinbaren Besitz. Zufriedenheit ist verdächtig.
Viel Aufbruchsstimmung war unter den jungen Leuten. Fast alles wurde in Frage gestellt. Kritik, manchmal um der Kritik willen, nicht immer berechtigt und manchmal unsachlich. Aber Johanna fühlte sich zugehörig zu den jungen gegen das Establishment Aufbegehrenden. In Frankfurt demonstrieren Studenten gegen den Springer-Konzern. Agieren, Reagieren - das findet Johanna richtig und wichtig. Schlimm wäre es, lahm und indifferent zu sein. Seine Meinung nicht ängstlich zurückhalten, sich nicht verkriechen ins Stübchen "Ist-mir-egal".
Johanna genoss die intensive Beschäftigung mit Literatur und die Einblicke in Verlagsgeschäfte und Zeitungsredaktionen, die ihnen angeboten wurden. Sie traf Gleichgesinnte, mit denen sie noch

abends stundenlang über Dichtung und ihre mögliche Wirkung diskutierte. Auch über das Leben, über Ideale, über Blochs Rede in der Paulskirche, als er den Friedenpreis des Deutschen Buchhandels verliehen bekommen hatte. Einen Satz hatte sie gut in Erinnerung behalten: "Eine Landkarte, worauf das Land Utopia fehlt, verdient nicht einmal einen Blick."

Johanna meinte, eigentlich immer auf der Suche nach diesem Land Utopia zu sein. Aber das Wort war ja auch durchaus doppeldeutig zu verstehen, und dann hatte es etwas, was nicht in eine positive Richtung zu weisen schien: wenn es hieß, etwas sei *nur* eine Utopie. Johanna schwirrte oft regelrecht der Kopf von den vielen neuen Überlegungen. In ihrem Kopf schien alles durcheinanderzugeraten wie bei einem Film, der zu schnell abgespult wird und bei dem sich Bilder und Sequenzen überschlagen.

Johanna war froh, dass die Zeit der Lehre bald vorüber sein würde, nicht wegen des Berufs, der ihr viel Freude bereitete. Aber ihr Geist verlangte nach einer tieferen Beschäftigung, nach einem grundsätzlicheren Verstehen von dem, was Literatur bedeutet. Ansatzweise war dies bei ihr ja schon vorhanden. Das konnte sie auch immer mit Genugtuung feststellen, wenn sie auf Kundenwünsche beratend einging, und deren Zufriedenheit darüber zu ihr zurückkam. Johanna wünschte sich eine Zeit ganz zweckfreien Umgangs mit der Sprache, mit den wunderbaren Zeugnissen der Weltliteratur.

Es kam noch hinzu, dass sie ihr Wohnen zu Hause immer unerträglicher fand. Die leidende Haltung der Mutter war kaum noch auszuhalten. Dennoch tat sie ihr am meisten leid in der Familie. Sie nahm sich in ihrer Eigenart so sehr zurück, dass sie zum Spielball von allen wurde: vom Vater, von der

Schwiegermutter und selbst von den Kindern. Johanna fand es empörend, dass der Vater die Mutter bloßstellte, indem er oft nur den anderen recht gab, sogar den Kindern. Ihre Großmutter empfand Johanna jetzt immer mehr als oberflächlich, kalt und leer. Den Hochmut hatte der Vater von ihr übernommen. Er glaubte, immer recht zu handeln und Recht zu haben.

Johanna hatte ihren Vater dazu überreden können, dass sie noch einmal studieren durfte. Allerdings hatte er gleich enge Grenzen gesetzt. Mit zwei Semestern hatte er sich einverstanden erklärt, mehr nicht.
Das Studium würde zwar eine finanzielle Abhängigkeit von zu Hause bedeuten. Aber die geistige und räumliche Selbständigkeit, die es mit sich bringen würde, würde diese vielfach aufwiegen. Johanna fühlte sich in ihrem Selbstbewusstsein auch so sehr gefestigt, dass sie sich vor Neuem nicht ängstigte.
"Literatur ist Neues, das neu bleibt", hatte sie vor kurzem gelesen. Und derselbe Ezra Pound hatte gesagt: "Große Literatur ist einfach Sprache, die bis zur Grenze des Möglichen mit Sinn geladen ist."
Viel hatte sie gelesen, vieles sich aufgeschrieben und gesammelt. Ihr bisheriges Aphorismen-Leben wollte sie erweitern, anreichern, um daraus schöpfen zu können für ein Leben.

3. Teil

Johanna sagt zu mir: "Wenn nicht die Enttäuschung über das Ende der Freundschaft mit Andreas so groß gewesen wäre, hätte ich mich vielleicht nicht so schnell mit Ludger angefreundet." Auch heute noch rätselt sie darüber, ob es wahr ist, was Ludger ihr nach der Trennung gesagt hat, nämlich, dass er sie nie richtig geliebt habe. Hatten sie sich beide in ihren Gefühlen füreinander getäuscht? Manchmal denkt Johanna, dass das eigentlich unsere Lebensaufgabe ist, nicht gegen sich selbst zu leben, egal was man von Anfang an mitbekommen hat, durch die Geburt, durch frühkindliche Erfahrungen. Auch wenn es bei dem einen eine schwere Hypothek sein mag, sagt sie, irgendwie sollte man lernen, damit zu leben, damit richtig umgehen zu können, Stück für Stück daran zu arbeiten, zufrieden zu sein.

Natürlich ist das eine Erkenntnis aus heutiger Sicht. Damals als sie noch jung war, war sie voller Lebenshunger, auch voller Ideale von der einen, großen, wahren Liebe. Sie sehnte sich nach Geborgenheit, nach echten Gefühlen. Und hat die nicht jeder von uns? Müssen sie notwendig platzen wie Seifenblasen?

Als Johanna Ludger auf einem Fest kennen lernte, war sie noch mit Jürgen befreundet. Sie interessierte sich nicht sehr für ihn, merkte aber, dass er ihr mit Komplimenten zu gefallen suchte. Ludger war ein Freund von Jürgen aus der gemeinsamen Studentenverbindung.

"Zunächst war einfach kein Funken da, der zu mir übersprang. Ludger schien mir ziemlich verklemmt. Und irgendwie tat er mir

auch leid, als er von seiner Freundin erzählte, die in Leipzig wohne und die er nur ganz selten sehen könne, wenn er einmal geschäftlich dort zu tun habe."
"Weißt du noch", fährt Johanna mit ihrer Erinnerung an eine Zeit, die dreißig Jahre zurückliegt, fort, "ich habe ihm sogar angeboten, dass er mit meinem Ausweis versuchen solle, die Freundin in den Westen zu schleusen! Aber daraus ist dann nichts geworden. Und außerdem nahm die Geschichte mit uns recht bald einen anderen Verlauf, wie du weißt."

Ludger war zu dem Zeitpunkt bereits zweiunddreißig Jahre, fertiger Diplomingenieur und sehnte sich nach einer festen Beziehung.
Nach dem Bruch mit Andreas war Johanna plötzlich froh, dass jemand sie umwarb. Auch sah sie in Ludger einen besonnenen und lieben Mann, manchmal etwas umständlich in seiner Art, etwas unbeholfen darin, ihr seine Zuneigung zu zeigen. Aber sie merkte, dass er sie umschwärmte, dass er sich offenbar ein sehr helles Bild von ihr machte. Und das gefiel ihr natürlich sehr.
Auch freute sie sich über seinen Humor, eine Eigenschaft, die bei ihr nicht sehr ausgeprägt war, was sie schon oft bedauert hatte. Aber so sehr sie sich auch um Humor bemühte, es wollte damit nicht recht klappen. Offenbar bekommt man eine solche Gabe mit und kann sie nicht erwerben.

Und dann war sie plötzlich da, die Liebe. Wie ein Phönix aus der Asche entstanden. Unsagbare Glücksmomente, Zärtlichkeit und Annäherung ans Du. Zweimal hatte Johanna bereits zu lieben geglaubt, diese nun erschien ihr wie eine weitere Steigerung. Sie konnte geben und empfangen und erfreute sich am Glück ihres

Geliebten. Ihr bisheriges Leben kam ihr wie ein Entwurf vor zu dem jetzigen großen Wurf der Liebe. Sie überhäufte Ludger mit Liebesbeweisen, schrieb ihm zärtliche Briefe, dachte sich immer neue Überraschungen für ihn aus, freute sich über jede gemeinsame Minute und verging vor Sehnsucht, wenn sie getrennt waren.

Die Zeit der Trennung würde schon bald mit Beginn ihres Studiums in Bochum beginnen.
Mit ihrem Vater musste sie noch klären, wie viel Geld er ihr zubilligen würde. Sie wagte kaum, ihn zu fragen, und seine Antwort fiel dann auch entsprechend demütigend aus: "Das ist der Standpunkt ganz kleiner Leute!" Aber wie sollte sie jemals richtig mit Geld umzugehen lernen, wenn sie so kurz gehalten, immer noch wie ein kleines Mädchen behandelt wurde.
An Ludgers Seite fühlte sie sich wohl. Endlich fühlte sie sich auch einmal in ihren intellektuellen Fähigkeiten ernst genommen. Er animierte sie, zu der zu werden, die sie sein konnte. Dabei reichte er ihr sehr liebevoll die Hand. Er schaffte Ordnung in ihren oft noch ungeordneten Gedanken und Gefühlen, den zukünftigen Weg betreffend. Es kam Johanna so vor, als bekäme sie durch Ludgers positive Weltsicht einen kräftigen, vorwärtstreibenden Rückenwind. Und da er sie auch in ihrem Wunsch zu studieren ausdrücklich bestärkte, freute sie sich auf die neuen Gebiete, die sich ihr erschließen würden. Auch wollte sie sich, soweit es ihr möglich war, mit Ludgers Fachgebiet beschäftigen, um ihn noch besser verstehen und in seinem Berufsalltag begleiten zu können.
Ludger bewohnte eine kleine, aber gemütliche Junggesellenwohnung, in der sie nun oft die Abende verbrachten. Johanna fühlte sich wie neugeboren. Sie beide wurden zu Entdeckern im Ersinnen von Zärtlichkeiten und schufen sich ihre

eigene Welt, in der sie, wenn sie zusammen waren, wunschlos glücklich waren. Es gibt eine Sprache, in der die Worte keine Hauptrolle spielen, dachte Johanna. Eine Sprache der spielerischen Gesten, des vertrauensvollen Anlehnens, des Angenommen Seins, bewegliche Ruhe und ruhende Bewegung. Das Lächeln, das Anschaun, das Versinken.
Herb war jedes Mal der Empfang durch ihren Vater. Mit Angst kehrte Johanna nach Hause zurück. Der typisch kurzangebundene Ton, die Vorwürfe - *kein Abend zu Hause, jeden Abend bis in die Puppen weg!* - verleideten und verdarben ihre ganze vorangegangene Freude. Was für ein Kontrast das mürrische, saure, ungenießbare Gesicht des Vaters zu dem so liebevoll lächelnden von Ludger. Es war unerträglich!
Johanna sehnte sich mit aller Macht nach einem eigenen Zuhause mit einem guten, starken, zärtlichen, verständnisvollen Mann, mit dem sie eine eigene Familie aufbauen wollte, in der es ganz anders zugehen sollte als in ihrem Elternhaus. Sie wusste von Ludger, dass er sich zu Hause ebenfalls nicht wohl gefühlt hatte, bei einem Vater, der ein kühler Geschäftsmann war und einer zwar lieben, aber geistig nicht sehr beweglichen Mutter.
Mit Ludger gemeinsam glaubte Johanna ihre Idealvorstellungen einer totalen Liebe verwirklichen zu können. Und sie wollten beide ihre Liebe auch nach außen zeigen. Wie es in dem Gedicht "La Mer Secrète" von Supervielle heißt: "Wenn keiner ihm zusieht, / ist es kein Meer mehr, das Meer. / Es ist, was auch wir sind, / sieht kein Aug zu uns her."

Johanna nahm das Studium wieder auf. Ein ganz neues Leben. Lernen von Begriffen, Maßstäben, Analysen. Sie wollte lernen, Standpunkte zu beziehen, Meinungen zu bilden, systematisch einen Stoff zu erarbeiten, methodisch an Aufgaben heranzugehen.

Verwirrend zunächst die vielen verschiedenen Standorte unterschiedlicher Lehrmeinungen. Dort hindurch finden. Strukturen erkennen. Überall war jetzt von Strukturveränderung der Gesellschaft die Rede. Die Studenten probten den Aufstand gegen ihre Professoren. Weg mit dem Muff unter den Talaren. Johanna fühlte sich hineingerissen in etwas Neues, Umwälzendes. Das waren Gedanken, die sie mitdenken, Gefühle, die sie mitfühlen konnte. Fort mit der Hierarchie, von den patriarchalischen akademischen Strukturen. Das Bildungsbürgertum hat ausgedient. Diskussionen, Diskussionen und Proteste. In Berlin gehen die Studenten beim Schahbesuch auf die Straße. Krawalle. Polizeieinsatz. Rudi Dutschke wird bei einem Attentat verletzt. In Paris finden Massendemonstrationen von Studenten statt. In Bonn kommen 30000 Demonstranten zusammen, um gegen die geplante Notstandsgesetzgebung zu protestieren. Überall Unruhe, Umbruch, besonders unter den Studenten. Sie wollen mehr Demokratie im Lehrbetrieb, Mitspracherecht. Und dazwischen der Wunsch, ernsthaft zu studieren. Aber auch manchmal die Frage: ist das nicht eigentlich zu elitär, was wir hier machen. Für Johanna ist es faszinierend, aber auch schwierig, in diese Bewusstseinsprozesse hineinkatapultiert zu sein. Manchmal kommt sie sich vor wie in einem Gefährt auf dem Jahrmarkt, das sie ruckartig von hier nach dort schleudert, so dass sie sich nur festhalten kann, um nicht den Halt zu verlieren. Wie soll sie bei alledem einen Standort beziehen lernen?
Und die Sehnsucht nach Ludger, den sie nun nur an den Wochenenden sehen kann, zehrt an ihr. Manchmal möchte sie am liebsten den Unibetrieb mit seiner Hektik und Umtriebigkeit sausen lassen und zu Ludger fahren, sich an ihn lehnen, sich geborgen wissen in all dem Durcheinander.

Sehr weit sind sie schon aufeinander zu gegangen. Aber manchmal fühlt Johanna auch das viele, was sie noch voneinander trennt. Besonders leidet sie darunter, dass er zwischendurch kaum mal etwas von sich hören lässt, obwohl er sich doch über ihr Beisammensein jedes Mal so freut. Ist da bei ihm noch zu viel Unsicherheit, ob sie wirklich zusammen passen? Warum erfreut er sie nicht öfter mal mit einem Brief?
Manchmal ist Johanna zwischen den Extremen hin und hergerissen. Kann uns ein gemeinsames Leben gelingen, oder passen wir nicht zusammen? Manchmal schwimmt sie in lauter Glücksgefühlen, manchmal könnte sie weinen, dass Ludger ihr nicht noch viel mehr entgegen kommt. Johanna möchte alles auf einmal und alles möglichst sofort. Und dann zieht sich Ludger zurück, ohne sich zu erklären. Warum versucht er nicht, mit ihren Augen und ihrem Herzen zu sehen? Zweifel und Ängste um ihr Verhältnis gewinnen zunehmend die Oberhand. Es fällt Johanna unendlich schwer, sich zurückzuhalten, wie es Ludger offensichtlich vorzieht. Vielleicht braucht er sie ja gar nicht? Am liebsten würde Johanna ihn fragen, ob sie sich nicht bald verloben können. Sie kennen sich doch schon fast ein Jahr. Doch sie traut sich nicht, diese Frage zu stellen. Ohnehin kommt es ihr so vor, als wenn immer nur sie es ist, die drängt.
Dann auch wieder liebt sie seine Behutsamkeit. Johanna weiß, dass er es gut mit ihr meint. Aber sie scheint für ihn noch zu wenig vollkommen zu sein. Natürlich ist Ludger schon weiter als sie selbst, einmal schon vom Alter her. Er ist schließlich acht Jahre älter als sie. Und steht schon mitten im Berufsleben, das ihn sicher auch fordert, so dass er vielleicht deshalb oft nicht genügend Reserven hat, sich etwas Schönes für sie auszudenken. Doch Johanna vermisst diese Aufmerksamkeiten.
Sie ist nun einmal ein intuitiver und impulsiver Mensch. Ludger dagegen überlegt erst immer genau, bevor er etwas sagt oder tut.

Er scheint sie noch für ein kleines Mädchen zu halten, etwas unfertig und verbesserungsbedürftig.
Johanna wollte sich vorbehaltlos schenken. Und immer sollte sie sich zurücknehmen in ihrem Überschwang. War das denn etwas Schlechtes? War ihr Denken nur Wunschdenken? Warum sah Ludger es als Schwäche, wenn sie nach ihm rief, sich nach ihm sehnte, am liebsten immer bei ihm sein wollte? Konnte er nicht einmal blindlings geben? Warum war er so furchtbar rational? War es denn ein Fehler, zu sagen, zu denken, zu fühlen: Ich brauche dich!? Kann das einem Menschen, der liebt, lästig sein? Fragen über Fragen. Ungewissheit.
Manchmal begann sich Trotz in Johanna zu regen. Ich habe es nicht nötig, auf Ludger zu warten, dachte sie dann. Denn es entging ihr ja nicht, dass an der Uni verschiedene nette junge Männer waren, die bei Gesprächen und Unternehmungen mehr als ein bloß allgemeines Interesse an ihr zeigten.
Wie hatte sie neulich bei Musil gelesen: "In der Liebe wie im Geschäft, in der Wissenschaft wie im Weitsprung muss man glauben, ehe man gewinnen und erreichen kann, und wie sollte das nicht vom Leben im ganzen gelten." War es denn für Ludger so schwer zu glauben, machte sie es ihm schwer? Stand ihm sein rationales, strukturelles, technisches Denken dabei im Weg?
Und dann ein Abend, der alle vorherigen übertrifft. Harmonie. Hören aufeinander. Ineinanderruhn. Zum ersten Mal seine Worte "Ich liebe dich", das was er ja sonst in Gesten so oft ausgedrückt hatte. Uneingeschränktes Glück. Ja, wir wollen füreinander da sein. Wir wollen noch mehr lernen zu lieben. Wir wollen uns vervollkommnen füreinander. Wir arbeiten an dem Wunder Gemeinsamkeit. Wir werden einen guten Austausch miteinander haben, weil jeder von uns eine eigenständige Persönlichkeit ist. Wir wollen noch hellhöriger werden für den anderen. Die

Unterschiede wollen wir zur gegensätzlichen Bereicherung nutzen. So soll es sein: dynamische Dauer und dauernde Dynamik.

Immer schöner, immer intensiver, tiefer, sensibler, geheimnisvoller, wunderbarer wird es im Zusammenwachsen von uns beiden, denkt Johanna. Vielleicht gerade wegen vorhandener Schwierigkeiten, Gegensätzlichkeiten, scheinbar Trennendem ist jeder Schritt in die Gemeinsamkeit kostbar. Die gemeinsame Straße wird breiter, und das Nebeneinandergehen stärkt. Jetzt sind besonders schwierig die Abschiede nach den glücklichen Stunden. Wie vermisst Johanna Ludgers aufmerksame Zärtlichkeiten, wenn sie von ihm getrennt sich dem Studium widmen muss. Ihre Ungeduld ist groß. Und darum fühlt sie sich in der Entfernung zu Ludger manchmal einsam. Aber sie weiß, dass sie nicht jammern darf. Das könnte er nicht verstehen und würde es ihr als mangelndes Vertrauen ankreiden. Oft ist sie ganz verzagt deswegen. Warum empfindet er denn die Zeit der Trennung nicht ebenso wie sie als Mangel für ihre Liebe? Wenn Johanna sich mit Fragen wie diesen zermürbt, geht es ihr schlecht, und sie wünscht sich, getröstet zu werden.
Und immer hat sie das Gefühl, noch viel an sich arbeiten zu müssen, um Ludger eine gute Partnerin zu sein. Seine kühle Rationalität imponiert ihr, obwohl sie ihr auch ein bisschen Angst macht. Aber Johanna denkt, dass sie sich ruhig davon ein bisschen abgucken kann auch für ihre eigene Arbeit. Zum wissenschaftlichen Herangehen an einen Stoff muss sie sich sehr bemühen. Viel mehr liegt ihr das intuitive Erfassen von Sachverhalten. Und eigentlich liegt sie damit meistens richtiger als mit einer rein analytischen Form des Verstehens von Texten, wie sie erstaunt hat feststellen können. Trotzdem möchte sie sich darin üben, schon deshalb, weil sie Ludger dann besser Paroli bieten

kann in ihren Diskussionen. Denn er ist ein Hexenmeister an Schnelligkeit im Entwickeln von Gedanken, im spielerischen Aufstellen von Thesen, im Durchdeklinieren von Antithesen und im Finden überraschender Synthesen.
Und der Wert der Literatur und ihres Literaturstudiums? Zum besseren Verstehen von Leben, zur Kommunikation mit Gleichgesinnten, zum Erobern von geistigen Freiräumen sollte es ihr dienen. Nicht l'art pour l'art... Auf einen Zettel auf ihrer Pinnwand hatte Johanna sich von Robert Musil, über den sie ein Seminar machte, geschrieben: "Die Dichtung hat nicht die Aufgabe, das zu schildern, was ist, sondern das, was sein soll! oder das, was sein könnte, als Teillösung dessen, was sein soll...Zur Dichtung gehört wesentlich das, was man nicht weiß, die Ehrfurcht davor. Eine fertige Weltanschauung verträgt keine Dichtung."
Lag da vielleicht der Grund, dass Ludger für Literatur und mehr noch für Poesie kein wirkliches Interesse aufbringen konnte? Johanna hatte oft das Gefühl, dass es reine Höflichkeit war, die ihn ab und zu danach fragen ließ. Wie oft schon hatte sie ihm ein Buch, das sie besonders wichtig und interessant fand, mitgebracht oder geschickt und dann gewartet, dass er von sich aus etwas dazu sagte. Und dann wusste sie nicht, ob er es überhaupt gelesen, ob es ihm gefallen oder missfallen oder nichts bedeutet hatte. Wollte sie denn etwas erzwingen? Manchmal fühlte sich Johanna in diesem Zwiespalt wie zerrissen.
Und schon an nächsten Wochenende war alles wieder anders. Eigentlich waren ihre Zweifel immer verflogen, wenn sie mit Ludger zusammen war.
Andererseits war die gemeinsame Zeit an den Wochenenden stets so schnell vorüber. Und dann begann für Johanna die viel längere Zeit des Wartens auf das Wiedersehen. Und aus der Erinnerung erschien ihr manchmal das, was Ludger ihr selbstverständlich gab

- ein schönes und teures Essen, ein Theaterbesuch - doch zu wenig von ihm selbst zu sein. Natürlich schätzte sie die Annehmlichkeiten, die er ihr bieten konnte durch seinen guten Verdienst. Sie wusste, dass es ihm leicht fiel, und deshalb nagten zuweilen Zweifel an ihr, ob diese Einladungen ihm wirklich so viel bedeuteten. Aber Johanna war sich auch nicht sicher, ob sie mit diesen Gedanken Ludger nicht Unrecht tat und ihn vielleicht sogar verletzte. Diese Unsicherheit machte ihr schwer zu schaffen. Sie wünschte sich nichts sehnlicher, als dass endlich Schluss wäre mit all diesen bangen Fragen über ihre gemeinsame Zukunft.

Und mitten hinein in Johannas Überlegungen und Ängste kam plötzlich ein Brief von Ludger. "Geliebte Johanna, nun will ich Dir doch auch einmal ein sichtbares Zeichen meines Denkens an Dich senden. Das Wochenende mit Dir war so wunderschön, eine Entspannung ganz im Kontrast zum Berufsalltag, eine Lösung, ein Sich-Öffnen. Danach kamen mir tausend Gedanken, die mich traurig machten, Dinge, die uns zu trennen scheinen, und der Weg zueinander schien mir lang und mühevoll, so tief in die Mitte des anderen, wie wir es beide wollen. Vielleicht sind wir in diesem Punkt beide noch zu idealistisch, zu wenig realistisch und in unserer Absicht zu total und absolut. Ich glaube, dass wir mit uns selbst und miteinander einige Geduld aufbringen müssen. Vielleicht ist es ein Weg zum Ziel, wenn wir versuchen, uns das Leben interessant zu machen, ein wenig oder ganz viel zu zaubern, um zu bezaubern. Ich will gestehen, dass ich das oft genug vergesse. Bitte erinnere mich dann daran!

Ich weiß auch, dass ich Dich manchmal belaste, wenn ich Dir kühl erscheine, und das bedrückt mich selber. Aber ich will Dir nicht wehe tun. Nur sehe ich für mich und uns noch eine Aufgabe darin, uns selbst und den anderen möglichst genau kennenzulernen, die Notwendigkeiten des anderen zu ergründen. Ich will Dich nicht in ein Bild pressen, das nicht zu Dir passt. Du sollst nichts anderes sein und werden als du selbst. Nur dann ist Dein innerer Kreisel im Gleichgewicht und verliert die Balance nicht. Du sollst keine Rolle spielen. Aber muss ich dir nicht auch zeigen, was ich als Ergänzung meiner selbst brauche, um ganz ich selbst zu sein? Würde es sich nicht eines Tages rächen, wenn ich jetzt eine Rolle spielte? Du siehst mich falsch, wenn Du, wie Du mir einmal schriebst, glaubst, dass ich eine Frau haben wolle, um damit nach außen glänzen zu können. Es geht mir ausschließlich um die innere Übereinstimmung, den Gleichklang des Fühlens und der Ratio. Wir müssen erforschen, ob die Andersartigkeit nicht zu einer erdrückenden Last wird, sondern zu einer fruchtbaren Spannung zwischen uns führen kann. - Verzeih diesen Brief, der nicht sehr erheiternd geworden ist, aber ehrlich! Liebe Grüße von Deinem Ludger."

Seltsamerweise machte dieser Brief Johanna weniger traurig als zuversichtlich. Sie spürte, dass es sich lohnte, an ihrer Verbindung zu arbeiten. Auch besonders an sich selbst. Sie wollte, dass Ludger etwas von sich in ihr finden konnte. Sie wollte ihm mehr Fröhlichkeit bieten können. Und sie fühlte, dass sie diesen liebevollen Menschen, auch wenn er manchmal etwas umständlich war, seine zärtlichen Hände, seine Liebe brauchte. Und hoffte gleichzeitig, dass es auch umgekehrt der Fall sei. Ja, sie wollte den Schritt in eine lebenslange Gemeinschaft mit Ludger wagen. Sie waren dabei, die Voraussetzungen dafür zu schaffen.

Und dann war die Entscheidung gefällt: sie wollten sich verloben. Johanna hatte die zwei Semester in Bochum beendet und war zurück nach D. gezogen, nicht nach Hause, sondern in ein Studentenwohnheim. Wie freute sie sich, nun ganz oft mit Ludger zusammen zu sein. Und dann sehr bald, wie sie hoffte, auch in einer gemeinsamen Wohnung. Immer intensiver, sichtbarer,

deutlicher wurde ihre Liebe zueinander. Ludger war ein so freundlicher, gütiger, kluger, sensibler und guter Mann!
Zwei Monate nach ihrer Verlobung wurde ihnen von einer Tante eine nette kleine Wohnung in der Innenstadt angeboten, die genau das Richtige für sie sein würde. Plötzlich ging alles sehr schnell. Ihre Hochzeit wurde geplant. Das neue Semester brachte viel Abwechslung, auch einen Hilfs Job an der Uni mit einem bisschen Taschengeld. Sie begannen, die Wohnung einzurichten. Beschäftigung mit Gadamer, Adorno, Bloch und Linguistik stand auf Johannas Plan. Ihrer beider Koordinatensystem sollte sein: Kybernetik und Liebe, Technik und Lyrik. Lyrik: Johannas zweitgrößte Liebe, ihre größte Liebe: Ludger.
Ein Monat nach ihrer Hochzeit fand die erste Mondlandung statt. Begehung von neuen Welten...

Johanna und Ludger richteten sich ein in ihrem neuen Glück, das täglich zunahm an Intensität und von dem sie vorher in ihren vielen Überlegungen und Auseinandersetzungen nicht geahnt hatten, dass es das überhaupt geben könnte. War Ludger vor ihrer Hochzeit mit Geschenken eher zurückhaltend gewesen, so dachte er sich jetzt immer neue Aufmerksamkeiten aus, um Johanna zu erfreuen: wunderschöne Blumensträuße, eine hübsche Bluse, ein interessantes Buch und jetzt sogar eine Spülmaschine! Aber das Wichtigste war ihre zunehmende Übereinstimmung, ihre Liebe, die sie so sehr ausfüllte, dass ein Tag ohne den anderen nur schwer zu ertragen war. Nie hätte sich Johanna das Leben an der Seite eines geliebten Mannes so schön vorstellen können. Denn eigentlich kannte sie gar keine richtig glücklichen Ehepaare. Und ihre Eltern waren für sie eher ein abschreckendes Beispiel. Johanna bemühte sich sehr, ihr Heim gemütlich und geschmackvoll auszustatten. Kürzlich hatte sie von ihrem selbstverdienten Geld eine Lithographie von Johannes Itten gekauft, die in ihrem zarten Orangetönen und den klaren geometrischen Formen auf sie erheiternd und beruhigend wirkte und über die sie sich täglich freute. Sehr hübsch machte sich auch der vornehme Sekretär, den sie von der Großmutter zur Hochzeit geschenkt bekommen hatte.

Über all ihrem Glück wollte Johanna aber nicht vergessen, dass unermessliches Leiden in der Welt war. So viel war jetzt von gesellschaftlichen Veränderungen die Rede. Ob sie daran mitwirken könnte? Sie empfand es als Privileg, dass sie noch immer hinzulernen durfte. Wie hatte Adorno gesagt. "Die fast unlösbare Aufgabe besteht darin, weder von der Macht der anderen, noch von der eigenen Ohnmacht sich dumm machen lassen." Und: "Es gibt kein richtiges Leben im falschen."

Doch manchmal war es fast zu viel, was an neuen Ideen, neuen Philosophien, neuen Gedanken auf sie einstürmte. Johanna musste sich dann sehr zusammennehmen, um nicht in diese euphorischen Zustände hineingetrieben zu werden. Sie merkte es daran, dass sie, wenn sie sich mit besonderer Begeisterung für irgendwelche Theorien erwärmte, Kopfschmerzen bekam und schlecht schlafen konnte.

Ihr Zuhause, die Nähe zu Ludger, seine stets so große Verständnisbereitschaft, sein herrlicher Humor waren für Johanna wie eine Insel in der Brandung der hektischen Umwelt und hielten ihr den Rücken frei für ihre vielen aufregenden und interessanten Beschäftigungen. Neben dem Studium, in dem sie sich langsam für die Zwischenprüfung vorbereitete, schrieb sie kleine Aufsätze über moderne Lyriker für eine Buchhändlerzeitschrift, gab ihrem jüngsten Bruder Nachhilfe und hielt in einem Mädchenheim Literaturkurse. Von ihrer Liebe zu Ludger und der seinen zu ihr fühlte sie sich beflügelt zu immer größeren Ausflügen in das

Reich der Wissenschaft, der logischen Zusammenhänge, der Erforschung von Sprache.

Weil Ludger so viel über Kybernetik, von Regelkreisen, von Schaltzentralen erzählte, wovon Johanna allerdings nicht allzu viel begriff, versuchte sie, dies in ihre Welt der Gedanken und der Sprache zu übertragen. Es wäre doch wunderbar, dachte sie, wenn man eine Maschine konstruieren könnte, die Ideen konkret umsetzen kann und man selbst hinterher nur noch daran Verbesserungen vornehmen müsste. Also ein Computer, der aus den eingegebenen Ideen Sätze bildet.

Johanna kamen solche Gedanken auch deshalb, weil Ludger manchmal ihr ungeordnetes, assoziatives, übersprudelndes Reden kritisierte. Sie wusste ja selbst, dass es ihr oft nicht richtig gelang, das auszudrücken, was sie vermitteln wollte. Mündlich ging das viel schlechter als schriftlich, und seltsamerweise oft besonders schlecht im Gespräch mit Ludger. Weil sie wusste, dass er sich sehr gut ausdrücken konnte, blieben ihr manchmal die treffenden Worte im Halse stecken. Oder die Sturzflut ihrer Gedanken ließ sie sich beim Sprechen verhaspeln, so dass Ludger sie wie ein gutmütiger Lehrer ermahnte: "Engelchen, sprich nicht so schnell."

Es tat ihr ein bisschen weh, dass Ludger diese wunde Stelle auf ihrer Existenzhaut berührte. Aber sie wollte sich seinetwegen und auch um ihrer selbst willen um eine größere Sprechfähigkeit bemühen. Sprechen und Diskutieren standen jetzt sowieso viel höher im Kurs als das geschriebene Wort. Auch unter den Studenten galt, dass alles, was man denkt, auch ausgesprochen werden musste. Aber eine totale Verbalisierung konnte es nicht geben. Sollte sie das als Manko ansehen? Johanna fand eher, dass es gut so war, dass noch etwas Geheimnisvolles, Unausdrückbares übrig blieb. Ohnehin waren in ihrem Kopf so viele Gedanken gleichzeitig, die sie in der Sprache immer nur nacheinander ans Licht holen konnte.

Überall war von Rationalität die Rede, von Bewusstseinserweiterung. Aber das Kühle, Logische, Sezierende schienen Johanna, wiewohl sie sich darum auch bemühte, doch dem Leben, dem Gegenwärtig sein nicht zu entsprechen.
Auf Podiumsdiskussionen gab es so viel Gesprächsmüll, dass Johanna Schweigen vorgezogen hätte. Manche Seminare oder sogar der ganze wissenschaftliche Universitätsbetrieb erschienen ihr wie eine einzige "Als-ob-Geschichte". Trotz scheinbarer Exaktheit brachten sie mehr Nebensächlichkeiten als Hauptsachen hervor. Im Grunde waren die meisten, auch die Professoren selbst, alle nur reproduzierende Leute. Lauter Sekundäristen! Was sie vermisste, war ein ordentlicher Schuss Kreativität.
Manchmal kamen Johanna Zweifel am Sinn ihres Studiums. Sie empfand die Germanistik als Secondhand-Ware. Viel wichtiger erschien ihr dann, wie sie es in dem Marcuse-Seminar taten, über gesellschaftspolitische Zusammenhänge zu reflektieren. Positive Zeichen waren in Sicht: Der Rückzug der Amerikaner aus Vietnam hatte begonnen. Willy Brandt war zum Bundeskanzler gewählt worden. Die jungen Leute bewegten sich weg von der Konsumhaltung der Elterngeneration, suchten nach neuen Lebensformen.
Diese Aufbrüche stimmten Johanna hoffnungsvoll. Auch privat lief zurzeit alles sehr zufriedenstellend. Sie hatte ihre Zwischenprüfung ohne Probleme und gut bestanden. Ludger war von seiner Firma zu einem dreimonatigen Lehrgang in den USA eingeladen worden. Sie würden gemeinsam dorthin fliegen. Die Bedingungen für ihren Amerika-Aufenthalt konnten günstiger kaum sein. Er fiel genau in Johannas Semesterferien, und Johanna hoffte, an der Universität von Boston an Literatur-Vorlesungen teilnehmen zu können. Sie fing an, mit Eifer ihr Schulenglisch aufzupolieren.

Inzwischen hatten Ansgar und ich geheiratet. Die Freundschaft von Johanna und mir wurde ganz selbstverständlich ausgedehnt auf unsere beiden Ehemänner. Wir vier verstanden uns ausgesprochen gut. Johanna hatte mich zu ihrer Trauzeugin auserwählt gehabt. Und als unser erster Sohn Roman geboren wurde, übertrugen wir die Patenschaft unseren beiden Freunden Johanna und Ludger.
Jetzt würden sie beide also einen mehrmonatigen Aufenthalt in Amerika erleben. Ein bisschen beneideten wir sie um dieses Ausscheren aus dem Alltag.

Der Blick auf Manhattan bei aufgehender Sonne ist grandios. Johanna drückt ihre Nase platt an dem kleinen Flugzeugfenster. Sie zieht Ludger zu sich herüber. "Ach, sieh doch, diese glitzernden Hochhausfassaden und da die Freiheitsstatue und die Sonne, wie sie sich spiegelt im Fluss!" Johanna ist aufgeregt wie ein kleines Kind. Und Ludger freut sich über ihr Staunen. Er drückt ihre Hand und küsst sie auf den Hals. "Ja, Engelchen, gleich landen wir in der NEUEN WELT. Und du wirst sehen, sie hält eine Menge Neuigkeiten für uns bereit."
Kennedy-Airport: Johanna fühlt den Atem der großen weiten Welt. Dann Fahrt nach Boston. Dort steht für sie für die Dauer ihres dreimonatigen Aufenthalts ein geräumiger "Schlitten" bereit. Die ersten Tage verbringen sie in einem Motel. Doch das findet Johanna zu ungemütlich und zu teuer, um darin längere Zeit zu verbringen. Während Ludger tagsüber bei seinem Computer-Trainings-Kurs ist, macht Johanna sich auf die Suche nach einer kleinen Mietwohnung. Sie findet zwei nette kleine Zimmer mit der typisch amerikanischen offenen Küche zum Wohn-Essraum. Das flat ist ein bisschen heruntergekommen, etwas schmutzig - dem

Schmutz würde sie zu Leibe rücken - und die Wände kahl. Dafür ist es nicht teuer, und sie müssen nicht zu dem, was die Firma von Ludger ihnen für den Aufenthalt zur Verfügung stellt, noch aus ihrer eigenen Schatulle dazulegen. Johanna kauft ein paar Poster und pinnt sie an die kahlen Wände. So sieht es ein bisschen fröhlicher und bunter aus. Ludger ist den ganzen Tag unterwegs, während sich Johanna an der Uni umsieht nach Kursen, die sie interessieren. In Literatur wird nichts Aufregendes angeboten, dafür aber in Philosophie über Emerson und Thoreau und in Linguistik. Sie meldet sich für vier verschiedene Vorlesungen als Gasthörerin an. Nachmittags schlendert sie über den Campus, eine schöne Sache, die man auch an deutschen Universitäten einrichten sollte. Man setzt oder legt sich auf die großen Rasenflächen mit einem Buch in der Hand und kommt schnell mit anderen Studenten ins Gespräch. Johanna findet das alles neu und aufregend. Sie bemerkt auch die aufgeheizte politische Atmosphäre unter den Studenten. Die Diskussionen über den Vietnamkrieg sind allgegenwärtig. Die jungen Leute sind zornig und fordern ein Ende des Krieges. Mit Richard, der sie während der Vorlesungen schon öfter angelächelt hat, kommt sie ins Gespräch. "Well, it is terrible", sagt Johanna, "that such a lot of people must die. Important ones and others. But it is the life of everyone, of each person that is going to be away in a bad way."
Und weil sie diese Ungereimtheiten des Lebens hier wieder von einer ganz anderen Seite mitbekommt, stellt sie sich wieder und wieder die Frage nach der gesellschaftlichen Funktion von Literatur. Ist sie nicht viel zu oft nur Narzissmus oder Beschäftigungstherapie? Gibt es wirklich noch Neues zu sagen, auszudrücken?
Durch die vielen neuen Eindrücke gerät Johanna in einen Zustand überwacher Gespanntheit. Tausend Ideen geistern ihr durch den Kopf, sind aber im nächsten Moment schon wieder verschwunden

und werden durch andere ersetzt. Sie fühlt sich unter den Studenten als etwas Besonderes, weil sie aus Deutschland - von so weit her - kommt.

Am Abend beim Zusammensein mit Ludger kommt sie zur Ruhe. Sie hat ein gutes Abendessen zubereitet. Vorher joggen sie gemeinsam eine Runde durch den Park. Der gleichmäßige Rhythmus des Laufens tut ihr gut. Es ist schön, an Ludgers Seite zu sein. Sie erzählt ihm von den kleinen Begebenheiten während des Tages. An manchem Wochenende besuchen sie Familie Diggins. Mister Diggins ist ein Kollege von Ludger aus der Firma. Er und seine Frau sind überaus freundliche Leute, wie Johanna überhaupt feststellt, dass die meisten Amerikaner sehr freundlich sind, eigentlich nie unhöflich, vielleicht nicht so tiefgründig wie die Deutschen, aber gerade das macht sie im Umgang so angenehm. Die Diggins haben fünf Kinder, wovon zwei Töchter durch Kinderlähmung an den Rollstuhl gefesselt sind. Johanna ist zutiefst berührt von der Zufriedenheit und Wärme, die in dieser Familie herrschen. "There is so much music and tenderness in your eyes", sagt sie zu Mary und zu Kevin, ihrem Mann, "your happiness and harmony is a good heritage which you give every day to your children." So möchte Johanna eigentlich auch leben: im Augenblick, ohne zu viele Gedanken darauf zu verwenden, was morgen oder übermorgen sein wird.

Es ist ein heißer Sommer. Johanna kann mit Shorts und leichten Blusen über den Campus und in der Stadt herumschlendern. Sie bedauert Ludger, der zu seinen Kursen stets korrekt gekleidet in Anzug, Hemd und Krawatte gehen muss. Johanna schüttelt ihre schulterlangen Haare in einer leichten Brise und fühlt sich gut und voller Unternehmungsgeist. Sie hat es geschafft, sich für den Internationalen Germanistenkongress in der Princeton University anzumelden. Ludger freut sich für Johanna, dass sie dort für ihr Studium vielleicht ein paar wichtige Erfahrungen machen kann. Er besorgt ihr ein Zimmer im Holiday Inn. Für eine Woche werden sie getrennt sein. Aber er gönnt ihr diese Abwechslung von Herzen.

Mit dem Greyhound-Bus fährt Johanna ins 500 km entfernte Princeton. Im vorbestellten Hotel erwartet sie ein geräumiges Zimmer mit Fernsehapparat und zwei großen Betten. Eine Woche lang wird sie internationalen Koryphäen zuhören, was sie über deutsche Literatur zu sagen haben. Sie ist wahnsinnig gespannt darauf.

Und dann beginnen die Vorträge. Die Professoren sonnen sich im Glanz ihrer Berühmtheit, spreizen sich wie Pfauen. So kommt es Johanna vor. Die Literatur hört bei ihnen anscheinend spätestens mit den Erscheinungen bis zum Krieg auf, jedenfalls referieren sie nicht über die neuere deutsche Literatur, was Johanna viel wichtiger und interessanter gefunden hätte. Sie hat sich das alles so großartig vorgestellt. Und nun muss sie feststellen, dass bis auf wenige jüngere Professoren und Assistenten der ganze literaturwissenschaftliche Betrieb doch ziemlich verstaubt ist. Johanna fühlt sich von dem Drum und Dran, von den gesellschaftlichen Ereignissen, die ihr manchmal mehr im Vordergrund zu stehen scheinen zugleich angezogen und abgestoßen. Einige Male ist es ihr passiert, dass sie von älteren Professoren auf den Fluren betatscht wird. Offenbar ist sie für diese in ihrem Minirock eine Augenweide und sie nehmen sich das Recht heraus, sie mit geilen Blicken zu verfolgen. Einer, den sie besonders widerlich findet, zieht sie an sich und küsst sie und fragt sie nach ihrer Zimmernummer. Manchmal fühlt sie sich regelrecht verfolgt. Zum Glück gibt es da einen jungen Assistenten, der an einem englischen Institut Germanistik unterrichtet, mit dem sie sich gut unterhalten kann und der für sie wie ein Schutz gegen die Übergriffe der alten Herren ist. Sie sucht immer häufiger seine Gesellschaft, weil sie sich in seiner Nähe sicher fühlt. Auch er empfindet wie sie die Diskrepanz zwischen Anspruch und Wirklichkeit, regt sich über den "Opa-Kongress" auf. Junge und neue Ideen in der Literatur kommen überhaupt nicht zum Zuge. Johanna strudelt in eine gefährliche Übererregtheit. Sie kann nachts immer schlechter schlafen. In ihrem Kopf ist ein ziemliches Durcheinander. Einerseits ist sie sich der Besonderheit bewusst, dass sie hier fast die einzige Studentin unter lauter berühmten Leuten ist. Andererseits spürt sie deren künstliches Gehabe, wie sie sich auch mit ihren Frauen in viel äußerem Luxus in erster Linie darstellen wollen. Da ist so viel Unaufrichtigkeit. Johanna in ihrer Naivität hat das nicht für möglich gehalten und muss sich jetzt sagen, dass das wohl in der elitären Gesellschaft so zu laufen scheint.

Es ist der dritte Kongresstag. Ein Dienstag mitten in der Nacht. Eigentlich ist es schon Mittwoch früh - drei Uhr. Sie hat noch kein Auge zugetan. Von außen dringt ein permanentes, unerträglich lautes Geräusch in ihr Zimmer, wie von einer Zementmischmaschine. Wahrscheinlich handelt es sich aber um die Klimaanlage. Johannas Kopf schmerzt. Sie fühlt sich trotz ungeheurer Müdigkeit hellwach. Weil an Schlaf nicht zu denken ist, setzt sie sich an den Schreibtisch und beginnt einen Brief an Ludger: "Engelchen, ich muss Dir schreiben, teils als Hilfe für mich - Du weißt, dass es mir hinterher besser geht, wenn ich etwas geschrieben habe, so als wenn ich befreit bin von einer Spannung - teils auch, um Dir damit eine Freude zu machen. Ich denke so viel an Dich und bin froh, Dich geheiratet zu haben. Im Moment kreisen in meinem Kopf alle möglichen irren Gedanken. Meine Unruhe und Erregung rührt nur zum Teil vom Kongress. Es ist allerdings auch alles ziemlich verwirrend, die vielen Leute, die sich so wichtig vorkommen. Und ich mitten drin komme mir etwas deplatziert vor. Aus literaturwissenschaftlicher Sicht ist das alles hier nicht so interessant, der Kongress hätte auch vor vierzig Jahren stattfinden können. Jetzt aus der Distanz wird mir noch viel mehr klar, was Du für mich bedeutest. Du bist mein Engel. Stell Dir vor, ich hatte eben den Gedanken, dass wir mit einer Kordel verbunden seien. Und wenn jemand sie durchschneidet, würde sie sich - durch die Kraft der Loslösung von mir - um Dich herumwickeln wie ein Gummi, so fest, dass Du nicht mehr atmen könntest und ersticktest und so fände ich Dich! Das ist so schrecklich, Dich nicht mehr atmend zu wissen, dass auch mir der Atem für immer verginge. Vielleicht kommt Dir das alles ein bisschen durcheinander vor, aber ich hoffe, dass Du mich verstehst. Ich weiß, Du würdest sagen, ich solle mich jetzt entspannen, um doch noch etwas schlafen zu können. Aber ich versuche es dauernd, bewusst und auch unbewusst und kein Gelingen! Ich habe auch schon einige Gedichte geschrieben, sehr schnell, so in einem Rutsch und hoffte, das würde mich anschließend schlafen lassen. Aber das reichte noch nicht. Engelchen, ich sehne mich sehr nach Dir. Es wäre viel schöner, wenn Du hier bei mir sein könntest. Ich habe unnötig viel Platz in meinem Zimmer: zwei Doppelbetten, stell Dir das vor. Und was könnten wir da alles gemeinsam machen..."

Der Morgen bricht bereits an, und als Johanna das Fenster öffnet, um den Kopf abzukühlen, schlägt ihr eine dumpfe Schwüle entgegen. Sie steigt in die Dusche und braust sich ganz kalt ab. Jetzt fühlt sie sich frischer. Gerade heute möchte sie fit sein, weil der nette Assistent Moorgruber ein Referat über "Moderne Lyrik im 20. Jahrhundert" halten wird.

Und wirklich, es ist das beste, was sie bisher zu hören bekommen hat. Endlich fallen Namen, die Johanna etwas bedeuten: Paul

Celan, Nelly Sachs, Erich Fried, Franz Mon, Helmut Heissenbüttel, Ernst Meister.
Tauche ich?
Ich suchte mit Lampen, ich fände
ein Logbuch, welches jedoch
von des Totseins Bewandtnis
nicht spricht, sondern allein
von des Unterganges Beginn.
WIR SINKEN: WIR
WERDEN GRUND:
Johanna atmet schwer. Sie ist mitgerissen, hingerissen, möchte am liebsten aufspringen und etwas sagen. Die Worte dringen ihr in die Brust, in die Magengegend. Sie weiß, was sie da hört an Dichtem, Gedichtetem, das hat etwas mit Wahrheit zu tun, mit dem Dichter selbst, mit ihr selbst. Das ist etwas völlig anderes als das bloße Reproduzieren, Analysieren, Interpretieren der Herren Professoren. Sie spürt, dass Moorgruber etwas davon begreift, was er vorträgt an Gedichten. Sie möchte mit ihm sprechen. Kaum kann sie ihre Ungeduld zügeln.

Es dauert bis zum Nachmittag, bis sie ihn auf dem Campus trifft und ihm ihre Begeisterung über seinen Vortrag mitteilen kann. Johanna erzählt ihm, dass sie ihre Magisterarbeit über moderne Lyrik schreiben möchte, erwähnt einzelne Aspekte in seinen Ausführungen, die für sie sehr erhellend gewesen sind und fragt ihn, ob sie sich nicht ausführlicher darüber unterhalten können. Sie verabreden sich für den Abend.
Die Schwüle des Tages ist einer angenehmen Wärme gewichen. Moorgruber kommt auf Johanna zu, die an einem der Gartentische im hoteleigenen Park auf ihn wartet. Er trägt jetzt nicht mehr den fürs Offizielle gedachten Anzug, sondern Shorts und ein kariertes

Hemd. Darin sieht er viel jugendlicher aus. Johanna hat ihre langen schlanken Beine übereinandergeschlagen.

"Sie haben schon ordentlich Farbe bekommen", sagt er zu Johanna, die merkt, dass er sie in ihren weißen Shorts und der weißen Bluse mit Wohlgefallen ansieht.

"Übrigens, ich heiße Rüdiger, und wir könnten ruhig du zueinander sagen, wo wir hier im englischen Sprachraum des ununterscheidbaren you sind."

"Also, machen wir beide einen kleinen Privatkongress über Poesie?" Moorgruber sieht Johanna erwartungsvoll an. "Ich kann ja jetzt ruhig gestehen, dass ich auch selbst Gedichte schreibe."

Johanna hat sich von ihrer ersten Überraschung erholt, wie zwanglos Rüdiger Moorgruber, immerhin Referent auf dem Kongress und Wissenschaftlicher Assistent, mit ihr, einer Studentin spricht. Doch dann sprudelt es aus ihr heraus, ihre Enttäuschung über die veralteten Lehrmeinungen der Professoren, über das viele Pseudo, über die mangelnde Präsenz von Lyrik und ihre Bewunderung seiner Kenntnisse in dieser Hinsicht.

"Ich heiße Johanna", sagt sie und lächelt ihn aus ihren braunen großen Augen an. "Darf ich dir auch ein paar Gedichte von mir zeigen?"

Bei einer Flasche guten kalifornischen Rotweins setzen sie ihr Gespräch fort bis tief in die Nacht hinein, bis Rüdiger sie ermahnen muss, ans Schlafengehen zu denken, morgen sei auch noch ein Tag.

Johanna ist viel zu aufgedreht, um schlafen zu können. Sie hat erfahren, dass sie nicht allein ist mit ihrer Meinung über Poesie, über Gesellschaft. Rüdiger hatte zu ihr gesagt, was für eine menschliche Verarmung es sei, wenn die neuen Superrevolutionäre Dichtung nicht mehr gelten lassen wollten, weil sie nicht zur Veränderung der gesellschaftlichen Ungerechtigkeiten beitragen könnte. Und sie hatten beim

Austausch ihrer Gedichte festgestellt, wie unglaublich schön so etwas sein kann, wie die Berührung zweier Sterne.
Die Sätze und Gedanken beginnen in ihr zu rotieren. Literaturwissenschaft ist Quatsch. Das Wort Germanistik darf man seit 1945 nicht mehr gebrauchen, es ist besudelt. Man kann wahnsinnig werden, wenn man bedenkt, wie kaputt die Welt ist. Es gibt Menschen mit guten Beziehungen und Menschen mit schlechten Beziehungen. Die sind aber keine richtigen Menschen, weil sie die Menschen mit guten Beziehungen stören können. Und Stören ist Beginn von Krieg. Fachkongresse müssen krank sein, da sie sich nur mit einem Fach beschäftigen. Ein Fach zu studieren ist Vollidiotie. Schon überhaupt zu studieren ist Idiotie, denn man studiert nur, weil die Gesellschaft es verlangt. Wer überhaupt lernen will, kann es überall. Wenn man ganz unabhängig ist, erst dann kann man leben. Literatur entsteht oft dann, wenn ein Mensch keinen ebenbürtigen Menschen hat zur Kommunikation. Es gäbe vielleicht überhaupt keine Literatur, wenn alle Menschen wenigstens zu einem anderen Menschen eine sehr gute Beziehung hätten.
Am Ende denkt Johanna: Ich möchte verrückt sein in einer kranken Gesellschaft.
Erschöpft wirft sie sich auf das breite Bett. Sie sehnt sich nach jemandem zum Anfassen. Es ist, als spüre sie jeden einzelnen Nerv, ihre Haut ist gespannt und heiß, ihre Schläfen hämmern stakkatohaft, ihr Körper bebt. Es ist wie ein Rasen im Fieber. Sie sieht sich selbst angezogen auf dem Bett liegen wie eine andere Person und neben sich einen nackten Mann. Sie weiß nicht, ob es Ludger ist oder irgend ein anderer und was sie tun soll. Sie wünscht sich, dass es Ludger ist und möchte sich von ihm ausziehen lassen, ganz langsam, und sich anschauen lassen und dann nebeneinander liegen und die Spannung wachsen lassen. Sie stellt sich vor, dass er anfängt sie zu streicheln, erst am Hals, dann

am Rücken und an den Oberschenkeln, dass sie sich küssen, miteinander schlafen und lange so liegen bleiben, glücklich und entspannt.
Johanna steht auf und öffnet das Fenster. Kühle Nachtluft streift ihren erhitzten Körper. Sie rückt den Schreibtisch ans Fenster. Der Mond wirft einen hellen Schein auf das Papier, sie muss die Lampe nicht anmachen. Wie im Rausch schreibt sie Gedichte, immer wieder auf ein neues Blatt. Sie will vor dem Kongress ein Gedicht vortragen, sie will zum ersten Mal in dieser öffentlichen Runde der Schönrederei die Unaufrichtigkeit der Redner mit den Mitteln eines "Gedichts" geißeln.
Wissen um das Bewusstsein
das einem Schiffstau gleicht
nicht mürbe und nicht träge
Augen beherrschen die Lage
zäh binden sich Elemente
bis sie gelöst werden
und sich neuem zuwenden
Johanna schreibt und streicht durch, fängt wieder von vorne an.
Lippen lachen dir lesend Lorbeeren
meine lernende Ladefähigkeit
liquidiert die leere Last...
Nein, das ist es nicht, denkt Johanna. Ich muss konkret werden, und sie schreibt:
Ich möchte zum ersten Mal
öffentlich hier etwas sagen
weil ich Stilstruktur habe.
Der Vortrag von Herrn Lermann
der sicher einer war
zu dem man unbedingt
hingehen würde, obwohl er, nachdem man
ihn gehört hat, der Selbstbefriedigung

nicht fern stand
soll einen Rahmen haben
das ist in der Literatur manchmal üblich
weil es schön ist.
Der schwierigste Prozess im Leben
ist zu lernen
erst gesund zu sein
(wenn man Glück hat)
dann zu lernen, krank zu werden
um dann wieder zu lernen
gesund zu werden.
Johanna liest das Geschriebene. Sie ist zufrieden mit sich. Morgen würde sie denen da zeigen, was eine kleine Studentin zu sagen hat. Nach dem Frühstück trifft sie Rüdiger und erzählt ihm von ihrem Vorhaben. Er findet es eine gute Idee.
Als Johanna ans Mikrophon tritt, zittern ihre Hände, und sie hat Mühe, das Blatt, auf dem ihre kleine Rede steht, ruhig zu halten. Ihr Auftritt dauert zwei Minuten. Sie hört ihre Stimme wie die einer fremden Person und merkt, dass sie sich überschlägt. Sie spürt ein Raunen in der Zuhörerschaft und hört von irgendwoher das Wort "verwirrt". Beim Hinuntergehen vom Podium stolpert sie über die letzte Stufe, kann aber noch rechtzeitig ein Hinfallen verhindern. Sie geht zurück in die letzte Reihe. Sie zittert am ganzen Körper. Einige Herren drehen sich nach ihr um. Aber dann geht der Betrieb weiter, als wenn nichts geschehen wäre.
Johanna denkt nur immer wieder eins: Jahrmarkt der Eitelkeiten! Sie wartet noch auf das Ende des laufenden Vortrags und verlässt rasch das Institut und den Campus. Ihr ist nicht danach zumute, mit einem der eitlen Fritzen zu reden.
Am Nachmittag, den sie im Liegestuhl auf dem dichten sattgrünen Hotelrasen verbringt, kommt Rüdiger und setzt sich neben sie. Er lässt sie erst gar nicht zu Wort kommen, sondern erzählt gleich

davon, dass ihre kleine Rede für viel Wirbel gesorgt habe. "Manche haben gesagt, die ist ja verrückt geworden. Das ist doch alles konfuses Zeug, was die da geredet hat!", berichtet Rüdiger. "Aber ich fand es im Grunde prima, dass du es denen mal gezeigt hast." Er legt die Hand auf Johannas Arm. "Mach dir nichts draus. Alles was nicht in deren geläufiges Denkschema passt, tun sie als verrückt ab."
Johanna ist froh, dass sie wenigstens einen verständigen Menschen hier getroffen hat, und sie ist Rüdiger dankbar für sein Verständnis. Sie hat das Gefühl, dass sie sich gerade ein bisschen in ihn verliebt.
Rüdiger erzählt ihr von seiner Arbeit und aus seinem Leben: dass er sich vor kurzem von seiner Freundin - auch einer Literaturwissenschaftlerin - getrennt habe, dass er am liebsten gar nicht forschen und unterrichten, sondern nur Gedichte schreiben würde, aber davon natürlich nicht leben könne.
Johanna fühlt den Gleichklang ihrer Seelen. Sie denkt auch an Ludger und bedauert, dass er sich so wenig für ihre Interessen erwärmen kann. Sie erzählt Rüdiger von ihrem Studium, von ihrem Mann und wie froh sie ist, verheiratet zu sein. Rüdiger muss noch einmal fort zu einem Seminar, aber am Abend wollen sie sich wieder treffen.
Johanna holt ihren Notizblock aus der Tasche und schreibt:
Ich dichte / was ist dichten / wahrscheinlich dichte ich altmodisch / was ist alt und was ist Mode / jedenfalls leben wir jetzt / leben wir wirklich. // Jeder Fall ist durchgespielt / und wie spielen wir / ist das Ernst oder / was machen wir eigentlich // Man sagt das so/ sie redet ein bisschen viel / sie will sich interessant machen / und / Paul Celan hat sich in die Seine geworfen / krank - was ist das / man sagt das so leichthin / dass einer vor die Hunde geht / sie will doch die Leute am Leben halten / die doch so krank sind / die doch so krank ist. // Ist er so krank / dass er sich in die Seine stürzt

/oder wer ist hier so krank / ist keiner krank / dann müssen es die Hunde sein."

An den restlichen Verlauf des Abends und der Nacht hat Johanna nur eine undeutliche Erinnerung. Sie befindet sich in einem Hospital, in das sie Rüdiger Moorgruber gebracht hat. Er musste dafür 100 Dollar für sie auslegen, sonst hätten sie sie nicht aufgenommen. Sie haben ihr eine Spritze verabreicht. Danach konnte sie Ludger anrufen. Sie bittet ihn, sofort zu ihr zu kommen. Aber er kann erst abends fahren und braucht die ganze Nacht für die lange Fahrt von Boston nach Princeton.
Irgendwann hat sie plötzlich nur noch englisch sprechen können. Ich habe meine Sprache verloren, denkt Johanna. Ich habe die deutsche Sprache, die ich liebe, verloren. Sie denkt auch nur noch auf Englisch. Die ganze Nacht hat sie sich mit Rüdiger unterhalten, so viel weiß sie noch. Sie hat ihn in ihr Zimmer eingeladen, weil da doch viel zu viel Platz für sie allein ist. Rüdiger muss irgendwann gedacht haben, dass sie nicht ganz *in Ordnung* ist. Da hat er sie in sein Auto gesetzt und zum Krankenhaus gebracht.
Sie kann Ludger nichts erklären. Immerzu sagt sie etwas von 100 Dollar for a poor german student und von ihrem poor husband. Die Empfangsdame sagt Ludger, ein Herr Moorgruber habe Johanna hierher gebracht. Ludger will eine Erklärung von Johanna, was passiert ist. Sie erzählt ihm, dass der ganze Kongress ein Anachronismus sei, denn die Germanistik dürfe es seit 1945 nicht mehr geben. "Engelchen, ich habe auf dem Kongress die Frage nach der Gegenwart gestellt - denn die kam dort gar nicht vor! Für mich ist jeder Tag nur dann Gegenwart, wenn Leute fähig sind, miteinander zu sprechen, ob im Mittelalter oder in der Neuzeit."

Dann kommt Rüdiger Moorgruber. Er stellt sich als derjenige vor, der Johanna hierher gebracht hat. Ludger fühlt sich ziemlich unwohl. "Ihre Frau ist sehr durcheinander gewesen. Sie hatte eine kleine Rede vor dem Kongress gehalten. Das muss sie wohl so aufgeregt haben. Ich habe es auch nicht gleich gemerkt. Aber dann hat sie gar nicht mehr aufhören können zu reden. Da ist es mir unheimlich geworden."
Ludger bedankt sich bei ihm und zahlt ihm die 100 Dollar zurück.
Auf der Rückfahrt lehnt Johanna apathisch im Sitz. Der Arzt hat Ludger eine Bescheinigung mitgegeben über die verabreichten Medikamente und ihm dringend angeraten, Johanna zur weiteren Behandlung in eine psychiatrische Klinik zu bringen. "Sie kann auf keinen Fall allein bleiben", hatte er gesagt.
Ludger ist völlig durcheinander. Ausgerechnet regnet es in Strömen. Die Scheibenwischer schaffen die Massen an Wasser kaum. So muss er ganz langsam fahren. Was hat das alles zu bedeuten? Er hat zwar auch schon erlebt, dass Johanna manchmal etwas überdreht ist. Aber krank? Verwirrt? Ist Johanna vielleicht verrückt? Hat sie nicht einmal, eher nebenbei, erzählt, dass sie als Schülerin in einem Landeskrankenhaus war? Aber das war schon so lange her. Er hatte dem keine große Bedeutung beigemessen. Sie konnte schließlich nicht wirklich *geisteskrank* sein, das hätte man ihm vor der Hochzeit sagen müssen. Aber schlimmer noch peinigte ihn der Gedanke an diesen Mann, diesen gutaussehenden Mann, mit dem Johanna offenbar die Nacht verbracht hatte. Sie hatte ihn also betrogen. Sie hatte sein Vertrauen schändlich missbraucht. Sie hatte ihrer beider Ideale in den Schmutz gezogen. Ludger musste mit den Tränen kämpfen. Und sie sitzt hier in aller Seelenruhe neben mir, als wenn nichts gewesen ist, dachte er. Am liebsten hätte er angehalten, sie aus dem Auto gezerrt und ihr rechts und links eine schallende Ohrfeige gegeben, damit sie

wieder zu sich käme. Aber er wusste natürlich, dass das sinnlos war, und das verschlimmerte seine Wut nur noch.
Ludger rief von unterwegs Kevin Diggins an und schilderte ihm kurz, wie es um Johanna stand. Sofort bot dieser ihm an, dass sie beide zu ihnen kommen könnten. Er versprach, dass sich Mary, die als Krankenschwester zahlreiche Ärzte kannte, sich nach einer passenden Klinik umhören würde. Ludger nahm das Angebot gerne an und war froh, dass er mit seinen Sorgen nicht auf sich allein gestellt war. In ihm war eine Mischung aus ohnmächtigem Zorn und tiefer Traurigkeit. Er konnte Johanna jetzt keine Vorwürfe machen, denn ihm war klar, dass sie ernsthaft krank war. Um was für eine Art von Krankheit es sich handelte, wusste er nicht. Und dieses Nichtwissen machte ihn, der sonst stets so selbstsicher war, hilflos. Trotz seiner großen Enttäuschung, dass Johanna ihn offenbar hintergangen hatte, fühlte er doch auch eine Zärtlichkeit für sie wie für ein Kind, das seines Schutzes bedurfte. Er zwang sich zur ruhigen Überlegung, welches die nächsten notwendigen Schritte zu sein hatten. Glücklicherweise hatte er vor der Reise eine Zusatzkrankenversicherung abgeschlossen, und er hoffte, dass diese für den Krankenhausaufenthalt aufkommen würde.
Mary und Kevin empfingen sie mit der gewohnten Herzlichkeit. Mary nahm Johanna teilnahmsvoll in die Arme und sagte ihr, dass sie ein sehr schönes Haus kenne mit einem wunderschönen Park, in dem sie eine Weile bleiben könne und wo bestens für sie gesorgt würde. Tatsächlich hatte Mary in der kurzen Zeit bis zu ihrer Ankunft bereits mit mehreren in Frage kommenden Krankenhäusern Kontakt aufgenommen.
Johanna sah Mary wie versteinert an, als verstünde sie kein Wort von dem, was sie zu ihr gesagt hatte. Sie flüchtete zu Ludger und klammerte sich an ihn. Er strich ihr über die Haare und über ihre

trotz der Bräune wächsern aussehenden Wangen. "Engelchen, sei ganz ruhig", sagte er zu ihr .
Und mit einem Mal begann Johanna, die während der ganzen Fahrt kein Wort gesagt hatte, zu reden. Es klang wie ein mit Ausdruck vorgetragener Monolog aus einem Theaterstück, und er kam so flüssig, als hätte sie ihn lange und mit großer Sorgfalt einstudiert.
The snowy light on your face I like it, the smiling words you put out sometimes I like them, it is the hair on your body I like to see, your tender hands and all your musical skin I do like many times, your immaterial and social resources of the life I enjoy sharing, I like your being and the future whatever it may be for us, our discussing subjects may improve our love to each other, you know that I want to say a little and a lot together, it does not come out satisfactorily, I want to sing and dance with you...
Johanna hatte sich in Rage geredet und begann durch den Raum zu tanzen. Sie forderte Ludger, Mary und Kevin auf mitzutanzen. Aber die standen verlegen und steif herum und wussten nicht, wie sie reagieren sollten.
Plötzlich blieb auch Johanna abrupt stehen. Sie sah einen nach dem anderen an. Als keiner sich rührte, ließ Johanna sich in den Sessel fallen und begann zu schluchzen. " O Engelchen", rief sie und streckte ihre Arme nach Ludger aus. Der nahm sie in den Arm und wiegte sie, wie es ein zärtlicher Vater mit seinem kranken Kind getan hätte.
Johanna blieb die restlichen sechs Wochen ihres Amerikaaufenthaltes in einer psychiatrischen Privatklinik, zweihundert Kilometer von Boston entfernt. Ludger konnte sie nur an den Wochenenden besuchen. Außer den Bäumen im Park nahm Johanna nicht viel von ihrer Umwelt wahr. Sie bekam Elektroschocks, sedierende Medikamente und am Ende das in Amerika erstmals erprobte Lithium, das zu einer Balance in den

neuronalen Schaltkreisen zu führen schien. An das, was vor ihrer Einlieferung in die Klinik passiert war, konnte sich Johanna nur nebelhaft erinnern. Teile schienen aus dem Gedächtnis verschwunden zu sein. Der behandelnde Psychiater gab Ludger einen Bericht mit für den Neurologen, bei dem Johanna zu Hause in Deutschland die Behandlung fortsetzen sollte.
Ludger trat die Rückreise mit Sorgen und skeptischen Gedanken an. Für seinen Beruf hatte er einiges gewonnen an Erkenntnis. Was sein Privatleben anging, müsste er um Erkenntnisse erst ringen müssen.

Die ersten Wochen nach ihrer Rückkehr aus Amerika ging es Johanna dank des neuen Medikaments Quilonum verhältnismäßig gut. Das neue Semester hatte gerade begonnen, aber den rechten Schwung für das Studium konnte sie noch nicht aufbringen. Ihre Vorbehalte und grundsätzliche Zweifel gegenüber der Germanistik, die Erfahrung des Kongresses wirkten in ihr nach. Und natürlich ihre Krankheit. Das Lithiumpräparat stabilisierte ihre Gemütsverfassung. Jedenfalls verhinderte es allzu hohe Ausschläge in die eine oder andere Richtung. Aber es nahm ihr auch den Antrieb, ihre Frische und Neugier und ihre Spontaneität. Auch in ihrer Kreativität fühlte Johanna sich beeinträchtigt. Nicht ein einziges Gedicht konnte sie schreiben. Manchmal dachte sie an die intensiven Gespräche mit Rüdiger Moorgruber, und ihr schien etwas Wichtiges in ihrem alltäglichen Leben zu fehlen. Ludger hatte sie auf jene heikle Sache bei einer sehr ernst geführten Unterredung angesprochen. Obwohl Johanna sich ziemlich sicher war, dass zwischen ihr und Rüdiger nichts gewesen war, hatte sie doch Ludger gegenüber Schuldgefühle, weil jenes nächtliche Beisammensein auch nicht so völlig harmlos, wie sie es vor Ludger darstellte, gewesen war. Zumindest war es wohl ein Spiel mit dem Feuer gewesen. Und insofern hatte er ja Recht mit seinen Vorwürfen. Erst jetzt im Nachhinein wurde ihr allerdings klar, dass sie mit ihrer Leichtfertigkeit viel, eigentlich zu viel aufs Spiel gesetzt hatte. Vielleicht waren diese ungelösten Widersprüche sogar der Auslöser für ihre Krankheit gewesen, obwohl sie ihre Hypermanie als existentielle Fülle erlebt hatte. Es war wie eine totale, nicht wie üblich bruchstückhafte Welt gewesen, wie eine zeitlose Zeit, der sie sich distanzlos hingegeben hatte.

Johanna wollte wieder ganz gesund werden. Sie wollte sich zur Vernunft aufrufen und ihre Unzufriedenheit bekämpfen. Denn dazu war ja eigentlich kein Grund vorhanden. Auch wenn dieses Semester wahrscheinlich nicht sehr ergiebig sein würde, so war doch ihr Verhältnis zu Ludger, oder besser seins zu ihr, wieder von Liebe und Verstehen geprägt.

Trotz der Weiterbildung fühlte Ludger sich in seinem Betrieb immer unwohler. Er litt unter dem Konkurrenzkampf zwischen den Kollegen, war wohl zu weich und zu anständig, um sich durchzuboxen und seine Stellung auszubauen. Auch sah er immer weniger wirkliche Aufstiegschancen in seiner Firma, fühlte sich in seinem Können unterfordert. Diesbezügliche Gespräche hatten nicht weitergeführt. So begann er, über einen Firmenwechsel nachzudenken und studierte an den Wochenenden die Stellenangebote in den großen Zeitungen. Johanna verstand seine Frustration, konnte aber nicht begreifen, dass er gleichzeitig das kapitalistische System, das ihm diese Schwierigkeiten bescherte, verteidigte. An den autoritären Strukturen müsste man etwas ändern! Doch mit solchen wohlgemeinten Äußerungen stieß sie bei Ludger auf taube Ohren.

Der Moskauer Vertrag war unterzeichnet worden, der ein besseres Verhältnis zwischen der Bundesrepublik und den UdSSR einleiten sollte. Und jetzt hatte Bundeskanzler Willy Brandt auch in Polen einen Vertrag zur Normalisierung zwischen beiden Staaten durch die Anerkennung der Oder-Neiße-Linie als westliche Grenze Polens abgeschlossen. Durch die Weltpresse war seine beeindruckende Geste einer Versöhnung durch den Kniefall im Warschauer Ghetto gegangen. Johanna fand dies ein hoffnungsvolles Zeichen auf dem Weg zu einer sozialistischen, in ihrer Vorstellung brüderlichen, antiautoritären Gesellschaft. Wohl fühlte sie sich dann wieder abgestoßen von der allzu großen Selbstsicherheit, einer, wie ihr schien, oft geradezu terrorisierenden Meinungsäußerung mancher Studentenvertreter aus dem SDS. Die sprachen von Interaktion, von allgemeiner Kommunikation und schauten voller Hochmut auf die herab, die in ihren Augen noch nicht so weit waren, ihnen bedingungslos alles, was sie verkündeten, abzunehmen. Was war denn das für eine Kommunikation, wenn nicht mal das Gespräch mit dem Nachbarn gelang?

Ludgers Lage bei seiner Firma wurde für ihn immer unerträglicher. Und Johanna wollte ihm so gern beistehen. Nur fühlte sie sich dafür oft viel zu schwach. In letzter Zeit nahmen bei ihr entsetzliche Druck- und Angstgefühle zu. Auch die Tabletten halfen nur noch bedingt. Oft fühlte sie sich völlig initiativelos. Sie konnte keinen vernünftigen Grund sehen, warum sie so todtraurig war und ihr das Leben oft ganz sinnlos vorkam. Immer noch war ihr Selbstbewusstsein wie ein schwaches Flämmchen, das durch ein böses oder ungerechtes Wort ausgeblasen wurde. Jede kleinste Disharmonie warf sie völlig aus der Bahn. Johanna schlidderte in eine tiefe Depression hinein.
Der Nervenarzt sagte ihr, dass das zu erwarten gewesen sei. Jeder Manie folge irgendwann eine Depression. Er hatte bei ihr die

Diagnose manisch-depressive Zyklothymie gestellt. Die jetzige Phase behandelte er mit Antidepressiva. "Sie werden mit dieser Krankheit ein Leben lang leben müssen. Wir können mit Medikamenten nur die Spitzen der Krankheit abmildern. Trotzdem müssen Sie auch damit rechnen, dass es immer wieder einmal so weit kommt, dass Sie um einen Klinikaufenthalt nicht herumkommen."

Johanna war verzweifelt. Was hatte solch ein Leben für einen Sinn? Trotz der Medikamente fühlte sie sich passiv, dumpf, leer. Die täglichen kleinen Hausarbeiten fielen ihr unsagbar schwer. An geistige Beschäftigungen war überhaupt nicht zu denken. In allem war sie unendlich langsam, bei den Tätigkeiten, die ihr nicht sehr aufwendiger Haushalt erforderte, mehr noch aber - und das empfand Johanna als besondere Qual - im Erfassen von einfachen Zusammenhängen, wenn ihr beispielsweise Ludger etwas aus der Firma erzählte oder wenn sie versuchte, einen Zeitungsartikel zu lesen. Es kam ihr vor, als wäre ein dicker Vorhang vor ihrem Kopf, durch den sie nicht hindurchsehen konnte.

Johanna war froh, dass sie nicht allein war, dass Ludger mit wirklich bewundernswerter Geduld ihr Mut machte, sie liebevoll in die Arme nahm. Schon seinetwegen durfte sie nicht verzweifeln. Er war der einzige Grund, weshalb sie nicht sterben wollte.

Und so gingen die Wochen und Monate vorüber. Manchmal fühlte sich Johanna ein bisschen besser, wacher und nicht so schwunglos. Dann wieder hatte sie das Gefühl, alles stagniere, sie käme nicht von der Stelle. Sie kam sich neben Ludger klein und schwach vor. Wenn sie an das Übernächste dachte, was noch zu tun sei, wurde ihr bereits wieder bange, und sie fühlte sich verfolgt. Aber sie durfte sich nicht aufgeben, sich selbst und Ludger zuliebe. Sie wollte an sich arbeiten, jeden Tag ein Stück am Gebäude ihres Selbstbewusstseins bauen. Der Nervenarzt und die Tabletten

konnten dabei nur helfen. Auch Ludger hatte gemeint, dass ihre eigene tägliche Anstrengung nicht fehlen dürfe. Und sie nahm sich ja vor, zu lernen, nur für diesen einen Tag, hier und heute zu leben. "Engelchen, Du musst auch etwas Selbstdisziplin üben", hatte Ludger gesagt, "und du musst auch selbst an die Besserung deines gesundheitlichen Zustandes glauben."
Wie gerne wollte sie das. Nur fiel es ihr so furchtbar schwer. Aber wenn Ludger sie mit seinem netten Lächeln hinter den Brillengläsern ansah und ihre wehen abgeknabberten Fingernägel zärtlich küsste, spürte sie, dass noch nicht alles verloren war.

Die Monate flogen vorüber. Johanna war nach wie vor großen Schwankungen in ihrem Gefühlsleben ausgesetzt. Im Studium, das zu beenden ihr oft mehr als eine Pflicht zum Durchhalten oder eine zu erbringende Leistung vorkam und über dessen Fortführung sie immer wieder große Verunsicherungen befielen, kam sie nur langsam vorwärts, weil es häufig Zeiten gab, in denen sie nur bedingt aufnahmefähig war. Es fiel ihr dann schwer, Dinge zu behalten und wiederzugeben. Sie hatte sich sogar schon ein Thema für ihre geplante Magisterarbeit ausgesucht: "Das Selbstverständnis moderner Lyriker" - ein Thema, das ihr gefiel und dem sie viel abzugewinnen hoffte.
Nur war es vertrackt. Neben ihrer Krankheit wurde Johanna zusätzlich von schweren Migräneanfällen geplagt: manchmal bis zu dreimal wöchentlich diese schrecklichen Kopfschmerzen, Übelkeit und Erbrechen. Und doch nahm sie sich vor, nicht immer nur über ihre "Wehwehchen" zu klagen, sondern vor allem Ludger bei seinen Problemen zuzuhören, ihm nach dem langen Arbeitstag ein schönes Essen zu kochen, ihn mit einem hübsch arrangierten Blumenstrauß zu erfreuen.

Neulich hatte Ludger mit ihr ein ernstes Gespräch geführt, das sie wieder in ihrem gerade einmal etwas besseren Selbstwertgefühl weit zurückgeworfen hatte. "Weißt du, Johanna", hatte er gesagt, "was ich eigentlich erwarte von dir, ist, dass du mir eine echte Partnerin, eine Gegenspielerin auch in geistigen Dingen bist. Aber mir scheint, dass du dich zu sehr einspinnst in deine Gedanken. Siehst du, ich will, dass du mit Wachheit die Welt betrachtest und dich nicht in das Schneckenhaus deiner Verletzlichkeit zurückziehst. Manchmal erscheint es mir fast so, als züchtest du selbst diese Unselbständigkeit. So sehr ich dein Anlehnungsbedürfnis verstehe und es ja auch mag, so möchte ich doch, dass du auch allein stehen kannst, dass du eigenständiger wirst. Nur durch deine Unfestigkeit kommt es dazu, dass du so oft auf der Stelle trittst." Das war ein kleiner Vortrag gewesen, aber er war durchaus lieb gemeint, denn Ludger sagte zum Schluss: "Ich würde dir das nicht sagen und es von dir *erwarten*, wenn ich nicht sicher wäre, dass du dazu fähig bist."

Ludger glaubte also an sie. Das beruhigte Johanna natürlich. Aber andererseits schob er damit auch die Verantwortung für ihre miesen Zustände ganz allein ihr zu. Und dabei war es doch so, dass sie davon überfallen wurde und aus eigener Kraft da nicht heraus konnte. Trotzdem nahm sie sich vor, mit ihren Deformierungen zurechtzukommen, sie nicht allzu wichtig zu nehmen.

Vor lauter Schritten, die Johanna zu tun gedachte, mangelte es ihr an einer richtigen Gangart. Sie war mit ihren Gedanken meist schon beim übernächsten statt beim nächsten Schritt.

Dass sie nicht in Ordnung war, wusste sie selbst sehr gut. Aber sie sträubte sich auch dagegen, sich wirklich als krank anzusehen. Und wieder dachte sie darüber nach, was nun eigentlich normal und was anormal sei. Immer fühlte sie sich irgendwo *dazwischen*, nirgendwo richtig.

Schon seit längerem hatte Johanna das Gefühl, nicht mehr richtig ich zu sein. Durch die verschiedenen Medikamente, die sie einnehmen musste, waren ihre Funktionen reduziert. Vor kurzem hatte ihr Vater zu ihr gesagt, ob sie sich denn einbilde, in ihrem Zustand geistig arbeiten zu können. Das war für sie wie ein Hammerschlag vor den Kopf. Was wussten denn die meisten davon, wie erbärmlich sie sich fühlte. Und gerade ihr Vater hatte ihr im Grunde nie Verständnis, geschweige denn Anerkennung für irgendetwas, was sie tat, entgegengebracht.
Johanna dachte: Ich bin doch keine Null! Ich bin doch nicht blöde und auch nicht faul. Ich muss es einfach hinnehmen, wenn es mit meinem Studium nicht so schnell und nicht so kontinuierlich vorwärtsgeht.

Ludger hatte ein interessantes Angebot eines großen deutschen Chemiekonzerns. Er sollte dort eine eigene Abteilung leiten. Das reizte ihn sehr. Es würde zwar viel Aufbauarbeit zu leisten sein, aber er könnte sein Wissen und seine Erfahrung mit Prozessrechnern dort eigenverantwortlich einbringen. Johanna ermunterte ihn, die Stelle anzunehmen. Sie wünschte Ludger so sehr eine ihn mehr befriedigende Arbeit. Auch könnten sie dann, wie Ludger es sich schon eine Weile wünschte, vielleicht ein kleines Haus kaufen, und vielleicht könnten sie dann auch bald an Kinder denken. Den Kinderwunsch hatten sie bisher aus praktischen Erwägungen auf Eis gelegt. Erst wollte Johanna mit dem Studium fertig sein. Denn alles unter einen Hut zu bringen, - Hausfrau, Ehefrau, Studentin und Mutter - dafür fühlte sie sich nicht stark genug.
Und dann wollte sie endlich runter von der ewigen Pillenschluckerei: Antibabypille, Antidepressiva, Psychopharmaka, Lithium. Wie viel von dem Zeug konnte denn ein Körper verkraften?! Sie kam sich durch die alltägliche Tabletteneinnehmerei wie geschrumpft vor. Das war doch sowieso

nur alles ein Herumlaborieren an Symptomen. Zu einer wirklichen Besserung führte das alles nicht. Weil Johanna wusste, dass ihr behandelnder Nervenarzt ihre "Auffälligkeiten" als endogene Psychose einstufte, die nach seiner und der derzeit geltenden Lehrmeinung nur einer medikamentösen Therapie zugänglich war, brauchte sie ihn in diesem Punkt nicht zu fragen. Aber sie hatte von Mitstudenten einiges über Psychotherapie und Psychoanalyse gehört und sah darin einen Hoffnung spendenden Aspekt. Möglicherweise wäre das etwas für sie. Die ewige Tablettenfresserei hing ihr zum Hals heraus!
Es gab an der Universität einen psychologischen Berater, einen sogenannten Psychohygieniker für Studenten. Den wollte Johanna einmal aufsuchen und ihm ihre Probleme schildern.

Johanna begann, Material für ihre Magisterarbeit zu sichten. Zur Zeit kam sie gut damit voran. Es machte ihr viel Freude, die Gedichte der neueren deutschen Lyriker zu lesen und sich auf die Suche nach Selbstaussagen zu ihrer Poesie zu machen. Eine Einleitung von fünfzig Seiten hatte sie schon geschrieben. Wenn es so weiter ginge mit ihrem Elan, könnte sie die Arbeit wahrscheinlich in einem guten halben Jahr beenden.
Das Gespräch mit dem Studentenpsychologen Dr. Helm hatte sie erst einmal aufgeschoben.
Je mehr sie sich in die Materie einarbeitete, desto größer wurde ihre Begeisterung. Endlich war sie wieder da, ihre Begeisterungsfähigkeit. Manchmal dachte sie sogar daran, dass das Thema und auch der Stoff, den sie inzwischen gesammelt hatte, für eine Doktorarbeit geeignet sein könnten.
Johanna stieg mit all ihren Seelenfasern hinein in die Bildwelt, die die Gedichte vor ihr ausbreiteten. Sie nahm sie mit in ihre Traumwelten und war so überflutet von ihnen, dass sie wieder

anfing, schlecht zu schlafen. Sie hatte wieder das Gefühl einer Überwachheit, eines völligen Geöffnet Seins. Es schienen ihr keine körperlichen und geistigen Grenzen mehr nach außen zu existieren. Ludger versuchte vergeblich, ihren Redefluss und ihre hochgradige Nervosität, die sich in hypermotorischen Bewegungen, Hin- und Herlaufen in der Wohnung, ständigem Manipulieren an den Händen äußerte, mit begütigenden Worten einzudämmen und indem er ihre Hände festhielt. Aber dann schrie Johanna ihn an "Was fällt dir ein, mich festzuhalten. Lass mich gefälligst los! Du tust mir weh!" Und sie riss sich von Ludger los, rannte ins Badezimmer und schloss sich dort ein.

Im Spiegel sah sie ihr verzerrtes Gesicht und wurde nur noch wütender, auf Ludger, auf sich selbst, auf die ganze verdammte Welt, auf ihre Eltern, auf die Ärzte, auf die Professoren. "Wie komme ich bloß aus dem Schlamm raus", dachte Johanna verzweifelt.

Mit Ludger gelang ihr zurzeit nur ganz schlecht eine Kommunikation. Er klagte über seine Anfangsschwierigkeiten im neuen Betrieb, über ein Gefühl der Leere und Unausgefülltheit. Es passte ihm nicht, dass er sich wie ein Anfänger - trotz seines verantwortungsvollen Postens - in die Firmenhierarchie einordnen musste. Aber Johanna war zu sehr mit ihren eigenen Nöten beschäftigt, als dass sie ihm konzentriert zuhören konnte. Immerzu stand ihre Antenne auf Sendung, nicht auf Empfang.

Und so machte er ihr auch immer häufiger Vorwürfe, dass sie hysterisch sei, dass sie für *seine* Probleme kein Verständnis aufbringe.

Johanna tat es hinterher auch immer leid, wenn sie die Nerven verloren und Ludger angeschrien hatte. Aber in dem Moment, in dem sie sich über ihn ärgerte, fühlte sie sich wie stranguliert, musste sich Luft verschaffen. Es machte sie auch wahnsinnig, dass Ludger abends meistens fernsehen wollte, was ja vielleicht nach einem langen anstrengenden Arbeitstag verständlich war. Aber Johanna hasste die oberflächlichen Sendungen, die sie zudem aus ihrer Gedankenwelt herauskatapultierten. Dazu war ihre Wohnung einfach nicht groß genug. Sie hatte keine Möglichkeit, sich so weit zurückzuziehen, dass sie ungestört lesen oder arbeiten konnte. Ludger meinte dann zwar, sie hätte dazu ja den ganzen Tag über genug Zeit gehabt. Aber gerade abends hatte sie oft besonders gute Einfälle. "Du vergisst, dass du mir gegenüber auch die Pflichten einer Ehefrau zu erfüllen hast", hatte Ludger nicht nur einmal zu ihr gesagt, "dazu gehört auch, dass ich mich am Abend zu Hause entspannen kann."

Johanna fühlte sich nach solchen Tiraden ganz klein und dachte erzürnt, dass sie sich ihre Ehe partnerschaftlicher und freier vorgestellt hatte. Und wenn dann Ludger noch hinzufügte: "Du könntest ruhig etwas mehr Rücksicht auf mich nehmen, schließlich verdiene ich den Lebensunterhalt und komme auch für dein Studium auf", - dann fühlte sie sich vollends an ihr Elternhaus erinnert, an den autoritären Vater und die unglückliche Mutter. Nein, so sollte bei ihnen die Ehe nicht ablaufen! Bei ihnen sollte doch die Liebe zunehmen, nicht abnehmen.

Es kam noch etwas anderes hinzu, was ihre Beziehung belastete. Seit ihrer Erkrankung in Amerika oder eigentlich seit der nachfolgenden Depression hatte Johanna so gut wie kein Interesse an sexuellen Kontakten zu Ludger. Sie wusste nicht, warum das so war und litt selber an ihrer mangelnden Bereitschaft, mit Ludger zu schlafen. aber dass er sie frigide nannte, verletzte sie doch sehr. Sie musste sich eingestehen, dass es auch damit zusammenhing, dass ihr Ludgers Körpergeruch oft unangenehm war, was sie in der Verliebtheitsphase allerdings nicht bemerkt hatte. Sie wollte es Ludger auch nicht sagen, um ihn nicht zu verletzen. Aber es war einfach so, dass es ihr viel ausmachte, dass sie ihn nicht riechen konnte, wie man ja auch so sinnfällig sagt. Überhaupt kannte sie den überall mit so viel Wind gehandelten Orgasmus eher vom Hörensagen. Doch es gab sie - vielleicht viermal im Jahr - ausgesprochen schöne, beglückende Momente des Ineinander Ruhens, in denen jedes Wünschen erlosch. Und deshalb konnte Johanna auch nicht glauben, dass dieses unangenehme Wort Frigidität auf sie zutraf. Auch Ludger war in sexuellen Dingen nicht gerade unkompliziert. Es kam genauso oft vor, dass sie nach ihm Sehnsucht hatte, er aber zu einem Beisammensein nicht bereit war, weil sie irgendwann im Laufe des Tages ein unfreundliches Wort hatte fallen lassen. Bei ihm musste immer alles hundertprozentig stimmig sein. Dabei hatte Johanna schon mehrfach bemerkt, dass sie nach einem für beide befriedigenden Zusammensein viel gelöster waren, auch anstehende Probleme plötzlich viel leichter nahmen.

Johanna war wohl in der Hinsicht ein gebranntes Kind. Sie hatte die eheliche Gemeinschaft ihrer Eltern immer als korrupt und krampfhaft empfunden. Gegen eine solche Art erzwungener Einheit hatte Johanna einen starken Widerwillen. Ihr war es so vorgekommen, dass ihre Eltern sich nicht wirklich einander hingeben konnten. So eine Art Gemeinsamkeit mit dem Partner wollte Johanna nicht, sondern ein gegenseitiges Zum-Leben-erwecken.

Trotz dieser Wünsche und ihrer beider Bestreben nach ehelicher Harmonie passierte es Johanna immer wieder einmal, dass sie einen Mann kennenlernte, mit dem sie wünschte, intensiveren Kontakt zu haben, gerade auf den Ebenen, die sie bei Ludger vermisste. Es gab eben leider doch weite Strecken, die sie auf Grund ihrer unterschiedlichen Interessen nicht gemeinsam gingen. Für Ludger war das stets ein Grund zu Eifersucht und für Johanna zu Schuldgefühlen. Aber sie spürte, wenn sie sich mit jemandem gut verstand und vor allem sich gut mit ihm über ihre Interessengebiete unterhalten konnte, jedes Mal ein solches

Verlangen und eine solche Sehnsucht, dass sie dem nur schlecht widerstehen konnte. Es ging ihr nicht in erster Linie um körperliche Kontakte, aber ganz entschieden gegen jeden Annäherungsversuch verhielt sie sich auch nicht.

"Bist du eigentlich so naiv oder tust du nur so?" sagte Ludger zu ihr, als sie ihm vom Treffen mit Armin, einem Studenten aus einem höheren Semester, erzählte, der ihr öfter seine Gedichte zu lesen gab und sie sogar um Rat fragte, da er sie für ziemlich beschlagen hielt auf dem Gebiet der Lyrik. Ludger hatte ihn einmal auf einem Studentenfest kennengelernt. "Das ist doch ein eitler Fatzke. Und du merkst nicht einmal, wie er dir Honig um den Mund schmiert, um sich hinterher an dich ranzumachen."

Johanna sah das zwar nicht so wie Ludger. "Es ist wirklich ganz harmlos", versuchte sie sich zu verteidigen. Es war ihr unerträglich, dass Ludger ihr den Umgang mit anderen Männern regelrecht verbot. Sie wollte ihm ja gar nichts wegnehmen! Aber sie konnte sich doch auch nicht völlig in eine Zweisamkeit einigeln. Das Thema war und blieb ein ständiger Diskussionsstoff. Und hierin kamen sie nicht von der Stelle.

In den Kommunen wurde freie Liebe und Partnertausch propagiert und gelebt - soweit wollte Johanna es nicht treiben, obwohl es durchaus Augenblicke gab, wo sie auch mit solchen Ideen liebäugelte - , und Ludger klebte zäh an einem Weltbild von vorgestern. Ach, sie wusste manchmal wirklich nicht, wie sie sich verhalten sollte.

Eigentlich hatte Johanna sich das Liebesleben anders vorgestellt: spontan und mit ganz viel Phantasie, prickelnder Erotik, mit einer Ekstase, wie sie in Berninis Skulptur der heiligen Theresia von Avila in der Kirche Santa Maria della Vittoria in Rom dargestellt ist.

Als sie diese Altarplastik, die sie schon aus einer Abbildung in ihrem Geschichtsbuch kannte, zum ersten Mal leibhaftig sah - das war auf ihrer Klassenfahrt nach Rom in der Obersekunda - , hatte sie beim Betrachten dieser in Verzückung hingestreckten Heiligen in sich selbst etwas von einem Außer-Sich-Sein hochsteigen gespürt, ähnlich diesem hingebungsvollen Gesichtsausdruck und einer Erregung, die sich bis in die Fußspitzen auszudehnen schien. Obwohl der Künstler ja wohl eine religiöse Verzückung hatte darstellen wollen, konnte Johanna nicht anders, als sich das Rauschhafte - der geöffnete Mund, die geschlossenen Augen, der nach hinten geneigte Körper, der bei dem Standbild den Pfeilstoß eines Engels erwartet, nein, ihm entgegenfiebert, - als die Sehnsucht einer Frau nach ihrem Geliebten und die Erfüllung durch das Liebesspiel vorstellen. Und diese Sehnsucht nach einer solchen Ekstase hatte sie seit damals immer wieder und auch jetzt noch in sich. Es gab Momente, in denen sie sich einem Mann, der sie werbend und verlockend ansah, der sie vielleicht sogar zu streicheln wagte (und sie es willig geschehen ließ), dass sie sich einem solchen Mann am liebsten hingegeben hätte. Aber bis jetzt hatte sie sich noch jedes Mal - soweit wirkte wohl noch ihre Erziehung nach - zurückgehalten, wenn auch schon einige Male in buchstäblich letzter Minute. Auch wenn es ihr hinterher leid tat. Ludgers generalstabsmäßig penetrant geplantes, ingenieurhaftes Liebesspiel versprach ihr nicht die Wonnen einer heiligen Theresia.

Weil es ihnen so schlecht gelang, miteinander zu schlafen, konnte Johanna immer schlechter schlafen. Weil sie beide unausgefüllt waren, machten sie sich gegenseitig Vorwürfe.

"Manchmal würde ich am liebsten deine Bücher und Gedichte verbrennen", sagte Ludger einmal, "um Gemeinsamkeit aufzubauen, taugen sie nicht. Das Hier und Jetzt der Realität, das sollte für dich wichtig sein, nicht die Scheinwelt der Buchstaben und Wörter!"

"Und dir fehlt eben die Sensibilität dafür", schrie Johanna, "du hast ja nur Sinn für deine blöden Computer."
"Und warum zeigt sich deine Empfindsamkeit nur in deinen Gedichten?" fragte Ludger herausfordernd und antwortete selbst auf seine Frage, weil er von Johanna keine Antwort, die ihn zufriedengestellt hätte, erwartete oder sie gar nicht hören wollte, ihre Version einer Antwort. "Ich kann es dir sagen, warum. Weil du total selbstbezogen bist. Alles dreht sich um dein ach so empfindliches Ego. Aber die Mühe, auf die Wünsche deines Partners genauso feinfühlig zu lauschen, wie du offenbar auf deine eigene innere Stimme hörst, wenn du ein Gedicht schreibst, das bringst du nicht fertig." Damit knallte er die Tür hinter sich zu und überließ Johanna ihren traurigen Gedanken.
Ich muss das in den Griff kriegen, dachte Johanna. Zur Zeit gelingt einfach alles schlecht. Dieser ewige Zwiespalt in mir, dieses Aufgewühltsein von allem Möglichen, dieses Nicht-Schlafen-Können. Manchmal komme ich mir wirklich ganz verrückt vor. Ich kann die Gedanken in meinem Kopf nicht ordnen, sie stürzen übereinander, vielleicht bin ich wirklich zu egozentrisch und zu introvertiert. Ist denn Sensibilität etwas Schlechtes? Immer plagen mich Zweifel und Skrupel. Bin ich noch zu retten? Dieser Druck, diese Angstgefühle und Selbstzweifel halte ich bald nicht mehr aus. Ich möchte doch so gerne fertig studieren. Ich möchte Ludger eine gute Frau sein. Ich möchte...Was soll ich tun? Mit diesem schrecklichen Auf und Ab kann ich das Studium vergessen. Was aber dann? Ich kann nicht lernen, ich kann nicht lieben, ich kann nicht schlafen. Wie soll ich da leben können?
Dumpfe Beklemmung und euphorische, den realen Anforderungen ebenso wenig förderliche Zustände wechselten bei Johanna in unregelmäßigem Rhythmus. Sie erinnerte sich an Dr. Helm, den Psychohygieniker (eine blöde Bezeichnung!) für Studenten in

seelischen Nöten. Sie hatte zwar ihren Nervenarzt, doch von dem konnte sie nichts anderes als ein Rezept mit Psychopharmaka erwarten. Dass das nicht ausreichend war und auch nicht der Weisheit letzter Schluss für sie sein konnte, eine solche Auskunft erhoffte sie sich von Dr. Helm. Und so beschloss Johanna, ihn so bald wie möglich aufzusuchen zu einem Beratungsgespräch. Da sie meistens große Schwierigkeiten hatte, sich beim Sprechen richtig auszudrücken, schrieb sie alles, was ihr auf der Seele brannte und was sie bis zur Unerträglichkeit bedrückte, Punkt für Punkt auf. So hätte sie ein Gerüst und könnte notfalls ablesen, wenn ihr etwas nicht einfiel oder sie sich unentwirrbar in Gedankenknäueln verlieren würde.

Dieses Gespräch schien Johanna immer weniger aufschiebbar, seit sie neuerdings unter ihren Mitstudenten ein Tuscheln bemerkt zu haben glaubte, was ihre Person anbetraf. Sie meinte auch, sich nicht verhört zu haben, als sie einen von schizophren reden hörte, der verstohlen in ihre Richtung wies. Schon stiegen in ihr wieder die alten Ängste hoch, dass sie als unheilbar geisteskrank etikettiert würde, dass dieser Makel, dieses Stigma sie fortan auch an der Universität verfolgen würde.

Johanna, mon amie, warum schreiben wir Gedichte, lesen Worte, immer wieder Worte, in ihrer Vielbedeutung, die unser Selbst sind und es doch nicht sind?

Du hast zu mir „geredet", wie du sagst, so viel, so viel, dass sich mein Kopf und zunehmend auch mein Herz immer mehr füllte mit Bildern, Worten, Bildern...Und draußen prasselt der Regen, der dir in den Ohren trommelt. Trotzdem bemerkst du auch die vielen so unterschiedlichen Blüten und Blätter der Bäume. Du siehst Farben und Bilder viel intensiver, als ich es ahnen kann.

Ach, ich rede immerzu, ich zerrede alles, ich darf nicht immer reden, ich zerrede meine Gefühle. Ich kann nicht richtig fühlen...
Du fühlst doch, du redest nicht nur! Du fühlst dich so sehr als Teil dieses Universums und siehst alles zugleich, was wir andern nur bruchstückhaft wahrnehmen können. Dies viele Zugleich muss deinen Kopf sprengen.
Ich frage mich, wie unser aller Leben miteinander zusammenhängt. Für mich ist es schrecklich, mitzuerleben, wie einsam du dich fühlst und dabei selbst so hilflos zu sein. Deine vielen Erkenntnisse über dich selbst und über viele Zusammenhänge, die dir dennoch nicht helfen können.
Ich sitze neben dir, will dir Geborgenheit und Wärme geben. Aber ich spüre, dass ich dich jetzt nicht erreiche. Auf mich legt sich schwer deine Sehnsucht nach Ruhe, nach Todes-Grabes-Ruhe...
Du hast gesagt, du habest nie eine Schwester gehabt. Ich auch nicht. Vielleicht bin ich deine Schwester. Vielleicht lässt mir deshalb dein Schicksal keine Ruhe. Aber was nützt es dir, eine Schwester zu haben? Tränen stehen hinter meinen Augen. Deine Verzweiflung ist auch meine.
Ich höre, wie du sagst: vielleicht hätte nur *ein* Mensch mich richtig verstehen, mich richtig lieben müssen, und ich hätte nicht verrückt spielen müssen. Das Leben ist kein Spiel. Du sagst: Ich lebe wie in einem Tunnel, es ist so dunkel um mich, und mir ist so kalt.
Ich nehme dich in den Arm, streichle dein Gesicht, sage. ich bin immer für dich da, wenn du mich brauchst.

Dr. Helm flößt Johanna mit seinem fast noch jungenhaften Lächeln sofort Vertrauen ein. Er ist jünger, als sie ihn sich vorgestellt hat. Sie schätzt ihn auf Ende dreißig. Johanna ist unruhig und läuft nervös in Dr. Helms Sprechzimmer hin und her.
"Nun setzen Sie sich erst einmal, Frau Vogel (ach ja, ihr Name,

Ludgers Name, ist ihr doch immer noch, auch jetzt noch nach zwei Ehejahren, oft so unvertraut. Dabei hatte sie ihn so lustig gefunden und anfangs dabei denken müssen: Du hast den Vogel abgeschossen), erzählen Sie ohne Scheu von Ihren Schwierigkeiten." Dr. Helm schiebt Johanna den Stuhl vor seinen Schreibtisch und bedeutet ihr mit einer einladenden Geste, Platz zu nehmen. Zuerst stockend, dann immer flüssiger, schneller, so dass sie ihren Gedanken mit der Sprache hinterher hastet, erzählt Johanna von ihren Erkrankungen, von den Klinikaufenthalten, von ihren derzeitigen Schwierigkeiten beim Studium und im Umgang mit ihrem Mann. Dr. Helm hört ihr ruhig und konzentriert zu, ohne sie zu unterbrechen. Manchmal, wenn sie ins Stocken gerät, ermuntert er sie mit einem freundlichen Blick zum Weiterreden.
"Ja wissen Sie, ich verstehe sehr gut, was Sie bedrückt", sagt Dr. Helm in einer sehr angenehmen Bassstimme. "Es scheint eine Menge an Konflikten zu sein, die Sie beziehungsweise Ihre Psyche nicht adäquat bearbeiten können. Ihre Krankheit kann man auch als eine Art Schutzschild verstehen in der Auseinandersetzung mit Gegebenheiten, die Sie überfordern."
Eine solche Sicht ihrer sie doch so unglücklich machenden manischen oder depressiven Zustände ist für Johanna ganz neu.
"Für einen dünnhäutigen Menschen ist die psychische Krankheit oft die einzige Lösung, wenn die Umstände oder die Umgebung als zu hart und unverständig erlebt werden."
Johanna lauscht den Worten von Dr. Helm wie der Lesung eines schönen Gleichnisses aus der Bibel.
"Ihre Lähmung beim Arbeiten können Sie wie eine Art Sitzstreik gegenüber dem Leben auffassen. Aus Angst vor Fehlschlägen weigert sich Ihre Psyche, überhaupt etwas zu tun. Vor lauter Zögern und Zweifeln an sich selbst ziehen Sie es vor, sich in die Schlafstörung zu flüchten, weil die Ihnen den Grund liefert, nicht arbeiten zu müssen."

Johanna sieht, wie Dr. Helm etwas aufschreibt und denkt unwillkürlich an ihre Gespräche vor zehn Jahren mit Dr. Kruse. Ob Dr. Helm ihr auch weiterhelfen kann?

"Ich sage Ihnen jetzt etwas ganz im Vertrauen, Frau Vogel, weil Sie mir vorhin von Ihrem Engagement an der Uni als Fachschaftsvertreterin erzählt haben. Ich glaube, dass manchmal eine Psychose auch eine Möglichkeit ist, auf ein krankes Gesellschaftssystem zu reagieren. Und deshalb ist es besonders schlimm, dass ein derart erkrankter Mensch von der Gesellschaft immer noch ausgegrenzt wird."

Johanna atmet tief durch. Dieser Dr. Helm ist hier wirklich an der richtigen Stelle, denkt sie.

"Unter Gesundsein versteht man ja gemeinhin: eine sachliche Einstellung haben zum Mitmenschen, zur Umwelt, zum Beruf, frei von übertriebener Empfindlichkeit, Angst und Reizbarkeit, ein sicheres Gefühl haben für die Geradlinigkeit von Aufgabe und Erfüllung, Vorstellung und Ausführung. Aber", Dr. Helm sieht Johanna geradewegs in die Augen, "ich habe da meine Zweifel, ob man das wirklich so eng betrachten soll. Gerade auch in Ihrem Fall. Sie sind offenbar ein kreativer Mensch - und dazu bedarf es der Phantasie, der spontanen Einfälle. Da kann es nicht immer ganz geradlinig zugehen. Wir brauchen nur an große Künstlergestalten zu allen Zeiten zu denken. Nicht umsonst wurde diese Korrelation >Genie und Wahnsinn< geprägt. Na ja, zwei starke Wörter. Aber es ist schon etwas dran."

Dr. Helm erhebt sich und reicht Johanna einen Zettel. "Kurz und gut, ich habe Ihnen hier Adresse und Telefon meines Kollegen Dr. Offermann aufgeschrieben. Er hat vor kurzem eine psychoanalytische Praxis eröffnet. Ich denke, Sie sollten bei ihm ein Beratungsgespräch führen, ob er eine Analyse in Ihrem Fall für sinnvoll hält. Ich weiß, die klassische Meinung ist, dass Psychosen nur medikamentös behandelt werden können und einer Analyse nicht zugänglich sind. Aber diese Einteilungen in Psychosen und Neurosen, die eine unheilbar, die andere wohl, beginnen, ihre stringente Ausschließlichkeit zu verlieren. Da ist momentan viel in Bewegung. Also", und hiermit begleitet er Johanna zur Tür, "ich wünsche Ihnen viel Glück, Frau Vogel, und schauen Sie bei Gelegenheit ruhig wieder einmal vorbei. Ach ja, und melden Sie sich bei Dr. Offermann mit einer ausdrücklichen Empfehlung von mir."

Johanna geht hinaus in die Grünanlage der neuen Universitätsgebäude. Sie jubelt und singt, unhörbar für die anderen, auf der frisch geschnittenen, nach saftigem, lebendigem Gras duftenden Wiese. Sie fühlt sich leicht wie ein Vogel. Diesen Namen will ich nicht länger umsonst tragen, denkt sie und schwingt sich im Geiste auf die im Wind sich wiegende Silberpappel. Ich bin ein freies Geschöpf, und meine Gedanken können die Wolken berühren. Ich will nicht länger in einem Käfig gehalten werden, dem Käfig der mir aufgebürdeten elterlichen Defizite, dem Käfig der gesellschaftlichen Erwartungen, dem Käfig von Zweckmäßigkeiten und falschen Rücksichtnahmen. Wenn ich erforsche, was mich krank gemacht hat und macht, wird sich für mich die Tür des Käfigs öffnen, und ich werde endlich frei sein.

4.Teil

Die Zeit fließt vorbei wie ein breiter Strom. Mal träge, dann wieder dahinschnellend, in Kaskaden sich überschlagend. Ich stehe an seinem Ufer. Ich sehe ihm zu, dem Fluss und kann ihn nicht greifen. Wann war morgen und wie lange wird es dauern bis gestern? Zuschauerin bin ich nur. Und das Wasser fließt rückwärts. Immer daneben bin ich und niemals darin, in der Zeit. Denn wäre ich es, gäbe es mich nicht mehr.
Ich glaube, ich träume das Leben.

Wie viele Jahre waren vergangen, ein Jahr, zwei Jahre, drei Jahre? Johanna trat auf der Stelle, bewegte sich nicht vom Fleck. Ja, sie machte eine Psychoanalyse. Aber die hatte für sie bisher nicht den geringsten Fortschritt in der Bewältigung ihrer diversen Schwierigkeiten gebracht.
Obwohl zunächst unsicher war, ob die Krankenkasse sich an den Kosten für die Behandlung beteiligen würde, hatte Ludger die neue Behandlung ausdrücklich befürwortet, sah er darin doch eine, eigentlich sogar die einzige Hoffnung auch für ihr beiderseitiges Verhältnis, das sich immer schwieriger gestaltete.
Vor Antritt der psychoanalytischen Behandlung hatte Johanna sowohl ihren Nervenarzt, als auch Dr. Kruse, der sie seinerzeit im Landeskrankenhaus so verständnisvoll behandelt hatte, verständigt. Sie wollte auch gerne deren Rat hören, war aber schon im Vorfeld, in der Ahnung, dass diese beiden Psychiater alter Schule ihr von einer Analyse abraten würden, entschlossen, diese auch gegen deren Rat durchzuführen.

Ihre Ahnung hatte sie nicht getäuscht. Wenn auch mit sehr freundlichen Worten rieten ihr beide Ärzte von einer psychoanalytischen Behandlung ab. Sie stimmten in der Auffassung überein, dass in Johannas Fall die medikamentöse Behandlung die Methode der Wahl sei. Dr. Kruse zeigte sich sogar besorgt, dass die psychoanalytische Methode die Gefahr berge, *Gott sei Dank* verschüttete und somit zugedeckte psychotische Bestandteile wieder aktivieren würde, was nicht unbedingt zum besten des Patienten sei.

Der Nervenarzt ging nicht ganz so weit, empfahl aber ausdrücklich, nicht auf Medikamente als stützende Begleittherapie zu verzichten. "Ich bitte Sie zu bedenken", hatte er zu Johanna gesagt, "dass die bei Ihnen auftretenden Krankheitsphasen ganz aus dem Rahmen einer neurotischen Störung herausfallen. Eine endogene Komponente ist mit Sicherheit vorhanden. Die aber sollte vernünftigerweise durch eine Lithiumprophylaxe behandelt werden." Als Johanna ihm entgegnete, sie wolle nicht ein Leben lang Psychopharmaka schlucken, sagte er: "Aber Lithium ist kein Psychopharmakon und beeinflusst insoweit auch nicht Ihre Stimmung, Ihren Antrieb oder Ihre Reaktionsfähigkeit."

Gerade das konnte Johanna keineswegs bestätigen, denn sonst müsste sie ja schon längst ein ausgeglichener Mensch sein.

"Liebe Frau Vogel, ich verstehe Ihre Vorbehalte ja durchaus", sagte Dr. Schlenk, "aber ich bitte doch zu bedenken (in seinen Formulierungen war er ganz ein Mann alter Schule), dass Sie sich viel Schaden zufügen können, wenn sie gänzlich auf Medikamente verzichten wollen."

Er sah sie freundlich-väterlich an aus seinen dunklen Augen unter den buschigen weißen Augenbrauen. "Sollten Sie trotz meiner Bedenken bei Ihrem Entschluss bleiben, möchte ich Sie ganz herzlich bitten, mich alle Jahre einmal über Ihr Ergehen zu informieren. Denn dann hätte ihr Fall für mich den Wert eines

Experiments, an dessen Ausgang ich äußerst interessiert bin. Und nun", damit verabschiedete er sich mit einem kräftigen Händedruck von Johanna, "wünsche ich Ihnen alles Gute."

Vor den Eltern und Schwiegereltern hatten Johanna und Ludger diese neue Entwicklung zunächst geheim gehalten und waren dann in nutzlose Erörterungen eingetreten. Johanna rechnete es Ludger hoch an, dass er sie in diesem Punkt, besonders bei seinen Eltern voll unterstützte. Obwohl er, wenn sie beide allein waren, auch oft auf das Thema Geld zu sprechen kam und dass die Analyse sehr teuer wäre, verbat er sich doch von seinen Eltern in diesen Fragen jegliche Einmischung.

Johanna hatte in ihrem Herzen viel Liebe und Dankbarkeit für Ludger. Sie sah, wie er sich aufrichtig bemühte, sie zu verstehen und ihr dabei zu helfen, ausgeglichener und selbständiger zu werden. Er hatte inzwischen die Firma ein weiteres Mal gewechselt und fühlte sich in seiner derzeitigen beruflichen Position wohl. Er arbeitete jetzt bei einer amerikanischen Firma, hatte dort viel Eigenverantwortung und konnte sich seine Zeit selbst einteilen, wenn er das Land bereiste, um Computersysteme zu verkaufen.

Sie hatten sich inzwischen auch ein Häuschen gekauft. Ein Reihenhaus in einem Vorort, was zwar nicht so ganz dem Geschmack Johannas entsprach, aber sie hatte Ludger zuliebe ja dazu gesagt, weil ihm soviel an einem eigenen Haus lag. Lieber wäre ihr ein richtiges Haus gewesen mit einem richtigen Garten drum herum. Das Reihenhaus war von einer geradezu einfallslosen Ausstattung und Raumaufteilung, links die Küche, rechts das WC, in der oberen Etage drei Zimmer und das Bad, unten zwei Zimmer, die sie durch einen Durchbruch zu einem größeren verbunden hatten. Und dann der winzige Garten, gerade mal ein Austritt! Johanna gab sich wirklich Mühe, Ludger die Freude an ihrem Eigenheim nicht zu verderben.

Immerhin hatte sie an ihrer Magisterarbeit immer wieder ein Stück weiterarbeiten können, so dass diese kurz vor dem Abschluss stand. Mit Schrecken sah sie allerdings die Abschlussprüfungen auf sich zu kommen. Daran mochte sie am liebsten gar nicht denken!
An der Uni war das Klima ziemlich aufgeheizt. Und nicht nur dort. Terroristische Anschläge auf Kaufhäuser durch die Baader-Meinhof-Gruppe hatten zur Folge, dass die Polizei in ständiger Bereitschaft war und man sich gerade in der Studentenschaft regelrecht verfolgt fühlte, seitdem der Begriff der "Sympathisanten" durch den deutschen Blätterwald geisterte. Sogar Heinrich Böll verdächtigte man der heimlichen Sympathie mit den Terroristen und warf ihm gar Wegbereitung und geistige Mittäterschaft vor. Was das Nobelpreiskomitee nicht davon abhielt, ihm den Literaturpreis zuzuerkennen.
Für Johanna war es schwer, in diesem Durcheinander politischer Irrungen und Wirrungen einen eigenen Standpunkt zu beziehen. Sie fühlte sich keiner Seite richtig zugehörig, nicht der extrem linken, aber auch nicht der konservativen. War sie an der Uni geneigt, nicht ausschließlich linke Gedankengänge gutzuheißen, so sah Ludger in ihr dennoch eine "linke" Studentin, was er mit Argwohn und Spott bedachte. Ach, sie hasste diese Einteilungen!
Wenn Ludger für einige Tage unterwegs war, was durch seine neue Arbeitsstelle öfter vorkam, wurde sich Johanna viel mehr, als wenn sie beisammen waren, bewusst, wie wichtig ihr die Beziehung zu ihm war, wie gut er zu ihr war und wie gut es ihnen doch im Vergleich zu vielen anderen ging. Warum sah sie das viel klarer, wenn Ludger nicht da war? Warum gerieten sie, wenn sie zusammen waren, so schnell in einen unnützen Kleinkrieg, der die schönsten Ansätze zu einem harmonischen Umgang miteinander zunichtemachte?
An Ludger war wirklich ein Lehrer verloren gegangen, dachte Johanna immer dann, wenn er komplizierte Sachverhalte gut und

verständlich erklärte. Das bewunderte sie an ihm. Aber ihr riss auch oft der Geduldsfaden, wenn er weitschweifend und umständlich etwas erklärte, was sie schon längst begriffen hatte. Und obwohl er sehr dafür war, dass sie ihr Studium beendete, hatte sie manchmal den Verdacht, dass er es vor allem wünschte, um sich mit ihr als einer Akademikerin im Freundeskreis oder bei seinen Eltern brüsten zu können. Denn von ihrem Fach sprach er doch eher geringschätzig und sah es nicht als so vollwertig an wie zum Beispiel ein naturwissenschaftliches. In letzter Zeit machte er auffällig in Imagepflege. Und wenn Ludger wieder einmal zu ihr gesagt hatte "Von Logik hast du keine Ahnung" und sie sich ganz klein vorkam, holte sie sich das Gutachten der Psychologin hervor, welches der Analytiker vor Beginn der Behandlung angefordert hatte, um zu entscheiden, ob für sie eine Einzel- oder Gruppentherapie in Frage käme. Da las sie: "Frau Vogel hat eine hohe Begabung mit einer souveränen Handhabung." Bitte, da stand es schwarz auf weiß, dass sie nicht doof war! "Allerdings", so hieß es weiter, "ist diese Intelligenz überaus störbar und vor allem anfällig durch Prozesse, die in folgender Form ablaufen: anfallartig überwältigt sie Angst, sie rettet sich aus dieser Angst, indem sie mit einer Wendung nach außen ihre Umwelt quält. Sie ist leistungsfähig und ehrgeizig, bis es wieder zu Zusammenbrüchen kommt. Zwar kann sie relativ vorsichtig hantieren, um die Ausbrüche der Aggression zu vermeiden. Es kommt aber immer wieder zu Störungen in der Anpassung, denn zu guter Letzt will sie sich auch nicht anpassen. Es ist eine gewisse Härte und Schroffheit in ihr, die dadurch unterstützt wird, dass sie ihre Weiblichkeit nur ausschnitthaft anerkennen kann: sie dürfte immer auf ihre Brüder eifersüchtig gewesen sein; da sie diese Aggression gegen die kleinen Kinder nicht zeigen konnte, hat sie diese innere Wut gegen sich selbst gerichtet. Dieses Gegen-Sich-Selbst-Wenden ist auch heute noch eine Methode, mit der sie in den oben beschriebenen anfallartigen Zuständen zurechtkommt."

Das alles hatte diese Frau Professor Dr. Steeger sehr richtig erkannt. Nur von Zurechtkommen konnte keine Rede sein, dachte Johanna. Es gibt Schmerzen, die kann man niemandem mitteilen!

Auch ich ahnte sicher nur einen Bruchteil von Johannas wirklichen Schwierigkeiten, obwohl sie mir, wenn wir uns trafen oder bei endlosen Telefonaten, sehr offen und ausführlich von ihren Problemen erzählte und ich sie schon mehrmals in schlimmen Krisensituationen erlebt hatte. Stets war sie dankbar für mein Zuhören, vielleicht milderte es ein bisschen ihre oft große Unruhe. Ja, sie sagte es frei heraus, dass ihr unsere Freundschaft half, schon dadurch, dass sie sich ohne jedes Wenn und Aber angenommen fühlte. Und doch kam ich mir oft hilflos und nutzlos vor. Aber Johanna schien froh zu sein, mir ihre unterschiedlichsten Gedanken und Gefühle darlegen zu können, von denen sie wusste, dass sie oft diametral entgegengesetzt waren. Manchmal schrieb sie noch zusätzlich Briefe, in denen es ihr leichter fiel, ihre oft traurigen Gemütsverfassungen in Worte zu kleiden. Sie dankte mir für mein einfaches Dasein, Hinhören und Mitfühlen, das ihr Rückhalt bedeutete. Wir wussten voneinander, dass wir in entscheidenden Situationen immer zueinander gestanden hatten und stehen würden. Von der begonnenen Psychoanalyse, über deren Inhalte sie nicht sprach (das gehörte zum ehernen Gesetz derselben), aber deren Wirkungen ich indirekt an ihrem Verhalten ablesen konnte, versprach auch ich mir sehr viel und wünschte ihr von Herzen den von ihr und auch Ludger herbeigesehnten Erfolg.

Da liege ich nun, auf der Couch des Analytikers, und ich soll etwas sagen, soll erzählen, was mir gerade in den Sinn kommt, soll alles herauslassen, soll keine Hemmungen haben, brauche keine Angst zu haben, brauche keine Scham empfinden, soll sprechen, sprechen...Aber mir fällt nichts ein. Ich liege da, O. hinter mir auf einem Stuhl - ICH KANN IHN NICHT SEHEN - UND ICH SAGE FAST NICHTS: Ich möchte etwas sagen, weil ja jede Minute etwas kostet, genau eine Mark zwanzig, jede Minute, die ich nichts sage. Und dann sind die fünfzig Minuten vorbei. Ich fahre nach Hause, und morgen komme ich wieder, und es wird vielleicht genau so sein wie heute.

O. gibt mir nicht einmal die Hand zur Begrüßung, das gehört wohl zur Technik der gestrengen Psychoanalyse, aber ich finde das idiotisch. Hat er Angst, dass ich ihn anstecken könnte mit meiner Krankheit? Ich soll mich konzentrieren, nein eigentlich soll ich das gerade nicht, sondern munter drauf losschwatzen. Aber das geht doch nicht. Wenn überhaupt, will ich ihm doch nur die Dinge sagen, die wichtig sind. Lähmende Stunden, immer wieder.

O. ist noch jung. Er sieht nett aus mit seiner blonden Haartolle. Aber dann ist er schon wieder meinem Blick entzogen. Stattdessen sehe ich immer denselben Ausschnitt seines Behandlungszimmers: das Fenster und die Blumentöpfe auf der Fensterbank, die gestreifte Gardine, die beiden Bilder rechts und links vom Fenster, durch das Fenster das Fenster des gegenüberliegenden Hauses, aus dem sich manchmal eine alte Frau lehnt. Ich höre Geräusche im Haus, manchmal Kinderlachen, manchmal von irgendwoher Flötenmelodien. Ich würde gerne länger als nur den winzigen Augenblick von Sekunden in die schönen dunklen Augen von O. sehen Er kann auf mich heruntersehen, wenn er es will und sich vorbeugt. Ich liege da schutzlos wie ein hilfloses Kind, komme mir gedemütigt vor durch diese Situation, diese Ungleichheit. Ich möchte ihm wie ein gleichwertiger Partner gegenübersitzen, dabei in seine Augen sehen, seine Gefühle an seinem Gesichtsabdruck ablesen können. Warum gibt er mir nicht ab und zu ein Lächeln mit auf meinen Nach-Hause-Weg? Wenn ich am Ende der Stunde an ihm vorbei gehe zur Tür, ist er kühl und streng und lässt nicht das geringste erahnen, was er denkt. Auch dann gibt er mir nicht die Hand zum Abschied, und ich fühle mich so allein, auf mich zurückgeworfen. Da ist eine Grenze, eine Mauer, eine Wand ...

Johannas Tage hatten durch die täglichen Analysestunden eine feste Struktur bekommen. Der Vormittag war mit einstündiger Hin- und Rückfahrt zum Analytiker verplant. An den Nachmittagen widmete sie sich den Hausarbeiten, dem bisschen Gartenarbeit, Einkäufen und so gut es ging ihrem Studium. Wenn sie zu geistigen Tätigkeiten nicht in der Lage war, nahm sie sich Arbeiten im Haus vor, die sonst liegen blieben: Bücherordnen, Heizkörper streichen, Briefe schreiben. Manchmal gelang ihr alles gleicher Maßen schlecht und sie dachte, sie eigne sich überhaupt nicht für irgendetwas. Es gab auch schöne Momente mit Ludger, wenn sie abends gemeinsam einen guten Film sahen oder zu Hause aus ihrer Plattensammlung klassische Musik anhörten, wenn Freunde zu Besuch kamen oder sie bei Freunden eingeladen waren. Sie hatte auch Kontakte zu den Nachbarfamilien geknüpft, die meisten von ihnen waren in ihrem Alter und hatten schon Kinder. Der Umgang mit den Kindern machte Johanna besondere Freude, und dabei erwachte in ihr jedes Mal der Wunsch nach eigenen Kindern. Ob sie schon reif genug dafür wäre? Oft genug fühlte sie sich selbst noch wie ein Kind, anlehnungs- und schutzbedürftig. Besonders durch die Analysesituation. Manchmal kam es ihr so vor, als hätte sie ein bisschen mehr Boden unter den Füßen. Und kurze Zeit später schien wieder alles in Frage gestellt zu sein, sah sie nur riesige Berge an Unbewältigtem vor sich. Es war ein ewiges Pendeln zwischen Extremen, zwischen Höhen und Tiefen, zwischen Deutlichkeit und Undeutlichkeit.

An schlechten Tagen nahm sie sich vor, sich nicht ihren traurigen Stimmungen zu überlassen und die positiven Erfahrungen nicht zu vergessen.
Die Analyse brachte ihr nicht nur, wie sie gehofft hatte, Erleichterung. Dem selbst gesteckten Ziel, unverkrampfter zu leben, das Selbstwertgefühl zu stärken und dadurch besser mit dem Leben fertigzuwerden, kam Johanna, wie ihr schien, nicht oder kaum näher. Oft waren ihr die Stunden eine regelrechte Qual. Sie lag dann da und konnte kaum etwas sagen. Und Dr. Offermann meinte, sie wolle sich nicht untersuchen lassen. Zu allem möglichen, was sie ihm erzählte, bot er ihr Deutungen an: Furcht vor Objektverlust, Angst vor der Intensität ihrer eigenen Triebe, Angst vor dem eigenen Masochismus, Narzissmus, unbefriedigte Sehnsucht nach dem Objekt und seiner Liebe, Angst vor dem Ichzerfall.
Als strenger Freudianer ordnete O. ihre Krankheitssymptome alle einer unbewältigten und unausgereiften Sexualität zu. Ihre Libido sei nicht auf andere Menschen oder den Partner konzentriert, sondern sie hege eine exzessive Liebe zu sich selbst und diese Verzerrung in der Persönlichkeit führe zu einem Zusammenbruch der Realitätsprüfung. Das wiederum hätte zu einer illusionären Auffassung ihrer selbst und der Welt geführt.
Dr. Offermann wollte mit Johanna die inneren Widersprüche, Inkonsequenzen in ihren Gedanken und Handlungen aufspüren, unbefriedigte Wünsche herausarbeiten, um zu realitätsgerechten Lösungen ihrer Konflikte zu gelangen. Das war ein langwieriger Prozess, der mit Trauer, Abwehr, Verdrängung, Wut und Trotzreaktionen verbunden war. Wie oft ermahnte er Johanna, den von ihm angebotenen Deutungen nicht, wie sie es in ihrem täglichen Leben immer wieder tat, auszuweichen, sondern ihnen ins Gesicht zu sehen.

Es ist drei Uhr früh. Ich kann nicht schlafen, wieder einmal nicht. Immer öfter sehe ich keinen Sinn in der Analyse. Ich möchte das nicht denken müssen. Immer meine ich, die Therapie rechtfertigen zu müssen, jedoch von Tag zu Tag denke ich stärker, wie teuer doch jede Stunde ist und so schnell vorbeigeht und sich fast nichts ereignet. Fast nichts, nichts Sichtbares, nichts Produktives. Woran liegt es, dass sich nichts ändert? Oder meine ich das nur? Ich liege oft ziemlich verzweifelt da. Was soll ich sprechen? Alles scheint mir gesagt zu sein. Ich kann nur wiederholen, immer dasselbe: dass ich in jeder erdenklichen Hinsicht Kommunikationsprobleme mit Ludger habe, dass ich genauso an den Nägeln knibbele und die Häutchen abreiße wie zu Beginn, dass mich jede kleinste Belastung umwirft, dass ich nicht richtig an mich selber glaube, dass mir das Studium doch so schwer fällt und ich es nicht genug wahrhaben will, denn sonst hätte ich doch längst aufgehört.

Immer dasselbe in neuen Variationen. Und ich liege da und sage das, und nichts ergibt sich daraus. Ich habe den Eindruck, die Therapie zieht sich in die Länge und nicht zum Vorteil für mich. Zwar gibt es eine momentane Stabilisierung, die aber reicht nur von einem Tag zum nächsten. Und das ist zu wenig und zu teuer. Natürlich, ich möchte schon gerne das Studium abschließen können. Ich möchte auch so gerne ein Kind haben. Aber ich bin ja selber zu sehr noch eines. Und wenn ich mich nicht ständig rasend anstrenge, wird mir das auch von vielen Seiten täglich bestätigt. Nur dadurch, dass man ein Kind bekommt, wird man ja wohl nicht erwachsen. Und das Ziel der Therapie soll doch sein, dass ich selbständiger, reifer, sicherer und ausgeglichener werde und eine wirkliche partnerschaftliche Beziehung zu Ludger habe. Er möchte das doch auch so gerne von mir.

Neulich sagte Ludger, als ich ihn einmal böse anschrie: „Das was du Krankheit nennst, ist nichts weiter als ein Trick, dir Geltung zu verschaffen, deine Umgebung zu tyrannisieren, Rücksichten zu erzwingen und dich vor deinen Aufgaben zu drücken."

Ich hatte ein Tabu durchbrochen, dass niemals etwas aus der Analyse nach außen getragen werden dürfte und Ludger gesagt, dass er hinter seinem ewigen Zuspätkommen und Auf-die-letzte-Minute-Aufstehen, was mich jedes Mal furchtbar ärgert, seine Aggressionen gegen mich verstecke. Ich war so froh gewesen, auch einmal einen Trumpf in der Hand zu haben. Aber natürlich hatte sich dieser Trumpf nur in sein Gegenteil verkehrt.

Obwohl ich mir wirklich Mühe gebe, sehe ich in der Therapie keinen Fortschritt. Es zeigt sich kein Sinn mehr darin für die Zukunft, auch nicht mehr für die Gegenwart. Ich weiß nicht, was ich tun soll. Ich sehe nichts, mir wird nichts klar. Wenn ich rede, fühle ich mich unbeholfen und befangen. Ich sage das auch, aber es ergibt sich nichts daraus.

Es ändert sich nichts. Keine Entspannung, keine Befreiung, wie ich sie doch erhofft habe. Nur manchmal ein minimales Aha-Erlebnis. Alles bleibt gleich: das Nägelknibbeln, die Unruhe, die Unstetigkeit, die Druckgefühle. Und immer wieder die Unterlegenheitsgefühle. Obwohl Ludger mich doch gleichwertig sehen möchte und ich es auch sein will, sehe ich mich immer wieder in die Rolle gedrängt, die ich auch beim Therapeuten habe: nicht zu wissen, wo ich dran bin und was ich soll; unfähig zu sprechen, unfähig, mich rational und emotional als ein vernünftiger Mensch zu erweisen, unfähig, kindliche Positionen aufzugeben. Und dabei das Bewusstsein von dem allen zu haben und es doch nicht ändern können. Aber ich will es ändern!

Es gab Zeiten, in denen es Johanna gut ging, in denen sie an ihrer Magisterarbeit zügig vorwärts kam. Auch der Haushalt machte ihr dann Freude, und diese zufriedene Grundstimmung wirkte sich sofort positiv aus in ihrem Verhältnis zu Ludger. Es gab jetzt häufiger richtig liebedurchtränkte und hoffnungsvolle Perioden. Sie hatte das Gefühl, bereits besser gelernt zu haben, mit Kränkungen umzugehen, die jedes Mal dann auftauchten, wenn eine Situation sie bewusst oder unbewusst an frühe Frustrationen in der Kindheit oder an Verhaltensmuster ihrer Eltern erinnerten. Aber nicht immer gelang ihr das gleichermaßen gut. Oft ließ sie ihre Wut auch ungerechterweise an Ludger aus. Das war ein grober Fehler, wie ihr der Analytiker zu verstehen gab. Auf ihn dürfe sie alle diese Gefühle wie Zorn, Trauer, Eifersucht, richten. Und durch diese Übertragung könnten sie diese miteinander aufarbeiten. Immer wieder aber kam es Johanna so vor, als drehe sie sich im Kreis, käme nicht von der Stelle.

Für Ludger war es nicht einfach. Denn was in der Analyse zur Sprache kam, durfte er nicht erfahren. Das war eine Grundvoraussetzung für die psychoanalytische Therapie. Er konnte sich vorstellen, dass auch sehr intime Dinge bei dem Analytiker zur Sprache kamen, und das behagte ihm nicht sehr. Er musste sich Mühe geben, auf den Mann, mit dem seine Frau fast mehr Zeit verbrachte als mit ihm, nicht eifersüchtig zu sein. Das war nicht leicht. Besonders dann nicht, wenn Johanna gegen ihn aggressiv reagierte. "Glaubst du, du seiest ein angenehmer und leichter Mitmensch", fragte er Johanna, als sie ihm zu erklären versuchte, dass ihre Depressionen daher rührten, dass aggressive Tendenzen immer von ihr hätten unterdrückt werden müssen. "Eine Depression ist nach innen gewendete Aggression", hatte O. zu ihr gesagt. "Auch das Knibbeln an den Nägeln, das du so schrecklich findest und für das ich mich ja selbst schäme, ist Ausdruck von Aggression, vielleicht gegen meine Eltern. Ich füge mir selbst diesen Schmerz, diese Verletzungen zu, die ich ihnen gegenüber nie als Widerspruch, als Anspruch auf ein Eigenleben äußern durfte und konnte", sagte Johanna, "und diesen ganzen Wust muss ich erst einmal aufarbeiten. Dazu braucht es viel Zeit."

Manchmal spürte Johanna schon so etwas wie eine Grundbejahung des Lebens in sich aufkeimen. Sie war froh, bei dem Analytiker nichts leisten zu müssen, was sie allmählich gelernt hatte. O. hatte es durch seine stets gleichbleibende ruhige Art geschafft, ihr zu vermitteln, dass sie ohne Angst alles, was ihr in den Sinn kommt, aussprechen darf und soll. Das war seine ständige Bereitschaft, einfach diese fünfzig Minuten täglich Zeit für sie zu haben, ihr zuzuhören, einfach da zu sein, auch wenn sie manchmal große Widerstände, überhaupt etwas zu sagen, hatte. O. sagte, dass sie nichts übereilen dürfe, dass sie sich alle erdenkliche Zeit nehmen dürfe, ja solle.
Ich werde geliebt ohne Beweisscheine, dachte Johanna, und dieses Gefühl gab ihr Sicherheit. Auch Ludger hatte viel Geduld mit ihr, das wollte sie nie vergessen.
Doch diese schönen, ruhigen Segeltage konnten im Nu durch ein aufziehendes Sturmtief abgelöst werden. Und dann drohte ihr Lebensschiffchen vom Orkan in die Tiefe gezogen zu werden. Konnte überhaupt jemand - außer dem Analytiker - sich vorstellen, wie schrecklich sie sich fühlte durch diese immer wieder auftauchenden, sie zerreißenden, verschlingenden Depressionen? Nein, auch Ludger konnte das sicherlich nicht, bei allem guten Willen. Er hegte starke mütterliche Gefühle für sie, und das tat ihr gut, dass sie sich bei ihm anlehnen konnte. Ihr Bedürfnis nach Zärtlichkeit war unendlich groß. In ihrer Kindheit war es einfach nicht genügend gestillt worden.
Die ganzen Verstrickungen und Verflechtungen, die Verwirrungen und Irrungen ihrer Ursprungsfamilie waren noch ein riesiges zu beackerndes Feld. Unsichtbare Fesseln von Forderungen, Vorschriften, uneingelösten Versprechen, von Sehnsüchten und Wünschen, die abgewürgt worden waren, von Vorwürfen und Anschuldigungen, die noch jetzt im Unterbewusstsein ihre Wirkung entfalteten, hielten Johanna in Unfreiheit und Abhängigkeit. Es ging nicht um Schuldzuweisungen, sondern um

Verstehen, um sich dann aus diesen Fremdbestimmungen befreien zu können.

Johanna setzte sich hin und versuchte ihre Gedanken hierzu in Worte zu fassen. Ihr fiel plötzlich dazu das Bild von der Erbsünde ein. Eine Schuld, mit der wir nach christlicher Lehre geboren werden, ererbt von den Vätern ohne unser eigenes Zutun. Ja, so dachte sie, habe ich auch diese ganzen Verzerrungen geerbt.

Erbsünde
das ist die Vertreibung aus dem Paradies
das sind die Verwirrungen
das sind die Verirrungen
innerhalb jeder Familie
jedes neuen Menschen
die Verflechtung, die Verstrickung
von der ein jeder sich distanzieren muß
um sie deutlich genug verarbeiten zu können.

Erbsünde
das sind die blinden Augen
die aus vermeintlicher Liebe wahrnehmen
zu sehen wähnen
sich leicht einen Dünkel geben.

Die Wirklichkeit ist das Ziel

aber die Zielgerade ist windig
deshalb werden bei Wind
aus Liebe mehr Fehler gemacht
als aus Gleichgültigkeit.

Liebe und Klugheit
sind leicht zu verwechseln
sie können Not wenden

wenn jeder Mensch
Öl
eine Lampe
und Zeit hat
manchmal genügt das schon
aber nicht immer.

Johanna war zufrieden mit dem Geschriebenen. Sie wollte den Text Dr. Offermann bei der nächsten Stunde vorlesen, um ihm zu zeigen, dass sie etwas begriffen hatte. Sie hatte allerdings schon festgestellt, dass er von Literatur nicht all zu viel Ahnung hatte und sich für Gedichte überhaupt nicht interessierte, obwohl er natürlich schon aus beruflichen Gründen ihr aufmerksam zuhörte, wenn sie beispielsweise von irgendwelchen Schwierigkeiten im Fortgang ihrer Magisterarbeit erzählte. Längst hatte sie begriffen, dass sie nicht nur vermeintlich Wichtiges zu erzählen brauchte, sondern ganz einfach auch aus ihrem Alltag berichten konnte. Er passte auf wie ein Luchs! Wenn sie nämlich plötzlich beim Erzählen ins Stocken geriet oder gar nicht mehr weitersprechen konnte, war das für ihn ein sicheres Zeichen ihrer inneren Abwehr gegen verdrängte Inhalte.
Das Sprechen über Mutter und Vater, über die Rolle der Großmutter gestaltete sich äußerst schwierig. Obwohl Johanna doch eine Menge darüber zu sagen und zu wissen glaubte, waren mächtige Blockaden in ihr am Werk. Denn es war schmerzhaft, erklärt zu bekommen, dass die Eltern, die man doch auch liebte, auch wenn man sie manchmal hasste, selbst völlig verkorkste Menschen seien und deshalb mit ihren Kindern nicht richtig umgehen konnten. Einerseits hätten keine richtigen Grenzen, keine Freiräume für jeden einzelnen bestanden, sagte O., andererseits hätten sie nicht genug Nähe zugelassen, auf die ein Kind doch angewiesen ist.

Johanna hatte ihre Arbeit für die Magisterprüfung abgeschlossen. Einhundertfünfundzwanzig Seiten! Nachträglich kam es ihr fast unwahrscheinlich vor, dass sie es trotz immer wieder notwendiger Pausen, trotz ihrer Zweifel und Ängste, dass überhaupt etwas daraus werden könne, geschafft hatte. Und alles selbst getippt! Nicht in irgendein Schreibbüro gegeben zum säuberlichen Abtippen! Zweihundertfünfzig Bücher hatte sie durchgeackert. Jetzt wo sie das gebundene Buch in Händen hielt, konnte sie gar nicht recht glauben, dass wirklich sie das alles geschrieben hatte Sie war stolz auf sich. Eine richtige *wissenschaftliche* Arbeit hatte sie hingekriegt! Mit einem ordentlichen Glossar, mit Einleitung, Hauptteil und Schlusskapitel. Einteilungen und Untereinteilungen. Sie war also doch zu Analyse und Differenzierung, zu logischem Denken fähig, was ihr Ludger so oft abgesprochen hatte.
Am liebsten hätte sie O. die Arbeit mitgebracht. Sie wünschte sich, dass er die Arbeit lese, sich mit dem beschäftigte, was ihr viel bedeutete, nicht immer nur die Verbogenheiten, Ausfälle, unverarbeiteten Konflikte. Sie wünschte sich von ihm auch einmal eine Portion Anerkennung. Doch O. lehnte das rundweg ab. Das gehöre nicht in die Analyse. Es gehe nicht um schriftlich Verfasstes, sondern einzig und allein um das, was sie ihm mündlich mitteile.. Und dabei wusste Johanna, dass sie im schriftlichen Ausdruck so viel besser war als in der mündlichen Rede.
Mit der Abgabe der Magisterarbeit meldete sich Johanna zur Prüfung an. Endlich war das Ende des Studiums in Sicht. Lange genug hatte es ja gedauert. Und wie oft war sie nahe daran gewesen aufzugeben. Doch O. hatte ihr immer wieder Mut gemacht durchzuhalten. Und auch Ludger hatte sie darin bestärkt. Wie gut es doch war, zwei so verständige Menschen als Stütze im Rücken zu wissen. Eigentlich unfassbar, dass jemand wie O. , ihr

bezahlter Helfer, nicht interessiert ist, an einem fertigen Produkt wie der Magisterarbeit. Dass er vielmehr gerade das Unvollkommene, das Kranke, Widerspenstige in einem Menschen zu seiner Aufgabe macht...

Je näher die Prüfungen rücken, desto größere Unruhe befällt Johanna. Sie kann kaum noch lesen oder das Gelesene nicht aufnehmen und behalten. Der Haushalt wird zu einem Moloch. Sie läuft im Haus hin und her und weiß in einem Augenblick nicht mehr, was sie sich gerade vorgenommen hatte zu tun. In den Analysestunden ist sie trotzig und wütend über O.'s Härte und Kälte. Johanna empfindet die Stunden bei O. als ungeheure Belastung. Und dennoch sind die Wochenenden viel schlimmer zu ertragen. Dann sehnt sie den Montag herbei.
Sie ist ja auch verliebt in diesen O. Sie würde ihm so gern etwas Zärtliches sagen. Lieber noch: ihn streicheln. Weiter wagt sie nicht zu denken. Es ist eine einzige Frustration. O. soll nicht nur die Rolle von Vater und Mutter spielen. Sie wünscht sich ihn als Partner, als männlichen Partner. Aber das alles sind unzulässige Erwartungen. O. muss ja eine Rolle spielen. Und von ihm selbst weiß sie nichts. In der hellen Lederjacke gefällt er ihr so gut. Warum zieht er sie nicht öfter an? Und wie er sich manchmal eine dicke Haarsträhne ins Gesicht kämmt. Tut er das, um ihr zu gefallen? Darf er wirklich nie aus seiner Rolle als Analytiker fallen? Manchmal wenn er sich vorbeugt, möchte Johanna ihn an sich ziehen. Wenn er nur ihre Stirn küssen würde. Dass sie mit ihm schlafen könnte, stellt sie sich erst gar nicht vor. Allein die Vorstellung würde wie so viele Wünsche in Beziehungen zu Ludger oder anderen Männern zur Enttäuschung führen. Lässt sie es unbewusst immer zu Enttäuschungen kommen? Und O. hat ihr doch versichert, dass sie bei ihm die Erfahrung machen könne, nicht enttäuscht zu werden. Aber seine Reserviertheit, seine

Strenge und Kühle, was bedeuten die denn anderes als eine bittere Enttäuschung, wo er doch ihre personifizierte Lebensversicherung, ihr Freiheitsschlupfwinkel ist.

Johanna hat das Gefühl auseinander zu fallen. Sie lebt, als wenn sie schwimme, ohne schwimmen zu können. Immer mehr schwimmt sie auf die bedrohliche Prüfung zu. Sie hat Angst unterzugehen. Beklemmende Angst von den Fußsohlen bis zum Hals. Körperliche Angst. Sie möchte ihrem Leben ein Ende machen. Keine Ruhe, kein Schlaf. Immer diese Unruhe. Zustände, als hätte die ganze Analyse bis jetzt nichts genutzt. Vielleicht behandelt er mich ganz falsch, denkt Johanna. Vielleicht habe ich eine Krankheit, die er gar nicht richtig erkennt. Ich habe doch den Friedenspreis des deutschen Buchhandels bekommen. Das muss er doch erst mal anerkennen.
Neulich brachte Rainer, der Mann von Ulrike, Blumen mit. Levkojen, die Johanna mit ihrem schwülen Duft umnebelten.. Als er einen Augenblick mit ihr allein war, fasste er an ihre Brüste. Und das erregte sie stärker als das Liebesspiel mit Ludger. Betörung und Taumeln am Abgrund. Sie möchte sich hinabstürzen. Sie möchte jemanden hinabstürzen. Dieser krachende Duft. Sie ist nackt. Er ist nackt. Wo ist die Grenze zwischen innen und außen? Sonne und Mond, der andere Zustand. Sind Gedanken innen oder außen?

Ich hänge am Kreuz. Gebt mir Essig zu trinken. O mein Gott, warum hast du mich verlassen? Wer, wenn ich schrie, hörte mich denn aus der Engel Ordnungen? Das Schöne ist nichts als des Schrecklichen Anfang.. Labyrinthe liefern lauschige Labsal, Lippen lachen dir lesend Lorbeeren. Lodernde Lenden, lukullische Gelüste, ach, der Löwe lockt mich mit List auf sein Lager.

Wächserne Neurose, nimm die Kappe ab. Was siehst du dann? Ich verstehe Hebräisch. Mein Vater ist spröde, meine Mutter verweint. Mein Vater ist ein Muttersöhnchen, meine Mutter eine Masochistin. Ein Mensch läuft und läuft über. Ich will etwas kaputtschlagen, aber ich brauche dein Klavier im Hintergrund. Ich habe das ABC rückwärts gelesen. Ich habe nicht unterscheiden können, ob e vor a kommt oder a vor e. Meine Uhr war falsch gestellt. Sie war auf zwölf gestellt, und ich kam um zehn. Warum denn aber nur? Ich habe eine Haut, kein Fell. Mein Fell ist auf dem Kopf. Manches kann man nicht sagen. Ich bin mit einem Riss auf die Welt gekommen. Spalt. Spalt-Tabletten. Ich konnte nicht singen. Ich bin beim Singen durchgefallen. Beim letzten Abendmahle, die Nacht vor seinem Tod...Ich sang und zersang. Ich war nicht angenommen. Ich wollte doch die schöne Musik wiederfinden. Ich denke, ich habe sie jetzt gefunden, und das ist mein Geheimnis. Aber warum nicht gleich von Anfang an? Warum dieser Umweg von dreißig Jahren? Ich hatte gedacht, dass der Umweg einen Sinn gehabt hätte. Aber die Dimension der Sinne ist mir verloren gegangen. Die Welt ist auf der Rückkehr zu Gott. Ich will sie erlösen. Ich brauche diese Musik, ständig. Aber sie ist so schwer zu hören, wenn man noch nicht im Himmel gewesen ist. Ich bin radioaktiv verseucht. Ich brauche Ruhe. Meine Haare müssen wachsen. Meine Nägel müssen wachsen dürfen. Deshalb muss ich an einen sicheren Ort, damit nicht alle möglichen Brüder sie mir wieder abbeißen. Ludger ist gerade in den Himmel gefallen, damit er mich von dort oben besser sehen kann. Procedere - aber warum denn um Gottes willen? Damit ich mich finde. Ich bin so müde. Ich muss mich ausruhen.
Johanna hat geredet ohne Unterbrechung. Meine Ohren am Telefonhörer glühen. Ich möchte Johanna beruhigen, sie in den Arm nehmen. Ich möchte sofort zu ihr fahren. Ich merke, es ist schlecht bestellt mit ihr. Doch an diesem Nachmittag habe ich niemanden, der auf Roman aufpassen könnte. Ich will, ich muss

ihr zu Hilfe eilen...vielleicht am Abend. ich werde mit Ludger sprechen. „Johanna, halte durch, noch ein paar Stunden", sage ich, unruhig, verzweifelt, in Sorge. Als Antwort höre ich nur ein leises Stöhnen, dann Weinen, dann nichts mehr.

Johanna findet sich wieder in einer Nervenklinik. Diesmal nicht das Landeskrankenhaus. Dr. Offermann hat ihr einen Platz in einer privaten psychosomatischen Klinik in Bad H. besorgt. Er ist dort Supervisor. Dreimal in der Woche kommt er zu ihr. Warum hat er nicht verhindern können, dass sie wieder in die Klinik muss?

Jetzt das Unendliche körperhaft. Was ist das für eine Kette von Überschneidungen, von Gründen davor und dahinter?
Wieder einmal ist Johanna sich selbst abhandengekommen. Ruhe - Tabletten - Schlafen -. Suchen nach der Wirklichkeit. Vier Wochen lang.

Ich schreibe für O. und die Nachwelt:

Ich werde ges<u>u</u>nd
in diesem Schw<u>u</u>ng.
Ich bin fr<u>o</u>h
s<u>o</u>

<u>Meine drei Buchstaben:</u> Amen - Samen, Joh - anna, die Wahnsinnige. Gott - Teufel. Mehr Licht (Goethe).
Als ich , mein altes Ich = (Es?) gekommen bin, hat mein Vater mir nicht richtig "Guten Tag" sagen können

Das <u>M</u>artyrium der <u>M</u>utter (<u>Mut</u>)

Der Vater m<u>och</u>te seine T<u>och</u>ter nicht. Deshalb die lange Symbiose mit der Mutter.
Ich heigh - ratete Ludger. Da liegt der Hase im Pfeffer. (rot umranden = wichtig)
Offermann = Medium. Kein Feuer, keine Kohle. Himmlische Fertigkeit.
Magisterprüfung, Linguistik, Grenze. 3 Seiten eines Blattes.
Hah wichtig, noch quer dazuschreiben: Nichts geht verloren. Fuge.
Jugendschizophrenie, mit Blindheit geschlagen. Ja, ich bin da, KIND mit Seele.

Ins Unreine: <u>M</u>arginalien, <u>M</u>engenlehre, <u>M</u>oses, <u>M</u>utter, <u>M</u>asern
Ich schlief mit meiner Großmutter, die auch Johanna hieß.
Früher (bis Amerika) trug ich ungern blau.
<u>Va</u>ginal --- <u>V</u>ater
Ich stand meiner Mutter näher als meinem Vater. Suche nach dem Vater. Ödipuskomplexerledigung, wie? Heirat mit dem Vater? Ich heiratete meinen Mann, weil er aus Frankfurt kam.
Ich - Steinbock. Früher sagte man oft zu mir, ich sei bockig. Als mein zweiter Bruder geboren wurde, sagte ich 3 Tage lang keinen Laut.
Das Mädchen braucht nur einen Vater, aber der Junge braucht zwei Frauen. Das ist eine bodenlose Gemeinheit.
Ein fünftes Rad am Wagen ist wirklich nur für die Reserve gut. Aber bei einem Platten ist es halt unumgänglich. Deshalb wurde ich als fünftes Kind mit bereits dem halben Leben hinter mir noch mal geboren, mit dreißig Jahren, das ist meine Magisterarbeit..
Mein Bruder Eduard hat so kleine Ohren, deshalb lässt er sich die Ohren mit Musik vollrauschen.
Ich habe jetzt mein dickes Fell wiederbekommen, deshalb kann ich meinem Bruder meine langen Haare abgeben. Hänsel und Gretel gingen in den Wald. Da war es finster und auch so bitter kalt. Hänsel sang und Gretel zeigte den Weg. Das ist der *Mann*

ohne Eigenschaften, der doch gar nicht anders sein kann als egoistisch, wenn er so viele leckere Sachen möchte, die er zum Überleben braucht.
Und Eduard hat mir seinen Eisschrank geschenkt. Aber richtige Eisschränke gibt es ja schon lange nicht mehr, sie heißen heute Kühlschränke, sie kühlen die Glut.
Lyrik - Lebertran - Löwe, Lebenselixier - Litanei - Latein
Im Kindergarten spielte ich Rosenrot, ein Mädchen mit Kinderlähmung spielte Schneeweißchen.
BITTE dies alles Wort für Wort lesen, eins nach dem andern, schön zum Mitdenken.
Ich habe ein Recht auf mein Leben. Das ist Gerechtigkeit.
Ich bin ganz ruhig. Gefühl und Verstand.
Die Welt ist logisch gedacht, dem Wort nach. Sie ist unlogisch geworden, auch dem Wort nach.
1 plus 1 = 2   2 Welten   leben / lieben
Liebe und arbeite.
Das Maß für die Arbeit ist die Liebe. Wir haben zu viel gearbeitet, weil wir lieben wollten. Das war der falsche Weg. Die Notwendigkeit zum Arbeiten schien die Bedingung zum Lieben.
Jetzt darf ich mich endlich ausruhen. Dann ruhe ich in mir selbst.

Diesmal darf ich Johanna in der Klinik besuchen, als es ihr wieder besser geht. Sie freut sich. Wir gehen gemeinsam am Rhein spazieren, schauenden Schiffen nach. Sie nimmt meine Hand. Wir gehen über eine Brücke zu einer Insel im Fluß.
Im Haus zeigt mir Johanna die Zeichnungen an den Wänden. eine ist von ihr. Darauf sind zwei kleine Mädchen, die sich an der Hand fassen. „Ich habe doch nie eine Schwester gehabt", sagt sie. „Du bist für mich wie eine Schwester." Wir spüren dankbar unsere Vertrautheit. ich bin froh zu wissen, dass es Johanna schon wieder besser geht.

Ludger hat sich während ihres Klinikaufenthaltes rührend um Johanna gekümmert. Trotz der fünfzig Kilometer Entfernung hat er sie, so oft es eben ging, besucht. Zum ersten Mal tat Johanna ihm von Herzen leid. Es konnte ihm ja nicht entgehen, dass es sich um eine wirkliche Krankheit handelt, die Johanna so sehr quält. Endlich kommt es auch einmal zu einem Gespräch zwischen Ludger und Dr. Offermann. Der macht Ludger große Hoffnungen. Es sei schon viel erreicht durch die Analyse, versichert er ihm. Gerade jetzt dürfe man keinesfalls aufgeben. Die jetzige Krise könne man wie einen Geburtsvorgang betrachten, bei dem Johanna unter schmerzreichen Wehen ihr eigenes Selbst zur Welt bringe. Er sei, was eine völlige Gesundung angehe, sehr zuversichtlich. Nur bedürfe es dazu noch einiger Zeit Analysearbeit. Er bat Ludger ausdrücklich um Geduld. "Und was halten Sie von Kindern, Herr Doktor", wollte Ludger von Dr. Offermann wissen, "Meine Frau spricht in letzter Zeit so auffallend häufig von Kindern, lädt sich die Nachbarskinder oder die Kinder ihrer Freundinnen zu Besuch ein. Manchmal glaube ich, ein eigenes Kind würde ihr gut tun und sie vielleicht einen ordentlichen Schritt vorwärts bringen. Und natürlich", fügte Ludger hinzu, "um ganz ehrlich zu sein, würde ich selbst auch sehr gerne bald ein Kind haben. Ich bin immerhin schon achtunddreißig." "Organisch ist durchaus nichts dagegen einzuwenden, dass Ihre Frau ein Kind bekommt", meinte Dr. Offermann. „Und was die Statistik angeht - auch wenn wir mal annehmen, dass es sich möglicherweise um eine erbliche Krankheit handelt - so liegt die Wahrscheinlichkeit einer Vererbung unter zehn Prozent."

Als Johanna nach Hause kam, hatte sich Ludger eine Überraschung ausgedacht. "Engelchen, was würdest du davon halten, wenn wir eine richtig schöne Erholungsreise machen?"

Johanna konnte ihr Glück nicht fassen. Überhaupt war Ludger so aufmerksam und rücksichtsvoll wie schon lange nicht mehr. "In einer Woche kann es schon losgehen. Faulenzen an der Cote d'Azur und zwischendurch ein bisschen Kultur: auf den Spuren von Picasso, Chagall, Cézanne...hm? Du siehst, ich habe mich informiert, um meinem lernbegierigen und kunstbeflissenen Engelchen etwas bieten zu können!" Ludger strahlte Johanna an. "Oh danke, Ludger, Du ahnst nicht, was du mir für eine Freude machst. Du bist einfach ein Engel!"

Die Reise war für Johanna genau das richtige. Es tat ihr unsagbar gut, von allen eventuellen Verpflichtungen, von unerquicklichen Fragereien, was ihren Klinikaufenthalt anbetraf, frei zu sein. Sie genossen es, am Kieselstrand von Nizza zu liegen und in den Tag hineinzuträumen. Abends führte Ludger sie zum Essen aus. Sie sahen sich das Chagallmuseum an, fuhren nach Antibes und Vallauris in die Picasso-Museen und nach Aix en Provence, die Geburtsstadt Cézannes. Das Licht ist hier wirklich ganz unvergleichlich, stellte Johanna fest. Kein Wunder, dass es die Maler zu diesen expressiven Farben angeregt hatte.
Und weil sie so glücklich und frei von Sorgen in den Tag hineinlebten, wie man es meist nur im Urlaub vermag, konnten sie auch wunderbar miteinander schlafen. . Und Johanna plagten weder Migräne noch Schlafstörungen.
Neun Monate späte wurde ihr Sohn Martin geboren. Auf die Geburtsanzeige schrieb Johanna ein Gedicht von Walter Helmut Fritz:
Die Ewigkeit/
mit einem Leben durchbrechen.

Sie waren jetzt eine richtige Familie.

Die ganze Schwangerschaftszeit ging es Johanna so gut wie nie zuvor. Sie erlebte ungeahnte Glücksgefühle durch das Heranwachsen neuen Lebens in sich. Ludger war zärtlich besorgt um ihr Wohlergehen und verwöhnte sie regelrecht. Was für ein unbeschreibliches Gefühl, die ersten Kindsbewegungen zu spüren und Ludger diese an ihrem Bauch fühlen zu lassen! Und dann war es da, dieses winzige Menschlein. Durch Kaiserschnitt war es auf die Welt gekommen und war ein wunderschönes Baby.

Johanna war die stolzeste Mutter der Welt und Ludger der stolzeste glücklichste Vater, den man sich vorstellen kann.

Johanna hatte die Analyse die ganze Zeit fortgesetzt. Galt es jetzt doch doppelt, für das kleine Menschlein mit, ganz gesund zu werden, die eigenen unerfüllten Kindheitsansprüche auf uneingeschränkte Annahme ihrer selbst aufzuarbeiten, damit sie diese nicht weitergebe an ihren Sohn, für den sie von nun an eine große Verantwortung trüge.

Johanna war in den neun Monaten der Schwangerschaft so stabil, dass sie auch wieder Lust zum Lernen hatte. Und so schaffte sie die Magisterprüfung ohne jede Schwierigkeit mit einem guten Ergebnis.

Manchmal dachte sie daran, dass sie nun sicher bald die Analyse beenden könnte. Doch da belehrte sie Dr. Offermann eines anderen. "Wenn Sie jetzt aufhören, liebe Frau Vogel, können Sie Ihren Sohn gleich zu einer Therapie anmelden! Ganz so weit, wie Sie denken, sind wir noch nicht."

Schon vor der Geburt von Martin hatten Ludger und Johanna eine nette Frau aus der Nachbarschaft gefunden, die Johanna täglich für drei Stunden vertreten und das Kind versorgen würde, während sie in der Praxis von Dr. Offermann war. Frau Reiter war sehr liebenswürdig, hatte selbst schon Enkelkinder und konnte gut mit Kindern umgehen, wie Johanna und Ludger zu ihrer beider Erleichterung feststellen konnten. In ihrer Obhut würde es Martin

gut ergehen und an nichts mangeln. Und wenn die Analyse sich noch eine Weile hinziehen sollte, würde er in dem fast gleichaltrigen Enkel Matthias gleich einen Spielgefährten haben. Insoweit war alles bestens organisiert und geregelt.
Johanna fühlte sich von den neuen Aufgaben, von den Mehrfachbelastungen der täglichen Analysestunden, dem Haushalt und den Anforderungen, die ein kleines Kind an eine Mutter stellt, recht bald überfordert. Das Kind schrie häufig nachts. Sie nahm es dann zu sich und stillte es, aber konnte danach nur schwer wieder einschlafen. Ludger nahm nun plötzlich nicht mehr so viel Rücksicht auf ihre Bedürfnisse. Er kam meistens erst spät nach Hause und wollte dann stets zur Ablenkung noch fernsehen, oft bis spät in die Nacht. Wenn Martin wach war, beschäftigte er sich fast ausschließlich mit ihm. Er wurde nicht müde, ihm die zärtlichsten Gurrlaute vorzusingen. Das fand Johanna zwar sehr niedlich, aber sie meinte auch, dass sie nun von seiner Aufmerksamkeit viel weniger abbekam. Plötzlich überfiel sie wieder große Angst, dass sie allem nicht gewachsen sei. Sie konnte sich über ihr Kind nicht freuen, sondern empfand es als eine BELASTUNG: Und deswegen machte sie sich Vorwürfe. Ständig plagte sie ein schlechtes Gewissen, dass sie nicht genug für ihr Kind da sei.
Wieder einmal drohte sie alles zu überwältigen.

Als Martin zwei Monate alt ist, bricht wieder eine manische Phase bei ihr aus und sie muss für drei Wochen ins Krankenhaus. Dr. Offermann hält auch dort seine Analysestunden mit ihr ab. Aber Johanna ist wütend und unzufrieden mit ihm. Was kann er ihr für eine Erklärung bieten, dass sie schon wieder krank ist?
Sie hat das Gefühl, die ganze Analyse sei bisher umsonst gewesen. Im Krankenhaus wird sie auch mit anderen Therapieformen behandelt, die ihr deutlich besser gefallen. Besonders das Malen beruhigt sie jedes Mal. Eine Zimmernachbarin sagt zu ihr, dass es

ihr so vorkomme, als wenn es Johanna nach der Analysestunde immer schlechter gehe als vorher. Aber das will Johanna nicht hören.
Wie soll sie denn zurechtkommen ohne diesen Schutzschild? Sie brauchte es ja auch gegen Ludger, der sie auslachte mit ihren Ängsten und ihr vorwarf, sie lamentiere. Und sie musste vor allem stark werden für Martin, damit er es nicht eines Tages genauso schwer habe wie sie.

Martin ist ein allerliebstes Kerlchen. Er ist nicht nur die größte Freude seiner Eltern, sondern bald auch der Liebling der ganzen Nachbarschaft. Besonders die Mädchen stehen Schlange und laufen sich den Rang ab, um Klein-Martin spazieren zu fahren. Recht bald entwickelt er einen ausgesprochenen Charme und schäkert mit seinen kleinen und großen Freundinnen.
Obwohl er viel lacht , kann er seinen Eltern auch schon mal mit Quengeln auf den Nerv gehen. Je mehr er lernt - Greifen, Krabbeln, die ersten Worte, das Aufs-Töpfchen-Gehn - desto ungeduldiger wird er, wenn ihm etwas nicht gelingt.
Mit seinem spitzbübischen Lächeln schmilzt Martinchen alle Herzen, dass sie ihm schnell gewähren, was er sich wünscht: eine Gute-Nacht-Geschichte von Mama, gemeinsames Spielen mit Papa. Er geht gerne zu Tante Reiter, aber freut sich unbändig, wenn Johanna ihn wieder von dort abholt. Das größte aber ist, wenn der Papa am Wochenende zu Hause ist und sich ihm ganz widmet. Da nimmt die Spielerei und Schmuserei gar kein Ende.
Ludger ist ganz närrisch auf sein Söhnchen. Nichts wird ihm zu viel. Hoppe-Hoppe-Reiter treppauf, treppab und quer durch den Garten. Autoschieben und Basteln in der Werkstatt im Keller, mit Bauklötzen eine ganze Stadt bauen, im Winter Schlitten fahren, im Sommer mit dem Dreirad, seinem "Mofa".

Johanna bleibt der anstrengendere Teil. Sie muss Martin auch Schranken setzen, was ihr oft schwer fällt. Leicht lässt sie sich durch Martins Charme einwickeln. Und wenn sie ihm einmal nicht nachgibt, um sich nicht einen kleinen Pascha großzuziehen, kann er ordentlich wütend werden.

Schnell waren die ersten drei Jahre vergangen. Martin war ein süßer Fratz. Er wirbelte durchs Haus, breitete seine Spielsachen im ganzen Wohnzimmer aus, grub im Garten die Erde um und matschte mit Vorliebe in seinem Sandkasten. Johanna war ordentlich froh, dass sie ein eigenes Haus hatten und den kleinen Garten mit dem neu aufgestellten Klettergerüst und der Schaukel. Martin spielte gerne mit anderen Kindern, konnte sich aber ebenso gut und auch gerne stundenlang allein beschäftigen.
Johanna ging noch immer zur Analyse. Mehrmals hatte sie schon aufhören wollen. Doch weil das Verhältnis zu Ludger noch immer recht schwierig war, auch wenn sie nicht zu sagen gewusst hätte, warum eigentlich, wollte sie noch eine Weile durchhalten. Auch für Martin.
Johanna war sich oft nicht sicher, ob sie mit Martin richtig umging. Sie wollte ihn nicht zu sehr verwöhnen, hatte aber doch das Gefühl, dass er sie geschickt in der Hand hielt und sie dann zu nachgiebig war. Manchmal fand sie es anstrengend und nervenaufreibend, Martin etwas zu verbieten. Sie ließ sich dann zu leicht in einen Machtkampf verwickeln, aus dem sie erschöpft hervorging. Auf alle Fälle wollte sie vermeiden, ihm etwas aufzubürden, was mit ihrer eigenen noch nicht vollständig aufgearbeiteten Kindheitsgeschichte zusammenhing.
Auf Anraten ihres Analytikers machte nun auch Ludger eine Fokaltherapie. Sie beide waren ja bemüht, ihre Belastungen durch ihre Ursprungsfamilien abzubauen. Nur so konnte ihnen ein guter und freierer Umgang miteinander gelingen, woran ihnen doch so

viel lag. Vor allem wollten sie diese nicht auf ihren Sohn übertragen. Allerdings kam sich Ludger deutlich weniger *beschädigt* vor.

Johanna waren die Zusammenhänge von Übertragung und Manipulation durch die langjährige Analyse Theoretisch recht klar. Was sie unglücklich machte, war, dass sie trotz des Wissens nicht immer verhindern konnte, dass sie nicht ruhig genug mit Ludger und Martin umging, dass sie sich zu schnell bedrängt und entmutigt vorkam und dann ungerecht und inkonsequent reagierte. Noch immer litt sie auch unter einem Leistungszwang, wollte alles richtig, ja perfekt machen und geriet in Panik, wenn ihr das nicht gelang.

Einmal als sie sehr hektisch ihre Hausarbeiten verrichtete und dabei eine Kaffeekanne zerbrach, schrie Ludger: "Es ist nervenzerfetzend, das Leben mit dir!" Da rannte Johanna in den Heizungskeller, schloss sich ein und trommelte gegen den Heizkessel, so lange, bis ihre Fäuste schmerzten und sie unter Schluchzen zusammenbrach. Am liebsten wäre sie nie wieder aus dem Kellerloch hervorgekommen...Draußen auf der Kellertreppe hörte sie Martin erst nach ihr rufen, dann weinen. Ach, sie fühlte sich winzig und verlassen wie ein Säugling, den seine Eltern ausgesetzt hatten!

Warum bin ich immer noch allein, dachte Johanna, trotz unseres Kindes?

Ungeachtet der Schwierigkeiten seiner Eltern entwickelt sich Martin prächtig. Er geht mit Freude in den Kindergarten, hat einen ordentlichen Wortschatz und liebt Märchen über alles. Mit den Eltern spielt er jetzt am liebsten Märchenspiele. Bei Schneewittchen muss Ludger den Prinzen spielen und Johanna als Schneewittchen wieder wach küssen. Oder Ludger ist der Wolf und Johanna die Großmutter, er selbst das Rotkäppchen. Wie

erfindungsreich Kinder doch sind, denkt Johanna, sie verstehen manchmal mehr von psychologischen Zusammenhängen als wir Erwachsenen.
Martin war jetzt zudem in der Warum-Phase. Alles wollte er erklärt bekommen. Und hatten sie ihm etwas lang und ausführlich erklärt, gab er sich noch immer nicht zufrieden und fragte schließlich am Ende doch noch warum. Vielleicht war das ja das kindliche Gespür dafür, dass man mit dem Warum-fragen nicht an ein Ende kommen kann, dass es zwar manche Antworten, aber die entscheidende letzte Antwort nicht gab, nicht geben konnte.

Von Martins Fortschritten, von seiner liebenswerten und schelmischen Art waren Ludger und Johanna fasziniert. Ihr kleiner Liebling verstand es ganz vorzüglich, sie beide um den Finger zu wickeln oder auch, wenn einer etwas versagte, sie gegeneinander auszuspielen. "Mami, kaufst du mir ein Eis?" fragte er zum Beispiel mit großen Unschuldsaugen, nachdem er bereits zwei Eis während eines länger dauernden Einkaufsbummels vertilgt hat. "Nein Martin, für heute hast du wirklich genug gehabt." "Dann frage ich den Papi, wenn er nach Hause kommt", war sein listiger Kommentar, "der kauft mir bestimmt eins!"

Johanna machte sich über die Erziehung von Martin viele Gedanken. Sie wollte ihn möglichst viel er selbst sein lassen, war sich aber auch bewusst, dass sie ihm an entscheidenden Stellen Grenzen setzen musste. Peinlich berührt war sie, als sie bemerkte, dass Martin anfing, an den Fingernägeln zu kauen. Musste er ausgerechnet das nachahmen, was ihr selbst so unangenehm war? Manchmal glaubte sie, dass er instinktiv ihr Unbewusstes besser kannte als sie selbst.
O. hatte Johanna davor gewarnt, zu sehr auf die Wünsche und Bedürfnisse von Martin einzugehen, damit erfülle sie nur ihre eigenen Sehnsüchte. Johanna musste zugeben, dass ihr das nicht

leicht fiel, weil sie - im Bewusstsein ihrer eigenen kindlichen Frustrationen - Martin diese ersparen wollte. Ihr Fühlen war oft nicht streng getrennt. Es gelang ihr nicht immer, ihre Bedürfnisse und die ihres Kindes auseinander zu halten. Immer wollte sie alles richtig und gut machen und machte dadurch vieles falsch.
Es war ein ordentliches Stück Arbeit, sich klarzumachen, dass sie jetzt Mutter war und nicht gleichzeitig das Kind, das zu kurz gekommen ist, weil es nicht genügend Kind sein durfte, weil ihm Aufgaben zugemutet worden waren, die es nur unzulänglich erfüllen konnte.
Wichtig war, zu erlernen, mit Martin Geduld zu haben, ihm nicht hinterherzulaufen und ihm Dinge abzunehmen, die er schon selbst konnte, oder ihm auch nicht alles zu gestatten, aus der Furcht heraus, ihm die Enttäuschungen zu ersparen, die ihre eigene Kindheit geprägt hatten. Angemessene Frustrationen, so hatte O. gesagt, dürfe sie Martin durchaus schon zumuten.
Ja , ihr war schon bewusst, dass sie zur Zeit noch keine idealen Eltern für Martin waren. Sie würde es ihm eines Tages auch nicht vorheucheln wollen, dass seine Kindheit unproblematisch gewesen sei. Auch ihr Sohn würde mit der Hypothek aufwachsen müssen, dass seine Eltern sich noch nicht genügend zu reifen Menschen entwickelt hatten. Aber Johanna war voller Hoffnung, dass ihnen das noch gelingen würde.

Von ihren persönlichen Problemen versuchte sie so wenig wie möglich, an Martin herankommen zu lassen. Vor allem mit dem Fortgang der Analyse war Johanna sehr unzufrieden. Mittlerweile ging sie seit sieben Jahren zu Dr. Offermann, und ein Ende schien noch nicht in Sicht.
Vor allem hatte sich ihr Verhältnis zu Ludger noch kein bisschen verbessert. Fast das Gegenteil war der Fall. Ludger zog sich immer mehr von ihr zurück und war fast ausschließlich auf Martin

fixiert. Johanna sehnte sich so sehr nach Zärtlichkeit, wollte mit Ludger schlafen, aber er wehrte es immer ab. Sie dachte auch an ein Geschwisterchen für Martin, denn sie fand es schade für ihn, dass er als Einzelkind aufwachsen sollte. Doch davon wollte Ludger nichts wissen. Vielleicht bedrängte sie Ludger zu sehr, war dann auch oft schroff zu ihm, weil er ihr so gar nicht entgegenkommen wollte. Sie verstand das alles nicht. Sie machte doch diese nervenaufreibende Analyse gerade für ihn und auch für Martin! Warum verstand Ludger das so wenig? Hatte er denn schon die Hoffnung aufgegeben, dass sie noch eine normale, glückliche Familie sein könnten?
O. hatte auch einmal gesagt, ihre Ehe sei eine krankmachende Situation für sie. Aber davon wollte Johanna nichts wissen. Wie sehr hatte sie sich doch eine glückliche Ehe gewünscht! Und wie glücklich war sie am Tag ihrer Hochzeit gewesen!
Auch Martin schien ihnen mit manchen Auffälligkeiten, zum Beispiel seinem häufigen Wachwerden in der Nacht, unbewusst zuzurufen: schlaft ihr miteinander, seht eure Bedürfnisse, kommt euch ganz nahe, kommt ihr zu euch, dann kann auch ich zu mir kommen.
Johanna musste und wollte es auch, sich eingestehen, dass sie oft nervös und unausgeglichen war und dann mit ihren Anklagen, mit Lamentieren und Wutausbrüchen regelrecht unausstehlich war. Nur ihre Not dabei, die konnte niemand sehen!
Weihnachten und kurz darauf ihr siebenunddreißigster Geburtstag standen bevor. Johanna wollte sich von Ludger zu diesen beiden Festen nichts anderes wünschen, als dass er endlich einmal wieder mit ihr schliefe. Am Silvesterabend, ihrem Geburtstag, waren sie gemeinsam zum Rhein gefahren und hatten das herrliche Feuerwerk "Der Rhein in Flammen" bestaunt. Wie sehr sehnte sich Johanna nach einem solchen Feuerwerk zwischen Ludger und ihr! Aber die Nacht verging und nichts geschah. Warum nur war Ludger so uninteressiert an ihr als Frau, als begehrenswerter Frau?

Sie hatte den Tag davor, in der kleinen Buchhandlung, in der sie seit mehreren Monaten dreimal wöchentlich arbeitete, einen anstrengenden Tag mit Inventur verbracht. Zwölf Stunden Arbeit! Sie fühlte sich ausgelaugt und wünschte sich einen ruhigen Geburtstag in der Familie. Gäste hatte sie bewusst nicht eingeladen. Aber Ludger nahm von ihr so gut wie keine Notiz. Johanna fühlte sich zutiefst gekränkt und gedemütigt. Immer spielte er nur mit Martin, mit der neuen Eisenbahn und mit dem Kaspertheater, welches Johanna für Martin ausgesucht hatte. Ludger bezog sie gar nicht mit ein, so als wäre sie einfach Luft.
Und Johanna begann zu reden, zu reden, in einem Wortschwall, der nicht zu bremsen war: "Immer diese Spiele...das Leben ist kein Spiel...siehst du nicht, wie ich winsele um Liebe...ich bin so erschöpft...ach ich rede immerzu...ich zerrede alles...ich drehe mich im Kreis...in einem Teufelskreis, aus dem ich nicht entkomme...ich bin so einsam...hilf mir doch...ich sehne mich nach Ruhe...nach Todes-Grabes-Ruhe...ich fühle nichts mehr...in mir ist nur noch Leere...immer muss ich arbeiten, und ich möchte doch nur lieben und von dir geliebt werden, Ludger...
Ludger hielt sich die Ohren zu. Er konnte es nicht länger aushalten. Er rief den Notarzt, der Johanna eine Beruhigungsspritze gab. Am nächsten Tag wurde sie in die Klinik eingeliefert. Ludger brachte sie nicht selbst dorthin, sondern ließ sie mit einem Taxi fahren. Er hat sie auch kein einziges Mal dort besucht.

Ludger hatte sie vor die Alternative gestellt "Der Analytiker oder ich!" Er sah kein Fortkommen, besonders nicht für ihrer beider Verhältnis zueinander. Wenn sie sich stritten, sprach er jetzt manchmal von Trennung. Aber die wollte sie doch auf keinen Fall.

Johanna kaufte sich einen Trauerbrief mit schwarzem Rand und schrieb:
Lieber Dr. Offermann, aus diesem Brief drehen Sie mir in jedem Fall, wie ich ihn auch zu schreiben versuche, einen Strick, der mich vollends strangulieren wird. Ich habe fast keine Seele mehr. Und ein so entseelter Mensch braucht ja keine Psychoanalyse mehr. Alle Ihre klugen und scheinbar klugen Argumente... Wie ich auch bin, ich kann ja nicht mehr sein. Sie verdeuten mich. Meine Revolte! Ich habe mich verausgabt. Sie geben mir hauptsächlich das Gefühl, dass Sie der Berg sind, an dem ich meine Sisyphusarbeit verrichte. Ich soll Ihnen mein Leid klagen, versichern Sie mir, aber wenn ich es tue, werten Sie es sogleich, auch wenn Sie so tun, als gehe es Sie etwas an. Ihre eingeübten Empfindungen, über die Sie dann sprechen. Ich fühle nicht mehr, was Sie mir vermitteln wollen. Ich hatte Hoffnung. Ich habe für mein Kind gearbeitet.
Sie haben mir immer nur meine Not erklärt, aber was ich gebraucht hätte, wäre warme Kleidung und sättigende Nahrung gewesen.
Ich bin ausgelaugt, entnervt und traurig. Und mein Mann sagt, ich spiele nur die Leidende.
Es kann doch nicht alles umsonst gewesen sein, diese sieben langen Jahre. Sie haben nur in mir herumgerührt und mich dabei ganz weggerührt. Dabei wollte ich doch nur leben. Adieu!

Ja, Johanna hatte diesen Entschluss gefasst, die Analyse zu beenden, auch wenn O. gemeint hatte, sie sei noch nicht beendet. Sie wollte alles tun, um ihre Ehe zu retten. Sie fühlte sich unsagbar allein. In der Klinik wurden ihr Hilfen zuteil in Form von Gesprächs- und Beschäftigungstherapien. Sie spürte kaum, wie die Zeit verging. Aber nach zwei Monaten wurde sie als "geheilt" entlassen.

Wieder fuhr sie mit dem Taxi, weil keiner sie abholte. Sie freute sich auf zu Hause, auf das Wiedersehen mit Martin und auch - etwas bange zwar - mit Ludger. Ihr war in den Gesprächen mit dem Therapeuten wieder einmal klar geworden, dass sie noch immer zu viel an der Hypothek ihrer Eltern trug.

Ihre Mutter hatte die eigenen Schwierigkeiten auf sie übertragen, ihr diese Bürde aufgeladen, ohne dass sie sich wahrscheinlich dessen bewusst war. Selten hat sie von ihrer Mutter etwas Aufbauendes gehört. Zu schwer trug jene wohl selbst an den Lasten, die ihr das Leben auftrug. Einerseits begeisterungsfähig, nahm sie sich in Phasen, in denen es ihr gut ging, zu viel vor - eine Parallele zu Johanna - und rutschte dann durch diese Selbstüberforderung in Depressionen hinein. Der Vater, spröde und pragmatisch, wie er war, sagte dann nur: Nimm deine Tabletten! - und damit war für ihn alles Ungeordnete wieder geregelt.

Johanna erinnerte sich an eine Situation, als Martin ungefähr ein Jahr alt war und sie sich relativ stabil fühlte. Mit Freude am Leben, Wachsen und Blühen in der Natur machte sie mit der Mutter einen Spaziergang. Aber anstatt sich mit Johanna gemeinsam zu freuen, erzählte sie ihr plötzlich, dass es ihr selbst sehr schlecht gehe. Musste sie denn Johannas Freude mit ihren eigenen Nöten sofort ersticken? Es war Johanna, als wenn sich die aufbrechenden Knospen verschlössen und die Sonne ihren Glanz verlöre.

Nein, Freude am Leben hat ihre Mutter ihr nie vermitteln können. Und Anerkennung hat sie weder von der Mutter, noch vom Vater genügend erfahren. Und das hatte sich schließlich bei Ludger fortgesetzt, der ihre Leistungen im Studium, ihre Beschäftigung mit Literatur, Philosophie und Religion nicht als vollwertig ansah neben seiner Arbeit mit Computern. Er hatte nur Geringschätzung übrig für ihre „spintigen" Ideen, für ihre Begeisterung für Lyrik, für ihre eigenen Gedichte. Für ihn galt nur naturwissenschaftliches, logisches Denken. Und davon sah er Johanna meilenweit entfernt.

Wann ist sie jemals für etwas gelobt worden? Dieses Gefühl: es ist gut, was du tust, es ist gut, wie du bist. Dieses stille und selbstverständliche Zustimmen, Übereinstimmen in Dingen, die ihr wichtig waren: Harmonie, Anerkennung, Zuneigung, Liebe. Ihr Leben lang hat sie sich danach gesehnt, verzehrt.

Und wenn dann noch körperliche Erschöpfung dazukam, häufte sich in Johannas Kopf dies ganze uneingelöste Wünschen zu einem Berg, der sie am Schlafen hinderte, der sie ganz deutlich fühlen ließ, dass sie begann durchzudrehen, die Denk- und Fühlsphären nicht mehr voneinander trennen zu können, in einen Wirbel zu geraten, von einem Strudel erfasst und in Untiefen gerissen zu werden, aus denen sie allein nicht emporgelangen konnte.

Und dabei hatte sie das Gefühl, nur ein einziges liebes Wort, eine einzige zärtliche Geste von Ludger könne sie befreien von dem immer stärker werdenden Druck im Kopf.

Sie lag im Bett, alles drehte sich, Gedanken zersplitterten in tausend Stücke, sie rief, sie schrie, - aber niemand kam, ihr zu helfen...bis sie sich wieder einmal im Krankenhaus wiederfand. Sie wusste nur eins: sie fühlte sich unsagbar allein, allein gelassen. Wieder gefangen. Gehen hin und her, hin und her in einem geschlossenen Raum. In einem Käfig. In einem Kreis. Teufelskreis. Wohin mit der Sehnsucht? Wohin mit dem Verlangen nach Nähe, nach Liebe?

Johanna stand vor der Tür ihres Hauses. In dem kleinen Beet vor dem Eingang reckten zwischen bodendeckendem Grün Schneeglöckchen ihre zarten weißen Köpfchen empor. An ihrer Rührung und Freude darüber erkannte Johanna, dass es ihr deutlich besser ging. Tausend Pläne schossen ihr durch den Kopf, was sie im Frühjahr im Garten noch pflanzen könnte und was sie jetzt bei Schnee und Eis alles mit Martin unternehmen könnte. Auch an einige Verschönerungen im Haus dachte sie. Endlich einmal eine vernünftige Sitzgarnitur kaufen und die von den Schwiegereltern zur Hochzeit geschenkten, von ihnen abgelegten Sessel und das Sofa ersetzen. Johannas Vater hatte ihr gerade vor kurzem eine großzügige Geldsumme geschenkt. Auch für die vielen Bücher wollte sie eine neues schönes Bücherregal - eine *Bücherwand* - kaufen, darüber hatten sie auch schon gemeinsam gesprochen.

Johanna musste klingeln. Wie eine Fremde am eigenen Haus. Mit Herzklopfen hörte sie die wilden Schritte von Martin, der ihr sofort um den Hals fiel. "Ach, Mama, endlich bist du wieder da!" Sie drückte Martin an sich und hätte ihn am liebsten nicht mehr losgelassen, so sehr wurde sie sich bewusst, wie sehr ihr Martin gefehlt hatte. "Komm rein, Mama, du musst sehn, was Papi gerade Schönes bastelt..."

Johanna spürte Freude und Neugier. Vielleicht hätte ihr Ludger ihren Wunsch nach einem Klapptisch in der Küche zu ihrer Überraschung erfüllt. Sie hatte sich auch schon einige neue Rezepte für Ludger und Martin überlegt, mit denen sie beide erfreuen wollte. Denn Liebe geht (auch) durch den Magen, hatte sie sich gesagt.

Doch Martin zog die Mutter hinter sich her, die Treppe hinauf ins Schlafzimmer. Schon im Flur hörte Johanna die eigenartigen Geräusche von oben. Als sie das Schlafzimmer betrat, traf sie der Anblick wie ein Schock. Ludger war dabei, ihr gemeinsames Ehebett zu zersägen! Nur kurz blickte er auf, als sie den Raum betrat, ließ sich aber bei seiner Tätigkeit nicht weiter stören. Als sei es das Normalste von der Welt, ein Bett in zwei Teile zu zerlegen! Martin hatte noch Sägespäne auf dem Nickipullover und schien begeistert vom Tun seines Vaters. Offenbar kapierte er in seiner kindlichen Unschuld überhaupt nicht, was hier geschah.

Johanna blieb wie angewurzelt stehen. Am liebsten wäre sie sofort schreiend wieder hinausgelaufen, überall hin, nur hier jetzt nicht bleiben, wo doch ihr Heim, ihre Familie war.
Als Ludger seine Sägearbeit beendet hatte, trug er, an der völlig fassungslosen und wie versteinerten Johanna vorbei, die Bettteile nach oben ins Dachgeschoss.
Als Johanna sich aus ihrer Starre löste und ihm wie eine Betrunkene folgte, sah sie zu ihrem Entsetzen, dass Ludger bereits einen beträchtlichen Teil ihrer Habe dorthin gebracht hatte. Sie lag verstreut auf dem Boden. Alles lag durcheinander in dem kahlen und dunklen Dachzimmer. Ihre Bücher, ihre Kleider und verschiedene Kartons - und jetzt also das amputierte Bett...
Sollte das denn nie aufhören? Wie viele gute Gedanken hatte sie für Ludger gehabt in der Zwischenzeit! Wie viele gute Vorsätze für ein besseres Miteinander-Auskommen!
Johanna stieg, nachdem sie eine Weile fassungslos in dem Wirrwarr ausgeharrt hatte, langsam die steile gewundene Treppe hinunter. Sie musste sich am Geländer festhalten. Vorbei an ihrem ehemaligen Schlafzimmer, vorbei an Martins Kinderzimmer, hinunter zum Wohnzimmer.
 Sie findet Ludger seelenruhig vor dem Fernseher sitzend, Martin eng an ihn gekuschelt. Johanna rennt zur Terrassentür, reißt sie auf. Luft, Luft muss hier rein! Und nun beginnt sie zu reden. Laute, harte, anklagende Worte durchbrechen das Schweigen. Ihre Stimme überschlägt sich, ihre Gedanken vollführen Veitstänze im Kopf, und immer mehr Worte quellen, sprudeln, klagen, winseln um Liebe und Verständnis. Begreift er mich überhaupt? Versteht er, was ich sage?
Da steht Ludger auf, packt Johanna fest am Arm und schiebt sie zur Tür hinaus. "Du, du hast ja nicht mal ein Rückgrat!"
Die Glastür zur Diele knackt im Schloss. Johanna sinkt schluchzend und bebend an der Tür zusammen. Von hier werde ich nicht mehr aufstehen, denkt sie.

Sie hört Martin im Zimmer leise weinen. Dann nur noch Geräusche wie von einem irrsinnig schnell rotierenden Propeller in ihrem Kopf.
Irgendwie ist sie dann doch noch in ihr neues, ihr von Ludger zugewiesenes Zimmer gelangt. Nur schräge Wände mit dunklem Holz ausgekleidet. Ein Veluxfenster. Sie wäre am liebsten dort hinausgesprungen...oder geflogen, hinauf, hinauf! Musste denn alles von vorn beginnen? Es sollte doch endlich aufhören mit der Qual! Würde sie niemals Frieden finden können?
Dieses Chaos! Sie fand sich darin nicht zurecht. Sie brauchte doch jetzt Ruhe, Ordnung. Völlig desorientiert griff sie nach diesem, nach jenem Gegenstand. Plötzlich sagten ihr diese nichts mehr. Sie wusste nicht mehr, war das ein Buch, ein Bild oder war das eine Musikkassette, vielleicht ein Blumenkatalog...
Alles begann sich in ihrem Kopf zu drehen. Was sie gebraucht hätte, waren Sicherheit, Geborgenheit, Vertrautheit. In diesem kahlen und kalten bisher ungenutzten Raum fand sie keinerlei Halt. Alles war ihr fremd. Und sie selbst war eine Fremde.
Johanna fror und tat kein Auge zu, die ganze Nacht über.
Am nächsten Tag war sie zurück in der Klinik, die sie gesund verlassen hatte. Die Ärzte und Mitpatienten sind fassungslos über ihren Zustand. "Das kann doch nicht wahr sein! Was ist geschehen? Dir ging es doch so gut..."
Ja, das war, vor wie vielen Tagen oder Stunden, bevor meine Welt in Stücke brach.
Zwei weitere Monate waren nötig, ehe Johanna wieder nach Hause konnte. Ludger hatte dem Arzt mitgeteilt, dass er Johanna auf die ganze Härte vorbereiten sollte, dass er mit ihr die Lebensgemeinschaft nicht fortsetzen wollte.

5. Teil

Vier Jahre sind vergangen. Johanna hat noch zwei Jahre lang im Haus mit Ludger zusammen gewohnt. Sie hat die ganze Zeit gehofft, dass alles wieder gut werden könne in ihrer Beziehung. Sie hat den Haushalt geführt, hat für Martin gesorgt, hat ihre und Ludgers Verwandte zu den Festen mit liebevollen Geschenken und Briefen bedacht. Seit Martin in der Schule ist, hat sie sich aktiv in der Elternpflegschaft engagiert. Ludger ist beruflich viel unterwegs, und wenn er zu Hause ist, kümmert er sich ausschließlich um Martin. Und der ist selig, wenn der Papa Zeit für ihn hat. Johanna fühlt sich ungerecht behandelt und weint oft, wenn sie allein in ihrem Zimmer unter dem Dach ist und sich wie eine Verbannte vorkommt. Warum nur tut Ludger ihr das an? Sie gibt sich doch solch eine Mühe.
Unterstützt wird sie von einer sehr netten Psychotherapeutin, einer Bekannten der Eltern, zu der sie einmal in der Woche kommen und mit ihr sprechen kann. Das fängt sie auf. Sie hat ja sonst niemanden, mit dem sie über ihren Kummer reden kann. "Versucht ihr beide, du und Ludger, es doch einmal gemeinsam mit einer Gestalttherapie", riet Frau Gustow, der auch aus privaten Gründen an einer Rettung ihrer Beziehung gelegen war, Johanna.
Das haben sie sogar versucht, es aber bald wieder aufgegeben. Es war wohl schon zu verfahren, zu zerstört, ihr Verhältnis zueinander. Und es war ja auch so: die Ausgangsbasis ihrer Ehe hatte sich verändert. Johanna fühlte sich dank der langen Psychoanalyse nicht mehr nur als die Schwächere. Seltsamerweise fühlte sie sich ziemlich stabil. Auch ihre Migräneanfälle traten jetzt viel weniger häufig auf. Irgendwie stimmte die

Anfangskonstellation ihrer Partnerschaft nicht mehr: hier die Schwache - dort der Starke; hier die Kranke - dort der Gesunde. Wahrscheinlich findet ja eine Partnerwahl auch immer auf Grund bestimmter psychischer Konstellationen statt. Nun war diese aus den Fugen geraten, und das Gebäude ihres Zusammenlebens, so schwierig es auch gewesen war, brach auseinander. Mit Aggressivität, mit der Johanna bei fortschreitender Analyse öfter reagierte, konnte Ludger überhaupt nicht umgehen. Es war das, was er am meisten verabscheute, weil sein Vater zu ihm und der Familie früher so gewesen war. Trotz allem, leicht hat Ludger es sich nicht gemacht. Lange Zeit hat er gewünscht und gehofft, dass sie beide ihre Ehe fortsetzen könnten. Auch Ansgar und ich wurden in viele Gespräche mit einbezogen. Auch wir versuchten, in Freundschaft zu raten und zu schlichten. Aber es hat wohl zu lange gedauert und seine Kräfte und Möglichkeiten überfordert. So lange, bis er keine andere Alternative mehr sah.

"Ich suche mir eine Wohnung", kündigte er Johanna nach ihrem Skiurlaub an, den sie gemeinsam mit der Nachbarsfamilie gemacht hatten und den Johanna insgesamt als recht harmonisch erlebt hatte.

Es war der Abend von Martins Geburtstag. Johanna hatte das Wohnzimmer mit Luftballons geschmückt und hatte wie immer alles gut vorbereitet für eine heitere Kinderparty: Kuchen und Negerküsse für das Wettessen, kleine Preise für die Wettspiele. Es war ein Juchzen und Gehopse, ein Lachen und Toben. Martin war außer Rand und Band. Er riss das Geschenkpapier von den Sachen, die ihm die Nachbarkinder und Schulkameraden mitgebracht hatten und konnte nicht schnell genug alles bestaunen und in Gebrauch nehmen: die Autos und Spiele, die Playmobilfiguren und neuen Legoteile.

Wie stets bei Kinderfesten war ich mit meinen beiden Jungen, Roman und David, den Marin als seinen „großen" Freund (er war zwei jahre älter als Martin) besonders gern hatte, dabei. Ich

bewunderte Johanna, mit viel Phantasie sie solche Feste immer gestaltete.
Tim war zum ersten Mal auf einer Geburtstagsfeier von Martin dabei. Johanna kannte seine Mutter Sigrid von gemeinsamen Kaffeenachmittagen, die einige Frauen aus der Nachbarschaft reihum veranstalteten. Martin mochte Tim eigentlich nicht besonders. Deshalb wunderte sich Johanna, dass er ihn eingeladen hatte. Das Geschenk - ein Playmobiltraktor, der Martin natürlich sehr begeisterte - kam Johanna übertrieben großzügig vor. Sie wusste, dass Tims Mutter nach ihrer Scheidung nicht besonders gut gestellt war. Einmal war sie bei ihr gewesen. Als sie Tim abholte, schaute sie anerkennend und wohlgefällig auf das Inventar im Wohnzimmer. "Schön habt ihr es! Und so geräumig. Ja, da kann ich mit meiner kleinen Wohnung nicht mithalten."
Johanna war dabei, das Durcheinander nach der Feier wieder in Ordnung zu bringen. Martin wollte noch nicht ins Bett, sondern auf den Papa warten, um ihm die Geschenke zu zeigen. Müde und zufrieden über den gelungenen Tag saß sie mit Martin auf dem Sofa und las ihm eine Geschichte vor, als Ludger kam. Sofort flog ihm Martin um den Hals. "Papa, du musst dir ansehen, was ich bekommen habe", rief Martin und zerrte alles, was Johanna schön ordentlich auf der Kommode aufgebaut hatte, herunter auf den Boden. "Spielst du mit mir?" Mit seinem charmantesten Lächeln hatte er den Vater schnell überredet. "Aber nur noch zehn Minuten, dann ab ins Bett."
Und nach diesem Tag, der so fröhlich gewesen war, verkündigte Ludger, dass er am Ende des Monats ausziehen werde. Johanna war wie vor den Kopf geschlagen. Denn so ganz hatte sie nie daran geglaubt oder es einfach nicht glauben wollen, dass Ludger sich wirklich von ihr trennen wollte. Es durfte einfach nicht wahr sein, schon wegen Martin!
Aber so war es. Sie waren am Ende ihrer Beziehung angelangt.

Eine Zeitlang wohnte Johanna mit Martin zusammen in dem Haus, das so viele Erinnerungen barg, traurige, aber auch schöne. Sie kam sich je länger, desto mehr darin unwohl vor. Die vielen ungenützten überflüssigen Räume. Es wäre besser, wenn sie mit Martin in eine kleinere Wohnung ziehen würde.

Johanna hatte geglaubt, in einer neuen Umgebung, aber nicht weit entfernt von der alten, um nicht die gewachsenen Freundschaften und Verbindungen aufgeben zu müssen, vor allem auch Martin nicht aus seinem gewohnten Umfeld herauszureißen, für sich und Martin mehr Ruhe zu finden. Zerrissen war dieser schon genug. Die Wochenenden verbrachte er immer bei Ludger. So hatten sie es miteinander besprochen Das war die *schöne* Zeit, frei von Aufgaben für die Schule. Und schon bald wurde das Wochenende ausgedehnt auf den Freitagnachmittag und oft auch noch bis zum Montagmorgen. Der Alltag mit seinen Pflichten und verschiedenen Erfordernissen blieb für Johanna übrig. Sie musste dafür sorgen, dass er seine Hausaufgaben machte, dass er pünktlich aufstand, dass er gut und ausreichend aß, dass er vernünftige Sachen zum Anziehen und alles Notwendige für Schule und Sport gekauft bekam. Kurzum, sie musste ihn erziehen, was bedeutet: Grenzen aufweisen, Ratschläge erteilen, ermahnen, fordern, überprüfen.

Martin zeigte in der Folgezeit immer mehr Auffälligkeiten, auch in der Schule. Die Klassenlehrerin machte Johanna darauf aufmerksam, dass er sich immer öfter abkapselte, sich von der Gemeinschaft ausschloss, zu gemeinschaftlichem Tun nur sehr schwer zu bewegen war. Er sei nicht gerade autistisch, meinte die Lehrerin, aber doch sehr introvertiert. Er kaute an den Fingern und machte seltsame Mundbewegungen, als wenn er an etwas Unverdaulichem zu beißen hatte, beinahe ein Fall für den Schulpsychologen. Johanna war klar, dass er auf seine Weise versuchte, mit der Trennung der Eltern umzugehen. Kinder sind Seismographen, die die feinsten Unstimmigkeiten spüren. Sie

können mit dem Unerklärlichen im Betragen ihrer Eltern nicht fertig werden, weil sie diese nicht akzeptieren wollen. Sie wollen nicht mehr und nicht weniger, als dass ihre Eltern sich lieb haben und verstehen und diese Liebe dann auch selbstverständlich für sie da ist.
Johanna versuchte, Martin zu erklären, dass seine beiden Eltern ihn unvermindert lieb hätten und dass sie auch sehr traurig über die jetzige Situation sei. Aber diese Traurigkeit verunsicherte sie zugleich in ihrem Umgang mit dem Sohn. Ängste aus ihrer eigenen Kindheit stiegen in ihr hoch und überfluteten ihr Bewusstsein. Und diese Unruhe breitete sich in ihr aus, wie Meereswellen den Strand überspülen. Und dann reagierte sie überreizt auf die Bockigkeit von Martin, schimpfte und schrie, was nur zu weiteren Aufsässigkeiten seinerseits führte. Manchmal schien es ihr, als habe Martin eine regelrechte Freude daran, sie zu quälen, wenn er ihr davonlief, wenn er beim Spielen die Sachen in die Ecke schmiss, wenn er bei den Hausaufgaben trödelte. Sie fand nur schwer das richtige Maß zwischen erforderlicher Strenge und Nachgiebigkeit, war dann über Martin und sich selbst ärgerlich, fühlte sich hilflos, unsicher und verzweifelt seinen Launen ausgesetzt. Bei Spielen konnte er nicht verlieren, fegte wütend das Spiel vom Tisch und rannte aus dem Zimmer, knallte die Türen zu und trampelte auf dem Boden herum. Immer wieder versuchte Johanna, ihm sein auffälliges Betragen nicht anzukreiden, sah sie darin doch eine Kompensation auf den Schmerz über die Trennung seiner Eltern. Aber wenn sie sich bemühte, trotz seiner unerträglichen Frechheiten ruhig zu bleiben, reizte Martin sie oft so lange, bis der Geduldsfaden reißen musste und er sich dann wohl in seinem Verhalten obendrein noch gerechtfertigt fühlte. Das alles machte Johanna zu schaffen.
Dagegen war es beim Papi immer schön. Die Tage am Wochenende waren eitel Sonnenschein. Der Papi war lieb, schimpfte nie, brauchte nichts zu fordern. Papi machte dies, Papi

machte jenes. Er las seinem Sohn jeden Wunsch von den Augen ab. Kein Wunder, dass die beiden die Abschiedszeremonie vor Johannas Augen wie zwei Verliebte immer in die Länge zogen. "Du siehst doch selbst, dass er noch bleiben möchte", sagte Ludger dann in triumphierenden Ton.
Jeder konnte mit ansehen, wie ungleich die Lasten verteilt waren. Für Johanna wurde es immer schwieriger und unaushaltbarer. Aber mit Ludger konnte sie über diese Schwierigkeiten nicht reden. Er hatte ja keine mit Martin. Also war der Fall klar, dass nur sie Schuld daran sei, dass es welche gab. So einfach war das für ihn.
Die Ferien, so hatten sie es vereinbart, sollte Martin jeweils zur Hälfte bei Ludger und Johanna verbringen. Als Johanna Martin für den zweiten Ferienteil bei Ludger abholen kam, wollte dieser nicht mitkommen. Aber das kannte sie ja schon, dass Martin sich so schlecht von seinem Vater trennen konnte. Nun stand sie abwartend, innerlich flehend. Martin ließ sich in seinem Spiel mit der Eisenbahnanlage, die Ludger für ihn im Wohnzimmer aufgebaut hatte, nicht stören. Eine halbe Stunde verging, es wurde eine Stunde draus, und nichts passierte. "Da siehst du es, er will nicht! Er will bei *mir* bleiben!" Schmerzhaft schraubte sich der siegesgewisse Ton in Johannas Hörgänge. "Martin, willst du nicht mitkommen", fragte sie flehentlich. Und das leicht dahingesagte Nein, das wahrscheinlich nur der Augenblickssituation entsprang, dem Nicht-Aufhören-Wollen beim Spiel und gar nicht eine grundsätzliche Ablehnung bedeutete, drang dennoch wie ein Pfeil in Johannas Herz, so dass sie sich schnell zum Gehen wandte, um nicht vor Ludger und Martin in Tränen auszubrechen.
Nein, sie konnte nicht fordern. Sie konnte das Kind doch nicht fortzerren, gegen seinen Wunsch. Sie wusste, dass Martin zerrissen war im Bedürfnis, beide Eltern für sich zu haben. Aber sie selbst konnte nicht klug genug taktieren und spürte, wie Ludger es immer mehr verstand, Martin auf seine Seite zu ziehen.

Dennoch fühlte Johanna tief in ihrem Innern, dass Martin ihr nicht verloren gehen könne. Sie wollte ihn nicht an sich ziehen, er war ja nicht für sie da, sondern für sich. Nur sein Wohl lag ihr am Herzen, auch wenn die schrecklichen Momente der "Übergabe" jedes Mal beinahe über ihre Kräfte gingen.
Sollte sie um eine gerechtere Lösung kämpfen? Johanna betete um Kraft, Einsicht und Geduld.
Johanna entschloss sich, jemand Unabhängigen um Hilfe zu bitten. Aber wer konnte das sein? Das Jugendamt kam ihr in den Sinn. Das müsste doch für das Wohl des Kindes zuständig sein, müsste eine vernünftige Regelung herstellen helfen, die nicht immer nur ihr den "Schwarzen Peter" zuschob.
Die Frau vom Jugendamt hörte sich höflich-distanziert Johannas Ausführungen an. Nachdem sie auch ein Gespräch mit Ludger geführt hatte, stellte Frau Hartmann bei einem neuerlichen Termin die für Johanna völlig überraschende Frage: "Glauben Sie, dass es Sie entlasten würde, wo doch der Alltag mit Ihrem Sohn für Sie beide so schwierig ist, wenn Martin nicht bei Ihnen wohnt?"
Nie hatte Johanna an solch eine Möglichkeit gedacht. Aber die Frage war mit einer solchen Suggestivkraft vorgetragen und Johanna viel zu ehrlich und am Rande ihrer Kräfte, als dass nicht in diesem einen Moment darin eine mögliche Lösung aufschimmerte und sie daher leise und zaghaft, aber auch zweifelnd antwortete: "Ich glaube, ja."
Sie empfand ja den Alltag mit Martin wirklich schwierig, seinen Meckerton, seine Verweigerungen und seine ständige Sehnsucht nach dem Vater. "Denken Sie einmal in Ruhe darüber nach, Frau Vogel. Es wäre vielleicht nicht die schlechteste Lösung, wenn Martin bei seinem Vater aufwächst. Ich muss ehrlich sagen, es kommt nicht oft vor, dass ein Vater sich um sein Kind so kümmert wie Ihr Mann."
Kurz darauf reichte Ludger die Scheidung ein und beantragte gleichzeitig das Sorgerecht für den Sohn Martin.

Was dieser Schritt in der Folgezeit an Qualen für sie bedeuten würde, hat Johanna nicht im Mindesten geahnt. Sie wollte nur eins nicht: das Hin- und Hergezerre des Kindes zwischen den Eltern. Sie kannte es von Freundinnen, die geschieden waren, dass deren Kinder unkompliziert das jeweils andere Elternteil besuchen konnten. Und so wollte sie sich ernsthaft an den Gedanken gewöhnen, dass Martin bei Ludger wohnen könne und dennoch eine gute tragende Beziehung zu ihr aufrechterhalten werden würde. Sie merkte an Martin, wie er keinem weh tun, wie er zu ihnen beiden loyal sein wollte.

Noch war alles offen. Aber Ludger setzte bereits alle Hebel in Bewegung, um die Voraussetzungen zu schaffen, dass Martin bei ihm leben konnte. Dafür musste er zuerst eine Familie oder eine Frau finden, die Martin während seiner beruflichen Abwesenheit betreute. Sie sollten mit im Haus wohnen, und dafür musste er das für zwei Familien ungeeignete Haus erst umbauen lassen. Er selbst wollte das Erdgeschoss und den Keller für sich behalten. Im Keller wollte er für sich und Martin ein Schlafzimmer einrichten. Johanna fand diese Konstruktion grotesk. Was für ein unnötiger Aufwand! Und außerdem wäre Martin die meiste Zeit einer fremden Person anvertraut. In den Überlegungen Ludgers kam Johanna überhaupt nicht mehr vor. Es war so, als existiere sie gar nicht mehr. Und ihr selbst erschien es, als habe sie ihre Daseinsberechtigung verloren, als wäre ihr nun alles genommen worden: das Haus, das sie gemeinsam ausgesucht und eingerichtet hatten und in dem sie elf Jahre lang ihre Arbeit gerne verrichtet hatte, ihren gemeinsamen Sohn und in Kürze auch noch die schöne Drei-Zimmer-Wohnung, in der sie mit Martin wohnte. Nichts - so schien es ihr - sollte ihr bleiben. Und doch wollte sie verzichten, so hart es auch für sie war, damit Martin in Ruhe heranwachsen konnte.

Oh diese Leere, wenn sie nach ihrer Arbeit in der kleinen Buchhandlung um die Ecke in die Wohnung zurückkehrte!
Lange wollte sie dort nicht mehr wohnen bleiben. Nein, das war kein Zustand, so allein dort zu sein, wo Martin gespielt hatte, wo sie mit ihm die Hausaufgaben gemacht hatte, wo sie ihm vor dem Schlafengehen jeden Abend eine Geschichte vorgelesen hatte. Es war schlimm und traurig, und oft weinte sich Johanna in den Schlaf, der nicht kommen wollte.
Neun Jahre lang war ihr Leben ganz auf Martin abgestimmt gewesen. Nun fühlte Johanna sich wie abgeschnitten. Mit dieser Lücke konnte sie noch nicht leben. Sie fühlte sich unsagbar allein in der ersten Zeit. Manchmal kam es ihr so vor, als sei Martin gestorben. Er war ja nicht da. Sie konnte nicht mit ihm reden, sie konnte ihn nicht in den Arm nehmen und ihn streicheln, sie konnte ihn nicht trösten und ihm nicht etwas Gutes tun.
Oft, wenn Ludger nicht da war, wollte Martin, dass Johanna zu ihm käme, ihm etwas vorlese oder Hausaufgaben mit ihm mache. Sie spürte dann seine Sehnsucht, auch seine Traurigkeit darüber, dass diese fremde Frau auf ihn aufpassen sollte und er viel lieber mit ihr zusammen gewesen wäre. Wenn Johanna die Kinder zur Schule gehen sah, zerriss es ihr das Herz. Ihre Wehmut und Bitterkeit wollte sie aber Martin nicht spüren lassen. Und doch fiel es ihr unendlich schwer, wie sie aus allem herauskatapultiert war, was ihre normalen Aufgaben als Mutter anbetraf. Diese Frau Hausmann behandelte sie mit Geringschätzung, ja Abweisung. Johanna konnte deutlich ihrem Gesicht ansehen, dass es ihr nicht passte, wenn sie hin und wieder zu Martin kam, nachdem er sie darum gebeten, fast angefleht hatte. Oft genügte es ihm, wenn sie einfach bei ihm saß. Er war dann ruhig und zufrieden, schmiegte sich an sie, wollte sie nicht gehen lassen. Es war offensichtlich, dass er sie entbehrte.

Aber Ludger machte es ihnen immer schwerer. Warum nur diese Härte? Er hatte doch Martin "haben" wollen und es auch geschafft.. Und nun war ihm auch das noch nicht genug. Er verbot Johanna, Martin in dem Haus zu besuchen. Sie sollte ihn auch nicht mehr anrufen dürfen! Und Johanna merkte, wie Martin mit der Zeit immer ängstlicher reagierte.

Wie ungerecht und unbillig war es, dass Johanna um eine kleine Nachricht betteln musste, dass sie nicht selbstverständlich mit Martin telefonieren konnte, wie es umgekehrt gewesen war, als er noch bei ihr wohnte. Es tat so weh.

Das alles war so neu und aufreibend für Johanna. Aber sie wusste, dass es auch für Martin schwierig war, sich neu zu orientieren. Hatte er doch gerade vor kurzem gesagt, er fände es am schönsten, wenn sie ihn jeden Tag besuchen käme, so fühlte sie sich nun besonders ohnmächtig, aber wollte es ihm nicht unnötig schwer machen. Sie musste und wollte viel, viel Geduld haben - auch mit sich selbst, wenn sie sich noch zu oft gekränkt fühlte darüber, dass Ludger anscheinend gar nichts Gutes von ihr anerkannte, sie vielleicht sogar schlecht machte vor anderen, besonders aber vor Martin. Der Gedanke war ihr unerträglich. Es kam ihr vor, als würde ihr der Atem abgeschnürt. Und doch spürte sie in sich auch ein Vertrauen, dass all das Gute, was zwischen ihr und Martin bestand, nicht verloren gehen könne. Sie wollte für ihn eine zufriedene Mutter werden. Trotz des Zorns und der Traurigkeit über das Verlorene. Im Glauben fühlte sie sich getragen von der Gewissheit, nicht unterzugehen. Und doch war es nicht leicht.

In dieser schweren Zeit eines Umbruchs, eines bevorstehenden Neuanfangs versuchte ich immer wieder, Johannas darniederliegendes Selbstwertgefühl aufzubauen. Sie war doch ein so wertvoller Mensch voller Großzügigkeit, ausgestattet mit wunderbaren Fähigkeiten: der Kreativität, der Empathie, der Freundschaft und Hilfsbereitschaft, unfähig zu Gefühlen wie Neid, Eifersucht oder gar Hass.

Zu Selbstzweifeln bestand kein Anlass, wie ich versuchte, ihr klarzumachen. Zwischen uns bestand eine fraglose Zugehörigkeit, gewachsen in mehr als zwanzig Jahren, getragen von gemeinsamen frühen Erfahrungen und vom Miterleben von Höhen und Tiefen in unser beider Leben im Verlaufe so vieler Jahre. Das gab uns beiden ein Gefühl absoluter Beständigkeit. Auch die religiöse Anschauung, dass wir uns letztlich aufgehoben wussten in der Liebe eines gütigen Gottes, war ein starkes Band zwischen uns seit Beginn unserer Freundschaft.

Viel war geschehen in einem Jahr. Die Scheidung war ausgesprochen, und die Besuchsregelung - so war es darin festgelegt worden, - sollte einvernehmlich geregelt werden, wobei von einem vierzehntägigen Turnus der Besuche Martins bei Johanna ausgegangen wurde. Johanna empfand ehrliche Trauer, dass es so weit gekommen war, dass sie und Ludger nicht mehr zusammen hatten leben können. Immer klarer wurde ihr, dass sie nicht vermocht hatten, miteinander glücklich zu werden, weil sie beide wohl zu sehr durch ihr Elternhaus, durch eine mangelnde Erziehung zur Partnerschaft und auch durch die verklemmte Sexualität gehemmt gewesen waren, sich in einer freien und offenherzigen Liebe zueinander hin zu entwickeln. Sie sah jetzt, dass sie durch ihre Sehnsucht nach körperlicher Erfüllung bei Ludger nur das Gegenteil erreicht hatte. Es war ein Irrtum gewesen, Liebe erzwingen zu wollen.
Johanna hatte in der nahen Großstadt eine ganztägige Arbeitsstelle in einer großen Buchhandlung gefunden. "Das schaffst du doch sowieso nicht", war Ludgers Meinung hierzu gewesen und dass sie ihm sicher "auf der Tasche liegen" würde. Nun konnte sie ihm zeigen, dass sie sehr wohl fähig war, sich ihren Lebensunterhalt zu verdienen. Und dieses Bewusstsein erfüllte sie mit Stolz und

Genugtuung. Überhaupt ging es ihr auch gesundheitlich recht gut. Auch wenn sie traurig war, darüber, Martin nicht so häufig zu sehen, so war sie keineswegs depressiv wie in früheren Zeiten. Die Arbeit, die, auch wenn sie anstrengend war, ihr ein ganz neues Selbstvertrauen gab, machte ihr Freude. Und die Wochenenden, an denen Martin bei ihr war, konnte Johanna zum ersten Mal richtig genießen. Martin war begeistert von der Stadt und den vielen Möglichkeiten. Kinobesuche, Kindertheater, die vielen Geschäfte zum Gucken und Einkaufen. Er kam jetzt ausgesprochen gerne zu Johanna, und sie hatte sich stets ein gut gemischtes "Programm" ausgedacht. Mit Staunen registrierte Johanna, dass es sich zu bewahrheiten schien, was ihr Freunde prophezeit hatten, dass sie keine Sorge haben müsste, Martin zu verlieren.

An einem Tagungswochenende für geschiedene Mütter hatte sie Erika kennengelernt, die mit ihr das Schicksal teilte, dass ihre Kinder - zwei Töchter - bei dem Vater aufwuchsen. Sie hatten sich auf Anhieb gut verstanden und konnten sich über ihre Sorgen und Nöte austauschen. Und weil auch Erika eine neue Wohnung suchte, entstand recht bald der Gedanke, dass es sinnvoll sei, zusammen in eine Wohnung zu ziehen. Man könnte eine größere Wohnung nehmen mit Platz zum Besuch der Kinder und sich dabei alle anfallenden Kosten teilen. Auch hätten sie unter der Woche jemanden zum Reden, und die Decke würde ihnen nicht auf den Kopf fallen.

Inzwischen hatte sich diese Wohngemeinschaft bereits bewährt. Die Kinder waren fast im selben Alter und kamen gut miteinander aus. Wenn sie alle fünf miteinander etwas unternahmen oder in der Wohnung Spiele spielten, fühlte Johanna sich beinahe glücklich. Ein lange nicht gekanntes Gefühl.

Und es gab Freunde, die sie in dieser Umbruchzeit begleiteten, mit Anteilnahme und Verstehen, die ihr sagten: ich bin für dich da, wenn du mich brauchst. Das ließ sie mit den Verlusten leichter

leben. Noch schaute sie viel zurück, mit Wehmut und Trauer. Sie nahm sich selbst ja mit, mit ihren Verwundungen und ihrer Verletzbarkeit. Sie wollte lernen, sich von der Vergangenheit nicht abzuwenden und doch nach vorne zu schauen mit Liebesbereitschaft, offen zu sein für das Neue in den neuen Lebensbedingungen, ein Stück souveräner zu werden. Es war viel innere und äußere Arbeit. Johanna wollte sie tun, für sich selbst und für Martin. Und auch an Ludger dachte sie mit guten Gedanken und wünschte ihm, dass er glücklich werden könne. Ja, das hatte sie die lange Analyse wohl gelehrt, dass es wichtig sei, für sich selbst zu sorgen und dadurch öfter zufrieden als unzufrieden zu sein. Auch ihr übergroßes Harmoniebedürfnis hatte sie ein wenig zu relativieren gelernt. So hoffte Johanna, auf diesem Weg weiterzugehen, stärker zu werden, aber sich der Schwäche auch nicht zu schämen. Stark sein sollte nicht hart sein bedeuten. Gerade diese noch offene Wunde der Scheidung tat noch oft sehr weh. Als Martin sie einmal weinen sah und Johanna ihm erklärte warum, umarmte er sie sehr mitfühlend und flüsterte: "Weißt du, Mama, wir lesen in der Schule gerade das Buch 'Anton mit dem grünen Daumen', und da kommt eine Stelle vor, die habe ich mir gemerkt, weil sie mir so gut gefallen hat: wer weint, dessen Herz wird nicht hart." Und da flossen Johannas Tränen noch ungehemmter, aber jetzt nicht vor Traurigkeit, sondern vor Dankbarkeit und Freude über das Verständnis und das Einfühlungsvermögen von Martin.
"Ja, Martin, du hast Recht. Du hast das so schön gesagt. Wir müssen immer mal wieder im Leben durch ein Stück Trauer hindurch. Ich weiß, dass du das auch musst. Und ich möchte dir eine Mutter sein, die dir Nähe schenkt, wenn du sie brauchst und dich auch in Ruhe lässt, wenn dies dein Bedürfnis ist. Es ist nur wichtig, dass wir in unseren Gefühlen aufrichtig sind. Ja, und es ist gut, wie du es gesagt hast, dass man nicht hart wird zu sich selbst und zu den anderen, sondern sanft bleibt."

Johanna war unendlich gerührt, wie empfindsam Martin war. Er konnte unter seinem tief in die Stirn reichenden Pony und hinter den Brillengläsern sie so unsagbar traurig anschauen. Seine kleinen zarten Mundwinkel waren dann abwärts gebogen, als seien sie schon jetzt gekrümmt von zu viel Schmerz, einem Wissen, aber Nicht-verstehen-können, welches für eine Kinderseele einfach nicht gedacht ist.

Eine von Martins Lieblingsbeschäftigungen war schon immer das Malen gewesen. Dabei konnte er stundenlang verweilen und alles um sich herum vergessen. In letzter Zeit malte er besonders gern und häufig sich selbst als Indianer, Cowboy, Sheriff oder Ritter. Johanna war fasziniert von den gelungenen, expressiv bunten Filzstiftzeichnungen. Dem Cowboy hatte er ganz lange Beine und auffallend dicke Sporen gemalt, und der Ritter hatte eine mächtige Rüstung an und hielt abwehrend, aber auch draufgängerisch Schwert und Schild in den Händen. Für Johanna war nicht schwer zu entschlüsseln, was Martin unbewusst in seinen Bildern ausdrückte: Schaut her, ich bin stark, ich weiß mich zu verteidigen, und ich habe ein Schild, um mich vor Angriffen zu schützen.

An dem Abend, als er sie so liebevoll getröstet hatte, überraschte sie Martin dabei, wie er drei Personen malte, einen Mann, eine Frau und in der Mitte ein Kind, das die beiden an den Händen hielt. Er war so vertieft, dass er sie nicht hatte ins Zimmer kommen hören. Und so hatte sie das Bild flüchtig sehen können, bevor er es unter einen Stapel Bücher schob. Mit Großbuchstaben hatte Martin über das Bild das Wort SCHEIDUNG geschrieben. Ganz offensichtlich wollte er nicht, dass seine Mutter dieses Bild sah, und sie bedrängte ihn nicht, es sich ansehen zu wollen. Seltsamerweise wollte Martin von ihr das Datum wissen. Johanna merkte, dass er ziemlich aufgeregt war. Und etwas später lag auf seinem Tisch neben dem Bett ein mehrfach gefaltetes Blatt Papier, verklebt mit einem schwarzen Klebestreifen. Es kam Johanna so

vor, als sei dieses kleine Päckchen, versehen mit einem Trauerrand, so etwas wie eine Botschaft an die Menschheit, wie eine Art Testament. Und ihr wurde wieder einmal überdeutlich klar, wie sehr ihr kleiner Sohn unter der Trennung seiner Eltern litt. Alles was nur irgend möglich war, ihm diesen Schmerz zu erleichtern, wollte sie für ihn tun.
Johanna wünschte sich auch immer noch eine Verständigung mit Ludger. Aber ihre Telefonate, sei es in Sachen des Unterhalts oder der Besuche von Martin wurden von ihm stets äußerst brüsk beendet. Oft hängte Ludger einfach ein mitten im Gespräch und knallte ihr damit sinnbildhaft die Türe vor der Nase zu. Wie ohnmächtig sie sich dann fühlte! Und dann erhielt sie von den Schwiegereltern, denen sie noch immer zu den Geburtstagen schrieb, einen Brief, dass jetzt nach der Scheidung das verwandtschaftliche Handtuch zerschnitten sei und sie künftig mit niemandem aus Ludgers Familie mehr korrespondieren solle. Auch wurde ihr darin noch einmal aufgetischt, was für enorme Unkosten Ludger durch sie entstanden seien, durch die Finanzierung ihres Studiums und der psychotherapeutischen "Behandlungen". Wie weh ihr das tat, dieses Verstoßen werden.
Und wie schwierig und herzzerreißend waren jedes Mal die Abschiede von Martin, wenn Johanna ihn mit dem Auto, das sie vor kurzem von den Eltern geschenkt bekommen hatte, damit sie beweglicher sei, nach Hause brachte. Wenn sie ihn vor dem Haus absetzte, das auch einmal das ihre gewesen war, kostete sie das jedes Mal viel innere Tränen, von denen sie sich bemühte, sie nicht nach außen dringen zu lassen. Entwürdigend war beinahe jedes Mal die Abholsituation. Seit neuestem sollte sie nicht einmal mehr an der Türe klingeln. Und da Ludger noch nie sehr pünktlich mit Verabredungen gewesen war und in diesem speziellen Fall, ob wissentlich oder nicht, die "Übergabe" in die Länge zu ziehen schien, kam sich Johanna wie eine Bettlerin vor, die ausharren musste auf die in Gnade gewährte Gabe.

Und dennoch, trotz so vieler Demütigungen und Unerträglichkeiten hatte Johanna noch immer nicht die Hoffnung aufgegeben, mit Ludger über Schwierigkeiten, über anstehende Entscheidungen, was zum Beispiel die weiterführende Schule betraf, zu sprechen. Immer wieder reichte sie ihm die Hand, wollte nicht unnötig über etwas streiten, was zum Wohle des Kindes getan werden sollte. Doch Ludger ergriff die ausgestreckte Hand nicht.
Martins Wunsch, seinen zehnten Geburtstag mit seinen beiden Eltern zu feiern, erwies sich als traurige Illusion.

Johanna hatte sich in ihrem neuen Leben mit den neuen Aufgaben im Beruf und im Zusammenleben mit Erika, das ihr viel Halt gab, verhältnismäßig gut eingerichtet. Sie war viel entspannter als früher. In der Buchhandlung war ihr die psychologische Abteilung anvertraut worden, und die Kundenbetreuung und -beratung bereitete ihr Freude und Befriedigung. Sie merkte, dass sie gut mit Kunden umgehen konnte und bekam des Öfteren von ihrem Chef deswegen Lobendes zu hören. Auch wenn es ihr weniger gefiel, dass sie auch den Geschäftsumsatz im Auge behalten musste, so wusste sie doch, dass ihre freundliche, aufmerksame und entgegenkommende Art geschätzt und dass ihr von Kunden und Kollegen Kompetenz bescheinigt wurde.
Wenn Martin sie besuchen kam, freute sie sich darüber, dass er sich offensichtlich wohl bei ihr fühlte. Nur fragen durfte sie ihn nicht nach seinem Leben beim Papa, obwohl sie zu gern mehr über all das, was er tat, gewusst hätte. Aber damit musste sie sich wohl abfinden, dass er von zu Hause nichts erzählen wollte. Andererseits gab es auch in der kurzen Zeit, die sie beisammen waren, eine ganze Menge Gelegenheiten, über seine Entwicklung etwas zu erfahren. Sie freute sich darüber, wie erfinderisch er war beim Spielen und Basteln, was für eine Ausdauer er besaß und

welche Kreativität er bewies, wenn er nur mit Papier, Kleber und Stoffresten Handpuppen bastelte, wenn er am See im Park aus einem Stück Holz, einer leeren Coladose und einem Bindfaden ein Schiff baute, wenn er sich mit ein paar alten Sachen verkleidete oder sich mit seinem Freund zusammen in "seinem" Zimmer ein Haus baute aus Decken und Kartons oder eine Ritterrüstung aus zusammengeklebtem Zeitungspapier.

Johanna war für die gemeinsam erlebten Stunden dankbar und sah sie nicht als selbstverständlich an. Es war gut, Frieden zu spüren im häuslichen Kreis, zumal angesichts der zur Zeit international bedrohlichen Situation durch den Krieg in Libyen. Gewalt mit Gewalt zu bekämpfen, welchen Sinn sollte das haben? Sie selbst war ihr Leben lang um Ausgleich, um ein friedliches Miteinander bemüht. Aber in letzter Zeit machte Ludger es ihr oft sehr schwer. Es kam immer häufiger vor, dass er Besuchstermine kurzfristig absagte, sich an Verabredungen nicht hielt, sie manchmal vor verschlossener Tür über eine Stunde warten ließ oder sie unverrichteter Dinge wieder umkehren ließ, obwohl ausgemacht war, dass sie Martin abholen würde.

Das alles zehrte an Johanna, aber sie wollte sich nicht von ihrem Kummer über eine solche missachtende Behandlung aus der Bahn werfen lassen. Sie konnte sich dieses extrem verletzende Verhalten von Ludger nicht erklären. Wo sie ihm doch so sehr entgegengekommen war und ihm den gemeinsamen Sohn überlassen hatte, warum konnte er da nicht großzügiger mit ihr umgehen? Musste er die sowieso schon geringen Besuchszeiten immer wieder unnötig beschneiden?

Woher kam diese Haltung Ludgers, die sie schon beinahe als Hass empfand? Johanna begann sich zu fragen, ob es vielleicht stimmte, was Ludger ihr einmal gesagt hatte, dass er sie nie geliebt habe. War ihre ganze Ehe auf einer Illusion aufgebaut gewesen? Hatte Ludger womöglich all die Jahre seine ehemalige Freundin aus der DDR weitergeliebt, und war sie selbst nur ein

Ersatz für jene gewesen? Jedenfalls hatte er nicht aufgehört, ihr zu schreiben, ihr Päckchen zu schicken, und Johanna hatte in ihrer Gutmütigkeit ihn dabei noch unterstützt. Im Nachhinein erschien es ihr nun doch seltsam, dass Ludger, der stets so eifersüchtig auf ihre männlichen Bekanntschaften gewesen war, für sich selbst nicht denselben Maßstab anlegte. Natürlich, jene Heidi war weit entfernt und stellte insofern keine ernste Gefahr dar. Aber vielleicht konnte ihr Zusammenleben gerade deshalb nicht gelingen, weil Ludger die ganze Zeit ein Traumbild, das Traumbild einer *idealen* Frau in sich getragen hatte, dem sie nie hätte entsprechen können.

Und vielleicht war es auch so, das wollte Johanna sich ganz ehrlich eingestehen, dass auch Ludger nicht ihr Traummann gewesen war und dass sie mit ihm sicher oft nicht hatte angemessen umgehen können, weil schon zuviel Verletzungen ihr Leben geprägt hatten.

Trotz allem, Johanna wollte nicht schlecht über Ludger denken. Menschen können sich irren, doch das sollte kein Grund sein, einen anderen zu verdammen. Mit Schuld hatte es nichts zu tun, dass sie beide nicht vermocht hatten, miteinander auszukommen, die Bedürfnisse des anderen zu erkennen und zu befriedigen. Es war ein Teufelskreis, aus dem sie sich beide nicht hatten befreien können. Und doch, wie hatte sie Ludger geliebt, auf ihre Weise, so gut sie es eben konnte und wie groß war stets ihre Sehnsucht gewesen, selbst eine heile Familie zu haben!

Aus einem Impuls, den manche wahrscheinlich als sentimental bezeichnet hätten, schrieb Johanna Ludger auf einer Postkarte, die das Gemälde "La paix Vallauris" von Picasso abbildete: "Vielleicht sollten wir uns von dem Aberglauben lossagen, alles verstehen zu müssen und uns zu der Einsicht bekehren, im Höchstfall imstande zu sein, mit unserem Unverständnis verständnisvoll umgehen zu können." Das Gemälde hatten sie bei einer gemeinsamen Reise an die Cote d'Azur gesehen, als

Johanna gerade mit Martin schwanger war. Als sie die Karte entdeckte, kamen ihr wieder so viele Erinnerungen, und sie hoffte, damit auch bei Ludger gute Gefühle zu erwecken, besonders für ihren Sohn, durch den sie ja auf jeden Fall, was auch immer an Traurigem und Nicht-mehr-Wiederherstellbarem inzwischen geschehen war, ein Leben lang verbunden bleiben würden. Johanna wollte von Herzen, dass Martin bei Ludger in Ruhe aufwachsen könnte und dass dennoch auch genügend Zeit und Platz für sie als Mutter übrig sein würde.
Der Schock traf sie unvorbereitet. Ludger schickte ihr die in Stücke zerrissene Karte in einem Couvert zurück. Ohne ein Wort, ohne einen Kommentar. Es war, als wolle er dokumentieren, dass er keinen Frieden wollte, nicht mit ihr und ein für alle Mal.
Johanna kam in einen Zustand, als ob alles sie überwältigen würde, beinahe wie früher, wenn sie drohte krank zu werden. Die äußere Trennung von Ludger war noch nicht in ihrem Innern vollzogen, das merkte sie daran. Und sie sah es eigentlich auch nicht als vorrangig an, dass sie, wie manche ihr rieten, endlich auch emotional einen dicken Schlussstrich unter die Beziehung zu Ludger zog. Noch vor wenigen Wochen, als sie die Klaviersonaten von Beethoven, die sie beide sehr geliebt hatten, anhörte, hatte sie plötzlich, nach endlos langer Zeit wieder ein Gedicht geschrieben und sich danach sehr erleichtert gefühlt.
Seitdem du dich abgewendet hast
sind meine Alltage gebrochen
die Schimmer von Glück
trägst du zu anderen
noch sind meine Stunden
bedeckt mit Trauer
manchmal träume ich
von deiner Gegenwart
dann wieder weiß ich
nicht wohin mit

meinen Strömen von Tränen.
Fast still steht die Zeit
angewurzelt weiß ich
noch nicht wohin.
Deine Telefonnummer
fällt mir immer als erste ein.
Diese zerrissene Karte warf Johanna wieder aus dem Gleichgewicht, das sie gerade ein wenig gefunden hatte. Trotz großer Traurigkeit riss sie diese nicht so weit von Land, dass sie unterzugehen drohte. Ihr Wille durchzuhalten war in den letzten Jahren gewachsen. Sie wollte leben und zeigen, dass sie im Stande war, auch mit Verletzungen, auch mit Behinderungen, auch mit Frustrationen zu leben.
Und das musste sie auch, wollte sie den oft anstrengenden Berufsalltag meistern.
Zwei Tage, nachdem sie die zerstückelte Karte erhalten hatte, stürzte Johanna auf dem Weg von der Arbeit nach Hause. Alle drei Bänder des linken Fußes zerrissen und mussten in einer langwierigen Operation zusammengeflickt werden. Johanna konnte nicht umhin zu denken, dass der Körper manchmal ganz eigene Signale sendet auf Botschaften, die die Seele nicht begreifen oder akzeptieren kann.

Johanna hat Angst. Sie kann kaum schlafen vor Angst. Wie wird das ausgehen mit der *Besuchsregelung?* Die Schikanen haben derart zugenommen, dass sie Martin oft wochenlang nicht sehen kann, manchmal dann nur für einen halben Tag. Ludger diktiert gegen Martins Wünsche die Zeiten des Abholens und Wiederbringens. Johanna registriert, dass Martin immer verschüchterter wird. Auf Fragen reagiert er zunehmend unwirsch. "Lass mich in Ruhe" sagt er öfter, hält sich die Ohren zu, will nichts sehen und nichts hören, verkriecht sich unter die Decke, weist sie aus dem Zimmer, schließt sich ein. Johanna muss sich Mühe geben, sich nicht gekränkt zu fühlen von Martins abweisendem Verhalten. Aber ihr ist klar, dass es gar nicht gegen sie persönlich gerichtet ist, dass es nur Ausdruck seines inneren Zwiespalts ist, zwischen den Eltern zu stehen. Auch weil Martin ihr immer wieder zu verstehen gibt, wie gerne er zu ihr kommt, wie wohl er sich bei ihr fühlt.

Lange ringt sie mit sich, ob das der richtige Weg sei, die Besuche auf gerichtlichem Wege regeln zu lassen. Immer wieder fragt sie sich, ob es dadurch nicht vielleicht schlimmer, ob es vor allem Martin schaden würde.

Aber die Situation hat sich grundlegend geändert. Frau Hausmann ist aus dem Haus ausgezogen, und stattdessen ist Tims Mutter mit Tim eingezogen, angeblich um auf Martin aufzupassen. Johanna hat es zuerst von Martins Freund Daniel erfahren. Sie kann verstehen, dass Martin es ihr nicht selbst gesagt hat aus Sorge, ihr damit wehzutun.

Zuerst hat Johanna noch daran geglaubt, dass es so besser für Martin wäre, weil er dadurch wieder sein altes Zimmer beziehen kann und nicht mehr im Keller schlafen muss. Schon bald ist ihr klar geworden, dass Sigrid für Ludger mehr ist als nur eine *Tagesmutter* für Martin, und sie hat ihm gut zugeredet, dass er sich mit der neuen Situation doch anfreunden solle. Auch hat sie Ludger gegönnt, dass er vielleicht mit einer anderen Frau ein neues Glück finden könne.

Wenn Johanna Martin nach Hause bringt, wird sie jetzt von Sigrid empfangen, so kühl und abweisend, als hätten sie nicht früher manchen gemeinsamen Morgen mit Erzählen verbracht.

Und Martin hat so oft Bauchschmerzen auf dem Weg nach Hause, dass sie sich Sorgen um ihn macht. Ohne dass er es sagen will, setzt ihm die neue Situation wohl doch sehr zu. Einmal sagt er zu Johanna: "Ich mag diese neue Frau nicht. Und der Tim soll mein Bruder sein, aber ich habe keinen Bruder!"

Weil sie sich so wenig sehen und Johanna jetzt kaum noch mit Martin telefonieren kann, immer ist zuerst Sigrid am Telefon und sagt "Jetzt geht es nicht, Martin macht Hausaufgaben" oder "Martin ist nicht da", hat sich Martin von Johanna gewünscht, dass sie ihm ganz oft schreibt, mindestens aber einmal in der Woche. Das tut sie auch gern. Martin erzählt, dass er sich sehr über ihre Briefe freut und sie in dem schönen bulgarischen Holzkästchen aufbewahrt.

Auch wenn Martin nicht möchte, dass Johanna ihn etwas fragt, was mit seinem Zuhause zusammenhängt, und sich dann jedes Mal ins Schneckenhaus verkriecht, erzählt er doch dann und wann, wenn ihm etwas auf dem Herzen brennt, von selbst einiges. Einmal sagt er traurig: "Die Freundin vom Papa ist immer so unfreundlich zu mir, und den Tim zieht sie vor. Er darf viel mehr als ich. Und dann will sie über mich bestimmen, was ich tun darf und was nicht. Sie ist doch gar nicht meine Mutter, also hat sie mir auch gar nichts zu sagen."

Johanna hat Martin in den Arm genommen und getröstet, und da hat er plötzlich geweint und gesagt: "Der Papa hat jetzt noch viel weniger Zeit für mich als früher. Und neulich hat er mir gesagt, dass ich nicht telefonieren soll, weil das Geld kostet und dass ich sonst ein ganz verschuldetes Haus erben würde." Und dann hat er Johanna ganz zaghaft gefragt, ob sie ein bisschen für ihn sparen könne, damit er auch mal etwas Taschengeld habe für Schulausflüge und demnächst für die Pfadfinderlager.

Seit zwei Monaten ist Martin bei den Pfadfindern. Seine Freunde Daniel und Tommy sind auch dabei. Die haben ihm so viel vorgeschwärmt von den zünftigen Treffen, dass Martin ausprobieren wollte, ob ihm das auch Spaß machen würde. Oh doch, es macht viel Spaß. Und die Kluft mit dem blauen Pfadihemd und das gelb-blaue Halstuch, zu einem tollen Knoten geschlungen, gefällt Martin auch prima. Er freut sich schon jetzt auf das Sommerlager. Er braucht dafür nur noch einen Rucksack, eine Isomatte und einen Schlafsack. Wenn dem Papa das zu teuer ist, will er einfach die Mama fragen. Die wird ihm bestimmt helfen, schon weil sie ihn nicht frieren lassen will. Sie hat ihm ja auch den schönen dunkelblauen Pullunder gestrickt. Den hat er nur einmal mit nach Hause genommen. Die Sigrid hat ihn aber nicht waschen wollen, weil der die andere Wäsche verfärbt, wie sie sagt, und natürlich würde sie für *ihn* niemals etwas mit der Hand waschen. Sowieso hat sie ihn so komisch angesehen, so als wolle sie sagen, wie siehst du denn aus mit dem *Ding* da.

Seit Sigrid im Haus von Ludger wohnte, wurde für Johanna die Lage immer unerträglicher. Sie hatte den Verdacht, dass ein nicht geringer Anteil der Schikanen bezüglich der Besuche Martins auf ihr Konto gingen. Es erschien ihr wie ein geballtes Komplott gegen sie. Dieser neuerlichen Übermacht konnte sie sich unmöglich widerspruchslos ausliefern. Es kam ihr vor, als werde sie wie eine lästige Fliege an die Wand geklatscht, wie eine kleine Ameise zertreten.
Ich muss mich wehren, wehren, sagte eine Stimme in ihr. Und eigentlich war sie des Kämpfens so müde.
Sollte sie alles so hinnehmen, um Martins willen? Oder wäre es nicht besser für ihn, wenn eine zuverlässige Regelung seiner Besuche getroffen wurde. Auch wenn er erkennen könnte, dass sie stark genug war, für ihn zu kämpfen. Auf jeden Fall sollte es für ihn gut sein.

Es ist der achtzehnte Hochzeitstag, der zufällig auf einen Samstag fällt, an dem Johanna Martin abholt. Sie hatte Ludger in einem Brief darum gebeten, noch einmal mit ihm über die Besuche von Martin sprechen zu können. Sie hat sich eine Kette angezogen, die Ludger ihr einmal von einer Reise mitgebracht hat. Er soll sie

sehen und daran erkennen, dass sie immer noch gute Gefühle für ihn hat und nicht das, was ihre Beziehung an Gutem und Schönem hatte, aus ihrem Leben eliminieren muss.
Auf der Fahrt zu Ludgers Haus fühlt sie sich beklommen. Wie wird es sein? Wird Ludger ihr eine Gelegenheit zur Aussprache geben? Martin hatte beim letzten Mal gesagt: "Sprich du doch noch mal mit dem Papa."
Sie steht vor der Tür, klingelt, und das Herz klopft ihr bis zum Hals. Es ist Sigrid, die ihr öffnet. Johanna fragt nach Ludger. Der sei oben, antwortet Sigrid kalt, und wenn sie etwas zu besprechen habe, könne sie es auch mit ihr tun. "Im Übrigen möchten wir keinen Kontakt mehr zu dir, du stiftest nur Unfrieden. Und den Martin hast du schon ganz verdorben. Ich kenne Martin jetzt wohl am besten, besser als du jedenfalls, und *ich* muss für ihn sorgen und weiß, was für ihn am besten ist". Sigrids Wortschwall überwältigt Johanna dermaßen, dass sie zu zittern und zu stottern beginnt, als sie versucht, Sigrid zu unterbrechen. Denn inzwischen ist Martin von oben heruntergekommen und hat mindestens den letzten Teil mitangehört. "Können wir nicht, äh, in Ruhe, äh", Johanna verhaspelt sich, stammelt, aber da fährt Sigrid, die sich richtig in Rage geredet hat, schon fort, "und Ludger hast du auch nur ausgenutzt, hast ihn wohl überhaupt nur wegen des Geldes geheiratet. Und jetzt setzt du ihm ständig zu und drohst sogar noch mit dem Gericht. Ausgerechnet du bei deinem Lebenswandel. Und dann nennst du dich noch obendrein christlich. Wie kannst du überhaupt wagen, das Wort in den Mund zu nehmen."
Johanna ist wie versteinert. Es ist ihr, als falle ihr Herz aus dem Körper.
Martin hat sich in die hinterste Ecke des Flurs verzogen und die Mäntel an der Garderobe vors Gesicht gezogen, als Ludger mit der Tasche herunterkommt, in der Martins Sachen sind. "Ludger, ich wollte, könnten wir nicht, nicht hier so zwischen Tür und

Angel, einmal in Ruhe über Martin", weiter kommt Johanna mit ihrem Anliegen nicht, denn Sigrid schneidet ihr schon wieder das Wort ab: "Was willst du überhaupt, *wir* haben das Sorgerecht. Du bist ja mit Martin nicht fertiggeworden."
Tränen schießen Johanna in die Augen. Hilflos fühlt sie sich den Verleumdungen ausgeliefert. Schluchzend wendet sie sich an Ludger: "Sag du doch mal was, es geht doch um Martins Wohl."
Aber Ludger erwidert hart: "Ich habe mich erkundigt, ich bin im Recht, mehr als zweimal eineinhalb Tage im Monat stehen dir nicht zu."
Unerbittlich und scharf ist sein Ton. Und als Johanna doch noch einen Anlauf nimmt, um zu sagen, dass Martin ja gar nicht so oft käme durch seine ewigen Terminänderungen, fährt Sigrid dazwischen: "Sprich doch nicht mehr mit ihr. Du siehst doch, es hat keinen Zweck!"
Als Ludger nach Martin ruft, schiebt der sich verschüchtert und mit rotem Kopf hinter den Mänteln der Garderobe vor. "Und denk dran, dass du die Hausaufgaben machst und morgen bist du pünktlich um vier zu Hause, damit ich dich noch die Vokabeln abfragen kann", ruft Ludger Martin hinterher, der zu Johannas Auto rennt.
Die Fahrt zu Johanna verläuft schweigend. Johanna weint leise in sich hinein und muss Obacht geben beim Fahren. In der Wohnung angekommen, dauert es noch eine Weile, bis Johanna sich von dem Schock des soeben Erlebten erholt. Auch Martin ist nicht ansprechbar. Er verzieht sich in sein Zimmer, kriecht unter die Decke und will nur seine Ruhe haben. Später am Abend, als sie es sich beim Spielen, Essen und anschließenden Vorlesen gemütlich machen, beginnt Johanna vorsichtig ein Gespräch mit Martin.
"Ach Martin, das muss für dich schlimm gewesen sein zu erleben, wie sich deine Eltern um dich streiten. Ich will das doch gar nicht. Wenn du selbst nicht zu mir kommen willst, verzichte ich notfalls ganz auf deine Besuche. Aber diese wenige Zeit und diese

immerwährende Unsicherheit ist auch kaum zu ertragen. Diese Willkür von Papa und der Sigrid. Es gibt auch die Möglichkeit, so etwas gerichtlich regeln zu lassen. Was meinst du dazu?"
Martin hat seine Haare frisch geschnitten. Seine schöne Stirn ist zu sehen. Er stützt den Kopf auf seine Hände und schiebt dabei die Brille hoch. Er sieht sehr nachdenklich aus. Seine Antwort, einfach und klar, überrascht und beruhigt Johanna. "Mama, mach das ruhig. Schlimmer als es jetzt ist, kann es nicht kommen."
Und als Johanna zu bedenken gibt, dass er dann möglicherweise von jemandem befragt würde zu seinen Wünschen, flüstert er, das mache ihm nichts aus. Er wolle jedenfalls öfter bei ihr sein.
Am Sonntag nach einem schönen gemeinsamen Frühstück gehen sie zusammen in die Kirche. Johanna muss wieder an die unglaublichen Anschuldigungen von Sigrid denken, die sie überhaupt nicht einordnen kann. Warum hatte sie ihr ausgerechnet ihr Christsein absprechen wollen? Wusste sie, dass sie sie damit besonders tief verletzen konnte?
Zu Martin sagt sie nach dem Gottesdienst. "Weißt du Martin, ich finde es wichtig, großherzig und bereit zum Vergeben zu sein und Vertrauen zu haben, dass wir mit allem, was uns bedrückt, zu Gott kommen können, der in unsere Herzen sieht und uns versteht. Er wird uns auch helfen, eine richtige Entscheidung zu treffen."

Wochen und Monate vergingen, in denen Johanna hin und hergerissen ist, was sie tun soll. Dieses Gefühl des Ausgebootet seins, des Ausrangiert seins muss sie allein unter Schmerzen ertragen. Auch wenn sie Erika viele ihrer Sorgen mitteilen kann und viel Verständnis und Empathie von ihr erfährt, die ja ähnliche Erfahrungen durchmachen muss, so kann ihr niemand die Qual der Gewissensentscheidung abnehmen, ob sie nun wirklich gegen Ludger klagen soll wegen der Besuchsregelung. Besonders traurig macht es Johanna, dass sie von ihrer Mutter in dieser Sache keinerlei Verständnis bekommt. Noch nie hat ihr die Mutter in emotional schwierigen Situationen geholfen oder ihr wenigstens das Gefühl von Nähe geben können. "Lass doch am besten alles so, wie es ist", hat sie Johanna geraten. Und Johanna erkennt darin das Muster wieder, wie die Mutter selbst auf Schwierigkeiten in der Ehe reagiert hat. Nur keine Klärung! Aber genau das will Johanna Martin nicht antun. Ihn mit den brodelnden Familienangelegenheiten, wie ihre Eltern es mit ihr und den Geschwistern getan haben, allein lassen.

Es beunruhigt sie auch sehr, wie es Martin wohl wirklich gehe bei Ludger und Sigrid. Auf Fragen antwortet er ausweichend. Wenn Sigrid, wie sie es nun schon einige Male erlebt hat, sie in Martins Beisein schon schlecht macht und so abfällig von ihr spricht, wie wird sie erst über sie reden, wenn Johanna nicht anwesend ist. Es muss doch für Martin traurig sein, wenn Sigrid das Bild von ihr zu zerstören versucht oder es zumindest durch Verleumdungen entstellt.

Johanna entschließt sich, die Hilfe einer befreundeten Psychologin für diese schwierige Zeit der Entscheidung in Anspruch zu nehmen, damit sie besser lernt, mit ihrer Wut und Trauer umzugehen, um Martin nicht damit belasten zu müssen. Sie will ihm zeigen können, dass sie diese Gefühle nicht unterdrücken muss, aber fähig ist, sie umzuwandeln.

Etliche Briefe gehen zwischen Johanna und Ludger hin und her, seine stets ohne Anrede und Gruß. Martin ist in letzter Zeit sehr resigniert. Sie solle mit dem Thema aufhören. Er will seine Ruhe haben, will einfach bei ihr in Ruhe sein und spielen können. Johanna kann gut verstehen, dass dieses ewige Gezerre ihm lästig ist und unangenehm. Als sie bei einem Fahrradausflug an einer Kirche mit hohen Türmen vorbeikommen, sagt Martin plötzlich: "Auf einen so hohen Turm muss ich steigen und herunterspringen, dann bin ich wenigstens sofort tot!"

Johannas Herz verkrampft sich vor Angst. Wie schlimm muss es in Martins kleiner Kinderseele aussehen, dass er so etwas sagen muss. Welche Verzweiflung verbirgt sich hinter solchen Gedanken! Oh, welche Wahl hat ihr lieber Sohn denn, um sich aus diesem Dilemma, das ihm seine Eltern beschert haben, ohne Beschädigungen zu retten? Johanna versteht nun viel besser, dass er sich zu seinem Schutz bei ihr häufig zurückzieht, sich verschließt, auf Fragen nicht antwortet. Es ist für ihn wohl die einzige Möglichkeit, sein eigenes Ich zu bewahren. Und doch gibt er ihr ebenso häufig zu verstehen, dass er zu ihr steht. Ganz gerührt ist Johanna, als er einmal sagt: "Mama, wenn du mal Hilfe brauchst, sag es mir ruhig."
Der Druck, dem Martin von zu Hause ausgesetzt ist, muss erheblich sein. Johanna spürt seine Angst. Sie merkt, dass er viele seiner richtigen Gefühle unterdrücken muss und dass es ihm nicht erlaubt ist, irgendetwas zu erzählen, was mit seinem zu Hause zusammenhängt. Und sie möchte nichts sehnlicher, als dass ihm Angstgefühle erspart bleiben. Er muss keinen Turm brauchen, von dem er herunterspringen will. Dieses entsetzliche Bild! Wenigstens bei ihr soll er keine Angst haben müssen. Sie will ihm die Ruhe und Sicherheit geben, die er sucht und braucht. Und es ist nicht zu übersehen, wie er die ruhigen Stunden des Spielens, Bastelns, Malens und Lesens bei ihr genießt. "Weißt du eigentlich, wie gut du kochen kannst", hat er neulich gesagt und als sie ihm einmal etwas in Geschichte erklärte, was er für die Schule lernen sollte, meinte er "Du wärst auch eine gute Lehrerin geworden." Dann war Johanna glücklich über seine Zuneigung, freute sich über sein Interessiert Sein an vielen Dingen, seine auch noch vorhandene kindliche Unbekümmertheit, über seine Frische, seine Ausdauer, seinen Mut und konnte darüber ihre eigene Kümmernisse vergessen.

Aber zur Ruhe ließen die andauernden Schikanen sie einfach nicht kommen. Bis Johanna sich, auch auf Anraten der Psychologin und einer Frau vom Jugendamt, denen sie ihre Situation geschildert hatte, entschloss, das Umgangsrecht auf gerichtlichem Wege regeln zu lassen.

Was daraus folgte, hat Johanna nicht im Entferntesten ahnen können. Ludger war wahrscheinlich derart aufgebracht durch ihren Schritt, dass er plötzlich durch einen Anwalt die Besuche von Martin bei ihr ganz in Frage stellte. Er forderte ein gerichtspsychologisches Gutachten, von dem er sich offenbar versprach, dass ein derart schädigender Einfluss seitens der Mutter auf Martin nachgewiesen würde, dass er überhaupt nicht mehr zu ihr kommen dürfe. Johanna war entsetzt, sprachlos, zutiefst verletzt. Wie konnte Ludger so etwas tun? Neidete er ihr das gute Verhältnis zu Martin? Johanna war bestürzt und traurig zu sehen, dass Ludger noch enger war, als sie ihn bisher wahrgenommen hatte. Immer schon hatte sie das Gefühl, nur schwer atmen zu können, mühsam nach Lebensluft zu schnappen, weil ihr Ludger die Kehle zuschnürte. Und diese wenige Luft hatte sie mit Martin geteilt, indem sie ihm ihre freie Zeit widmete, in dem sie um Fröhlichkeit rang und ihr Herz nicht verhärten ließ. Johanna litt unsäglich und wollte doch ihre Not nicht Martin überantworten. Aber es war ihr, als würde sie lebendig begraben, als schütte Ludger mit jedem neuen Brief, den sie von seinem Anwalt bekam und in dem die ungeheuerlichsten Anschuldigungen standen, Erde auf sie. Sie fühlte sich mit ihren Kräften am Ende. Wenn sie weiter leben, arbeiten, kämpfen, sich freischaufeln wollte, brauchte sie Hilfe. Die Unterstützung durch Carmen, die Psychologin, reichte nicht aus. Abends nach einem anstrengenden Arbeitstag weinte Johanna fast nur noch, sie konnte auch immer schlechter schlafen, und sie wusste, dass dies ein Alarmsignal war, dass sie wieder ernsthaft krank werden konnte. Zudem

plagten sie vom vielen Stehen in der Buchhandlung starke Rückenschmerzen. Aber vielleicht waren auch die Ausdruck dafür, dass ihr zu viel aufgebürdet wurde, dass sie dabei war, unter der Last zusammenzubrechen. Sie konnte sich hundertmal gut zureden, wie es auch andere taten, dass sie sich nicht zu sehr aufregen dürfe. Es half nicht.
Und dann hatte sie das große Glück, dass sie durch Zufall an eine Ärztin geriet, zu der sie wegen der Rückenschmerzen ging, die auch Erfahrungen mit psychischen Erkrankungen hatte. Frau Dr. Seifert war ihr sofort sympathisch, sie spürte deren Einfühlungsvermögen, und so berichtete sie ihr von ihren Problemen. Sie erkannte sofort den psychosomatischen Zusammenhang zwischen den Rückenbeschwerden und der psychischen Überforderung, in der sich Johanna befand. Und sie verschrieb ihr Neuroleptika, damit sie sich wieder fangen könne. Mit den Medikamenten fühlte Johanna sich ruhiger. Sie konnte wieder Kraft sammeln für die bevorstehende Zeit. Weil sie wusste, dass sie nur das Beste für Martin wollte, wappnete sie sich, notfalls noch mehr Ungerechtigkeiten und Demütigungen auszuhalten, um für ihn eine Verbesserung der Lebensumstände zu erreichen.

Johanna konnte nicht fassen, was für verleumderische Briefe Ludgers Anwalt an das Gericht schickte. Weil das Jugendamt ihren Wunsch nach einem vierzehntägigen Besuchsrecht im Interesse von Martin für gerechtfertigt und zu befürworten hielt, sah sich die Gegenseite zu unglaublichen Anschuldigungen veranlasst. Da musste Johanna lesen: "Bei der Klägerin bestehen Schwierigkeiten hinsichtlich der Akzeptanz und der Einsicht in die Realitäten...dass nicht das Wohl des Kindes, sondern deren eigene Wunschvorstellungen im Vordergrund stehen...ob diese Besuche pädagogisch positiv zu beurteilen sind...es handelt sich

bei der Mutter um eine psychisch abnorme Persönlichkeit...sie hatte eine psychische Erkrankung, die familienbedingt war...Bedenken, dass der Einfluss der Mutter, der zwar zeitlich begrenzt, aber trotzdem sehr intensiv ist, sich insoweit ungünstig auf die Entwicklung des Sohnes auswirkt...Die Einwirkung der Mutter ist außerordentlich bedrängend. Ein Kind ist dem ständigen Drängen schutzlos ausgeliefert... Die Klägerin versucht bei allen Menschen Mitleid zu erregen, um so Macht auszuüben und andere für sich auszunutzen, statt durch eigene Leistungen ihr Leben zu meistern...schreibt sie gefühlsbeladene Briefe, die das Kind irritieren...Besorgnis hinsichtlich einer außerordentlich freizügigen Sexualauffassung der Klägerin..."
Es war einfach unglaublich, was ihr dort vorgeworfen wurde und wie ihre psychische Erkrankung jetzt wie eine Waffe gegen sie benutzt wurde. Dabei war es so, dass Johanna seit der Trennung von Ludger überhaupt nicht mehr manifest erkrankt war. Dass sie weiterhin gefährdet blieb und mit ihren Kräften sehr haushalten musste, wusste sie selbst sehr gut. Aber dass sie hingestellt wurde wie eine Irre, wie nicht zurechnungsfähig, war einfach grausam. Noch nie hatte Johanna ein so gutes Selbstwertgefühl trotz der erheblichen Trauerarbeit wie in den letzten Jahren. War nicht vielmehr, wie neulich Frau Dr. Seifert gesagt hatte, eine Psychose auch eine Form der Bewältigung, sogar eine aktive Form der Auseinandersetzung mit widrigen Umständen, auch ein Ausdruck von Menschlichkeit? Und musste dann aus dieser Krankheit ihr ein Strick gedreht werden?
Jedenfalls beantragte Ludger auf Grund dieser von ihm veranlassten Ausführungen eine psychologische Begutachtung mit dem Ziel, dass Martin sie nur noch einmal im Monat und dann ohne Übernachtung besuchen sollte. Bis dahin sollten wieder Monate ins Land gehen.
Es war eine schwere Zeit für Johanna, denn Martin war ganz offensichtlich eingeschüchtert. Manchmal war er gar nicht

ansprechbar. Bei gemeinsamen Spaziergängen oder Einkäufen lief er weg oder ständig in einem Abstand von einigen Metern hinter ihr, als wolle er sich deutlich abgrenzen und doch den Kontakt nicht ganz verlieren. Oft reagierte er gereizt und betont abweisend. "Laber nicht, interessiert mich nicht, ist mir egal."
Aber es gab Momente, in denen er seine aggressiv-provozierende Haltung vergaß, die Johanna ein äußerstes Maß an Geduld abforderte, und er zutraulich, unbefangen und entspannt war.
Besonders war das der Fall, wenn sie gemeinsam bei Freunden zu Besuch waren. Martin war dann wie ausgewechselt. Auch ihr gegenüber benahm er sich völlig unverkrampft.
Ich wohnte mit der Familie seit kurzem auf einem ehemaligen Bauernhof, der uns mit seinen Ställen und dem Land rings ums Haus die Möglichkeit bot, den Traum eines „alternativen" Lebens zu verwirklichen. Wir hatten Hühner, Schafe und Pferde. Und Martin genoss, wenn er uns mit Johanna besuchte, die ländliche Umgebung sichtlich. Während eines Ferienaufenthaltes lernte er sogar reiten, was ihn mit Freude und Stolz erfüllte. Ich brachte meinem Patensohn Martin in seinen Nöten viel Verständnis entgegen. Wir brauchten darüber nicht zu sprechen. Aber aus eigener Erfahrung, da auch meine Eltern sich hatten scheiden lassen, als ich sieben Jahre alt war, konnte ich mich in seine Seelenlage hineinversetzen: in seine Einsamkeit, in diesen Zwiespalt, dieses Zerrissen sein zwischen den Ansprüchen und gutgemeinten Ratschlägen und Sorgen beider Eltern. insofern konnte ich auch Johanna manchmal vermitteln, wie sich Martin fühlen musste.
Was wir nicht verstehen konnten, war, dass Ludger nach der Trennung von Johanna zu uns den Kontakt völlig abgebrochen hatte. Schließlich waren wir auch seine Freunde gewesen und unser Sohn Roman auch sein Patenkind.

Es war Vorweihnachtszeit. Johanna schmückte die Wohnung mit Tannenzweigen und hängte den Adventskalender auf, den sie vor zwei Jahren für Martin gebastelt hatte, und er freute sich darüber noch wie ein kleiner Junge. "Mama, ich wünsche mir von dir eine richtig schöne warme Decke, ach und dann vielleicht noch einen Schal. Kannst du mir einen stricken?"
Johanna musste unwillkürlich denken, lauter warme Sachen wünscht er sich, er muss wohl sehr frieren.
Sie gingen gleich los zum Einkaufen, schlenderten über den Weihnachtsmarkt und fanden nach einigem Suchen eine sehr schöne kuschelwarme Decke. Martin hatte sich ein Knusperhäuschen in einer Bäckerei aussuchen dürfen, das sie zusammen mit Zuckerguss "bemalten". "Du kannst die Decke ruhig schon mitnehmen, Martin, du sollst dich doch wohlfühlen können und musst nicht unbedingt bis Weihnachten damit warten", schlug Johanna vor. Doch Martin schien der Gedanke zu beunruhigen. "Lass sie lieber noch bei dir", war seine Antwort, der er auch keine Erklärung hinzufügen wollte. Wieder einmal hatte Johanna das Gefühl, dass ihm vieles verboten oder verwehrt wurde und er ängstlich und angepasst reagierte, um sich zu Hause keinen Ärger einzuhandeln.
Abends hüllte er sich in die flauschige Decke und fragte Johanna, ob sie ihm etwas auf der Laute vorspielen könne, das habe sie so lange nicht mehr getan. Es war ein harmonischer Abend. Johanna kam in den Sinn, dass sie Martin viel Wärme, die er anscheinend dringend benötigte, geben konnte, und war darüber glücklich.
Am nächsten Tag malte Martin für Johanna ein Bild. Von ockerfarbenen Feldern führt ein breiter Weg zu einem Waldstück. Dort teilt er sich in zwei Wege, die von den Bäumen des Waldes überschattet sind. Am Horizont leuchtet ein blauer Himmel. Johanna fand das Bild sehr ausdrucksstark in den Farben, und es schien ihr auch symbolhaft zu sein. Jedenfalls verstand sie es so, als wolle Martin ihr sagen, schau, Mama, da sind *zwei Wege*, und

auf beiden muss ich gehen. Johanna wollte es einrahmen und aufhängen und es betrachten, wenn sie einmal traurig und verzagt war. Denn das Bild zeigte ihr ja deutlich, dass Martin die zwei Welten von Papa und Mama trennen musste, getrennt gehen musste, um er selbst bleiben zu können. Es sollte ihr helfen in ihrem Bemühen um Verstehen und Geduld. Auch sie selbst hatte lange für ihren Weg gebraucht. Nun musste sie Martin seinen Weg finden lassen, auch wenn es ihr schwer fiel, ihm nicht zur Seite stehen zu können. Sie wollte mit seinen Augen sehen lernen, wollte seine Not erkennen und seine Zerrissenheit nicht vermehren.

Nun war es also gerichtlich entschieden: Martin durfte seine Mutter einmal im Monat an einem langen Wochenende mit Übernachtung besuchen und die Ferien sollten nach Verbleib der Zeit aus anderweitigen Beschäftigungen, worunter zuallererst die Pfadfinderlager fielen, unter den Eltern jeweils zur Hälfte aufgeteilt werden.
Glücklich konnte Johanna über diese Entscheidung nicht sein. Es bedeutete für sie, dass sie ihren Sohn weitgehend entbehren musste. Aber es waren durch die von Ludger initiierte psychologische Begutachtung auch einige Hintergründe klar-, das heißt richtiggestellt worden, die sie zur Erklärung so mancher Auffälligkeiten in Martins Verhalten bisher nur vermutet hatte.
Die Gerichtspsychologin Frau Dr. Gabriel hatte für das Gutachten sowohl sie , als auch Ludger zunächst allein befragt, dann auch Martin und schließlich Martin im Zusammensein mit ihr und mit seinem Vater, jeweils in der häuslichen Umgebung mehrmals begutachtet.
Dabei war zutage getreten, dass sich Martin zwischen den Eltern hin- und hergerissen fühlte und durch deren Uneinigkeit sehr

belastet war. Er zeigte sich bei den Begegnungen im Haushalt des Vaters auffällig distanziert, wirkte selbstunsicher und gehemmt.
Während er bei einer ersten Befragung durch eine Frau des Jugendamtes noch ganz offen geäußert hatte, gerne bei der Mutter zu sein und sie öfter als derzeit besuchen wolle, zeigte er inzwischen eine starke Abwehr allen familiären Fragen, auch seinen eigenen Wünschen gegenüber.
Wegen seiner ehrlichen Antwort, dass er die Mutter gerne und öfter besuchen wolle, hatte Martin schlimme Vorwürfe von seinem Vater einstecken müssen. "Du hast mich ganz schön in die Pfanne gehauen!", hatte dieser zu ihm gesagt.
Es wurde offenbar, dass Ludger eigenständige Wünsche Martins in der Beziehung zu seiner Mutter nicht respektierte und tolerierte und dieser sich, weil er Differenzen mit dem Vater, den er stark idealisiert, nur schwer aushalten kann, einerseits in sich zurückzieht, andererseits zu Heimlichkeiten neigt. Dieses Verhaltensmodell hatte er offenbar vom Vater übernommen, der sich heimlich in den Besitz von Johannas Briefen an Martin gebracht und diese dem Gericht übergeben hatte. Dadurch und durch manch anderes Verhalten, indem er ihn zwar ermutigte, sich stärker zu äußern und durchzusetzen und nicht immer "abzutauchen", ihm andererseits aber, wenn er es wirklich *tat*, sein Vertrauen entzog und massive Vorwürfe machte, wenn Martins Meinung nicht mit der seinen übereinstimmte, traute sich Martin überhaupt nicht mehr, sich ehrlich zu äußern und verhielt sich auffällig angepasst in seinem Beisein.
Dagegen zeigte Martin im Haushalt von Johanna ein völlig anderes Verhalten. Sowohl ihr als auch der Psychologin gegenüber begegnete er abweisend. Er brauste häufig heftig auf, gab sich ablehnend-unabhängig oder provozierend und vertrat eigene Standpunkte vehement.
Frau Dr. Gabriel erlebte Johanna als geduldig, liebevoll-umsorgend und ruhig, die sich auf die Interessen und Wünsche

des Sohnes einstellt und ihm viel Aufmerksamkeit widmet. Sein seit kurzem aggressives und zurückweisendes Verhalten kann sie sich nicht erklären und nur schwer ertragen. Sie ist bereit und in der Lage, Martin Zuneigung und Wärme zu vermitteln und ihn so, wie er ist, emotional anzunehmen. Dabei nimmt sie sich eher zu stark zurück aus einem Bedürfnis nach Übereinstimmung.

Aus der Heftigkeit der derzeitigen Abwehr schloss die Psychologin auf eine enge und auch vertrauensvolle Bindung an die Mutter. Bei ihr fühle er sich angstfrei und sicher, seinen Ärger, Missmut und Unwillen auszudrücken.

Das Fazit der ganzen Beobachtungen, Gespräche und Testverfahren war, dass sich Martin in einem starken Loyalitätskonflikt befand. Mit den elterlichen Auseinandersetzungen ist er stark überfordert. Der intrapsychische Druck ist enorm. Ängste und unterdrückte Aggressionen belasten den sensiblen Jungen, so dass er sich in seine eigene Welt zurückzieht. Es scheint, als habe er das Vertrauen in die Belastbarkeit menschlicher Bindungen verloren und rette sich deshalb in eine vorgebliche Gleichgültigkeit. Martin machte auf Frau Dr. Gabriel einen sehr einsamen Eindruck, als habe er resigniert und erwarte von niemandem echte Unterstützung.

Es wurde deutlich, dass Martins Verschlossenheit und sein emotionaler Rückzug Folge des väterlichen uneinfühlsamen Verhaltens ist, das ihm mit seinen Erwartungen und Forderungen stark unter Druck setzt, dem der auf Harmonie angewiesene Junge nicht gewachsen ist. Als bedenklich zu bewerten war außerdem die Tatsache, dass die Lebensgefährtin und sozusagen Ersatzmutter nach eigenen Angaben der leiblichen Mutter von Martin ablehnend gegenübersteht und jeglichen Kontakt zu ihr ablehne.

Im Interesse einer günstigen Entwicklung des Kindes wurde dazu geraten, es aus den Konflikten der Eltern weitgehend herauszuhalten, was mit einer Besuchsregelung von einem langen

Wochenende im Monat am ehesten gewährleistet wäre. Bedenken gegen Übernachtungen bei der Mutter entbehrten jeder Grundlage. Den unter dem Druck des Vaters reduzierten Besuchswünschen des Kindes sei insoweit Rechnung zu tragen, als es zur Zeit aus Angst vor Spannungen und besonders den Liebesentzug des Vaters durch die psychische Belastung nicht in der Lage sei, Konflikte und Beunruhigungen angemessen zu verarbeiten.

Ein Jahr ist seit der Entscheidung des Gerichts vergangen. Johannas Sehnsucht nach ihrem Kind ist in den langen Zeiten, in denen sie es nicht sehen kann, oft riesengroß und manchmal kaum zu ertragen. Und doch sind die wenigen Stunden der gemeinsamen Zeit fast noch eine größere Qual.
Martin hat sich seit damals ganz von ihr abgeschottet. "Fass mich nicht an", schreit er, wenn sie ihm die Hand zur Begrüßung geben will. "Raus, raus!", wenn sie in "sein" Zimmer kommt. Er zieht sich die Decke über den Kopf und brüllt "Weg mit dir, lass mich in Ruhe."
Johanna geht in die Küche und fängt an, das Essen zuzubereiten. Tränen fließen übers Gesicht auf die Hände und in die Mahlzeit. Als sie Martin ruft, kommt er nicht. Es bleibt ihr nichts anderes übrig, als allein zu essen.
So geht das nun fast jedes Mal.
Alles, was Johanna vorschlägt, lehnt Martin ab.
Alles, was Johanna in der Hand gehabt hat, fasst er nicht an.
Hat sie für ihn das Bett bezogen, reißt er die Wäsche herunter, holt sich neue aus dem Schrank und bezieht es selbst.
Nur manchmal, bei gemeinsamen Spielen, besonders, wenn auch Erikas Töchter da sind, vergisst er seine Abwehr und Feindseligkeit.
Johanna ist klar, dass sein Verhalten nicht normal, sondern gestört, beinahe zwanghaft ist. Und sie versucht immer wieder, zu

verstehen, warum Martin sich so verhält. Sie erkennt dahinter seine Not, seine Einsamkeit, seine Zerrissenheit. Und doch macht diese Erkenntnis es ihr nicht leichter. Sie glaubt fest daran, dass Martin ihr nicht absichtlich wehtun will, sondern dass er für sich keine andere Möglichkeit sieht, als diesen Schutzwall aufzubauen, um dahinter ein Stück Ganzheit zu bewahren. Oft nimmt Martin einen Stein aus der Mauer und wirft ihn auf Johanna. Dadurch schafft er sich eine kleine Lücke, durch die er seine Mutter sehen, aber gleichzeitig dahinter in Sicherheit bleiben kann.
"Du bist doch an allem Schuld", hat er sie vor kurzem mit sich überschlagender Stimme angefahren. Die Achtung, die er ihr noch vor der Zeit der gerichtlichen Verhandlung entgegengebracht hat, die Wertschätzung für ihre Arbeit, tritt er nun mit Füßen: "Sigrid hat gesagt, du bist ja nichts anderes als eine Verkäuferin! Und Gedichte, diese paar Worte, das kann doch jeder! Das Papier, auf dem so was steht, ist hinterher weniger wert, als wenn es unbeschrieben ist..."
Solche Verleumdungen und Verletzungen! Das ist doch nicht die Sprache eines Kindes, das können doch unmöglich Martins eigene Gedanken sein, sagt sich Johanna, um nicht vollends zu verzweifeln. Aber die Kränkungen und Ungerechtigkeiten, die sie durch ihr eigenes Kind, auf das sie doch zu dessen Wohl weitgehend verzichtet hat, erfahren muss, übersteigen ihre Kräfte. Auch Erika, die viele der schrecklichen Situationen miterlebt, kann ihr letztlich nicht helfen. Die Arbeit am immer weiteren Verzicht, die Anstrengung, sich darin zu üben, nichts zu wollen, sich damit abzufinden, so gut wie nichts aus Martins Leben zu wissen, die Mühsal, Martin einerseits so sein zu lassen, wie es ihm anscheinend nicht anders möglich ist und sich andererseits doch so zu verhalten, dass nicht jegliche Achtung verloren ginge, - all dies trägt Johanna allein. Ihre Sehnsucht, Wehmut und Trauer, nicht, wie es natürlich wäre, bei ihrem Kind zu sein, an seinen kleinen Freuden und Sorgen Anteil zu nehmen, seine Entwicklung

zu begleiten, kann kaum jemand nachvollziehen. Und Johanna möchte sich auch nicht in die Opferrolle drängen lassen, obwohl das, was sie erleben muss, ihre Kräfte verzehrt.

Johanna will sich trotz der Schmerzen und Bitterkeit nicht unterkriegen lassen. Ihr eigenes Leben hat sie jetzt so gut im Griff wie niemals zuvor. Ich darf mich nicht kaputtmachen lassen, das muss sie sich täglich aufs Neue als Maxime stellen. Ich kann Martin nur dadurch helfen, indem ich mich selbst weiterentwickle.

Nicht immer gelingt es ihr, die Grausamkeiten, die Ludger durch Martin an ihr ausagieren lässt - denn sie empfindet Martin immer mehr als Sprachrohr des Vaters - auszuhalten. Wenn sie dann weint oder mal etwas sagt, herrscht Martin sie an: "Du jammerst immerzu! Immer machst du nur Vorwürfe!"

Dann fühlt sie ihre eigene Unzulänglichkeit, ihr Überfordert sein und zieht Parallelen zu ihrer eigenen Mutter, von der sie sich auch gewünscht hätte, dass sie stärker wäre.

Natürlich, Johanna muss sich klarmachen, dass Martin mit seinen zwölfeinhalb Jahren allmählich in die Pubertät kommt und damit auch ein natürlicher Ablösungsprozess beginnt.

Bei den Pfadfindern, bei denen er inzwischen Sippenführer geworden ist, der eine Menge Verantwortung für die Kleineren übernimmt, scheint Martin mehr und mehr sein eigentliches Zuhause zu finden. Er plant Pfadfinderreisen und Zeltlager und mutet sich dabei viel zu. Johanna ist froh darüber, dass Martin in der Gruppe offenbar Vertrauen genießt, dass er dort ein Stück Zugehörigkeit erfahren kann, was er bei sich zu Hause wahrscheinlich doch entbehrt. Auch in der Schule nimmt man ihn ernst. Seine Klassenkameraden haben ihn zum Klassensprecher gewählt. Aber auch dort scheint er sich ein bisschen aufzuspielen. Als Johanna einmal seinen Religionslehrer trifft, erzählt er ihr lachend: "Der liebe Gott weiß alles, aber der Martin weiß immer noch etwas mehr."

Bei ihr spielt Martin sich immer mehr zu einem kleinen Terroristen auf. Er nimmt die Rolle eines gnädig Gewährenden ihr gegenüber an. Er will keinerlei Bevormundung, will überhaupt nichts gesagt bekommen, schmeißt die Sachen vom Tisch, wenn ihm etwas nicht passt.

Vor lauter Angst, ihn zu verlieren, zieht Johanna sich immer mehr zurück, versucht nur noch, ihn gewähren zu lassen und es ihm recht zu machen. Sie kann sich selbst nicht leiden, wie unterwürfig sie oft reagiert. Sie bettelt um das kleinste Zeichen von Akzeptanz. Auf Zuneigung von seiner Seite wagt sie schon kaum noch zu hoffen. Doch Martin quittiert ihr Verhalten nur mit ungeheurer Kälte und Verachtung. "Du bist ja geistesgestört", schleudert er ihr ins Gesicht, "mit dir kann man nicht reden, du kannst ja nicht denken."

Vor einer Woche war Johanna mit Martin zu einer Familienfeier bei ihrer Tante Lu in Holland eingeladen. Bis zum letzten Moment wusste sie nicht, ob Ludger Martin würde mitfahren lassen. Aber dann wurde ihm ein Mitkommen doch gewährt. Während der Autofahrt fragte Johanna Martin nach dem Pfadfinderlager in Schweden. Martin schwieg die ganze Fahrt über. Bei den Verwandten wurden sie sehr herzlich aufgenommen. Im Beisein von anderen war Martin wie auch sonst immer die Freundlichkeit selber. Und sicher konnte sich keiner vorstellen, wie garstig er sich ihr gegenüber oft verhielt. Johanna freute sich daran, beobachten zu können, wie ungezwungen sich Martin benahm, wie er es offensichtlich genoss, im Kreise der großen Familie dabei zu sein, auch einige Vettern und Cousinen kennenzulernen. Man war begeistert von Martin, seinem Charme, der schon deutlich dem eines Jugendlichen entsprach, auch wenn Johanna daran dachte, wie sehr er noch Kind sein konnte, wenn er bei ihr

in "seinem" Zimmer selbstvergessen mit Lego und Playmobil spielte.
Am Abend im Hotelzimmer, das Tante Lu für sie besorgt hatte, schlug die Stimmung sofort wieder um. Martin war abweisend und einsilbig. Er schaltete das Radio an und hörte Musik. Johanna wollte den bis dahin schönen Tag friedlich beenden. Sie streckte ihre Hand zu Martins Bettseite aus, um ihm Gute Nacht zu sagen. "Nimm sofort die Hand da weg", schrie Martin sie an. Johanna war erschrocken, aber mit diesem Missklang wollte sie den Tag nicht beenden. Sie beugte sich zu Martin und sagte. "Martin, ich bin froh, dass der Papa dich hat mitkommen lassen. Es war doch eine wirklich schöne Familienfeier, wie du sie gerne hast. Ich will dir nur noch einmal sagen, dass ich immer für dich da bin, auch wenn ich dir jetzt nicht mehr so oft schreibe, weil Papa und Sigrid das nicht wollen."
Inzwischen hielt sich Martin bereits mit den Händen die Ohren zu. Trotzdem konnte Johanna noch nicht aufhören. Sie wollte ihm noch zu verstehen geben, dass sie die ganze Entwicklung der letzten Zeit sehr traurig fände. Aber das war zu viel für Martin. Vielleicht hatte sie den Zeitpunkt, um mit ihm zu reden, nicht gut gewählt. Jedenfalls sprang Martin aus dem Bett, zog seine Bettdecke auf den Boden und legte sich dorthin neben das Bett. "Jetzt wo du mein Bett angefasst hast, kann ich darin nicht mehr schlafen. Und lass mich endlich in Ruhe."
"Martin, bitte, komm doch zurück ins Bett. Morgen bist du ganz gerädert. Der Fußboden ist doch viel zu hart", Johanna versuchte, ihn an den Armen zurück ins Bett zu ziehen. Doch Martin schlug wütend um sich. "Wenn du mich nicht sofort loslässt, trete ich dir ins Gesicht", schrie er, außer sich vor Wut. Dann rannte er zum Bad und schloss sich dort ein.
Von dort stieß er weiter wüste Beschimpfungen aus. Sie meinte zu verstehen: du bist ja sowieso nicht normal..., geistesgestört...

Johanna fühlte sich von allem derart überrumpelt, besonders von den Handgreiflichkeiten, dass sie in ihrer Not zum Zimmer ihrer Eltern lief und ihren Vater, der schon im Bett lag und sich extra anziehen musste, bat, ihr zu helfen, sie habe Angst vor Martin.
Als Martin sie am Arm packte und sie hin und her zerrte, stiegen in ihr verdrängte Bilder auf, dass auch Ludger sie einige Male gezerrt und geschlagen hatte. Nun sollte der Vater sie vor ihrem Sohn schützen und ihm gut zureden.
Als sie gemeinsam das Zimmer betraten, lag Martin im Bett und schien zu schlafen. Der Vater sah Johanna fragend an. Sie nahm ganz deutlich in seinen Augen den Verdacht wahr, dass es sich bei dem Geschilderten um ein reines Hirngespinst von ihr gehandelt hatte.
Johanna konnte nicht einschlafen. Martin gab merkwürdige Geräusche von sich. Fast wie ein Tier zog er die Luft durch den Rachen hoch. Es klang unheimlich. In Johannas Kopf hämmerte das Wort "geistesgestört". Es kam ihr vor, als läge sie am Boden, niedergezwungen von Ludger, der es nun auch geschafft hatte, den Sohn gegen sie aufzuhetzen und ihm ein ungeheuer verzerrtes, unerträgliches Bild seiner eigenen Mutter aufzuoktroyieren.

Mit ihrer Qual kann Johanna zu niemandem mehr kommen. Keiner will mehr davon hören, so scheint es ihr. Sie ahnt, dass sie mit dem Erzählen der immer gleichen Probleme allen auf den Wecker geht.
Als ihr Lebensmut trotz ihres ständigen Bemühens um Ruhe und Geduld, um Vertrauen, dass ihre Liebe zu Martin nicht verloren gehen möge, beinahe auf null sinkt und sie große Angst überfällt, ob es ihr gelingt, nicht zu zerbrechen und gesund zu bleiben, entschließt sich Johanna, noch einmal ihren früheren Analytiker Dr. Offermann aufzusuchen.

Der ist erschüttert über die Entwicklung, die ihre Geschichte genommen hat. Er hat gedacht, dass der Abbruch der Analyse zu einer Rettung ihrer Ehe geführt hat. Nun muss er sich selbst und Johanna eingestehen, dass er vor einem ziemlichen Scherbenhaufen steht.

Dr. Offermann erkennt sofort die Not, in der sich Johanna befindet und bietet ihr Therapiestunden an, die er bei der Krankenkasse beantragen will.

Fast zehn Jahre sind vergangen, seit Johanna die Analyse beendet hat. Es ist noch eine alte Vertrautheit da zwischen ihr und dem Analytiker, der sie wohl so gut kennt wie sonst niemand. Johanna ist froh, dass sie in ihrer schwierigen Situation nun wieder für eine Zeitlang kompetente Hilfe hat. Dr. Offermann ist zufrieden, dass sie seit damals nicht wieder krank geworden ist. "Wissen Sie, Frau Vogel, in den Jahren habe ich auch eine Menge dazugelernt." Dieses Geständnis erstaunt Johanna und noch mehr, als er ihr eingesteht, dass er heute, mit der gewonnenen Erfahrung, ihre Erkrankung nicht mehr in der gleichen Weise behandeln würde. "Ich glaube, ich habe auch Fehler gemacht", räumt der früher so selbstgewisse Arzt ein. Aber was nutzte ihr heute diese Erkenntnis? Wie oft hatte sie sich gefragt, ob der Preis der Psychoanalyse nicht zu hoch gewesen war? Doch solche Fragen waren im Grunde nur hypothetischer Natur und halfen ihr nicht weiter.

Sehr bald schon erfährt Johanna in den Gesprächen mit Dr. Offermann, dass sie die Not von Martin, obwohl geahnt, doch nicht genug erkannt hat. "Für Ihren Sohn bedeutet es eine ungeheure Anstrengung, überhaupt zu Ihnen zu kommen, Frau Vogel", hat er ihr erklärt, "es bedeutet für ihn einen großen inneren Kraftaufwand, sich darüber hinwegzusetzen, dass sein Vater und dessen Lebenspartnerin ihm signalisieren, dass es nicht gut sei, wenn er Sie besucht."

So hatte Johanna das bisher nicht gesehen. Zu sehr hat sie unter der herabsetzenden Haltung von Martin gelitten, als dass sie genug würdigen konnte, dass er trotzdem zu ihr kam.
"Wenn Sie ihn dann noch zusätzlich in Anspruch nehmen durch Fragen und den Wunsch nach Nähe, so muss Martin das abwehren, sonst stellen solche Wünsche eine starke Erschütterung für ihn dar, die er abwehren *muss,* weil er es anders nicht aushalten kann."
Johanna ist dankbar für diese Erklärung. Meine Entscheidung, noch einmal zu Dr. Offermann zu gehen, war richtig, denkt sie. Mit seiner Unterstützung würde es ihr besser gelingen, Martin zu verstehen, ihm gerecht zu werden und sich in den weiterhin schwierigen Situationen angemessener zu verhalten.
In der Folgezeit wird Johanna immer deutlicher, in welch scheußlicher Zwickmühle ihr Sohn, der doch halb noch Kind ist und schon so Schweres auszuhalten hat, sich befindet. "Martin muss Sie sich förmlich vom Leib halten, Ihnen immer wieder Abstand und Zurückweisung zumuten, damit ihm selbst die Besuche nicht zu nahe gehen und er dadurch irritiert wird."
Dr. Offermann bietet ihr immer wieder neue und einleuchtende Erklärungen an. Einmal gebraucht er das Bild der Waagschale, die auf ihrer Seite immer schwerer würde, weil sie einseitig etwas gebe, ohne etwas dafür wieder zu erlangen. Doch im Moment erscheint es Johanna, als wenn sie sehr viel von ihrem Arzt und Analytiker erhalte und dadurch die Waage zu einem Gleichgewicht käme.
Es ist schlimm und traurig, dass es so gekommen ist, dass Martin viel innere und äußere Distanz braucht, um sich selbst psychisch über Wasser zu halten. Johannas Schmerz und Trauer darüber sind unvermindert stark. Aber ihre eigene größtenteils bewältigte Not macht sie bereit, die Zwangslage ihres Sohnes zu erkennen und seine wirklichen Bedürfnisse, die er vor ihr verstecken muss, wahrzunehmen.

"Sie dürfen es ihm auf keinen Fall schwerer machen, als es ohnehin für ihn ist", hat ihr Dr. Offermann geraten. Und das will sie ja von ganzem Herzen. So muss Johanna lernen, auch zu akzeptieren, wenn Martin sie durch seine Schroffheit auf Abstand hält. Wenn er sie provoziert, wenn er ihre Angebote zurückweist, wenn er keine Nähe will, weder in Gesten noch in Worten, so ist das für ihn ein Weg, ein Ausweg aus dem Dilemma, dass er sie nicht lieb haben darf, weil er sonst nicht in Ruhe wieder dorthin zurückkehren kann, wo er lebt, nämlich bei seinem Vater.
Johanna will sich in Zukunft noch mehr Mühe geben, Martins Agieren und Reagieren zu begreifen, indem sie innerlich nichts für sich will, Martin ganz loslassen und so sein lassen kann, wie er es für sich braucht. Denn wie soll Martin es schaffen, wenn es ihr nicht gelingt, ihm Vertrauen entgegenzubringen?
Ich kann nicht alles richtig machen, aber ich bin in der Lage, dazuzulernen, denkt Johanna, und der Gedanke tröstet sie.

Etwas Unglaubliches war geschehen. Die Mauer zwischen beiden Teilen Deutschlands war gefallen. Nicht durch Gewalt, sondern durch den Mut, den Freiheitsdrang, die Risikobereitschaft von Hunderttausenden von Menschen. Mit Phantasie und Geduld, die sich nicht zu gewaltsamen Schritten verleiten ließ, hatten sich die Menschen im Osten aus ihrem Gefängnis befreit, hatten auf unblutige Weise der Freiheit Bahn gebrochen. Während noch ein knappes halbes Jahr zuvor der Freiheitswille, die Proteste für Menschenrechte in China auf dem "Platz des Himmlischen Friedens" mit Panzern grausam, brutal und erbarmungslos niedergewalzt worden waren.
Wie die meisten Menschen ließ sich Johanna vom Freudentaumel dieser unvorstellbaren "friedlichen Revolution" mitreißen. Diese Stimmung von Hoffnung und Aufbruch ergriff sie zutiefst.

Das Einreißen von Mauern, das Zusammenkommen von bisher Getrenntem - es entsprach auch so sehr ihrem eigenen Erleben und beglückte sie deshalb in besonderer Weise. In der letzten Zeit hatte sich ihr Verhältnis zu Martin deutlich entspannt. Er war jetzt viel auskömmlicher, erzählte auch von sich aus schon mal von seinen Erlebnissen bei den Pfadfindern oder von schulischen Aktivitäten.

Auch durch die Hilfe ihres Analytikers und den zusätzlichen Besuch einer "Besuchselterngruppe", bei der sich Frauen und Männer trafen, deren Kind beim jeweils anderen Elternteil lebte, und die ihre Erfahrungen austauschten, war es Johanna weitgehend gelungen, Gelassenheit und Ruhe zu bewahren und sich nicht durch Martin provozieren zu lassen. Gewiss, es war eine enorme Arbeit, diese Disziplinierung und oftmals eine Gratwanderung. Aber immer wieder sagte sie sich, wie viel an Lasten den noch viel weniger kräftigen Schultern von Martin bereits aufgebürdet wurde. Johanna hatte auch erfahren, dass Ludger und Sigrid inzwischen geheiratet hatten und fragte sich, ob dieser Umstand die häusliche Situation für Martin leichter oder schwerer machen würde. Aber sie hatte sich angewöhnt, keine Fragen zu stellen oder Kommentare abzugeben. Und das war gut so. Sie erkannte an manchem, was Martin in Erzählungen einfließen ließ, dass er sich seine eigenen Gedanken zu machen begann, dass er sehr genau beobachtete. Sie merkte auch, dass er sich im Ablösungsprozess von seinen *beiden* Eltern befand, dass er kritisch wurde und Gesagtes mit Getanem verglich.

Johanna fühlte sich in ihrem Beruf wohl, nahm eine Menge an kulturellen Angeboten wahr, las viel und begann verstärkt, wieder Gedichte zu schreiben. Zu Martins dreizehnten Geburtstag hatte sie ihm ein langes Gedicht geschrieben, in das sie all ihre Liebe hatte einfließen lassen. Als sie es ihm vorlas, war er sichtlich gerührt und meinte, sie sei ja doch so etwas wie eine Dichterin. Und ihr Herz schlug laut vor Glück.

Immer mehr versteht Johanna, sie selbst zu sein, ihr Leben so zu akzeptieren, wie es ist. Nicht immer kann sie ausgeglichen und fröhlich sein. Es gibt immer wieder auch traurige Tage, aber die muss sie nicht verstecken oder entschuldigen. Auch vor Martin will sie sich nicht verstellen. Es entspricht auch überhaupt nicht ihrem Charakter. Sie ist jetzt ganz zuversichtlich, dass Martin sich sein eigenes Bild von ihr machen kann. Und sie hat keine Angst davor. Auch Martin kann ihr ohne Angst erzählen, wenn er mal eine Arbeit verhaut oder eine schlechte Zensur auf dem Zeugnis hat. Sie hat ihm vermittelt, dass es im Leben nicht auf Zensuren ankommt. Johanna freut sich über Martins vielfältige Interessen und besonders darüber, dass sie ihm seine vielen Buchwünsche durch ihre Arbeit in der Buchhandlung gut erfüllen kann.
Es gefällt Johanna, wie selbständig Martin geworden ist, wie er ganz bei einer Sache sein kann. Gerne besucht er mit ihr Museen, und da kann sie ihm eine Menge erklären. Aber immer wieder muss Johanna sich auch hüten, ihm nicht zu nah zu kommen oder ihm zu viel zu sagen, was sie doch auch für ihre Aufgabe als Mutter hält.
Es ist schon öfter vorgekommen, dass er beim Mühle- oder Schachspiel Züge manipuliert hat, nur um zu gewinnen. Das gefällt Johanna gar nicht. „Martin, du kannst nicht einfach falsch spielen um deines Vorteils willen", hat sie ihm gesagt, „mit dreizehn Jahren bist du wohl alt genug, dich an Spielregeln zu halten." Doch er hat das Spiel wütend vom Tisch gefegt und ist mit dem Ausruf „Dann spiele ich eben überhaupt nicht mehr!" in sein Zimmer gerannt.
Einerseits konnte Johanna ein solches Verhalten nicht gutheißen, das fast nur auf sich selbst und seinen Vorteil bedacht war. Andererseits gefiel es ihr auch ein Stück weit, dass Martin ganz dem Moment und ohne Rücksichten lebte, jedenfalls in ihrem

Beisein. Sie selbst hatte stets mit viel zu vielen Rücksichten gelebt, so dass sie oft gar nicht ihr eigenes Leben lebte. Ihr war von ihren Eltern eine zu große Unterwürfigkeit, eine falsche Demut anerzogen worden, die es ihr auch heute noch so schwer machten, sich zu wehren, nicht immer wieder einzustecken und dadurch unglücklich zu sein. Sie wünschte Martin, dass er seine eigenen Interessen durchsetzen könne, dass er freier und offener, als ihr das möglich war, zu leben. Sie wollte ihm Raum lassen für seine Eigenart und hatte doch auch die Verantwortung, ihm sagen zu müssen, wenn er sich nicht richtig verhielt.

Dennoch, eins hatte sie inzwischen begriffen, dass sie mit ihrem Schatten würde leben müssen: dem Schatten ihrer Herkunftsfamilie, dem Schatten ihrer Erkrankungen. Es hatte eines langen Prozesses bedurft, zu erkennen, dass sie ihre Familie nicht mehr ändern konnte. Und jetzt, wo nach einem weiteren Jahr der "Behandlung" bei Dr. Offermann die vorzeitig abgebrochene Analyse zu einem Ende kam, lernte Johanna zu begreifen, dass sie ihre Last allein tragen musste. Gerade um Martin eine freie Sicht der Welt, auch ein eigenes Bild von ihr zu ermöglichen, nahm sie die anstrengende Arbeit auf sich, sich durch all das Geröll, den Schutt und Müll von Generationen hindurchzuschaufeln.

Mit Zuversicht und Freude erlebt Johanna, wie Martin allmählich erwachsen wird. Manchmal scheinen ihr die Rollen vertauscht. Sie kann an ihm sehen und von ihm lernen, dass er sich zu schützen weiß vor Dingen, die ihn belasten und dass er sich wehren kann. Es macht sie zufrieden, dass sie ihrem Sohn eine freiere Lebensweise zugestehen kann, als sie selbst durch die Sichtweisen, Gebote und Verbote, die ihr von ihren Eltern übergestülpt wurden, lange Zeit für sich in Anspruch hat nehmen können. Die Netze, in denen sie gefangen war, hat sie mit Hilfe der Psychoanalyse erkennen und sich aus ihnen lösen können und

muss diese nun nicht in einem Prozess des Wiederholungszwanges ihrem Sohn überwerfen.
Traurig ist sie noch immer darüber, dass diese Entwicklung so lange gedauert hat, dass ein gemeinsames Leben mit Ludger daran gescheitert ist. Heute kann sie vieles viel objektiver betrachten. Ja, sie war in vielem zu unreif, zu impulsiv, hat gelitten an sich selbst und auch an ihrer beider nicht gelingendem Zusammenleben. Nun, nach den Jahren der Entbehrungen und Verzichte, des Leidens und des Kräfteverbrauchs, geht es Johanna so viel besser, fühlt sie sich bei sich selbst angekommen.
Diese neu gewonnene Sicherheit trägt dazu bei, dass sich ein schönes und entspanntes Verhältnis zu Martin entwickelt hat. Sie kann die gemeinsamen Zeiten genießen. An seinem Verhalten meint sie zu erkennen, dass er spürt, dass sie ihn in Ruhe heranreifen lassen kann, dass er auch bei ihr inzwischen Wurzeln und ein Refugium hat, um seinen eigenen Weg zu finden und zu gehen.
Vorgestern hat Johanna ihre letzte "Analyse"stunde bei Dr. Offermann gehabt. Ein langer schmerzhafter, oft quälender Prozess ist zum Abschluss gekommen. Es war bewegend. Seit siebzehn Jahren kennt er sie. Durch sein Verständnis, seine Sicherheit, seinen Mut hat er sie gehalten und wo es nötig war, immer wieder gefordert. Seine Hilfe, aber ebenso ihre Entschlossenheit, sich aus den Abgründen zu befreien, haben letzten Endes zum Erfolg geführt. Und dafür ist Johanna unsagbar dankbar. Sie weiß, dass sie auch in Zukunft nicht frei von Problemen, von der Gefahr, sich zu überfordern und dann nicht durchzuhalten, sein wird.
Sie hat in diesen schweren Jahren auch ihrem Kind eine Menge zugemutet, weil sie ihm nie eine Maske vorgezeigt hat. Martin hat sie erlebt in ihrem Kummer, in Kleinmut und Schwäche, in Trauer, aber auch Freude. Das wichtigste ist ihr gewesen, nie unaufrichtig zu sein. Und wenn ihr dabei manchmal die

Souveränität abhandengekommen ist, so hat er auch das erfahren. Eltern sind keine Roboter und keine perfekten Menschen. Diese Erkenntnis kann Johanna inzwischen auch auf ihre Eltern anwenden. Und sie möchte es auch, weil Martin seine Großeltern liebt und stolz ist, dass unter seinen Vorfahren berühmte und herausragende Persönlichkeiten und sogar Adlige waren.

Das Ambivalente dieser Familie spürt Johanna noch in sich, das Bedürfnis, etwas Besonderes zu leisten, diesen gewissen Familiendünkel, sich besser vorzukommen als andere. Aber gerade das will sie nicht, sich über andere erheben, sondern weise, einfach und gelassen werden. Johanna will leben und andere leben lassen. Für diesen Weg der Reifung wünscht sie sich eine noch größere Leichtigkeit und etwas mehr Humor.

Johanna denkt: Es ist gut zu leben, und es ist gut, dass Martin ist, wie er ist. Sie ist gespannt auf ihr weiteres Leben und auf Martins Entwicklung.

Tage und Jahre vergehen. Ein Blatt schwebt scheinbar in der Luft. Es wird gehalten von einem Spinnwebfaden. Es wird vom Wind hin und her gewirbelt und fällt doch nicht zu Boden.

So sieht auch Johanna ihr Leben. Es wird von Stürmen geschüttelt. Aber etwas bewahrt es vor dem Fallen.

Sieben Jahre sind seit der Scheidung vergangen. Die Haut hat sich erneuert. Sie ist nicht mehr so dünn, so verwundbar.

Johanna hat mit Martin auch viel Schönes erlebt, sie haben gemeinsame Reisen gemacht nach Rom, nach London, nach Berlin. Wenn sie dabei länger zusammen sind, gelingt ihr Auskommen gut. Johanna ist stolz auf den heranwachsenden Sohn, und sie freut sich besonders über Komplimente, wie hübsch er aussieht, wie ähnlich er ihr ist, wie freundlich, wissbegierig, hilfsbereit er sich anderen gegenüber verhält.

In der Schule kommt er gut mit. Geschichte und seit kurzem Kunst sind seine Lieblingsfächer. Nur Mathe ist sein Sorgenfach, und er ärgert sich darüber, dass sein Vater keine Zeit erübrigt, mit ihm dafür zu üben. Überhaupt fühlt er sich zu Hause zunehmend unwohl. Seit er erwachsener geworden ist, Martin ist inzwischen sechzehn Jahre alt und kein Kind mehr, geht er auch seinem Vater gegenüber auf kritische Distanz. Vieles stört ihn, was er lange Zeit aus Angst, den Vater zu verlieren, hingenommen hat. Diese Kleinkariertheit, diese Atmosphäre des Misstrauens besonders seitens seiner Stiefmutter, die ihm verbietet zu telefonieren, weil das zu teuer sei. Taschengeld bekommt er nur fünfzehn Mark im Monat, damit muss er auch noch für die Pfadfinderwochenenden zurechtkommen. Nein, er ist kein Kind mehr und will sich nicht länger alles vorschreiben lassen. Zuhause hat er kaum noch ein Eigenleben. Was ihn auch sehr ärgert, ist, dass er in irgendwelchen Angelegenheiten, die die Familie betreffen, überhaupt nicht informiert, gefragt oder um seine Meinung gebeten wird. So haben sie zum Beispiel in sein Zimmer eine große Glasschiebetür eingebaut, ohne ihn zu fragen, was er dazu sage. Nun fühlt er sich wie in einem Schaufenster sitzend und von außen beobachtet. Für ihn hat der Vater auch kaum noch Zeit. Alles dreht sich nur um seine neue Frau oder um seine Arbeit, das einzige Thema, wenn sie mal Zeit für ein gemeinsames Essen haben. Das Gemeckere und die ständige Unzufriedenheit mit ihm gehen ihm ziemlich auf die Nerven. Martin fühlt sich wie ein Kleinkind behandelt. Wenn er zu Hause ist, fühlt er sich wie in einem Käfig. Deshalb verbringt er so viel freie Zeit wie möglich mit Freunden und bei den Pfadfindern. Seit einer gemeinsamen Irlandfahrt ist er verliebt in Gabi. Er möchte sie gerne öfter sehen oder wenigstens mit ihr telefonieren können, weil sie nicht an seinem Wohnort wohnt. Aber da kann er kein Verständnis und Entgegenkommen erwarten. Was er jetzt braucht, ist etwas mehr Freiraum und einen Menschen, der ihm vertraut und dem er sich anvertrauen kann. Oft fühlt er sich sehr einsam. Zu Hause fühlt er sich nicht mehr zu Hause.

Johanna hat ihre Eltern besucht. Das Alter und ihre zunehmende Gebrechlichkeit sind unübersehbar. Der Vater ist krank und muss sich in Kürze einer lebensgefährlichen Operation unterziehen. Johanna spürt, dass sich ihr Leben dem Ende zuneigt und damit für sie eine Epoche - die des Kindseins - zu Ende geht. Martin ist in dem Alter, in dem damals bei ihr die Krankheit begann, die ihr Leben geprägt hat und noch immer prägt. Dieses Abgeschoben worden sein in die Irrenanstalt, die man heute Psychiatrie nennt, ist ein Trauma, das lebenslang in ihr nachwirkt. Manchmal noch überfallen sie die Erinnerungen an diese grausame Zeit, das Behandelt werden wie ein Stück Vieh, das Gefesselt sein an Händen und Füßen mit eisernen Ketten, diese absolute Hilflosigkeit.
Johanna möchte gute Gefühle für ihre Eltern haben, ihnen keine Schuld zuweisen. Sicher konnten sie aus eigener Hilflosigkeit nicht anders handeln. Aber noch immer macht es ihr zu schaffen, dass sie von ihnen nie positiv unterstützt worden ist, dass sie nie das Gefühl hatte, dass sie gut genug war und deshalb ihr Leben eine einzige Anstrengung war. Immer hat sie so viel *leisten* müssen. Johanna erinnert sich daran, dass sie als Kind ihre Mutter beneidete, weil sie *nur* den Haushalt machen musste und sie selbst immer lernen, lernen, den Anforderungen und Erwartungen des strengen Vaters genügen. Und auch heute tun ihr seine überheblichen Urteile über andere, seine unangefochtene Selbstzufriedenheit, seine abschätzigen Bemerkungen weh. Wahrscheinlich, so denkt sie, hat er auch Wärme in sich, er hat ja immer gut für seine Familie gesorgt, er unterstützt sie auch jetzt noch mit Geld, ohne das sie bei ihrem geringen Verdienst kaum leben könnte. Aber was gefehlt hat, war, dass ihre Talente und

Vorzüge anerkannt worden sind. Deshalb hat sie sich oft und immer wieder Dinge zugemutet, die eigentlich zu schwer für sie waren, um ihrer Familie, besonders dem Vater zu beweisen, dass sie etwas wert ist. Mit der Mutter hat sie noch immer großes Mitgefühl, weil sie im Grunde nie ihr eigenes Leben gelebt hat. Diese Leidensfähigkeit der Mutter, die eigentlich nur ein Leben aus zweiter Hand gelebt hat, hat Johanna wohl ein Stück weit übernommen. Sie hat ihr Schicksal aus einer tiefen Religiosität heraus angenommen. Und das Vertrauen an einen gütigen, gerechten, barmherzigen Gott hat sie in die Herzen ihrer Kinder gepflanzt. Johanna sieht dies als etwas Gutes an. Und sie weiß, dass sie ohne den Trost, den sie erfährt und erfahren hat in ihren Gebeten, wenn sie verzweifelt und am Boden zerstört war und ihr kein Mensch helfen konnte, nicht mehr leben würde, dass dieses Grundvertrauen in eine helfende heilende Macht sie vor einem Selbstmord, dem sie mehrfach gefährlich nahe war, bewahrt hat. Diesem Vater im Himmel hat sie ihren Schmerz, ihre Sorgen, Nöte und Ängste anheimgestellt und ihm letztlich auch das Schicksal ihres Sohnes mit großer Hoffnung und Zuversicht anvertraut. Und Johanna glaubt daran, dass alles, was geschieht, einen Sinn hat. Wenn sie das nicht glaubte, könnte sie das Leben, das ihr so viele Beschwernisse bereitet, nicht aushalten.

Denn immer wieder geschieht es, dass sie nah vor einem Krankheitsausbruch steht. Sie kämpft gegen ihre Krankheit, die manisch-depressive Psychose. Es ist wie der Kampf mit einer siebenköpfigen Hydra. Fast aussichtslos, fast nie vollends zu gewinnen. Unvorhergesehen passiert es ihr, dass sie auf scheinbar bedrohliche oder sie sehr bewegende Situationen überempfindlich reagiert. Von Assoziationen überschwemmt, in immer neuen Suchbewegungen, nicht zur Ruhe kommend, findet sie keinen Schlaf. Die Schlaflosigkeit verursacht eine ungeheure Erschöpfung, und dadurch gerät Johanna in diese Ausnahmezustände, die niemand *Normales* verstehen oder nachvollziehen kann. Und dabei will sie nicht auffallen, will ihrer Arbeit nachgehen, tut nach außen so, als sei sie gesund. Und wie gerne wäre sie es! Ein für alle Mal! Wie müde ist sie des Kämpfens und möchte sich doch so gerne fallen lassen. Vielleicht ist ihre Sensibilität zu groß für diese krankhafte, sie krankmachende Ellbogen- und Konsumgesellschaft.

Eines Tages steht Martin mit Sack und Pack vor Johannas Türe. Er hatte sich mit Bus, Bahn und das letzte Stück zu Fuß auf den Weg gemacht. Mit vielen Plastiktüten bepackt, wurde er vom Schaffner im Zug gefragt, ob er auf der Flucht sei. Danach hat er am Bahnhof einen Einkaufwagen gefunden, in dem er wie ein Obdachloser seine Sachen durch die Stadt bis zu Johannas Wohnung gekarrt hat. Als Johanna ihm die Tür öffnet, sagt er nur: "Sie haben mich rausgeschmissen!", läuft in sein Zimmer, wirft sich aufs Bett und weint hemmungslos. Johanna ist zutiefst getroffen. Welch eine abgrundtiefe Traurigkeit und Einsamkeit muss Martin in sich fühlen! Sie lässt ihn erst eine Weile zur Ruhe kommen, setzt sich dann vorsichtig neben ihn, legt die Hand auf sein Haar. Allmählich beruhigt er sich. Und dann kommt seine ganze Verzweiflung zum Ausbruch: "Ich habe kein Zuhause mehr. Sie haben gesagt, ich brauche nicht mehr zurückkommen. Sie haben gesagt, nun solle seine Mutter für das Kind sorgen, das sie in die Welt gesetzt habe. Ich habe es nicht mehr ausgehalten. Immer diese ungerechten Einschränkungen, nichts darf ich. Und der Papa will mich nicht verstehen und ist sowieso fast nie da..."
Schon wieder wird Martin von Weinkrämpfen geschüttelt. Er lässt seinen Kopf schwer auf Johannas Schulter sinken, als wolle er sagen, nun musst du mir helfen, diese Last zu tragen.
"Ich habe mir überlegt, dass ich auch von hier aus zur Schule fahren kann", sagt er später, "das würde doch gehen, dass ich hier für eine Weile wohnen kann?"

Natürlich will Johanna ihm diese Möglichkeit einräumen. Sie beruhigt ihn erst einmal, so gut sie kann. Sie ist selbst sehr aufgewühlt durch Martins Not und diese unerwartete neue Situation.
Nun ist es, ganz anders als jemals zu vermuten war, dazu gekommen, dass Martin bei Johanna wohnt. Wie oft hatte sie sich in den zurückliegenden Jahren danach gesehnt, Martin öfter zu sehen, mehr über ihn zu wissen, mehr an seinem Leben teilnehmen zu können. Nun könnte alles so gut werden. Aber die Ausgangslage ist dazu nicht angetan. Martin betrachtet sein Zimmer bei ihr nur als eine Schlafstätte. Seine Sehnsucht geht dahin, sich mit dem Vater zu versöhnen und nach Hause zurück zu können. Johanna bemüht sich, es ihm so schön wie möglich zu machen. Vor dem Dienst bereitet sie ihm seine Butterbrote für die Schule, abends kocht sie vor, damit Martin mittags eine warme Mahlzeit vorfindet. Doch er weist alle "Bemutterung" brüsk von sich. Er sagt nicht, wann er kommt und wann er geht. Manchmal kommt es Johanna so vor, als wenn sie für ihn überhaupt nicht existiere. Sie will ihn verstehen in seinem Kummer, fühlt seine Unbehaustheit, seine Ungeborgenheit, die sie ihm so gerne nehmen würde. Sie spürt, wie sehr er darunter leidet, dass sein Vater ihm die Tür zugeschlagen, ihn abgeschoben hat.
Aber es ist doch schwer für Johanna zu ertragen, diese Anspannung durch die häusliche enge Situation. Auch für Erika, die ganz selbstverständlich eingewilligt hatte, dass Martin bei ihnen wohnen könne, ist es eine zusätzliche Belastung. Auch sie hat einen langen anstrengenden Arbeitstag und möchte sich abends ausruhen können. Martin aber benimmt sich ziemlich rücksichtslos. Auch von ihr nimmt er so gut wie keine Notiz, grüßt höchstens kurz und wenig freundlich, sieht anscheinend gar nicht, wie sie sich für ihn einschränken in ihrer Bewegungsfreiheit. Es scheint so zu sein, dass Martin sich hier nicht wohlfühlen *will*, weil er hofft, doch bald wieder nach Hause,

in sein Zimmer, näher zu seinen Freunden und zur Schule zurückkehren zu können.
Nach einigen Monaten mit schwierigen Telefonaten mit dem Vater, bei dem ihm dieser die Schuld daran gibt, dass es zu einem Zerwürfnis zwischen ihnen gekommen ist, zieht Martin wieder nach Hause zurück. Johanna ist froh, dass er sich mit dem Papa ausgesöhnt hat, denn sie hat die ganze Zeit seine übergroße Sehnsucht nach einer Verständigung mit ihm gespürt.
Zwei Wochen später, an einem Sonntagabend ist er wieder zurück. Ohne Sachen, nur mit einem abgelegten Mantel seines Vaters ist er mitten in der Nacht aufgebrochen, hat zuerst bei einem Freund übernachtet und noch im Pfadfinderheim aufgeräumt. Es sei alles wie früher gewesen, nichts habe sich geändert, erzählt er Johanna. Wie vor einem Tribunal sei er sich vorgekommen. Wie bitter muss es für Martin gewesen sein, sich nicht wirklich willkommen geheißen zu fühlen! Eine große Enttäuschung und Kränkung, die seine Einsamkeit noch vermehrt.
Jetzt ist es nur noch ein halbes Jahr bis zu Martins Abitur, und es scheint klar, dass er diese Zeit bei Johanna wohnen bleiben wird. Sie hat sich schon überlegt, wie sie das Zimmer, in dem er wohnt, umgestalten kann, damit er mehr Platz für seine Sachen und zum Arbeiten hat.
Martin ist auskömmlicher, aber insgesamt doch sehr reserviert. Er betrachtet die Wohnsituation als Provisorium, und das ist sie ja wohl auch, wie letztlich unser ganzes Leben. Und doch will Johanna ihm für die restliche Zeit ein Stück Geborgenheit und Sicherheit geben, damit er nicht noch mehr unter der Zerrissenheit zwischen zwei Stellen, an denen er sich nicht zu Hause fühlt, zwischen seinen Eltern, die ihm nicht genügend Raum geben konnten für eine ungestörte Entwicklung, leiden muss. Nun soll er wenigstens für die kurze Zeit, die noch bleibt, bis er aufbricht in die Welt und auf eigenen Füßen stehen und laufen kann, bei ihr ein Refugium haben, wo er sich aufgehoben fühlen kann. Mit all

ihren Kräften will sie verhindern, dass es ihm so schlecht geht, wie es ihr in seinem Alter gegangen ist.
Und dieser Wunsch, dieses tägliche Bemühen zehrt stärker an Johanna, als es für sie gut ist. Oft verbringt sie schlaflose Nächte vor Sorge um Martin, dem es sichtlich nicht gut geht. Mit Schlaftabletten, die ihr ihre verständnisvolle Ärztin verordnet, kommt sie einigermaßen über die Runden. Und Martin zeigt sie nur ihr Überlebensgesicht. Denn wenn sie etwas von ihrem Kummer durchschimmern lässt, kann er das nicht ertragen und zieht sich völlig zurück. Natürlich, diese Qual, diese Angst, dass die Krankheit sie wieder einholt, kann ein junger Mensch wie Martin nicht verstehen, viel weniger noch nachvollziehen. Im Grunde macht er ihr vor, wie man leben kann. Er kann das, was ihn belastet, leichter abschütteln als sie. Er führt ihr vor, dass er gedenkt zu leben.

Johanna setzt sich an ihren neuen Schreibtisch, den sie sich gekauft hat, um sich selbst einmal etwas Gutes zu tun. Sie schaut auf die Birken im Hof, in denen sie die Vögel singen hört. Es ist Samstagmorgen, und sie hat zwei freie Tage vor sich. Sie nimmt sich vor, sie zu genießen. Sie wird Briefe schreiben und vielleicht ein neues Haiku. Abends wird sie zur Meditation gehen, durch die sie viel innere Gelassenheit lernt.
Johanna holt ihre Lieblingsschallplatte und legt das fünfte Klavierkonzert von Beethoven auf. Jetzt lauscht sie der Musik. Die Sonne scheint wirklich.
Johanna denkt: Ich muss mein Leben selber leben. Ich muss es so annehmen, wie es ist. Ich muss meine Krankheit akzeptieren. Ich werde dem schutzlosen Kind in mir selbst Vater und Mutter sein. Ich werde mich von nichts und von niemanden irre machen lassen. Ich werde mir eine Schutzhaut anziehen und die Widersprüche,

Ungerechtigkeiten und Ungereimtheiten des Lebens ertragen lernen.
Gestern hat Martin gesagt: Ich habe meinen Frieden gefunden.
Wir alle sind Facetten eines Ganzen, denkt Johanna, und deshalb können wir immer nur Ausschnitte sehen. Eigentlich braucht es gar nicht viel zum Leben, nur die Luft, die Sonne und die Liebe.

Johanna steht vor mir. Sie sagt: Du bist der rote Faden in meinem Leben
Warum willst du diese Geschichte erzählen, haben sie mich gefragt. Ich konnte darauf keine befriedigende Antwort geben.
Nun habe ich sie fertiggeschrieben und habe mich die ganze Zeit über kein einziges Mal nach diesem Warum gefragt.
Ich glaube, es gibt keine falschere Frage als die nach einem Warum, weil es darauf keine Antwort geben kann. Dieser Roman ist die Antwort selbst. Das Leben ist die Antwort selbst.
Auch Johanna hat nicht nach einem Warum gefragt. Unweigerlich wäre die Frage nach Schuld aufgetaucht, und die bringt weder Erklärung noch Hilfe. Eine solche Frage liegt nicht in unserer Hand, weil es vielleicht auch darauf keine Antwort gibt.
Das Ganze erkennen wir nicht.

Pressestimmen zum Roman „Meine Freundin Johanna"

Literarische Spurensuche in der Psyche

In Ilka Scheidgens neuem Roman unternimmt die Autorin den Versuch, den Grund für die psychische Störung ihrer Freundin ausfindig zu machen und die Frage zu klären, warum ein Mensch, den man liebt, verrückt wird. Ilka Scheidgens neues Werk bietet weitaus mehr als einen eventuell erwarteten Erfahrungsbericht. Die Autorin nennt ihre Aufzeichnungen vielmehr ausdrücklich einen Roman, weil sie ihren aufklärerischen Auftrag vor allem als literarischen versteht. Ganz zu Beginn des Romans steht daher nicht von ungefähr ein Satz von Saint-Exupéry: "Die Sprache ist die Quelle aller Missverständnisse". Dass damit aber nicht die Sprache generell gemeint ist, sondern nur ein Zustand an ihr, der sich als sprachlicher noch nicht reflektiert hat, begreift der Leser erst nach und nach. Denn neben allen Missverständnissen, denen Johannas Krankheit besonders dort ausgesetzt ist, wo sie sich selbst zu ihrem Befinden äußert, wird mehr und mehr auch die sinnstiftende Möglichkeit von Sprache erfahrbar und die darin liegende heilende Kraft. Lyrische Texte, die sich mit existenziellen Fragen nach einem letzten Grund beschäftigen und die eine besondere Verständigungsebene zwischen Johanna und der Ich-Erzählerin bilden, durchziehen den Roman denn auch von Anfang bis Ende. Ihren Kulminationspunkt finden sie gewissermaßen in Ernst Meisters Gedicht "Der Grund kann nicht reden". Auf das Warum, auch das der Erkrankung Johannas, gibt es folglich keine wohlfeile Antwort. "Dieser Roman ist die Antwort selbst", schreibt die Autorin. Man kann ihr nur beipflichten: Ilka Scheidgen ist es gelungen, fernab von populärer Betroffenheitsliteratur die ergreifende Geschichte einer Frau nachzuerzählen, deren Leben zwar nicht der Normalität entspricht, deren Existenz diese Normalität aber ebenso in Frage stellt. - Michael Thalken in **Kölner Stadt-Anzeiger**

Die Krankheit zum Leben

In ihrem neu erschienenen Roman „Meine Freundin Johanna - Ein Leben mit Manie und Depression" hat die Autorin das Leben ihrer Freundin Johanna fiktiv nachgezeichnet, einer Frau, die llka Scheidgen seit Jugendtagen kennt.

Man nimmt Anteil an den schwierigen Lebenswegen einer Frau, die von der mütterlichen Seelenhypothek belastet, früh in eine Anstalt kommt, studiert, eine Buchhändlerlehre macht, Männer kennenlernt, heiratet, ein Kind bekommt und immer wieder ausrastet, wenn der innere oder äußere Druck zu groß wird. Nur Lithium und Literatur, therapeutische Geduld und Glaube können dann helfen, und wenige Freunde, zu denen auch die Autorin zählt.

llka Scheidgen ist mit „Meine Freundin Johanna" ein Roman gelungen, der sich mit einem komplizierten und in der Gesellschaft leider immer noch tabuisierten Krankheitsbild auf spannende Weise auseinandersetzt. Der aufklärt, ohne zu verurteilen. Erinnert, ohne zu beschönigen. Es wäre viel, wenn durch die stilistische Bandbreite dieser Annäherung Fernstehenden wie Betroffenen ein verständiger Zugang zu dem ermöglicht werden könnte, was Johanna leiden macht. So unerklärlich es auch sein mag. Auf diesen Seiten des Lebens. - Stefan Meetschen in **Die Tagespost**

Literarische Verarbeitung des Lebens in der Psychiatrie

Peter Rühmkorf hat sie als Meisterin der lyrischen Miniatur bezeichnet. Sie ist in erster Linie durch ihre Gedichte bekannt geworden. Dabei hat sie auch mit Büchern wie "Aufbruch ins Unbekannte" - über einen Suizidversuch - oder "Anna und Alena" - den Krebstod eines Kindes - gezeigt, wie einfühlsam sie einschneidende Ereignisse literarisch zu verarbeiten im Stande ist. In "Meine Freundin Johanna" geht es ebenfalls um die Bewältigung schwieriger Situationen - in diesem Fall um ein Leben zwischen Manie und Depression.

Johanna wird während des Zweiten Weltkriegs geboren. Schon während der Schulzeit zeigen sich erste Merkmale einer Erkrankung, die sie ihr ganzes Leben lang begleiten wird: Die Zyklothymie, ihr zunächst stark wechselndes Hin- und Herschwanken zwischen manischen und depressiven Phasen, wird in einer Nervenheilanstalt behandelt - und lernt Johanna die Hölle kennen. Durch Spritzen ruhiggestellt, wird sie mit Elektroschocks behandelt, bekommt eine Insulintherapie. Nur durch Zufall gerät sie in die Obhut eines mitfühlenden Oberarztes, der sie erfolgreich therapiert - so dass sie am Ende sogar ein Lehramtsstudium beginnen kann: Doch bald häufen sich wieder manische und depressive Phasen.

Der Text ist ein eindrückliches Erlebnis einer irrealen Welt, die auch das Elend der Psychiatrie in der Zeit nach dem Zweiten Weltkrieg widerspiegelt. *(FHV)*-**Ärzte-Zeitung**

Ilka Scheidgens neues Buch „Meine Freundin Johanna" war ein Kraftakt

Es war ein Kraftakt! Jetzt liegt der neue Roman der Schriftstellerin llka Scheidgen vor: „Meine Freundin Johanna". Fünf Jahre hat sie daran gearbeitet. 40 Jahre umspannt das Werk. 40 Jahre, die sie selber miterlebt hat.

„Ein Leben mit Manie und Depression", lautet der traurige Untertitel des Romans. Der Klappentext gibt einen treffenden Einblick: „Jugendschizophrenie - so lautete die Diagnose, mit der Johanna ins Landeskrankenhaus eingewiesen wurde. Ein Urteil. Ein Tabu. Die Diagnose stellt sich später als falsch heraus, aber Klinikaufenthalte werden noch häufiger nötig. Manischen Episoden folgen depressive, dazwischen versucht Johanna, ein Leben für sich zu finden."

Fünf Jahre lang studierte llka Scheidgen, Trägerin des Kreis-Kulturpreises, die Tagebücher ihrer Freundin und vertiefte sich in Fachliteratur. Dabei half der Autorin, dass sie sich schon während des Studiums mit Psychologie und Psychiatrie beschäftigte. Drei Jahre lang schrieb sie täglich, um den roten Faden nicht zu verlieren. Sie lebte zwei Leben, das der Erzählerin, und das der Romanfigur.

Schon alleine die Form zu finden, war enorme Arbeit. — Immer wieder sprachen die beiden miteinander. Gespräche wurden auf Band festgehalten und schließlich fand Ilka Scheidgen den Aufbau ihres Romans. Sie baut das Buch mittels zweier Erzählperspektiven auf: Sie fungiert als betrachtende Erzählerin und als die Geschichte durchleidende Johanna. llka Scheidgen zeichnet nicht nur ein persönliches Bild der Johanna, gesellschaftliche und familiäre

Strukturen werden aufgezeigt und der Roman spiegelt ein gutes Stück Medizingeschichte im Wandel der Zeit.

Wichtig ist der Autorin die Frage: Warum werden Menschen psychisch krank, andere nicht, obwohl sie Ähnliches mitmachen? Was ist normal, was nicht? Letztlich gibt es keine Antwort auf diese Frage. Johannas Glaube gibt ihr die Kraft, die ungeheuren Probleme zu bewältigen. So lernt Johanna, die scheinbar stigmatisierende Krankheit zu akzeptieren, mit ihr zu leben und ihren Frieden zu finden. - Bernd Kehren in **Kölnische Rundschau**

© *Ilka Scheidgen*

Ilka Scheidgen schreibt Lyrik, Romane, Erzählungen, Essays, Rezensionen und Autorenporträts. Ihr Porträtband „Fünfuhrgespräche" mit Gesprächen u.a. mit den Nobelpreisträgern Günter Grass und Herta Müller (2008, Lahr) fand große Beachtung. Die Biografie über Hilde Domin liegt bereits in der 6. Auflage vor. 2012 erschien von Ilka Scheidgen die erste und einzige Biografie über die Schriftstellerin Gabriele Wohmann „Gabriele Wohmann: Ich muss neugierig bleiben".

Pressestimmen zur Biografie „Hilde Domin-Dichterin des Dennoch" von Ilka Scheidgen

Scheidgen verknüpft Gedichte und essayistische Schriften mit Gesprächsaussagen Hilde Domins: „nicht im Stich lassen. Sich nicht und andere", gab sie in einem der über fast 20 Jahre geführten Gespräche ihr persönliches Credo preis. Zu Recht stellt Scheidgen heraus, daß Hilde Domin sich nicht als *Sprachartistin im Elfenbeinturm* verstand, sondern immer wieder auf das eigentliche Potential der Lyrik verwies: Widerstand zu leisten gegen alles instrumentalisierte Sprechen, gegen jedwede Manipulierbarkeit und jeglichen „Vorauskonformismus". „Solidarität statt Herde": Darin gründete ihr Engagement für Humanität, Zivilcourage und Wahrhaftigkeit. *Stimmen der Zeit*

Ilka Scheidgen hat sich der längst fälligen Aufgabe gestellt und eine Biographie der Dichterin Hilde Domin geschrieben.(...) Um Domins Plädoyer dafür, auch nach Auschwitz Gedichte zu schreiben und allen Erfahrungen zum Trotz die Hoffnung nicht aufzugeben, hervorzuheben, bezeichnet Scheidgen Domin im Untertitel als „Dichterin des Dennoch". (...) Über die Erfahrungen des Exils hinaus sind es die nationalsozialistischen Verbrechen gewesen, die Domin darin bestärkt haben, für Freiheit und Menschlichkeit einzutreten. Zahlreiche Gedichte enthalten die Mahnung, die Geschichte und die Toten nicht zu vergessen, und die Hoffnung, daß die Erinnerung die Menschen vor einer Wiederholung solcher Verbrechen bewahren könnte. *konkret*

Die Autorin gibt viel von ihren Gesprächen preis, die die spätberufene Lyrikerin als lebhaften und warmherzigen Menschen zeigen. *Frankfurter Allgemeine Zeitung*